BARRY JONSBERG

PANDORA STONE

Heute beginnt das Ende der Welt

BARRY JONSBERG

PANDORA STONE

Heute beginnt das Ende der Welt

Aus dem Englischen
von Bettina Obrecht

cbt

Bei diesem Buch wurden die durch das verwendete Material und die Produktion entstandenen CO_2-Emissionen ausgeglichen, indem der cbj-Verlag ein Projekt zur Aufforstung in Brasilien unterstützt.
Weitere Informationen zu dem Projekt unter:
www.ClimatePartner.com/14044-1912-1001

FSC® www.fsc.org
MIX
Papier aus verantwortungsvollen Quellen
FSC® C014496

Wir produzieren Klimaneutral
ClimatePartner.com/14044-1912-1001
Druckprodukt

Verlagsgruppe Random House
FSC® N001967

1. Auflage 2020
Erstmals als cbt Taschenbuch Dezember 2020

Die Originalausgabe erschien unter dem Titel
»Pandora Jones – Admission « bei Allen & Unwin, AUS
Aus dem Englischen von Bettina Obrecht
Umschlaggestaltung: Geviert, Grafik & Typografie
Umschlagmotive © Getty Images (Andrea Comi, Xuanyu Han)
FK · Herstellung: AS
Satz: Uhl + Massopust, Aalen
Druck: GGP Media GmbH, Pößneck
ISBN 978-3-570-31104-2
Printed in Germany

www.cbj-verlag.de
Dieses Buch ist auch als E-Book erhältlich.

Prolog

Es dauerte keine acht Stunden, bis ganz Melbourne tot war.

Wenn Pandora Stone an jenen Tag zurückdachte – und das kam häufig vor –, taten sich in ihrer Erinnerung große Lücken auf. Sie erinnerte sich ganz deutlich daran, dass sie am Küchentisch gefrühstückt hatte und im Radio gerade die Nachrichten gelaufen waren, während ihre Mutter in der Küche hantierte und das Lunchpaket für ihren Bruder Danny packte.

~~~

Im Hintergrund plapperte der Reporter, aber sie beachtete ihn nicht. Danny jammerte, er fühle sich nicht wohl und wolle nicht zur Schule gehen. Sein Protest wurde immer lauter, denn seine Mutter bestand darauf, dass er gehen musste. Das Ganze hatten sie schon allzu oft durchgespielt. Danny wollte häufig nicht zur Schule gehen, und wenn er eine Begründung dafür suchte, war seine Fantasie begrenzt.

»Ich habe Halsschmerzen«, flehte er. »Und einen ganz schlimmen Husten.«

Er hustete, als wolle er seiner Behauptung mehr Gewicht verleihen. Ein wirklich schwacher Versuch, wie Pan fand: Es klang absolut nicht überzeugend.
~~~

Der Reporter berichtete jetzt von der Wahl eines neuen Papstes und darüber, wie die prominenten Kirchenmänner von Melbourne auf diese Ernennung reagiert hatten. Pan träumte sich weg, rührte mit dem Löffel in ihren Cornflakes.

»Keine Chance, Kumpel«, sagte Pans Mum. »Als ich diese Entschuldigung das letzte Mal geschluckt habe, hast du den ganzen Tag an deinem Computer gespielt.«

»Gar nicht den ganzen Tag.«

»Doch, den ganzen Tag«, widersprach Mum. »Du vergisst, Daniel, dass ich genau kontrollieren kann, wie lange du online warst. Leg mich einmal rein – Schande über dich! Leg mich zweimal rein – Schande über mich! Geh jetzt und mach dich für die Schule fertig.«

»Ich bin krank!« Aber er ging, stampfte die Treppen hoch, mit einer Energie, die zu seiner angeblichen Krankheit im Widerspruch stand.

Mum sah ihre Tochter an und hob die Augenbrauen. Pan lächelte. Dann nahm die Radiosprecherin mit den Worten »Gerade erreicht uns eine Nachricht …« ihre Aufmerksamkeit in Anspruch. Ganz genau hörte sie trotzdem nicht hin. Nicht direkt. Sie trug ihre Schüssel zur Spüle, wusch sie aus und stellte sie auf das Trockengestell. Dann öffnete sie ihre Schultasche, zog ihren Kalender hervor und überprüfte ihren Stundenplan für den heutigen Tag. Pan wusste, dass sie eine Doppelstunde Mathe hatte, aber sie erinnerte sich nicht mehr genau daran, ob es die beiden ersten Stunden waren. Die Stimme der Radiosprecherin drang verschwommen in ihr Bewusstsein.

…von der amerikanischen Ostküste, den Staaten Maine und Pennsylvania, werden Fälle bestätigt und anderen Berichten zufolge sind auch Teile von New Jersey besonders stark betroffen. Genaueres zu diesen Meldungen erfahren wir jetzt von unserem Amerikakorrespondenten, Mark McAllister. Mark?

Danke, Jeanette. Ich befinde mich hier in New York. Die Krankenhäuser der Stadt melden einen bedeutenden Anstieg der Einweisungen. Dieses Grippevirus – und ich muss darauf hinweisen, dass das Virus bis jetzt noch nicht offiziell identifiziert worden ist – scheint sich mit hoher Geschwindigkeit auszubreiten, sodass die Behörden die Situation aufmerksam verfolgen. Der Bürgermeister hat an die Bevölkerung appelliert, Ruhe zu bewahren.

Gibt es Berichte über Todesfälle, Mark?

Im Moment nicht von offizieller Seite, Jeanette, allerdings verdichten sich die Gerüchte, dass in Maine in den letzten Stunden mehrere Menschen gestorben sind, und es steht fest, dass die Behörden die Situation sehr ernst nehmen.

Was weiß man im Moment über das Virus?

Sehr wenig. Offenbar ist es erstmals in einigen Regionen von New England aufgetreten und hat sich sehr rasch ausgebreitet. Es sind noch keine vierundzwanzig Stunden vergangen, seit der erste Patient eingewiesen worden ist, daher konnte das Virus natürlich noch nicht abschließend untersucht werden. Es bleibt abzuwarten, was geschieht, und ich melde mich sofort, wenn es neue Erkenntnisse gibt.

Danke, Mark. Und pass auf dich auf.

Mark hustete. Nur ein Mal.

~~~
~~~

An andere Einzelheiten dieser Nachrichtensendung konnte sich Pan nicht erinnern. Sie konnte nicht mehr sagen, wie ihre Mutter auf diese Meldung reagiert hatte, ob Danny letztendlich zur Schule gegangen war oder nicht. Sie konnte sich nicht einmal mehr daran erinnern, wie sie das Haus verlassen hatte. Je angestrengter sie sich bemühte, desto schwieriger wurde es. Es war eine Lücke, eine hartnäckige Leerstelle.

Sie erinnerte sich erst wieder daran, wie sie an jenem Tag zu Fuß vom Bahnhof zur Schule gegangen war, nicht an die Zugfahrt davor. Sie erinnerte sich daran, dass ihr einen Kilometer von der Schule entfernt ein Mann durch eine Fußgängerzone gefolgt war. Sie erinnerte sich, dass es mit einem merkwürdigen Jucken zwischen ihren Schulterblättern begonnen hatte, einem Gefühl, als würde sie jemand beobachten. Das Gefühl war so deutlich, dass sie stehen geblieben war, sich umgedreht hatte, aber im ersten Moment hatte sie nichts gesehen. Dann erst hatte sie ihn entdeckt. Eine unauffällige Person, die sich nicht schneller und nicht langsamer bewegte als jede andere. Ein Mann Anfang dreißig, mit kurzen Haaren, im Anzug, weiße Kabel schlängelten sich aus seinen Jackentaschen bis in seine Ohren. An ihm war überhaupt nichts Ungewöhnliches. Er hielt den Blick auf den Boden gesenkt und sein Kopf bewegte sich leicht im Takt der Musik, die nur er hören konnte. Er sah Pan nicht einmal beiläufig an, aber sie wusste, dass an ihm etwas nicht in Ordnung war. Es war nur schwer zu sagen, woran genau das lag.

Wie immer morgens waren in der Fußgängerzone viele Menschen unterwegs. Einzelhändler sperrten ihre Läden auf, Geschäftsleute hasteten mit Kaffeebechern in der Hand vorbei. In der Anwesenheit so vieler Menschen konnte ihr nichts geschehen. Sie hatte also keine große Angst, aber sie hielt an, setzte sich auf eine Bank und öffnete ihre Schultasche. Sie wühlte in den Tiefen der Tasche herum, beobachtete aber aus den Augenwinkeln den Mann, der an ihr vorüberging. Sein Schritt verlangsamte sich nicht. Er ging einfach weiter. Nicht besonders schnell, nicht besonders langsam. Sah sie nicht an. Sie starrte auf seinen Rücken, als er sich durch die Menge fädelte, aber er wandte sich nicht um. Nach wenigen Augenblicken war er im Gedränge verschwunden.

Ihre Fantasie hatte ihr einen Streich gespielt – nicht zum ersten Mal. Ihre Mutter und ihre Lehrer kannten das von ihr nur zur Genüge. »Pandora ist mit einer fruchtbaren, schier grenzenlosen Fantasie ausgestattet«, hatte in ihrem letzten Englischzeugnis gestanden. »Aber sie täte gut daran, diese Fantasie besser zu zügeln.« Da war etwas Wahres dran. Das musste sie zugeben. Aber ihr war auch klar, dass sich allein durch eine überschäumende Fantasie nicht alles erklären ließ.

So etwas wie heute hatte sie schon mehrmals erlebt. Da war so ein Gefühl gewesen. Eine Eingebung. Intuition. Pan kannte kein Wort, das genau ausdrückte, was sie tief im Inneren empfand. Vielleicht hatte sie eine besondere Begabung dafür, in Gesichtern zu lesen, Körpersprache, Situationen, die Umgebung zu deuten. Aber sie konnte nicht so tun, als existierte ihre Begabung nicht. Es gab allzu viele Beweise dafür, dass sie sich das nicht einbildete. Zum Beispiel damals, als sie gleich gewusst hatte, dass ihre beste Freundin Joanne sich von ihrem Freund getrennt hatte. Pan hatte es gewusst, bevor Joanne etwas sagen konnte. Oder damals, als ihre Mutter ihre Schlüssel verlegt hatte und Pan genau vor sich sah, wo diese sich befanden. Und letztes Jahr ihr Mathelehrer. Er schien vor Gesundheit zu strotzen. Er kam jeden Tag im Dauerlauf zur Schule. Er hatte sogar am London Marathon teilgenommen und war dort unter die ersten Hundert gekommen. Aber eines Tages, als er vorne am Whiteboard stand, hatte Pan gespürt, dass in seinem Inneren etwas … nicht in Ordnung war. Sie hatte als eine unter vielen Schülern und Schülerinnen seiner Beerdigung beigewohnt. Aber wahrscheinlich war sie die Einzige unter den Trauernden, die sein plötzlicher, tödlicher Herzinfarkt nicht überrascht hatte.

Es funktionierte nicht immer. Manchmal gingen diese Ahnungen, diese Intuitionen, ins Leere. Und doch war Pan auch dann nicht hundertprozentig davon überzeugt, dass sie falsch gelegen hatte.

Pan seufzte. Es hatte keinen Sinn, das alles wieder durchzugehen. Sie musste ihrem eigenen Gefühl vertrauen. Dieser Typ hatte sie gerade wirklich beobachtet. Dass er seinen Blick zu keinem Zeitpunkt offensichtlich auf sie gerichtet hatte, änderte nichts daran. Vielleicht war er einfach nur irgendein Perverser, einer, dem es einen Kick gab, sechzehnjährige Schulmädchen zu beobachten. So etwas kam vor.

Pan griff nach ihrer Schultasche. In der Menge tauchte ein Gesicht auf, ein lächelndes Gesicht. Joanne winkte ihr zu, Pan winkte zurück. Sie stand auf und ging hinüber zu ihrer Freundin.

~~~

Wieder eine Lücke. Wieder Leere. Pan saß im Unterricht, aber sie wusste nicht mehr, um welches Fach es sich handelte. Eine Aushilfslehrerin war da, eine große Frau mit einem auffälligen Leberfleck auf der rechten Wange. Pan hatte sie noch nie gesehen und dabei hatte sie gedacht, sie kenne alle Aus-
~~~

hilfslehrer, die an ihrer Schule angestellt waren. Die Frau stand vor der Klasse und redete. Pan sah sich im Klassenzimmer um. Es fehlten so viele Schüler. Normalerweise waren sie fünfundzwanzig Mädchen und Jungen, aber heute waren nur sechs oder sieben davon anwesend. Als sie später versuchte, sich in Erinnerung zu rufen, welche es waren, war da nur eine Erinnerungslücke.

»Schlagt Seite hundertvierzig in eurem Buch auf und lest euch das Kapitel durch. Dann beantwortet die Fragen, die ich jetzt gleich an die Tafel schreibe. Schreibt sie in eure …« Die Frau hustete. Sie hielt sich die Hand vor den Mund und hustete noch einmal. Sie beugte sich dabei leicht vor und legte sich die andere Hand auf die Brust. In der Klasse war es still. Die Frau holte tief Luft und richtete sich wieder auf.

»Entschuldigung. Wie gesagt, …«

Der nächste Hustenanfall war heftiger. Diesmal legte sie sich beide Hände vors Gesicht, das eine blassblaue Farbe angenommen hatte. Ihre Augen traten aus den Höhlen. Das Husten schien sie zu zerreißen. Sie stolperte nach vorn und sank schwer auf einen der leeren Stühle in der ersten Reihe. Pan stand auf, unsicher, ob die Lehrerin Hilfe brauchte oder ob der Anfall von allein enden würde. Er tat es nicht. Jedes Husten schüttelte ihren Körper und sie rang ganz offensichtlich verzweifelt nach Luft. Ihr Gesicht wurde dunkler und ihr Körper krümmte sich so sehr, dass ihre Nase beinahe den Boden berührte. Pan rannte nach vorne. Undeutlich war ihr bewusst, dass sich außer ihr niemand gerührt hatte. Was tat man in so einer Situation? Der Frau auf den Rücken klopfen und hoffen, dass es vorüberging, oder im Sekretariat um Hilfe bitten? Sie wusste es nicht. Die Frau taumelte von ihrem Stuhl und lag jetzt auf der Seite. Noch immer wurde sie von ihrem Husten geschüttelt. Pan kniete sich neben sie. Die Augen der Lehrerin waren vor Angst weit aufgerissen. Sie nahm eine Hand vom Mund und streckte sie nach Pan aus, als suche sie Hilfe oder Trost. Pan packte die Hand. Es dauerte einen Moment, bis ihr bewusst wurde, dass die Hand der Lehrerin feucht und klebrig war. Instinktiv versuchte sie, sich loszumachen, aber die Frau hatte sie zu fest gepackt.

Es schien nicht mehr möglich, aber der Husten wurde noch schlimmer, heftiger, durchgehender. Auf einer Seite war das Gesicht der Frau blutverschmiert. Die andere Hand fiel von ihrem Mund, auch sie war rot verklebt. Pan wurde übel, aber sie konnte sich nicht bewegen. Die Frau hielt sie so fest, als versuche sie, Pan eine Art seltsamer Umarmung aufzuzwingen.

Der letzte Hustenanfall war nicht so heftig wie die anderen, aber er sprühte feine rote Tröpfchen in Pans Gesicht und ihre Haare. Sie zuckte zurück und der Griff der Frau lockerte sich. Pan hielt sich ihre Hände vors Gesicht und sah das Blut. Als sie wieder nach unten blicke, waren die Augen der Frau weit aufgerissen, als sei sie verwundert, und ihr glasiger Blick ging durch Pan hindurch.

~~~

Wieder eine Lücke. Pan ging eine Einkaufsstraße hinunter. Da waren Läden, Cafés, Tische und Stühle auf dem Bürgersteig, bunt leuchtende Markisen und Sonnenschirme. Vögel hüpften auf die Tische und pickten nach den Tellern. Die meisten Tische waren leer, nur vereinzelt saßen Menschen da, merkwürdig reglos. Pan legte sich eine Hand auf die Stirn. Sie war heiß, an ihrer Hand klebte Schweiß. Auch mit
~~~

ihren Augen war etwas nicht in Ordnung. Die Welt sah ganz merkwürdig aus, als wäre das, was um sie herum geschah, ganz weit weg. Sie hatte Schwierigkeiten, scharf zu sehen, und am Rand ihres Sichtfelds schwammen wurmartige Flecken herum, wie Bakterien unter einem Mikroskop. War sie krank? Ihr kam es vor, als sei in jüngster Zeit noch jemand sehr krank gewesen, aber sie konnte die Erinnerung nicht zuordnen. Ihre Beine fühlten sich schwer an und sie musste sich regelrecht zwingen, einen Schritt nach dem anderen zu machen.

An der ganzen Situation stimmte etwas nicht, aber Pan konnte zunächst nicht genau sagen, was. Es hatte mit den Geräuschen zu tun. Das Gezwitscher der Vögel war so durchdringend. Unnatürlich laut in der sie umgebenden Stille. Sie konzentrierte sich mit aller Kraft. Das war es. Die Stille der Umgebung. Um diese Tageszeit – sie wollte noch einmal auf ihre Armbanduhr sehen, aber an ihrem Handgelenk befand sich nichts außer einem Streifen blasser Haut dort, wo das Sonnenlicht nie hingekommen war – herrschte doch gewöhnlich dichter Verkehr, Stimmengewirr, der ständige Tumult einer geschäftigen Stadt. Pan blieb stehen und sah sich um. Autos waren in verkehrswidrigen Positionen geparkt. Eine Straßenbahn hatte mitten auf der Fahrbahn angehalten, mit geöffneten Türen, und Pan konnte die Gestalt des Straßenbahnführers als dunkle Silhouette gegen das Sonnenlicht ausmachen. Er regte sich nicht. Eine plötzliche Bewegung weiter die Straße herunter erregte ihre Aufmerksamkeit. Jemand kam aus einem Laden gestolpert. Es war eine Frau. Ein Kleiderbündel hing über ihrem Arm. Mehrere Kleiderbügel hatten sich zu einer bunt schillernden Metallkette verhakt, die hinter der Frau her klapperte. Die

Frau blieb stehen, stützte sich mit der Hand an einem Laternenpfahl ab und schien sich einen Moment zu sammeln. Sie drückte die Kleider eng an sich.

Ein Geräusch, eine Bewegung rechts von Pan. Sie wandte den Kopf, aber es fühlte sich an, als wollte sie mit Gewalt an etwas drehen, das sich verklemmt hatte. Sie spürte, wie ihre Halswirbel knirschten und krachten. Ein Auto fuhr wilde Schlangenlinien, allerdings mit maximal zwanzig, vielleicht dreißig Kilometern pro Stunde. Sonnenlicht spiegelte sich in seiner Windschutzscheibe und Pan zuckte zusammen, als die Lichtreflexe wie Dolche in ihre Augen stachen. Sie konnte den Fahrer nicht sehen. Der Wagen schabte an einem geparkten Auto entlang und verursachte ein schmerzhaftes Kreischen von Metall gegen Metall. Der Wagen hielt nicht an. Er prallte von dem geparkten Auto ab und streifte die Straßenbahn. Aber er hielt immer noch nicht an. Er fuhr weiter ganz langsam die Straße hinunter. Pan wusste, was passieren würde, aber sie verstand nicht, woher sie das wusste. Die Frau – eine Ladendiebin? Sie trug keine Taschen – trat auf die Straße. Sie hielt den Blick starr auf die andere Straßenseite gerichtet, als läge dort ihre Rettung. Sie sah nicht nach links oder rechts. Auch das Auto wich nicht aus. Es fuhr direkt gegen sie und die Frau flog hoch in die Luft, vollführte eine halbe Drehung. Die Darbietung war beinahe schön. Bis Pan das Geräusch hörte, mit dem der Kopf der Frau auf den Asphalt aufschlug. Selbst aus der Ferne hatte das Krachen etwas grauenvoll Endgültiges. Sofort breitete sich eine Blutlache unter dem zertrümmerten Schädel aus, bildete auf dem Boden ein unordentliches Muster.

Pan konnte sich nicht bewegen. Sie beobachtete, wie der Arm der Frau zuckte, wie die Hand nach dem Kleiderbündel griff. Ihre Hand krallte sich in den Stoff, dann erstarrte sie. Der Wagen fuhr noch dreißig oder vierzig Meter weiter die Straße hinunter und geriet dann auf den Gehweg. Er prallte gegen eine Parkuhr und verbog diese in einem grotesken Winkel, dann rauschte er in ein Schaufenster. Das Fenster zersprang und fiel in dicken Wolken aus Glassplittern in sich zusammen. Alles schien in Zeitlupe abzulaufen. Die Fahrertür sprang auf, aber niemand stieg aus. Pan sah noch minutenlang hin, aber es geschah nichts mehr. Es war wieder ganz still, bis auf das Gezanke der Vögel.

Pan war müde. Plötzlich war es unmöglich, sich zu bewegen. Am Rande ihres Bewusstseins tauchten Gedanken auf, aber sie entglitten ihr sofort wieder. Sie sollte helfen. Sie sollte eigentlich zu der Frau hinübergehen und prüfen, ob sie noch irgendetwas für sie tun konnte. Losgehen und nachsehen, wie es dem Fahrer des Wagens ging. Das tat man doch normalerweise in so einer Situation, oder? Aber es war alles zu anstrengend. Sie musste sich setzen, ihre Gedanken sammeln, Kraft schöpfen. Selbst das war schwierig.

Ihr wurde bewusst, dass sie sich neben einem Straßencafé befand. Unter den Sonnenschirmen, die mit Werbung für italienischen Kaffee bedruckt waren, standen Metallstühle. Sie musste sich setzen. Wenigstens einen Moment lang. Dann würde sie losgehen und nachsehen, ob sie irgendwie helfen konnte. Beinahe hatte Pan schon wieder vergessen, warum möglicherweise Hilfe erforderlich war. Hinsetzen. Wenigstens einen Moment. Sie zwang ihre Beine, sich zu bewegen, aber es war schwierig, sie unter Kontrolle zu halten. Sie wäre beinahe gefallen, musste eine Hand ausstrecken, um sich abzustützen. Endlich sank sie in einen Stuhl. Das kalte Metall fühlte sich auf ihren nackten Beinen herrlich an. Pan legte die Hände auf den Tisch und kämpfte gegen die Versuchung an, ihren Kopf auf die kühle Oberfläche zu legen. Da war so ein aufdringlicher Gedanken in ihrem Hinterkopf, der sie warnte: Wenn du dich jetzt ausruhst, stehst du vielleicht nie wieder auf. Aber sie schloss trotzdem die Augen. Das Licht schmerzte und da waren so viele Gedanken, die sie sortieren musste. Ein Ziel. Ein Ort, den sie erreichen musste. Zuhause. Genau, das war es. Sie musste nach Hause, nur hatte sie nicht die leiseste Ahnung, wo ihr Zuhause lag.

Als jemand ihr Handgelenk packte, zuckte sie nicht einmal zusammen. Sie schlug die Augen auf und musterte die fremde Hand gleichgültig. Sie war sehnig und hielt sich mit verzweifelter, trotziger Kraft an ihr fest. Sie sah, wie ihre eigene Hand immer blasser wurde, weil die Blutgefäße abgeschnürt waren. Pan ließ den Blick weiterwandern, sah erst das fremde Handgelenk, dann den Arm. Der Ärmelstoff, der allmählich in ihr Sichtfeld geriet, kam ihr irgendwie bekannt vor, aber wieder entglitt ihr jede Erinnerung. Sie hob den Blick.

Ein Polizist. Natürlich. Ein kleiner Teil von ihr spürte Erleichterung. Die Polizei regelte alles. Sie machte alles gut, stellte wieder Ordnung her. Pan war nicht klar, woher sie das wusste, aber dies war definitiv eine Situation, in der die Ordnung wiederhergestellt werden musste. Der Polizist war schätzungsweise Mitte dreißig. Er trug einen dünnen Schnurrbart und sein Gesicht war von Pickelnarben gezeichnet. Aber ihr Blick blieb an etwas anderem hängen: seinen Augen. In ihnen lag ein wilder Ausdruck, der sich schwer deuten ließ. War es Angst? Entsetzen? Sein Mund öffnete sich und Pan sah, dass aus seinem Mundwinkel Blut sickerte.

»Alle tot«, sagte der Mann.

Pan versuchte, sich daran zu erinnern, wie man sprach. Es

war verblüffend schwierig. Zunächst konnte sie nur krächzen.

»Tot?«, sagte sie schließlich.

Der Polizist nickte heftig und Pan war froh, dass sie ihn verstanden hatte. Aus irgendeinem Grund hielt sie es für wichtig, auf den Mann so zu wirken, als habe sie die Situation im Griff.

»Wer?«, fügte Pan noch hinzu.

Der Mann ließ ihr Handgelenk los und gestikulierte in Richtung Straße.

»Alle«, sagte er.

Mit Mühe riss Pan sich von diesen Augen los und zwang sich, ihren Blick auf die Straße zu richten. Jetzt erkannte sie, was ihr zuvor entgangen war. Wie hatte sie das übersehen können? Wie hatte sie das Auto übersehen können, aus dessen Tür der Fahrer heraushing, sein Gesicht zerschrammt, die Augen weit aufgerissen mit leerem Blick? Und die Leichen mitten auf der Straße in einer großen Blutlache? Die Frau im Stuhl ihr schräg gegenüber, die sich zurückgelehnt hatte, als würde sie den Himmel betrachten, mit herabhängenden Armen, die Brust blutbefleckt? Ein Vogel saß auf ihrer Schulter. Während Pan ihn beobachtete, stieß er seinen Schnabel in die leblose Augenhöhle. Etwas zerplatzte und Pan wandte schnell den Blick ab.

Der Polizist erschauderte und setzte sich in den Stuhl neben Pan. Er hustete ein paarmal und hielt sich einen Ärmel vor den Mund. Als der Hustenanfall endete, klebte ein breiter Blutstreifen an seinem Arm.

»Meine Frau und mein Baby. Beide tot«, sagte er. Er begann lautlos zu weinen. Pan sah, wie Tränen über seine Wangen liefen. »Bin heimgefahren«, fuhr er fort. »Ich kann dir gar nicht erzählen, was ich unterwegs gesehen habe. Zu viele schreckliche Dinge. Zu viele. Ich habe sie im Bett gefunden. Tot. Meine Frau. Laura. Sie hatte das Baby im Arm. So klein. Ihr Leben hatte gerade erst angefangen, und jetzt ist sie tot. Ich kam zu spät, weißt du? Verstehst du? Ich kam zu spät. Ich konnte nicht mit ihnen sterben.«

»Es tut mir leid«, sagte Pan.

»Mir auch«, sagte der Polizist. Er hantierte an seinem Gürtel, aber Pan starrte wieder wie gebannt in seine vor Entsetzen geweiteten Augen und beachtete nicht, was er da tat. »Ich bin hierhergekommen«, fuhr der Mann fort. »Keine Ahnung, warum. Vielleicht, um nachzusehen, ob noch jemand lebt. Wer weiß?« Er sah Pan in die Augen. »Niemand wird da sein, um uns zu begraben, ist dir das klar? Das weißt du doch, oder? Wir werden einfach hier verfaulen.«

»Ich lebe«, sagte Pan.

»Nicht mehr lang«, sagte der Polizist. »Wir sind alle tot, nur dass manche von uns es noch nicht wissen.« Er hob die Hand und steckte sich etwas in den Mund. Es war lang und schwarz und es dauerte einen Moment, bis Pan verstand, worum es sich handelte. Selbst wenn sie die Energie aufgebracht hätte, es zu versuchen, hätte sie ihn nicht aufhalten können. Der Schuss war laut und im selben Moment umgab sie ein Geruch nach verbranntem Fleisch und Schießpulver. Sein Hinterkopf explodierte in einer Nebelwolke aus Blut und Knochensplittern. Einen Sekundenbruchteil lang saß er so da, den Blick immer noch auf Pan gerichtet. Dann fiel er vom Stuhl.

»Tut mir leid, aber ich muss jetzt nach Hause«, sagte Pan. »Meine Mutter und mein Bruder warten auf mich.« An den Namen ihres Bruders konnte sie sich nicht erinnern, aber sie rechnete fest damit, dass er ihr im richtigen Moment wieder einfallen würde.

~~~

Lücken. Zusammenhanglose Erinnerungsstücke. Ein Flugzeugabsturz? Hatte sie das gesehen? Ein kreischender Lärm, der sie dazu veranlasst hatte, den Blick in den Himmel zu richten. Ein Flügel, der einen Wolkenkratzer köpfte, verbogenes Metall, das durch die saubere Luft wirbelte. Eine Explosion und eine schwarze Rauchwolke. War das eine Erinnerung?

Die Toten, die überall im Park herumlagen. Jemand, der mit einer Pistole in der Hand die Straße heruntergestolpert kam, in die leeren Ladengeschäfte hineinschoss und über den Lärm der zerberstenden Schaufenster lachte. Ein Auto, das in einen Brückenpfeiler raste und bei dem Aufprall zerfetzt wurde. Etwas flog durch die Windschutzscheibe. Ein Mädchen in einem weißen Kleid, das am Straßenrand saß, mit einer Puppe spielte, hustete. Die Hand einer Frau hielt, die reglos neben ihr lag. Ein Körper, der aus einem Fenster im ersten Stock baumelte, zusammengenknotete Laken um den Hals. Pan konnte nicht sagen, was real war, was nur ein Fiebertraum.

Sie erinnerte sich nicht daran, wie sie dort hingekommen war, aber plötzlich war da eine vertraute Straße und ein vertrautes Haus. Die Haustür stand offen und einem Teil von ihr kam das merkwürdig vor. Pan stolperte von einem Raum in den anderen, aber es war niemand da. Der Fernseher lief, aber es gab kein Bild. Nur statisches Rauschen, ein zischender Sturm. Sie ging in den nahen Park. Manchmal ging ihre
~~~

Mutter in den Park und ein anderes Ziel fiel Pan nicht ein. Es war, als hätte sie in einem Moment die Entscheidung getroffen und sich im nächsten Moment schon zwischen den Bäumen auf einem der gewundenen Wege befunden. Die Sonne tauchte alles in gesprenkeltes Licht. Etwas weckte ihre Aufmerksamkeit – ein entferntes Geräusch, vertraut und doch schwer fassbar. Dann erkannte sie darin das Quietschen von Ketten. Sie ging auf das Geräusch zu, bog vor dem kleinen See ab und schob sich durch einen Vorhang aus tief herunterhängenden Zweigen.

Ein Spielplatz. Das Kettenquietschen stammte von einer sich bewegenden Kinderschaukel. Ein Junge schwang sich vor und zurück. Seine Knie bogen sich, wenn er Schwung nahm, er schaukelte höher und immer höher. Eine Frau saß in seiner Nähe auf einer Bank. Sie hielt sich die Hand vor den Mund. Pan nahm an, dass die Frau ihre Mutter war, der Junge ihr Bruder. Aber sie war sich nicht ganz sicher. Sie ging ein paar Schritte weiter, auf die beiden zu.

Die Frau wurde regelmäßig von der vorüberschwingenden Schaukel verdeckt, aber sie sah auf und lächelte. Es war ein ganz und gar müdes, trauriges Lächeln.

»Ich wusste, dass du kommst«, sagte sie.

Dann hustete sie – ein abgehacktes Bellen – und hielt sich die Hand vor den Mund. Die Frau fing sich, sah Pan entschuldigend an. Die Schaukel schwang an ihrem Gesicht vorüber, regelmäßig wie ein Metronom.

Der zweite Hustenanfall war heftiger. Sie krümmte sich, ihr Kopf berührte beinahe ihre Knie. Diesmal wurde sie vom Husten schmerzhaft geschüttelt. Und es hörte nicht auf. Sie rang nach Luft, aber der nächste Anfall kam zu schnell. Pan sah, wie ihr Gesicht anschwoll und sich blutrot verfärbte, wie ihre Hände den Mund verdeckten, wie ihr Körper sich verkrampfte, als ihre Lungen kurz vor dem Platzen standen.

Pan ging an dem Jungen auf der Schaukel vorbei. Sie setzte sich neben die Frau auf der Bank, nahm sie in den Arm und klopfte ihr mit der Hand den Rücken. Nichts änderte sich, außer dass das Husten doppelt so heftig wurde. Es war, als würde die Frau einfach entzweigerissen. Ein Blutstropfen drang zwischen ihren Fingern hindurch, fiel zu Boden, eine hellrote Münze zwischen ihren Füßen. Ein weiterer und noch ein weiterer folgten. Die Tropfen zeichneten einzelne, leuchtende Kreise. Dann verbanden sie sich, bildeten eine Pfütze. Vor Pans Augen dehnte sich die rote Fläche aus. Die Tropfen fielen jetzt nicht mehr einzeln aus den Händen der Frau, sondern zogen lange Fäden. Sie sah hoch zu dem Jungen auf der Schaukel.

Der Bogen, den die Schaukel beschrieb, wurde allmählich flacher. Der Junge hustete, aber sie konnte ihn nicht hören. Die Frau war zu laut. Der Junge nahm eine Hand von der Schaukelkette und rieb sich über den Mund. Er hustete jetzt ununterbrochen. Als er die Hand wegnahm, war sie rot verschmiert. Pan stand da, hin und her gerissen zwischen den beiden – der Frau auf der Bank, dem Jungen, der durch die Sommersonne schaukelte.

~~~

Vielleicht legte sich Pan im Park ins Gras, gefangen zwischen dem Sterben der beiden Menschen. Vielleicht streckte sie sich aus, hielt ihr Gesicht in die flimmernde Sonne. Nach einer Weile nahm sie nur noch Stille wahr. Möglicherweise schlief sie ein. Oder wurde bewusstlos. Nichts ergab einen
~~~

Sinn. Sie konnte sich nicht mehr daran erinnern, dass jemals etwas einen Sinn ergeben hatte. Die Stille legte sich auf sie wie eine Decke und sie gab sich ihr hin.

Zeit hatte keine Bedeutung. Aber es musste einige Zeit vergangen sein, bis ihr bewusst wurde, dass sich die Stille verändert hatte. Etwas brummte. Ein vertrautes Geräusch, aber sie war viel zu müde, um es zu deuten. Es sollte einfach nur verschwinden, dieses lästige Insekt, das ihre Träume störte. Es verschwand nicht. Es wurde lauter. Das Brummen wurde zu einem lauten Dröhnen. Ein kleiner Teil von ihr bemerkte den Luftzug in ihrem Gesicht. Es war keine angenehme Brise. Es roch nach Öl und Staub und sie musste husten. Dann eine letzte Erinnerung. Sie wurde hochgehoben. Jemand redete mit ihr, auch wenn sie die einzelnen Worte nicht unterscheiden konnte. Das Gefühl von Bewegung, das Dröhnen von Rotoren und die Gewissheit, dass sie höher und höher in den Himmel gehoben wurde, dass der Park unter ihr schrumpfte. Man brachte sie fort von der Welt.

Ihr Kopf war voller Horrorbilder. Sie wollte nur noch abschalten. Aber ein Bild nagte an ihr, dumpf wie ein schmerzender Zahn. Nicht ihre Mutter, die sich auf einer Parkbank die Seele aus dem Leib hustete, nicht die blutgetränkte Hand ihres Bruders. Nicht der Sprühnebel aus Hirnmasse, erzeugt von jener Kugel, die sich der Polizist durch den Kopf geschossen hatte. Keines dieser merkwürdig zerstückelten Bilder des Todes.

Stattdessen dachte sie an den Mann in der Fußgängerzone, jenen Mann, den sie verdächtigt hatte, ihr zu folgen. Es war die belangloseste Erinnerung überhaupt, aber sie spürte, dass sie wichtig war. Nicht nur wichtig. Entscheidend.

Pan ergab sich der Dunkelheit.

1.

Ein Garten. So etwas in der Art.

Blumen sprossen aus bunten Töpfen. Der Boden bestand aus rauem, blankem Fels. Hier und da hatten Flechten in einer Ritze Halt gefunden und kämpften ums Überleben, sonst war alles kahl und öde. Der Garten lag auf einer Bergkuppe, an einer halbwegs flachen Stelle. Es sah so aus, als habe jemand die oberste Spitze einer Pyramide nachlässig abgesäbelt und auf diese Weise ein unregelmäßiges Areal von ein paar Hundert Quadratmetern Fläche geschaffen. Wenn man in der Mitte dieses Gartens stand, konnte man nichts weiter sehen als diese steinige Ebene, über die in unregelmäßigen Abständen Pflanztöpfe mit unterschiedlichen Blumen verteilt waren. Überwiegend wuchs in den Töpfen rosa blühendes Heidekraut, eine widerstandsfähige Pflanze, die sich gegen Kälte und Eis behaupten konnte, aber da waren auch noch andere Blumen, die sie nicht kannte, rote und grüne und gelbe. Es war wie eine graue, wild mit leuchtenden Farbtupfern bekleckste Leinwand. Der Garten glich einem abstrakten Gemälde.

Pandora Stone stand in der Mitte. Die Kälte kroch in ihre Knochen und ein scharfer Wind durchdrang wie die Klinge eines Skalpells ihr leichtes, knöchellanges Gewand. Er presste den Stoff gegen ihren Körper. Ihre nackten Füße auf dem Fels brannten. Sie hatte keine Ahnung, wie sie hierhergekommen war. Ihr Kopf war leer – keine Erinnerung, die diese kalte Gegenwart mit irgendetwas Vorherigem verband. Ganz allmählich kam sie zu sich. Ihre Sinne schalteten sich nacheinander wieder ein. Der messerscharfe Wind, der harte Fels unter ihren Füßen, die Farben, die sich ihren Augen aufdrängten.

Sie bewegte sich, ohne bewusst nachzudenken. Ihr rechter Fuß hob sich, machte einen Schritt. Und ihr linker Fuß beugte sich am Knöchel, hob sich, sobald der rechte auf dem Fels Halt gefunden hatte. Ihr Körper gehorchte Befehlen, die sie ihm nicht bewusst gab. Sie bewegte sich auf einen grauen Horizont zu, die Stelle, an welcher der Fels mit dem schlammfarbenen Himmel verschmolz. Nach und nach, mit jedem Schritt, wurde mehr von der umgebenden Landschaft sichtbar. Fünf Schritte vor einem Abgrund hielt sie an und sah sich um. Nur rein mechanisch begann ihr Verstand alle Eindrücke zu verarbeiten. Ihre Augen nahmen Einzelheiten wahr, aber sie bedeuteten nichts. Im Zentrum ihres Bewusstseins stand eine Abfolge von grauenvollen Bildern, aber irgendwie schienen sie weit entfernt. Wie ein Albtraum, an den man sich nur undeutlich erinnerte, vor dem der Verstand zurückschreckte.

Der Berg, auf dessen Gipfel sie stand, war schwindelerregend hoch, aber erst jetzt konnte sie seine Höhe wirklich einschätzen. Hinter ihr lag ein Gebirgsmassiv, vor dem ihr Berg vergleichsweise winzig wirkte, als wäre er nur ein Kind der gewaltigen Felsmasse, das sich schutzsuchend an die riesigen Verwandten schmiegt. Ihre Gipfel verschwanden in den Wolken und es ließ sich nicht sagen, wie hoch sie wirklich waren. Sie durchstießen den grauen Himmel und verschwanden. An ihren steilen Abhängen rührte sich nichts bis auf kleine Vogelschwärme, die von Zeit zu Zeit in die Höhe wirbelten, winzige Punkte gegen die Schnee- und Eisflächen. Die Gebirgskette überstieg ihr Vorstellungsvermögen und so richtete sie ihren Blick auf etwas, das leichter zu verstehen war. Etwas Kleineres. Pan starrte hinunter auf die Welt, die sich unter ihr erstreckte.

Der Gebirgszug umfasste die Landschaft von links nach rechts, so weit sie sehen konnte, unfassbar steile Ränder einer Schüssel, deren andere Seite zu einem fernen Meer abfiel. Darauf richtete sie nun ihren Blick. Selbst aus dieser Entfernung konnte sie sehen, wie die Wellen sanft gegen eine Felsenküste schlugen. Kleine weiße Flecken, die Wellenkämme, befanden sich in ständiger Bewegung, und dadurch wirkte die graue Wasserfläche irgendwie lebendig. Dann entdeckte sie eine Stelle, an der sich die Küste zu einer Bucht öffnete, ein schmaler Streifen Land, der sich schützend um das in dieser Bucht enthaltene Wasser legte. In der Bucht verankert lagen mehrere Boote, vielleicht ein Dutzend insgesamt. Sie wirkten wie Kinderspielzeug. Und dicht am Wasser erkannte Pan dicht zusammengedrängte Gebilde, vielleicht Hütten, und weitere, größere Gebäude. Eine Art Dorf, das um den Hafen herumgebaut worden war. Der Anblick war vertraut und gleichzeitig vollkommen fremdartig.

Sie richtete ihren Blick auf das, was etwas weiter im Landesinneren lag. Von Sekunde zu Sekunde spürte sie die Kälte deutlicher. Was sie als Nächstes entdeckte, verwirrte sie. Es war nichts, was sie auf Anhieb einordnen konnte Ihr Verstand musste daran arbeiten. Etwa einen oder zwei Kilometer vom Dorf aus landeinwärts erhob sich ein merkwürdiges Bauwerk. Ihr erster Gedanke war, dass es sich um eine Mauer handelte, aber falls das zutraf, war sie wirklich riesig. Sie verband die Bergkette links mit dem Gebirgsmassiv zu ihrer rechten Seite. Sie trennte das Meer und das Dorf am Strand vom Hinterland ab. Es gab keine Möglichkeit, das Wasser zu erreichen, ohne die Mauer zu überwinden. In regelmäßigen Abständen sprossen schlanke Türme aus dem Gemäuer, ihre Spitzen ragten in den Himmel. Das Bauwerk strahlte etwas Ungutes, ja, Bedrohliches, aus. Sollte es Schutz bieten vor dem, was außerhalb lag? Oder sollte es das, was sich auf seiner Innenseite befand, gefangen halten? Sie hatte nicht die Energie, diesem Gedanken weiter nachzugehen. Aber sie bewahrte die Fragen auf, um sie später genauer zu untersuchen.

Auf ihrer Seite der Mauer befand sich eine verwirrende Ansammlung von Gebäuden, die sich überall am kahlen Fels festklammerten. Merkwürdige Bauwerke, einige groß mit vielen Nebengebäuden. Es war fast unmöglich, ihre Dimension richtig einzuschätzen. Das Felsplateau, auf dem sie stand, lag hoch über den Gebäuden und die Höhe spielte ihrer Wahrnehmung einen Streich. Sie ließ ihren Blick darüber schweifen, versuchte, sich zu orientieren. Die Anlage wirkte chaotisch. Einige Gebäude drängten sich dicht aneinander, als bildeten sie eine besondere Gemeinschaft. Andere lagen abseits. Dünne Spuren führten zwischen den einzelnen Häusern hin und her, bildeten ein Labyrinth von Pfaden, die wahrscheinlich als Straßen dienten. Zu ihrer Linken befand sich ein Fluss, dessen Ufer mit Häusern zugebaut war. Die Monotonie der Gebäude wurde ab und an von ein paar grünen Stellen aufgelockert. Ein kleiner, üppiger Wald duckte sich am Ausläufer jenes Berges, an dem der Fluss zu entspringen schien.

Es wäre Pans Aufmerksamkeit beinahe entgangen, dass

jemand einen Mantel über ihre Schultern legte. Sie war so intensiv damit beschäftigt, sich ein Bild ihrer Umgebung zu machen, dass sie kaum darauf achtete. Erst als ihr plötzlich wärmer wurde, schrak sie zusammen. Sie wandte sich um.

Der Mann lächelte ihr zu. »Hallo«, sagte er. »Dir ist bestimmt kalt.«

Sie zog den Mantel dichter um sich und nickte. Ihr Gesicht fühlte sich im Wind noch immer taub an, aber sie spürte schon, wie die neue, schützende Hülle ihren Körper erwärmte. Ihr war schwindlig, als erwache sie aus einem tiefen Schlaf. Es gab Fragen, die sie unbedingt stellen musste, aber es war zu schwierig, sie zu formulieren. Also nickte sie erneut und sah wieder hinunter ins Tal.

»Das ist eine Aussicht, was?«, sagte der Mann. Pan schwieg.

»Deswegen bin ich so froh darüber, dass das Spital hier oben liegt«, sagte der Mann. »Die schönste Aussicht, die man hier haben kann, meiner bescheidenen Ansicht nach. Ich komme so oft wie möglich hier heraus, wenn das Wetter gut ist… was es, ehrlich gesagt, bisher noch nicht war. Und die Blumen sorgen für ein bisschen Farbe. Lebewesen. Schönheit in dieser Ödnis. Der Garten auf dem Dach der Welt. Das muntert mich auf.«

Die Worte brummten in Pans Kopf. Sie waren lästig und sie wollte sie gerne wegscheuchen. Aber stattdessen, ohne dass sie es beabsichtigt hatte, löste sich das Wort von ihren Lippen. Es ließ einen eigenartigen, metallischen Geschmack in ihrem Mund zurück.

»Spital?«

»Ja. Ein Krankenhaus. Es liegt hinter dir. Wo du geschlafen hast. Zumindest habe ich gedacht, du würdest da schlafen. Bis ich meinen Rundgang gemacht habe und feststellen musste, dass dein Bett leer war. Es freut mich, dass du aufgewacht bist, aber ich glaube, du solltest dich wieder hinlegen. Du holst dir hier draußen den Tod. Das ist meine Meinung als Arzt.«

Pan beobachtete einen schwarzen Punkt, der durch die Luft wirbelte, auf dem Wind dahinglitt. Er war so weit weg, dass Pan nicht erkennen konnte, was für ein Vogel es war.

»Was ist das hier?«, fragte sie.

»Das alles? Was du da unten siehst? Das ist die Akademie.«

Pan nahm seine Worte zur Kenntnis, aber sie ergaben keinen Sinn. Sie nickte und zog den Mantel dichter um sich. Der Mann trat direkt vor sie und sah ihr in die Augen.

»Weißt du noch, wie du heißt?«, fragte er.

»Pandora. Pandora Stone.«

»Sehr gut.« Er lächelte. »Manchmal bleiben bei unseren Patienten Gedächtnislücken zurück. Ich bin froh, dass du dich daran erinnerst.«

Pan schwieg.

»Pandora«, fuhr der Mann fort. »Ein klassischer Name. Pandora brachte das Unglück in die Welt.« Er schmunzelte. »Ich hoffe nur, dass du nicht viel Unglück in diese Welt hier bringst. Darf ich dich einfach Pan nennen?«

»Okay«, sagte sie. Der schwarze Punkt am Himmel war verschwunden. Pan versuchte, weitere Vögel zu entdecken, aber es gelang ihr nicht. Kälte drang unter den Mantel und sie zog ihn noch enger um sich.

»Was ist mit mir passiert?«, fragte sie.

Der Mann nahm ihre Hand und Pan betrachtete sein Gesicht. Es war von Falten durchfurcht, um seine Augen herum und über der Stirn. *Ein Gesicht, das zum Lachen gemacht ist,* dachte Pan. Er war klein und dick und trug eine halbrunde Brille auf der Nase. Seine Wangen waren rund und rosig, und er hatte sich einen Scheitel gezogen – ein misslungener Versuch, eine breite, kahle Stelle zu verbergen. Als er den Mund öffnete, erspähte sie gelbliche Zähne. Er schob seine Finger über ihr Handgelenk, fühlte ihren Puls. Pan starrte auf die weiße Binde um ihren Unterarm. Ihre Hüfte schmerzte.

»Kannst du dich an das erinnern, was da draußen vorgefallen ist?«, fragte er.

Pan dachte über diese Frage nach. Bilder stürzten über sie herein und sie schloss die Augen. Sie holte rasch Luft und versuchte, die Erinnerungen abzuwehren.

»Ja, offenbar erinnerst du dich«, sagte der Mann. »Du hast eine Menge durchgemacht, Pandora Stone. Wie alle hier. Aber du hast jetzt Zeit, darüber hinwegzukommen. Wenn das überhaupt möglich ist. Vorerst brauchst du Wärme und Ruhe, meine Liebe. Komm jetzt. Komm mit.«

Pan ließ zu, dass er sie umdrehte und vom Felsabbruch wegführte. Vor ihr lag jetzt ein flaches, hell erleuchtetes Gebäude, das sich an die steile Bergwand anschmiegte. Vor dem Gebäude befand sich ein gepflasterter Platz mit Tischen und Stühlen, aber es war kein Mensch zu sehen. Unmittelbar an diesen Platz angrenzend führte eine Doppeltür ins Gebäude. Eine der Türen stand offen und bewegte sich sachte im Wind. Der Mann führte sie an den Terrassenmöbeln vorbei durch die offene Tür hindurch.

Eine Krankenstation. Sie ließ ihren Blick durch den Raum wandern. An der Rückwand gegenüber der zweiflügligen Glastür und den Fenstern rechts und links davon standen acht Betten. Alle Betten waren leer. Der Mann führte Pan zu einem Bett, das offensichtlich ihres war. Die Laken waren zerknäult, vermutlich hatte Pan sie zurückgeschlagen, als sie aufgestanden war. Sie ließ zu, dass der Mann ihr zurück ins Bett half. Sie war wirklich müde. Erschöpfung übermannte sie, als er die Decke wieder zurechtzog und das Kopfkissen aufschüttelte.

»Ich denke mir, du brauchst ein bisschen Hilfe, um wieder einzuschlafen«, sagte der Mann. Er öffnete eine Ledertasche, die neben dem Bett stand, und entnahm ihr eine kleine Schachtel. Pan sah aus dem Fenster. Von hier aus konnte sie die weiß verhüllten Berggipfel gegen den schlammfarbenen Himmel erkennen. Das Bild verschwamm, während sie noch hinsah. Ihre Augen waren zu müde, um es wieder scharfzustellen.

»Nein!« Sie setzte sich aufrecht hin, drückte den Rücken gegen das feste Kopfteil des Betts. »Gehen Sie damit weg!«

Der Mann zögerte. Er hatte gegen die Spritze geklopft, um eine Luftblase zu entfernen. Die Augen des Mädchens waren weit aufgerissen, ihre Arme, mit denen sie sich vom Bett hochdrückte, zitterten. Er warf einen Blick auf die Spritze, verbarg sie dann hinter seinem Rücken.

»Pan«, sagte er, »alles in Ordnung. Du kriegst keine Spritze, wenn du keine willst. Es ist in Ordnung. Keiner wird dich zwingen, irgendetwas zu tun. Schau, ich packe sie weg.«

Aber Pan hörte erst auf zu zittern, als er die Tasche fest geschlossen hatte. Sie sank hinunter aufs Bett und zog sich die Decke übers Gesicht. Der Mann beugte sich über sie.

»Ruh dich ein bisschen aus«, flüsterte er. »Und keine Spaziergänge mehr, ja?«

»Hoffnung«, sagte Pan.

»Hoffnung?«

Das Gesicht des Mannes verschwamm vor ihren Augen.

Ihre Lider klappten nach unten. Ihre eigenen Worte schienen von weit weg zu kommen.

»Pandora brachte Unheil und das Böse in die Welt, aber sie brachte auch die Hoffnung.«

»Das stimmt«, sagte der Mann. »Ja, das stimmt.«

Aber Pan war schon eingeschlafen.

2.

Sommerregen.

Sie hielt ihr Gesicht in den Himmel, ließ sich vom Regen waschen. Sie schmeckte die Tropfen auf ihrer Zunge, spürte die Tropfen auf der Haut wie Nadelstiche. Sie schloss die Augen.

Jemand rief nach hier. Er rief ihren Namen, aber der Klang war verschwommen, undeutlich. Sie machte die Augen auf und versuchte zu erkennen, woher die Stimme kam. Ein ganzes Stück rechts von ihr stand ein Baum in der Ecke eines Parks. Er war riesig, seine Äste bildeten eine gewaltige Kuppel, durch die nur ab und zu ein Stück Himmel aufblitzte. Am Fuß des Baumes saß eine Frau auf einer großen, karierten Decke. Ein Junge kauerte neben ihr. Er war blond und spielte mit etwas in seiner Hand. Die Frau winkte Pan zu. Komm zu uns. Komm aus dem Regen, stell dich hier unter.

Der Park erstreckte sich in alle Richtungen. Das Gras unter ihren Füßen war strohig und gelb. Der Regen ließ die Blätter hüpfen. Das Mädchen hatte die Arme ausgebreitet und die Handflächen nach oben gedreht. Die nassen Kleider klebten an ihrem Körper. Sie lachte über den düsteren Himmel. Dann rannte sie zum Baum hinüber, schüttelte ihre nassen Haare trocken wie ein Hund. Sie ließ sich auf die Decke sinken. Die Frau sah verärgert auf, aber der Ärger saß nicht tief.

»Wage es ja nicht, mich nass zu spritzen. Halt Abstand.«

Der Junge sah zu ihr auf. Er schmollte, aber da war auch ein kleines Lächeln. Seine Miene war seltsam zweideutig – halb verärgert, halb spitzbübisch.

»Das ist unfair«, jammerte er. »Ich wollte durch den Regen rennen, aber sie hat es mir nicht erlaubt.«

»Wer ist sie?«, fragte die Frau. »Die Katzenmutter?«

Jetzt musste der Junge erst recht grinsen, aber er wehrte sich dagegen.

»Ich habe Hunger«, sagte sie.

»Du hast immer Hunger«, antwortete die Frau.

Und dann, auf diese seltsame, wenig überraschende Weise wie stets in Träumen, sah sie sich selbst von außen. Sie sah ein Mädchen, schmal wie ein Windhund, mit unscheinbarem Gesicht. Sie sah ihre Haare, braun mit ein paar natürlichen blonden Strähnen, die nass an ihren dünnen, knochigen Schultern klebten.

Alles war vollkommen vertraut und gleichzeitig vollkommen fremd. Sie rückte weiter von der kleinen Gruppe ab, die im Sommerregen saß und picknickte. Sie schrumpften zu kleinen Punkten in der Landschaft zusammen und verschwanden nach und nach, bis nichts blieb.

Sie spürte, dass sie ganz nah an etwas dran war. Namen zupften an ihrem Bewusstsein. Doch je mehr sie sich konzentrierte, desto mehr entglitten sie ihr. Die Erkenntnis lag zum Verzweifeln nah. Sie schmeckte sie wie einen Wassertropfen auf der Zungenspitze. Sie hob ihr Gesicht zum weinenden Himmel, schloss die Augen und streckte die Zunge heraus, die in der Wärme der Sonne schnell trocknete. Sie rannte im blendenden Sonnenschein eine Straße hinunter. Ihr Schatten folgte ihr, eine schräge schwarze Fläche, die neben ihr dahinhuschte.

Als sie aufsah, stand da ein Polizist. Er trug einen Schnurrbart. Als er lächelte, blitzte ein Goldzahn auf.

»Das wollte ich schon immer mal sagen«, erklärte der Polizist. Lachend ließ er eine Hand auf ihre Schulter fallen.

Mit einem schmerzhaften Ruck schreckte sie aus dem Schlaf. Ihr Herzschlag hämmerte laut in ihren Ohren.

Keuchend sah sich Pan im Raum um. Die Betten, die an der Wand standen, die Flügeltüren, die Terrassenmöbel, die schneebedeckten Gipfel. Ihr Name war Pandora Stone. Sie erinnerte sich daran, dass sie an einer Steilkante gestanden hatte. Die Akademie. Ein Mann mit einem lachenden Gesicht. Da waren auch andere Erinnerungen, ältere Erinnerungen. Eine Explosion aus Blut, der Flügel eines Flugzeugs, der ein Gebäude streifte, eine Lehrerin, die im Klassenzimmer zusammengebrochen war. Es hätten Bilder aus einem Film sein können, aber sie waren grob aneinandergeklebt ohne Rücksicht auf eine Handlung. Irgendwo verbarg sich eine Geschichte, aber sie war nur bruchstückhaft zu erkennen, blieb konfus.

Sie schob ihre Bettdecken zur Seite und stand auf. Einen Moment lang fürchtete sie, ohnmächtig zu werden. Sie hatte so weiche Knie. Aber dann richtete sie sich auf. Ein Morgenmantel lag am Fußende ihres Bettes. Sie schlüpfte hinein und verknotete den Gürtel. Abgesehen von den Glastüren, die nach draußen führten, gab es nur einen Ausgang, eine Tür links von ihr. Pan ging darauf zu und ihre Beine fühlten sich zunehmend kräftiger an. Als sie die Tür durchschritt, war alle Schwäche aus ihrem Kopf gewichen.

Sie trat in einen kurzen Flur mit sauberen Bodenkacheln. Die Wände waren hellrosa gestrichen. Sie nahm einen Geruch wahr, den sie kannte. Desinfektionsmittel mit seinem künstlichem Tannennadelaroma und darunter der Geruch von Krankheit. Nach Luft, die tausendmal in keuchende Lungen eingesogen, ausgestoßen und wiederaufbereitet worden war. Dieser seltsame Krankenhausgeruch, in dem sich Zerfall und sterile Reinheit mischten. Nirgendwo wies ein Schild in eine bestimmte Richtung, aber Pan wandte den Blick nach links und entdeckte nicht mehr als fünf oder sechs Meter weiter eine Schwesternstation. Hinter dem Tresen saß eine Frau in einer hellblauen Uniform. Sie notierte etwas in einer Akte. Als Pan auf sie zutrat, sah sie auf.

»Na hallo«, sagte sie. »Unser Dornröschen ist aufgewacht. Wie fühlst du dich, Kind?«

»Ich brauche Antworten«, sagte Pan.

»Du brauchst Ruhe, Schätzchen. Die brauchst du. Bevor die Akademie dich aufnimmt. Dann wirst du dich nicht mehr ausruhen können. Glaub mir. Wie wäre es, wenn ich dich wieder ins Bett bringe, damit du dich beruhigst? Später bleibt immer noch Zeit für Fragen und Antworten.«

»Nein«, beharrte Pan. »Jetzt. Ich brauche die Antworten jetzt.«

Das Lächeln der Schwester erstarrte einen Moment lang, aber sie erholte sich rasch.

»Ich rufe Dr. Morgan an«, sagte sie. »Setz dich, Pandora, bevor du noch umfällst. Du bist sehr krank gewesen, weißt du, und es dauert eine Weile, bis dein Körper sich erholt hat. Du solltest dich nicht gleich überanstrengen.«

Pan lehnte sich auf die Theke, sagte aber nichts mehr. Die Stuhlreihe zu ihrer Linken beachtete sie nicht.

Die Schwester runzelte die Stirn, nahm ihr Telefon und gab eine Nummer ein. Die Finger ihrer rechten Hand trommelten einen Rhythmus auf der Theke.

»Dr. Morgan? Clare hier. Unsere Patientin Pandora steht hier an der Rezeption ... Ja, es geht ihr offenbar gut. Sie scheint aber ein wenig aufgeregt ... Sie möchte dringend mit jemandem reden ... Genau ... Gut. Ich richte es ihr aus. Okay. Dankeschön, Dr. Morgan.«

Sie legte auf.

»Dr. Morgan wird gleich hier sein, Pandora. Aber jetzt setz dich bitte hin.«

Die Schwester erhob sich, marschierte um die Theke herum und nahm Pans Arm. Pan ließ sich zu einem Stuhl führen. Das Schwindelgefühl war zurückgekehrt und mit ihm die Kraftlosigkeit.

»Möchtest du etwas trinken?«

Erst in dem Moment, in dem ihr die Frage gestellt wurde, bemerkte Pan, wie durstig sie war. Ihr Mund fühlte sich dick und belegt an. Als sie schluckte, schmerzte ihre Kehle.

»Wasser, bitte«, sagte sie.

Die Schwester lächelte. »Ich hole dir welches. Bin gleich wieder da.«

So allein an der Rezeption zurückgelassen, verspürte Pan einen beinahe unwiderstehlichen Drang, hinter die Theke zu schleichen und nachzusehen, was in dieser Akte stand, sich die zu einem Bündel verschnürten Tabellen und Ordner anzusehen. Aber da war dieser Schmerz, ein Druckgefühl hinter ihren Augen, und sie war einfach zu müde. Eine Minute später kehrte die Krankenschwester mit einem Wasserglas und einer Karaffe zurück.

»Hier, Pandora.« Sie reichte Pan das Glas. »Du bist wahrscheinlich dehydriert. Wir haben versucht, dir intravenös so viel Wasser wie möglich zuzuführen, aber du warst sehr lange bewusstlos. Trink so viel du kannst, meine Liebe. Aber nicht alles auf einmal. Nippe dran. Kleine Mengen. Leider haben wir kein Eis.«

Pan, die gerade das Glas an den Mund hob, erstarrte: »Wie lange war ich denn bewusstlos?«

Die Krankenschwester machte ein verlegenes Gesicht. Sie stellte die Karaffe auf den Tisch neben den Stühlen und ging wieder an ihren Platz hinter der Theke zurück. »Du bist sehr krank gewesen«, sage sie. »Auf jeden Fall wird der Arzt jeden Moment hier sein und ich bin mir sicher, dass er dann alle deine Fragen beantwortet. Aber jetzt entschuldige mich bitte. Ich muss wieder an die Arbeit.«

Pan widerstand der Versuchung, auf Antworten zu drängen. Stattdessen nahm sie einen großen Schluck Wasser. Es schmeckte wunderbar. Ein bisschen warm, aber sauber und rein.

Hinter der Schwesternstation ging eine Tür auf und der Mann, den sie am Vortag getroffen hatte – war es am Tag zuvor gewesen? –, betrat den Empfangsbereich. Hinter ihm erschien eine Frau mit leuchtend roten Haaren, die sie sich aus dem Gesicht gekämmt und zu einem Pferdeschwanz zusammengefasst hatte. Beide trugen Arztkittel. Beide lächelten.

»Pandora!«, sagte der Mann. »Du siehst erstaunlich gut aus. Ich bin Dr. Morgan – dein Arzt. Und das ist meine Kollegin, Dr. Macredie, unsere Psychologin und Beratungslehrerin hier in der Akademie.«

Die Frau streckte lächelnd die Hand aus. Pan schüttelte sie automatisch.

»Schwester Watson hat gesagt, du hättest ein paar Fragen.« Dr. Morgan strahlte Pan an. »Und wer könnte dir das verdenken? Wer kann es dir verdenken? Aber bevor du uns verhörst – verständlich, dass du uns verhören willst –, möchte ich dich kurz untersuchen. Es dauert nicht lang, versprochen. Den Puls messen, kurz in deine Augen leuchten, einmal mit dem Hammer auf deine Kniescheiben klopfen. Ich mache nur Witze, meine Liebe.« Er kniete sich vor sie und legte seine Finger um ihr Handgelenk. »Alles reine Routine.« Er zog eine bleistiftdünne Taschenlampe aus seiner Brusttasche und leuchtete ihr erst in das eine Auge, dann ins andere. »Alles klar«, sagte er, knipste die Lampe aus und steckte sie zurück in die Tasche. »Wie ich festgestellt habe, besteht nicht der geringste Zweifel: Du hast die korrekte Anzahl Augen und sie sitzen an der richtigen Stelle – zu beiden Seiten von deiner Nase. Wieder ein Triumph für die medizinische Wissenschaft.« Er lachte über seinen eigenen Witz.

»Ich brauche Antworten«, sagte Pan.

Der Arzt schob seine Brille mit den halbmondförmigen Linsen hoch.

»Natürlich brauchst du die. Natürlich. Aber der Empfangsbereich ist vielleicht nicht der geeignete Ort für so ein Gespräch. Komm mit. Wir haben einen Konferenzraum, den wir nutzen können. Da haben wir es bequemer. Und wir sind unter uns.«

Er streckte die Hand aus und Pan ergriff sie, um sich daran auf die Füße zu ziehen. Sie folgte den Ärzten durch die Tür hinter der Schwesternstation, einen kurzen Flur entlang in einen großen, fensterlosen Raum, der fast vollständig von einem langen Holztisch eingenommen wurde. Ein Dutzend Stühle waren um den Tisch herum platziert. Auf einer Seite stand ein Whiteboard, auf seinem Metallsims lagen mehrere Marker. Pan wurde zu einem Stuhl am Tischende geführt und die Ärzte setzten sich zu beiden Seiten von ihr. Die Frau – die Psychologin/Beratungslehrerin – hatte den Wasserkrug mitgebracht. Sie schenkte Pan nach und füllte Wasser in zwei Gläser, die auf dem Tisch bereitstanden. Einen Moment lang herrschte Schweigen. Dr. Morgan trank mit langsamen Schlucken.

»Pandora«, sagte er schließlich. »Bevor wir anfangen, dürfte ich dich fragen, woran du dich erinnerst? Was geschah, bevor du in deinem Krankenbett aufgewacht bist? Nenn mir bitte so viele Details wie möglich. Fang mit deinem vollständigen Namen an.«

»Ich heiße Pandora Stone«, sagte sie. »Ich bin sechzehn Jahre alt und wohne in Melbourne. Ich habe eine Mutter und einen Bruder, der heißt Danny. Wo sind sie und was mache ich hier?«

Dr. Morgan hielt eine Hand hoch. »Bitte«, antwortete er. »Wir werden all deine Fragen ehrlich beantworten. Das verspreche ich dir.« Er legte sich eine Hand aufs Herz. »Aber erst muss uns klar sein, was du bereits weißt. Es ist unterschiedlich, weißt du? Einige Überlebende erinnern sich an alles, was geschehen ist. Andere … na ja, die haben Gedächtnislücken. Ich glaube, Letzteres ist bei dir der Fall, Liebes.«

»Überlebende? Das verstehe ich nicht.«

»Beschreibe den letzten ganzen Tag, an den du dich erinnerst. Tu mir den Gefallen, Pandora.«

Sie runzelte die Stirn. »Ich weiß nicht. Es ist alles irgendwie verschwommen. Ich bin zur Schule gegangen …«

»Und bevor du zur Schule gegangen bist?«

»Irgendwas in den Nachrichten, glaube ich. Etwas Wichtiges, aber ich kann mich nicht erinnern, was es war. Ich habe gefrühstückt. Meinem Bruder Danny ging es nicht gut.«

»Gut. Hervorragend. Du sagst, du bist zur Schule gegangen?«

»Ja, nur kann ich mich daran überhaupt nicht erinnern. Ich kann mich nur daran erinnern, dass ich nach Hause gekommen bin.« Bilder blitzten in Pans Erinnerung auf. Ein Polizist. Ein Auto, das gegen eine Brücke prallte. Eine Frau, die aus einem Laden herauskam. Sie schüttelte den Kopf. Das waren Albträume. Das war nicht echt. »Ich habe meine Mutter nicht gefunden«, schloss sie. »Wie gesagt, es ist alles ganz verschwommen. Was ist passiert? Was ist los? Warum kann ich mich nicht erinnern?«

Dr. Morgan warf Dr. Macredie einen vielsagenden Blick zu. Er fuhr sich mit der Hand durch die Haare und strich sie über seine Halbglatze. Dann beugte er sich vor, verschränkte die Hände und legte sein Kinn auf die beiden Zeigefinger. Er sah Pan fest in die Augen.

»Du erinnerst dich sehr wohl an andere Dinge, Pandora«, sagte er. »Unschöne Dinge, habe ich recht? Aber du denkst, es waren nur Albträume, die unmöglich echte Erinnerungen sein können.« Er verstummte und diesmal war kein Lachen in seinen Augen. »Es waren keine Albträume. Das alles ist wirklich passiert.«

»Das ergibt keinen Sinn.«

Zum ersten Mal ergriff jetzt Dr. Marcredie das Wort. Sie sprach leise und Pan lehnte sich nach vorn, um ihre Worte besser zu verstehen.

»Am 24. März, dem letzten Tag, an den du dich erinnerst, ist ein neues Grippevirus ausgebrochen. Vermutlich ist es erstmalig in den nordöstlichen Bundesstaaten der USA aufgetreten, aber keiner kann das so genau sagen. Jedenfalls ist es dort erstmals gemeldet worden.«

Etwas in Pans Erinnerung geriet in Bewegung. Die Nachrichten beim Frühstück im Radio. Ein Mann berichtete aus

New York. Etwas über Tote. Sie zwang sich dazu, Dr. Macredie zuzuhören.

»Wir haben keinerlei Vorstellung davon, um was für ein Virus es sich handelt, obwohl wir schon Untersuchungen durchgeführt haben. Darüber können wir später noch reden, wenn du möchtest. Wenn du Zeit hattest, dich mit dem abzufinden, was wir dir sagen müssen.«

Sie nahm einen Schluck Wasser. Pan fiel auf, dass ihre Hände zitterten. »Unterm Strich lässt sich sagen, dass das Virus sich mit einer Geschwindigkeit verbreitete, die … beispiellos ist. Die ersten Symptome waren nicht weiter auffällig. Husten, Halsschmerzen, leichtes Fieber. Aber innerhalb weniger Stunden zerstörte das Virus die Lungen der Menschen, fraß sie einfach auf. Die meisten starben, weil sie in ihrem eigenen Blut ertranken …«

(Die Vertretungslehrerin, ihr blau angelaufenes Gesicht, wie sie nach Luft rang, die Augen angstvoll aufgerissen …)

»… und zu dem Zeitpunkt, als der Ernst der Lage erkannt wurde, war es viel zu spät. Vielleicht war das Virus eine Zeit lang inaktiv. Wir wissen es einfach nicht. Die Vereinigten Staaten haben später an diesem Tag alle internationalen Flüge gestoppt. Aber es hat nichts genützt. Das Virus tauchte in Europa auf, im Nahen Osten, in Afrika, Australien. In jedem Land der Welt.«

»Meine Mutter und mein Bruder sind tot, oder?«, fragte Pan. Ihre Stimme war hölzern und es fühlte sich an, als hätte jemand ihre Gefühle betäubt.

Dr. Morgan beugte sich vor und griff nach ihrer Hand, aber Pan zog sie schnell weg.

»Sagen Sie es mir«, verlangte sie.

»Ja«, sagte Dr. Morgan. »Ich würde dir gerne etwas anderes sagen, aber als wir dich aus einem kleinen öffentlichen Park in Melbourne geborgen haben, hast du dich ganz in der Nähe von zwei Leichen befunden: die einer Frau und die eines kleinen Jungen. Ich nehme an, dass es deine Angehörigen waren. Pan, es tut mir so leid.«

(Ein Tropfen Blut sickerte zwischen den Fingern der Frau hindurch, fiel zu Boden, eine rubinrote Münze zwischen ihren Füßen. Ein zweiter folgte und noch einer und noch einer. Die Tropfen bildeten einzelne, leuchtende Kreise. Dann verbanden sie sich, bildeten eine Pfütze. Vor Pans Augen dehnte sich die rote Fläche aus. Die Tropfen fielen nicht mehr einzeln aus den Händen der Frau, sondern in langen Fäden. Der Junge auf der Schaukel hustete ein Mal.)

Die Stimme des Mannes klang gedämpft. Es klang, als spreche er von weither. Als Pan den Kopf hob, stellte sie fest, dass sie auch nicht mehr scharf sehen konnte. Es war, als beobachte sie etwas unter Wasser. Ihre Augen brannten. Alles war verschwommen, bruchstückhaft. In ihrer Brust saß ein harter Knoten und presste auf ihre Lungen. Ihr Verstand schien genauso unbeweglich wie dieser Knoten. Pan nahm nur unscharf wahr, dass Dr. Macredie weiterredete.

»... reines Glück, dass wir dich gefunden haben. Genau genommen eine Nadel im Heuhaufen. Trotz der Wärmebildkamera kann die Technik des Helikopters keine Menschen ausmachen. Andere Lebewesen scheint das Virus überhaupt nicht zu befallen, deswegen haben die Sensoren ununterbrochen Leben gemeldet. Du bist ein Wunder, Pandora Stone, auch wenn du dir das im Moment nicht vorstellen kannst – eines Tages wirst du dafür dankbar sein. Vertrau mir.« Sie breitete die Arme aus. »Offenbar sind manche Menschen gegen das Virus resistent. Nicht immun, aber sie haben überlebt. Menschen wie du, Pan. Andere sind überhaupt nicht krank geworden. Dr. Morgan und ich beispielsweise. Wir hatten überhaupt keines der Symptome. Im Moment haben wir noch keine Ahnung, warum das so ist. Vielleicht werden wir es niemals wissen. Was auch immer die Gründe sind – wir sind zusammen hier gelandet. Die Akademie ist der Ort für jene, die überlebt haben.«

»Wie viele?« War die Stimme, die sie da hörte, tatsächlich ihre eigene? Sie klang so dünn und heiser.

Dr. Morgan warf seiner Kollegin einen fragenden Blick zu. Einen Moment lang schwiegen beide.

»Ich habe dir versprochen, dass wir dich nicht belügen werden«, sagte Dr. Morgan. »Wir wissen nicht, wie viele überlebt haben. Es ist möglich – sogar wahrscheinlich –, dass Tausende da draußen liegen, im Koma, so wie du in den vergangenen zwei Monaten ...«

(Zwei Monate?)

»... aber wir wissen nicht, wo sie sich befinden. Wir haben Leute da draußen, die nach ihnen suchen, aber je mehr Zeit vergeht, desto geringer sind die Chancen, noch jemanden zu entdecken. Du selbst warst eine der Letzten, die wir gefunden haben. In den vergangenen zwei Wochen nicht ein Überlebender.«

»Wie viele Überlebende?« Pan wusste gar nicht, warum sie so beharrlich fragte. War das unter diesen Umständen überhaupt wichtig?

»Weltweit? Vielleicht zehntausend. Vielleicht auch mehr.«

Diese Zahlen waren absurd. Ein Teil von Pans Verstand erkannte das.

Dr. Macredie legte ihre Hand auf Pans Hand, und diesmal hatte Pan nicht die Kraft, sie wegzuziehen.

»Das Virus hat Milliarden getötet, Pan«, sagte sie. »Da draußen ist niemand mehr. Die Welt, die wir kannten, ist zerstört. Die Menschheit steht am Rande der Ausrottung. Und deswegen sind wir hier in die Akademie gekommen. Um zu lernen, wie wir den Sturz in diesen Abgrund verhindern können.«

3.

Pan betrachtete sich selbst im Badezimmerspiegel.

Das Gesicht, das ihr entgegenstarrte, wirkte einerseits vertraut, andererseits irgendwie fremd, entstellt. Sie sah in ihre grünlichen Augen, musterte ihr langes Gesicht mit der etwas überdimensionalen Nase, die braunen Haare mit den blonden Strähnen. Ein unscheinbares Mädchen. *Ich habe dich früher gekannt, aber das war zu einer anderen Zeit, in einer anderen Welt.* Ihre Arme und Beine waren dünn und ausgezehrt. Als sie ihre Augen näher betrachtete, fiel ihr auf, dass auch sie zusammengekniffen waren – Augen, dachte sie, die viel zu viel gesehen hatten. So hatte sie sich selbst nicht in Erinnerung – gar nicht. Es hatte eine Zeit gegeben, da hatte sie gelacht, da war ihr Körper muskulös gewesen und nicht zusammengeschrumpft und ausgezehrt. Aber das war ein völlig anderes Mädchen gewesen.

Denn das andere Mädchen ist tot.

Pan fröstelte. Sie betrat die Duschkabine und drehte beide Wasserhähne auf. Die Dusche war nicht heiß und sie hatte wenig Druck, aber das Wasser strömte wohltuend über ihre Haut. Es übertönte die schreienden Stimmen in ihrem Kopf.

Pan wusch sich die Haare mit Kernseife. Sie hatte die Schwester um Shampoo gebeten, aber die hatte nur müde gelächelt und ihr mitgeteilt, dass momentan recht wenige

Luxusgüter im Angebot seien. Aber eigentlich war das ja auch egal. Nach dem Gespräch mit den beiden Ärzten war Pan in ihre Station zurückgekehrt und hatte geschlafen – falls man das komplette Ausschalten von Körper und Bewusstsein wohlwollend als Schlaf bezeichnen wollte. Sie hatte achtzehn Stunden lang geschlafen, wobei sie nicht wahrnahm, wie viel Zeit verging. Es interessierte sie auch nicht. Dieser Schlaf diente nicht der Erholung oder Wiederherstellung. Er war von lebensechten Träumen zerrissen. Immer und immer wieder sah sie dieselben Bilder, wie Szenen eines Horrorfilms in einen Loop, aber zwischen die Endloswiederholung einer Frau, die sich beinahe sanft in der Luft um sich selbst drehte, und einer Blutlache, die ein Muster auf den Asphalt zeichnete, mischten sich jetzt andere Bilder: *Pan rannte durch eine enge Gasse, das Herz hämmerte in ihrer Brust. Jemand verfolgte sie und kam immer näher. Von Zeit zu Zeit wandte sie den Kopf, sah aber nichts. Sie hielt den Blick auf das Ende der Gasse gerichtet. Ihre Beinmuskeln verkrampften sich. Sie war sich sicher, dass sich ihr jeden Moment jemand in den Weg stellen, ihr den Weg abschneiden würde.*

Als sie erwachte, saß sie aufrecht im Bett, ihr Gesicht war schweißüberströmt, ein Schrei steckte ihr noch in der Kehle und sie wusste nicht, wo sie war. Dann erkannte sie die Glastüren, die Krankenbetten und alles fiel ihr wieder ein. *Als ich klein war*, dachte sie, *und Albträume hatte, war ich immer froh, wenn ich aufgewacht bin, wenn sich alles wieder normal und sicher anfühlte*. Jetzt erwachte sie aus einem Albtraum und fand sich im nächsten wieder. Sie zwang sich, aus dem Bett zu steigen. Die Versuchung, sich wieder hinzulegen, war groß, aber die Furcht vor dem, was der Schlaf bringen würde, noch größer. Sie taumelte ins Badezimmer.

Die Seife brannte in ihren Augen und sie tastete nach dem Handtuch, das an einem Halter bereit hing.

Jemand reichte es ihr.

Einen Moment lang war Pan verwirrt. Dann wurde ihr schlagartig klar, dass sie nicht allein war. Ihr Herzschlag beschleunigte sich und sie presste das Handtuch an sich, rubbelte wild über ihr Gesicht und wischte sich die Seife aus den Augen.

»Tut mir leid, wenn ich dich erschreckt habe«, sagte eine Stimme. Es war eine Mädchenstimme. »Ich vergesse manchmal, dass Neulinge in dieser Hinsicht etwas empfindlich sind.«

Sobald sie wieder etwas sehen konnte, schlang sich Pan das Handtuch eng um den Körper und betrachtete ihre Besucherin blinzelnd. Das Mädchen war klein und schlank, mit pechschwarzen Haaren bis zum Kinn. Ihr eher laienhaft geschnittener Pony bildete den oberen Rahmen für ein fein geschnittenes Gesicht. Ihre Augen waren beinahe so schwarz wie ihre Haare.

»Da, wo ich herkomme«, sagte Pan, »gilt es als höflich, wenn man anklopft.« Sie versuchte gar nicht, ihre Verärgerung zu überspielen.

»Aber da bist du jetzt nicht«, stellte das Mädchen sachlich fest. »Jetzt bist du in der Akademie.« Sie musterte Pan von Kopf bis Fuß. »Auf Benimmregeln legen wir hier nicht so großen Wert. Ich hoffe, es macht dir nichts aus, wenn ich hiermit feststelle, dass du beschissen aussiehst.«

»Danke«, sagte Pan. »Also, wenn es dir jetzt nichts ausmacht, ich würde mich gerne anziehen.«

Das Mädchen rührte sich nicht.

»Allein!«, fügte Pan hinzu.

»Ich habe dir ein paar Kleider mitgebracht«, sagte das Mädchen. Sie deutete auf einen Stapel Armee-Kleidung, der sorgfältig zusammenfaltet auf einer Bank bereitlag. Sie hatte Ähnlichkeit mit der Kleidung, die das Mädchen selbst trug. »Was auch immer du getragen hast, als du hier reingekommen bist, es wurde verbrannt. Routinemaßnahme. Und hier oben ist es gerade ziemlich kalt, also wäre ein Krankenhaushemdchen nicht so richtig passend.«

Pan presste das Handtuch noch enger an sich. »Ich gehe nirgendwohin«, sagte sie. »Wie du selbst so taktvoll festgestellt hast: Ich sehe beschissen aus und fühle mich auch so. Sobald ich mich abgetrocknet habe, gehe ich wieder ins Bett.«

Das Mädchen schüttelte den Kopf. »Nein, tust du nicht. Du kommst mit mir mit und ich zeige dir alles.« Jetzt lächelte sie und ihr ganzes Gesicht leuchtete auf. Pan hätte ihr Lächeln beinahe erwidert. Es war ansteckend. Aber sie kämpfte gegen den Impuls an und gewann.

Das Mädchen streckte die Hand aus: »Ich heiße Wei-Lin«, sagte sie. »Und du bist Pandora Stone. Freut mich, dich kennenzulernen, Pandora.«

Pan war versucht, die ihr angebotene Hand nicht zu nehmen, aber sie schaffte es nicht, mit Absicht derart unhöflich zu sein. Sie schüttelte die Hand und das Mädchen schien sich zu freuen.

»Ich warte draußen auf dich«, sagte sie. »Bitte beeil dich. Die anderen warten und wir haben ein umfangreiches Programm.«

»Und wenn ich mich weigere?«, fragte Pan. Sie hatte beschlossen, dass sie das Mädchen begleiten würde, aber ihr war es wichtig, deutlich zu machen, dass sie einen eigenen

Willen besaß. Das Krankenbett hatte jede Anziehungskraft verloren – da war von Anfang an nicht viel gewesen – und sie war neugierig auf das, was jenseits der Mauern dieses Spitals lag. Aber sie sträubte sich gegen die Selbstverständlichkeit, mit der erwartet wurde, dass sie jeder Anordnung ohne Widerspruch Folge leistete.

Wei-Lin lächelte. »Dann würdest du trotzdem mitkommen.«

»Du meinst, du würdest mich körperlich dazu zwingen?«

»Genau.« Wei-Lin schien diese Vorstellung enorm zu erheitern. »Aber ich glaube, das wäre kein guter Anfang für uns beide, oder? Also wäre ich wirklich froh, wenn du dich jetzt anziehen und einfach mitkommen würdest, Pandora Stone. Bitte.« Sie ging zur Tür, drehte sich dann aber sofort wieder um. »Hast du nicht für den Rest des Lebens genug geschlafen?« Sie verschwand aus der Tür, ohne eine Antwort abzuwarten.

Pan war froh, dass sie diese Frage nicht beantworten musste. Sie hatte wirklich lange genug geschlafen und es war ohnehin nur belastend gewesen. Schnell zog sie sich an. Der Overall war obenrum etwas weit, aber die Hosenlänge stimmte in etwa und die Ärmel der Tarnjacke waren nur ein bisschen zu lang. Die schwarzen Springerstiefel kniffen etwas. Hoffentlich waren sie bald eingelaufen! Sie rubbelte ihre Haare trocken und strich sie aus dem Gesicht. Als sie in den Spiegel sah, hätte sie beinahe gelacht. Ihr Spiegelbild wirkte lächerlich: Ein ausgemergeltes Mädchen, das sich Mühe gab, stark und kräftig auszusehen, und an dieser Aufgabe mit fliegenden Fahnen scheiterte. Aber Pan lachte nicht. Sie war sich nicht sicher, ob sie jemals wieder lachen würde.

Wei-Lin wartete vor der Tür. Sie musterte Pan kurz, sagte

aber nichts. Dann ging sie den Flur hinunter, an der Schwesternstation vorbei und durch der Vordertür hinaus. Pan folgte ihr. Sie hatte Mühe, mit Wei-Lin Schritt zu halten. Beinahe sofort verspannten sich ihre Beinmuskeln und brannten schmerzhaft. *Ich bin wirklich nicht in der allerbesten Verfassung*, dachte sie.

»Müssen wir den Ärzten nicht sagen, dass ich weggehe?«, keuchte sie hinter Wei-Lins Rücken.

Wei-Lin feuerte ihre Antwort über die Schulter. »Die wissen Bescheid. Es gefällt ihnen nicht, aber sie wissen es«, sagte sie. »Außerdem sind sie gar keine Ärzte. In der Akademie bezeichnen sich Morgan und Macredie als Ärzte, aber da draußen ...«, sie gestikulierte vage in Richtung Meer, »waren sie etwas ganz anderes. Ich vermute, Macredie war Krankenschwester an einer Schule und Morgan hat vermutlich in der Verwaltung eines Krankenhauses gearbeitet. Sein höchster medizinischer Abschluss ist wahrscheinlich seine Urkunde aus dem Erste-Hilfe-Kurs, den er für die Einstellung gebraucht hat.«

»Moment mal«, sagte Pan. Sie blieb einen Moment lang stehen und kämpfte gegen die Versuchung, sich vorzubeugen und die Hände gegen ihre schmerzenden Schenkel zu stemmen. Wei-Lin wandte sich um. »Wie können sie hier dann Ärzte sein?«, ergänzte Pan.

Wei-Lin zuckte mit den Achseln.

»Wir haben neunundneunzig Komma irgendwas Prozent der Weltbevölkerung verloren. Die beiden interessieren sich für Medizin und sie besitzen Bücher. Es wäre schon ganz praktisch gewesen, wenn ein paar Allgemeinärzte überlebt hätten, vielleicht auch der eine oder andere Chirurg. Wahrscheinlich haben auch welche überlebt, aber sie sind nicht hier. Das hier ist eine neue Welt, Pandora. Wir müssen die Kenntnisse nutzen, die wir haben. Und wir lernen ja ständig dazu.«

Pan atmete tief durch und richtete ihren Blick auf die Landschaft um sie herum. Die Aussicht war ebenso atemberaubend wie vom Hof vor dem Spital aus. Tiefe Wolken bedeckten den Himmel, es sah nach Regen aus. Das Meer konnte sie nicht erkennen. Aber die anderen, weit zerstreuten Akademiegebäude lagen direkt vor ihr. Und die Mauer.

»Was befindet sich hinter der Mauer?«, fragte sie.

Wei-Lin kam ein paar Schritte zurück und stellte sich neben Pan. Auch sie ließ ihren Blick über die Landschaft wandern.

»Deine Fragen beantworte ich dir in der Orientierungsstunde«, sagte sie. »Aber ich möchte nicht alles zweimal sagen. Zeit ist Geld, also komm weiter.«

»Wie kommen wir da runter?« Diese Frage hatte sich Pan bisher gar nicht gestellt, seltsam eigentlich. Das Felsplateau, auf dem das Spital errichtet war, grenzte auf der Rückseite direkt an den Berg. An den drei anderen Seiten gähnte ein Abgrund.

»Es gibt eine Treppe.« Wei-Lin deutete auf die linke Seite des Plateaus, aber von dem Punkt aus, an dem sich die beiden Mädchen befanden, konnte man nichts sehen. »In den Fels gehauen. Steil und ohne Geländer. Ich hoffe nur, du hast keine Höhenangst.«

»Ehrlich gesagt schon.«

»Na ja«, meinte Wei-Lin. »Dann musst du die wohl überwinden. Am besten wirst du einfach nicht krank und verletzt dich nicht. Dann musst du vielleicht nie wieder hoch ins Spital.«

Der Abstieg war furchterregend. Pan hielt sich rechts so dicht wie nur möglich an der Felswand, aber obwohl die Treppe breit war, konnte sie die Kante und den schwindelerregenden Abgrund dahinter sehen. Immer wieder wanderte ihr Blick dorthin. Sie konzentrierte sich darauf, ihre Aufmerksamkeit jeweils auf die nächste Stufe zu richten, und versuchte, gleichmäßig zu atmen. Ein Schritt nach dem anderen, immer mit beiden Füßen auf eine Stufe treten, bevor sie die nächste in Angriff nahm. Es schien ewig zu dauern. Wei-Lin hatte offenbar nicht die geringsten Bedenken. Wenn Pan doch einmal aufsah, konnte sie sehen, wie ihre Begleiterin die Treppe beinahe hinunterhüpfte. Alle paar Minuten blieb sie stehen, damit Pan sie wieder einholen konnte. Falls sie Pans Langsamkeit ungeduldig machte, überspielte sie das gut. Endlich erreichten sie die unterste Stufe und Pans Brust entwich ein tiefer Seufzer. Ihre Beinmuskeln verkrampften sich und sie war dankbar für die kalte, saubere Luft.

»Nur noch ein paar hundert Meter weiter«, verkündete Wei-Lin. Sie deutete auf ein flaches Gebäude am Ende eines von Steinen übersäten Trampelpfads. »Da müssen wir hin.«

Das Gebäude erinnerte Pan an die tristen Unterrichtscontainer an ihrer alten Schule.

»Es wird Zeit, dass du den Rest unserer Gruppe kennen lernst«, sagte Wei Lin. Sie bog auf den Pfad ein und Pan zwang ihre schmerzenden Muskeln dazu, ihr zu folgen.

~~~

Der Raum war kalt und karg. Die wenigen Fenster hatten keine Vorhänge, zum Ausgleich dafür waren sie mit Spinn-
~~~

weben dekoriert. An einem Ende des Raums stand ein wackliger Schreibtisch vor einer altertümlichen Kreidetafel und einer Ansammlung von Plastikstühlen, die zu einem unregelmäßigen Kreis zusammengestellt waren. Auf den Stühlen saßen drei Jungen und drei Mädchen. Sie sahen auf, als Wei-Lin und Pan eintraten. Sie wirkten ebenso wie der Raum von allen Lebensgeistern verlassen.

Wei-Lin ging rasch zu einem der freien Stühle, setzte sich aber nicht hin. Pan wählte einen Stuhl neben einem gut aussehenden Jungen, der etwa siebzehn Jahre alt sein mochte. Ihre Blicke trafen sich; er nickte ihr kurz zu und senkte dann wieder den Blick.

»Guten Morgen«, sagte Wei-Lin. »Willkommen in unserer Gruppe. Tut mir leid, dass ihr warten musstet. Mit Ausnahme von mir selbst seid ihr ja alle neu hier in der Akademie. Seht das heute einfach als euren allerersten Schultag an.«

Der Junge neben Pan grunzte verächtlich, ohne den Kopf zu heben. Falls Wei-Lin ihn hörte, ließ sie sich nichts anmerken.

»Ich heiße Wei-Lin und ich bin eure Mentorin. Das bedeutet nicht, dass ich irgendwie höhergestellt wäre als ihr. So funktioniert die Akademie nicht. Es bedeutet einzig und allein, dass ich schon länger hier bin. Fünf Wochen, um genau zu sein. Ich kenne mich hier an der Akademie aus und verstehe, wie sie funktioniert. Der Sinn dieser Orientierungsstunde liegt darin, dass ich mein Wissen teile, euch wichtige Informationen gebe und eure Fragen beantworte, so gut ich kann. Habt ihr das verstanden?«

Niemand sagte etwas.

»Also gut«, fuhr sie fort. »Wir fangen mit den grundsätzlichen Dingen an. Ihr habt alle einen Satz Kleidung bekommen. Auf der Bank da drüben liegen eine zweite Garnitur und ein Rucksack. Wenn wir hier fertig sind, packt bitte eure Ersatzkleidung in den Rucksack. Mehr bekommt ihr nicht, also passt gut darauf auf. Der Sonntag ist als Waschtag vorgesehen, das heißt, ihr könnt euch nur einmal in der Woche umziehen. Glaubt mir, man gewöhnt sich daran. Auf dem Kleiderbündel liegt eine Armbanduhr. Wie alles andere hier entstammt sie Armeebeständen. Die Uhr ist stabil und sehr genau. Tragt sie immer. Ihr findet dort auch einen Lageplan der Akademie, damit ihr euch in der ersten Zeit zurechtfindet. Wahrscheinlich braucht ihr ihn nur in den ersten Tagen.

Also. Es sieht so aus: In dieser Gruppe sind wir acht Leute. Wir wohnen zusammen, lernen, üben und trainieren miteinander. Wir versorgen uns selbst und kümmern uns umeinander. Wir sind die kleinste Gruppe dieser Akademie – die meisten Gruppen bestehen aus etwa fünfzehn Leuten, aber es kommen immer weniger Überlebende rein, also bleibt es wahrscheinlich bei acht. Falls es doch noch mal Zuwachs gibt, kann es sein, dass einer von euch ausgewählt wird, der diese Gruppe verlässt und die Neuankömmlinge betreut. Aber das wird wohl nicht passieren, schon allein, weil wir es uns nicht leisten können, einen von uns zu verlieren.«

Wei-Lin machte eine Pause, aber es war nicht klar, ob sie damit die anderen zum Sprechen aufforderte. Die Gruppe blieb stumm. Pan sah sich um. Die meisten hielten die Köpfe gesenkt. Nur eins der Mädchen saß kerzengerade in ihrem Stuhl und beobachtete Wei-Lin. Ihr Blick war eisig und hart. *Die ist tough*, dachte Pan. *Hat möglicherweise ein Problem. Ist vielleicht selbst ein Problem.* Das Mädchen sah jetzt Pan direkt in die Augen. Pan senkte instinktiv den Blick. Das Schweigen zog sich noch ein, zwei Momente hin.

»Idealerweise«, fuhr Wei-Lin fort, »wachsen wir zu einer eng verbundenen Gruppe zusammen. Einer Familie.«

Jetzt lachte der Junge neben Pan laut auf. Es war ein bitteres Lachen, aber nicht gänzlich ohne Humor.

»Es heißt ja, seine Familie kann man sich nicht aussuchen«, sagte er. »So gesehen ist das ja konsequent. Und es tut mir leid, wenn ich dir jetzt in die Suppe spucke, *Schwesterherz*, aber ich hatte eine Familie und mit ihr gab es Ärger genug. Ich bin mir nicht sicher, ob ich jetzt eine neue haben möchte.«

»Mag ja sein«, sagte Wei-Lin ruhig. »Aber deine richtige Familie ist tot. Wir nicht. Das ist ein wichtiger Unterschied.«

Der Junge zuckte mit den Achseln, sagte aber nichts mehr.

»Also gut«, fuhr Wei-Lin fort. »Vielleicht werden wir ja eine Problemfamilie. Das trifft ja sowieso auf die meisten Familien zu. Aber wir müssen einander kennenlernen, und wenn auch nur, damit wir wissen, wen von den anderen wir nicht leiden können.« Wieder lachte der Junge. »Ich fange an und dann gehen wir einmal die Runde durch. Es geht nur um ein paar Grundinformationen. Name, woher ihr kommt und worin ihr gut seid, wenn es da etwas gibt. Die Akademie legt großen Wert darauf, eure Fähigkeiten zu erkennen und sie weiter auszubauen. Das kann alles sein. Grüner Daumen, Mathegenie, Skifahren, egal. Noch ein kurzer Tipp, bevor wir anfangen: Versucht nicht, eure Erinnerungen an das Virus wachzuhalten. Die meisten von uns, vermute ich, haben sowieso nur ganz wirre Erinnerungen – das scheint ein Nebeneffekt der Infektion zu sein.«

»Warum?«, unterbrach sie Pan. »Ich meine, möchtest du nicht, dass wir darüber reden?«

»Es geht nicht darum, dass ich das nicht will«, erwiderte Wei-Lin. »Es geht darum, dass das nirgendwo hinführt. Wenn es euch so geht wie mir, dann geratet ihr jedes Mal, wenn ihr einschlaft, an die grauenvollsten Orte. Miteinander darüber zu reden, bringt gar nichts. Wir sind alle durch die Hölle gegangen. Wir gehen immer noch hindurch. Ich werde mit meinen eigenen Albträumen nicht fertig und ganz bestimmt möchte ich mich nicht auch noch mit euren belasten.«

»Okay«, sagte Pan.

»Ich heiße Wei-Lin. Ich bin vierzehn und ich habe in Hong Kong gelebt. Einmal bin ich in einem Wettbewerb in China in meiner Altersgruppe Dritte im Bogenschießen geworden. Seit meinem achten Lebensjahr habe ich Bogenschießen trainiert. Vermutlich bin ich jetzt in meiner Altersgruppe die Nummer Eins. NV bin ich von einem Hubschrauber gerettet worden, der auf der Suche nach Überlebenden war. Er hat mich vor über fünf Wochen hierher in die Akademie gebracht. Ich habe kaum Erinnerungen an meine Rettung und noch weniger an die Tage kurz davor.«

»NV?«, hakte der Junge neben Pan ein.

»Nach dem Virus«, erklärte Wei-Lin.

Der Junge nickte. »Mir geht es doch gleich sehr viel besser, jetzt, wo wir eine Abkürzung dafür haben«, sagte er. »Da kriege ich direkt Heimweh nach der alten Welt.«

Wei-Lin lächelte. »Du«, sagte sie und deutete auf den Jungen, der rechts neben ihr saß.

Sein Gesicht war voller Pickel. Pan war erleichtert, dass sie als Letzte an die Reihe kommen würde.

»Ich heiße Karl«, sagte er. »Fünfzehn. Wellington, Neuseeland. Ich kann gar nichts besonders gut, außer man rechnet Computerspiele dazu. Darin war ich spitze.«

»Könnte nützlich sein«, meinte Wei-Lin.

»Habt ihr hier denn Computer?«, fragte Karl und Hoffnung blitzte in seinen Augen auf.

»Nein«, erwiderte Wei-Lin. »Noch nicht. Aber beim Spielen hast du bestimmt auch einige nützliche Fähigkeiten erworben. Wir reden später darüber. Die Nächste.«

»Samantha, aber alle nennen mich Sam. Sechzehn Jahre alt. Ursprünglich aus Großbritannien, aber ich habe auf Bali Urlaub gemacht, mit meinen …« Sie verstummte, schluckte. »Ich weiß nicht mehr, wie ich hierhergekommen bin. Ich war lange bei den Pfadfindern. Ich hab dadurch Erfahrung mit Orientierungsläufen.«

»Hervorragend. Die Nächste.«

Einen Moment lang sah es so aus, als wollte das Mädchen nichts sagen. Sie war blass, ihr Gesicht breit und grobschlächtig. Sie wickelte eine Locke um den Zeigefinger und vermied es, irgendjemandem in die Augen zu sehen. Offensichtlich war sie kurz davor, in Tränen auszubrechen. *Sie hat eine schwere Depression*, dachte Pan. *Andererseits, haben wir die nicht alle?* Endlich machte das Mädchen den Mund auf, aber alle mussten sich anstrengen, um ihre Worte zu verstehen.

»Cara«, flüsterte sie. »Neuseeland. Ich kann kochen. Ein bisschen.«

»Super«, sagte Wei-Lin. »Das Essen hier ist absolut widerlich, das werdet ihr noch merken. Jeder hier, der kochen kann, ist sein Gewicht in Gold wert.«

Falls Cara sich darüber freute, ließ sie sich das nicht anmerken. Sie zwirbelte einfach immer und immer weiter an ihrer Haarsträhne.

Der nächste Junge war beinahe ebenso zurückhaltend. Er

stellte sich als Sanjit aus dem Norden Australiens vor und erklärte, dass er gut mit fast jeder Art von Technik umgehen könne. Wei-Lin versicherte ihm, dass auch sein Können geschätzt würde. Dann war das Mädchen mit dem eiskalten Blick an der Reihe. Sie war ebenso laut wie die vorherigen beiden leise gewesen waren.

»Jen, siebzehn, aus Sydney, Australien. Ich habe den schwarzen Gürtel im Judo und ein paar anderen Kampfsportarten.« *Das passt genau*, dachte Pan. *Sie sieht aus wie jemand, dem es Spaß macht, anderen Schmerzen zuzufügen, nicht wie jemand, der Kampfsport lernt, um sich selbst zu verteidigen oder geistige Erleuchtung zu gewinnen. Sie ist das aggressive Mitglied dieser Familie, wahrscheinlich eine Mobberin.*

Jetzt war der gut aussehende Junge direkt neben ihr an der Reihe.

»Ich heiße Nate und ich bin achtzehn Jahre alt«, sagte er. »Ich war wegen eines Leichtathletik-Wettkampfs in Singapur. Ich bin Amerikaner. Das tut mir leid, aber ich kann nichts dafür. Anders als alle anderen hier erinnere ich mich an alles – NV«, er zeichnete mit den Fingern Anführungszeichen in die Luft, »ganz genau; allerdings wäre es mir lieber, ich würde mich gar nicht erinnern. Ich bin Läufer. Das ist das Einzige, worin ich gut bin. Gebt mir ein Stück Land und ich renne von einem Ende zum anderen. Falls in dieser schönen neuen Welt schnell laufen gefragt ist, bin ich euer Mann.«

Pan gefiel sein Akzent. Sein Aussehen gefiel ihr sogar noch viel besser: groß gewachsen, dunkel, mit einer schwarzen Lockenmähne, und obwohl er denselben Overall trug wie alle anderen, verbarg dieser seine schlanke und muskulöse Figur kein bisschen. Außerdem hatte er offensichtlich Humor. *Bestimmt stellt sich noch heraus, dass er ein Idiot ist*, dachte Pan. *Die attraktiven Jungs sind am Ende immer Idioten.*

Sie war überraschend nervös, als sie an der Reihe war. Sie fasste sich kurz und überraschte sich dann selbst, als sie ihre besondere Fähigkeit nennen sollte.

»Ich finde Dinge«, sagte sie.

»Wie meinst du das?«, fragte Wei-Lin. »Du findest Dinge?«

Pan bereute ihre Worte im selben Augenblick. Genau genommen hatte sie gar nicht gewusst, dass sie über ihre Ahnungen, ihre Intuition reden würde, und dann waren die Worte einfach aus ihr herausgesprudelt. Vielleicht aus Nervosität. Jetzt spürte sie, wie der Rest der Gruppe sie anstarrte, und fühlte sich verpflichtet, es den anderen zu erklären.

»Es ist einfach so, dass … na ja, irgendwie weiß ich Dinge, die andere nicht wissen. Wenn jemand irgendwas verliert, kann ich meistens sagen, wo es sich befindet. Nichts Großartiges oder so. Verlorene Schlüssel und solche Sachen.« Pan spürte, dass sie errötete. *Warum habe ich bloß mit diesem Mist angefangen?*, fragte sie sich.

»Meinst du damit, dass du eine Hellseherin bist?«, fragte Nate.

»N…nein«, stotterte Pan. »Ich habe Ahnungen, sonst nichts. So ein Gefühl. Und manchmal stellt sich dann heraus, dass diese Gefühle … es ist schwer zu erklären. Kommt, vergesst es. Ich habe keine besonderen Fähigkeiten. Nicht wirklich.«

Schweigen. Dann lachte Nate. Er hob die Hände und wedelte mit ihnen herum. »Huhuu, huhuu, huhuu«, kicherte er. »Herzlich willkommen in der Geisterstunde.«

Aber es klang nicht gehässig. Pan musste lächeln, aber als

sie aufblickte, sah sie Jens verächtliches Grinsen. An ihrem Ausdruck war ganz und gar nichts freundlich.

Wei-Lin schlug die Hände zusammen.

»Also gut, Leute«, sagte sie. »Ich würde sagen, wir brauchen jetzt mal eine Pause. Bitte nehmt eure Rucksäcke und eure Ersatzkleidung und folgt mir. Ich zeige euch, wo wir schlafen und bringe euch dann in die Kantine, da gibt es das, was man hier als Mittagessen bezeichnet. Nach dem Essen besuchen wir unsere erste und letzte Unterrichtsstunde des Tages. Genau genommen ist es kein richtiger Unterricht. Ich habe dafür gesorgt, dass wir uns eine Unterrichtsstunde in Waffentraining bei Mr Gwynne ansehen, damit ihr eine Vorstellung davon bekommt, was hier auf dem Stundenplan steht. Der eigentliche Unterricht beginnt erst morgen. Danach kommen wir hierher zurück und ich schließe die Orientierungseinheit ab, indem ich so gut wie möglich die Fragen beantworte, die ihr dann noch habt. Alles klar? Dann los.«

Alle packten ihre Kleidung ein, streiften die Armbanduhren über und schwangen sich die Rucksäcke auf die Schulter. Wei-Lin führte die Gruppe aus dem Gebäude. Eine blasse Sonne hatte sich zwischen den Wolken hervorgeschoben und Pan musste die Augen zusammenkneifen. Sie folgte dem chinesischen Mädchen über einen Trampelpfad, der auf die ferne Felswand zu führte. Nach wenigen Minuten stellte Pan fest, dass Nate neben ihr ging. Er grinste breit.

»Du findest Sachen, ja?«, sagte er.

»Manchmal«, erwiderte Pan.

»Das trifft sich gut. Ich habe den Verstand verloren. Irgendeine Ahnung, wo ich ihn wiederfinden könnte?«

4.

Hier werden die Mädchen schlafen«, sagte Wei-Lin. »Schlafsaal D. Die Jungs sind nebenan in E. Wir teilen uns unsere Unterkunft mit anderen Gruppen, ihr werdet also feststellen, dass die meisten Betten schon besetzt sind. Ich würde vorschlagen, ihr sucht euch eine Pritsche und legt euren Rucksack einfach drauf. Dann wissen die anderen, dass sie belegt ist.«

Die Schlafbaracken standen dicht gedrängt beieinander. Es waren etwa zwanzig. Ein Zaun trennte den Jungenbereich vom Mädchenbereich; allerdings war er nicht besonders hoch. Er schien eher symbolischen Wert zu haben. Auf dem Dach jedes Gebäudes war ein riesiger Großbuchstabe aufgemalt. Die Schlafbaracken waren aus Wellblech gebaut und in widerlichen Grundfarben gestrichen.

»Wie gemütlich!«, sagte Nate. »Hey, wie wär's, wir checken jetzt ein und treffen uns nachher am Pool und bestellen uns an der Bar ein paar Piña Coladas?«

»Sag auf jeden Fall Bescheid, wenn du den Pool findest«, sagte Wei Lin. »Bis jetzt habe ich ihn noch nirgendwo gesehen.«

»Und was soll die Geschlechtertrennung?«, fragte Nate. »Ich dachte, wir sind ein Team. Miteinander leben, miteinander arbeiten, miteinander schlafen.«

»Träum weiter«, sagte Sam.

»Ich meine«, fuhr Nate fort, »wenn nur ein paar tausend Menschen übrig sind, hätte ich angenommen, dass wir jetzt sofort die schwierige Aufgabe in Angriff nehmen und den Planeten wiederbevölkern müssen. Ist ein mieser Job, aber ich möchte hiermit zu Protokoll geben, dass ich bereit bin, meinen Beitrag für die Zukunft der Menschheit zu leisten. Ich bin bereit, mich für das Team zu opfern.«

»Willst du jetzt die ganze Zeit Witze reißen?«, fragte Jen. Ihre Augen funkelten wieder eiskalt. Sie stemmte die Hände in die Hüften. »Weil, ehrlich gesagt, Kumpel, ich finde nichts von alledem auch nur im Entferntesten lustig.«

»Was soll ich denn deiner Meinung nach tun?«, gab Nate zurück. »Weinen, heulen, mir die Haare raufen? Mach dich ein bisschen locker, Schwesterherz …«

»Ich geb dir gleich …«

»Okay, Leute.« Wei-Lin klatschte in die Hände. »Es ist ja sehr schön, dass wir uns schon mal miteinander vertraut machen, aber diese Diskussion sollten wir doch auf später verschieben. Sucht euch jetzt eure Plätze im Schlafsaal. Wir treffen uns in zehn Minuten wieder hier. Dann zeige ich euch die Sanitärräume und danach gibt es Essen.«

Pan öffnete die Tür zum Schlafsaal D. Der Raum war kalt und roch nach Schweiß und Kohlsuppe. Obwohl es draußen ziemlich hell war, ließen die engen, kahlen Fenster nur wenig Licht in den Saal. Pan strich auf der Suche nach einem Lichtschalter mit der Hand über die Wand, fand aber keinen. Es dauerte einen Moment, bis ihr klar wurde, dass es keinen gab. Sie tastete sich vorwärts in die Mitte des Raums. Die anderen Mädchen folgten ihr und betrachteten die Bettenreihen auf beiden Seiten. Fast alle Betten waren makellos gemacht. Selbst im Dämmerlicht konnten sie erkennen, dass die Laken absolut faltenlos waren.

Als Pan den Raum etwa zu zwei Dritteln durchquert hatte, stieß sie auf mehrere Betten, die offensichtlich noch frei waren. Die Decken und Laken waren über der blanken Matratze zurückgeschlagen. Vermutlich waren jene Betten zuerst belegt worden, von denen aus man am schnellsten zur Tür – und damit zu den Toiletten – gelangte. Neue Schüler mussten mit dem vorliebnehmen, was noch übrig war. Pan entschied sich bewusst für die Pritsche am hintersten Ende des Schlafsaals – vielleicht sicherte ihr das ja einen Hauch Privatsphäre. Sie setzte sich aufs Bett. Die Matratze war fest, beinahe hart, die graue Decke rau und muffig. Neben jeder Pritsche befand sich ein einfacher Nachtschrank. Sie öffnete ihn. Im Inneren lagen eine kleine Taschenlampe, zwei Ohrstöpsel und ein kratziges Handtuch. Sie griff nach den Ohrstöpseln und sah sie sich genauer an.

»Es kann hier nachts ganz schön laut werden.« Wei-Lin stand am Fußende von Pans Bett. Sie deutete mit dem Kinn auf die Ohrstöpsel.

»Laut?«

»Die meisten von uns haben Albträume. Ohne die Dinger hast du kaum eine Chance, hier ein Auge zuzutun.«

Pan nickte und legte die Ohrstöpsel zurück. Sie knipste die Taschenlampe an. Sie hatte einen hellen, stark gebündelten Strahl. *Damit man nachts hier herausfindet*, dachte sie. Ohne Elektrizität würde es in dem Raum ziemlich dunkel werden.

»Ach ja«, sagte Wei-Lin. »Benutz die Taschenlampe nur im Notfall. Wenn die Batterie leer ist, dann war's das, fürchte ich. Wir kriegen selten Lieferungen von draußen und Taschenlampenbatterien stehen bei der Akademie nicht besonders weit oben auf der Prioritätenliste.« Pan knipste ihre Lampe aus. »Wir haben Fackeln«, fuhr Wei-Lin. »Damit können wir uns auf dem Gelände nachts orientieren.«

»Fackeln?«, fragte Pan.

Wei-Lin lächelte. »Du wirst sehen«, sagte sie. »Altmodische Technik, aber ganz atmosphärisch.«

Auch die anderen drei Mädchen wählten ihre Betten aus. Pan fragte sich, ob ihr Gesichtsausdruck dem der anderen glich. Sie sahen alle aus, als befänden sie sich mitten in einem Albtraum und verlören gerade jede Hoffnung, jemals wieder aufzuwachen. Samantha, das Mädchen mit dem britischen Akzent, saß lustlos auf ihrem Bett und starrte aus dem verstaubten Fenster, obwohl es da nichts zu sehen gab. Cara musterte die Dielen. Die Einzige, die entspannt wirkte, war Jen. Sie lag auf ihrem Bett, die Hände hinter dem Kopf verschränkt, den Blick zur Decke gerichtet. Wei-Lin hatte das Bett direkt neben Pan gewählt. *So viel zum Thema Privatsphäre*, dachte Pan. Allerdings war ihr bewusst, dass es schlimmer hätte kommen können. Sie mochte Wei-Lin, und die Vorstellung, neben der aggressiven Jen oder der depressiven Cara schlafen zu müssen, war nicht besonders attraktiv.

»Okay«, sagte Wei-Lin. »Es ist sicher verlockend, noch eine Weile im Luxus eures neuen Schlafgemachs zu schwelgen, aber ich muss euch den Sanitärblock zeigen und euch dann in die Kantine bringen. Wenn wir zu spät dran sind, gibt es kein Essen mehr, und glaubt mir, das wollen wir nicht.«

Die Jungs hatten sich schon versammelt, als die Mädchen aus der Schlafbaracke kamen. Nate lächelte schwach. Als er Pan sah, hob er ermutigend den Daumen und sein Grinsen wurde breiter. Unwillkürlich lächelte sie zurück. Wei-Lin führte sie zu zwei Baracken, die etwa fünfzig Meter von den Schlafräumen entfernt lagen. Auch sie waren aus Wellblech gebaut. Die internationalen Symbole für Männer- und Frauentoiletten waren auf den Türen aufgemalt. Wei-Lin sah durch die Tür des Frauenblocks.

»Okay«, sagte sie. »Es ist keiner hier, also könnt ihr Jungs reinkommen, während ich erkläre, wie das funktioniert. Die Sanitärräume gleichen sich, logischerweise.«

»Ich glaube, ich weiß, wie eine Dusche funktioniert«, sagte Nate.

»Aber nicht, wie diese Dusche hier funktioniert«, widersprach Wei-Lin.

Das Innere des Sanitärblocks war ebenso schmucklos und funktional wie das der Schlafbaracken. Sechs oder sieben Kabinen nahmen eine ganze Wand ein. Die Toiletten vermutlich. Allerdings stellte Pan fest, dass zwei davon keine Türen hatten. *Super*, dachte sie. Es gab nur ein Waschbecken. Daneben befand sich eine große Gemeinschaftsdusche mit vier Duschköpfen, die nebeneinander zwischen den gesprungenen, schmierigen Wandkacheln angebracht waren. Ein fünfter Duschkopf befand sich ein Stück weiter weg. Jede Dusche besaß einen Knopf, der etwa auf Hüfthöhe angebracht war.

»Es ist ziemlich einfach«, sagte Wei-Lin. »Ihr drückt auf diesen Knopf an der Wand und ihr kriegt zwei Minuten.« Sie lachte. »Kaltes Wasser. Salzwasser. Dann geht ihr unter diesen Duschkopf hier.« Sie deutete auf den Duschkopf, der mit etwas Abstand von den anderen angebracht war. »Ihr drückt auf diesen Knopf hier und ihr kriegt noch mal zwanzig Sekunden kaltes Wasser, mit dem ihr euch abspülen könnt. Süßwasser diesmal. Herzlich willkommen im Fünf-

Sterne-Hotel.« Wei-Lin drückte den Knopf, um die Funktion zu demonstrieren. Ein dünnes Rinnsal rieselte aus dem Duschkopf. Kaum hatte es angefangen, wurde es auch schon schwächer und versiegte.

»Und was hindert uns daran, den Knopf ein zweites Mal zu drücken?«, fragte Sam. »Damit wir uns gründlich abspülen können.«

Wei-Lin lächelte.

»Nichts«, sagte sie. »Aber das machen wir nicht. Es wäre unfair. Wir müssen Wasser sparen. Wenn wir mehr nehmen, bestehlen wir einen anderen. Und wir sitzen alle im selben Boot. Ihr werdet verstehen, wie das hier abläuft. Ein kleiner Tipp noch: Die meisten bringen irgendeinen Behälter mit, eine Tasse oder so, um so viel Wasser wie möglich aufzufangen. Wenn Salzwasser auf der Haut trocknet, ist das nicht wirklich angenehm. Noch Fragen?«

»Damit ich das richtig verstehe«, sagte Karl »Diese beiden Blocks sind für alle Schüler hier gedacht? Es gibt keine weiteren Duschen oder Toiletten?«

»Außer denen im Spital, ja«, sagte Wei-Lin. »Für beinahe vierhundert Schüler. Also ganz schnell rein und wieder raus. Immerhin seid ihr Jungs uns Mädchen gegenüber im Vorteil.«

»Ja?«, fragte Karl.

»Für euch Jungs gibt es eine große Außentoilette … kommt drauf an, was ihr gerade müsst. Ach ja, übrigens: Toilettenpapier. Es gibt nur ganz wenig, also benutzt es sparsam. Geht bewusst mit allem um.«

»Fantastisch«, murmelte Nate. »Jetzt ist mir klar, warum diese Unterkunft fünf Sterne hat.«

»Essenszeit!«, verkündete Wei-Lin. »Wenn ihr das hier

übel findet, dann wartet mal ab, bis ihr die Kantine gesehen habt.«

~~~

Das Kantinengebäude war erheblich größer, aber genauso wenig einladend. Es lag etwa zehn Minuten Fußmarsch von den Schlafbaracken entfernt. Einfache Holztische und -bänke waren in Reihen aufgestellt. Pan schätzte, dass etwa zweihundert Menschen hier sitzen konnten, und als die Gruppe zur Tür hereinkam, waren praktisch alle Plätze besetzt. Eine lange Theke nahm eine Seite des Raums ein und dahinter konnte man eine kleine Küche sehen. Fünf oder sechs junge Leute standen hinter der Theke und schöpften etwas in Schüsseln. Eine lange Schlange von Schülern wartete darauf, dass sie an der Reihe waren.

»Zwei Schichten für jede Mahlzeit«, sagte Wei-Lin. »Frühstück um sieben und um halb acht. Mittagessen um zwölf und um halb eins. Abendessen um halb sieben und um sieben. Diese Woche hat unsere Gruppe die frühere der beiden Schichten. Wir wechseln jede Woche ab. Kommt bloß nicht auf die Idee, zur späteren Schicht zu gehen, wenn ihr die erste verpasst habt. Die Leute kriegen das mit und werden ziemlich pampig. Und auch hier: Esst und verlasst das Gebäude so rasch wie möglich. Das hier ist kein sozialer Treffpunkt. Betrachtet die Kantine einfach als einen Ort, an dem ihre eure Energiereserven aufstockt, nichts anderes. Davon abgesehen: Wenn ihr das Essen erst mal probiert habt, könnt ihr gar nicht schnell genug von hier wegkommen, glaubt mir. Also los.«

Sie führte die Gruppe ans Ende der Warteschlange. Jeder
~~~

nahm sich eine Schüssel und einen Löffel. Wenigstens mussten sie nicht lange warten. Eine Auswahl gab es nicht. Jeder Schüler hielt seine Schüssel hin und irgendeine Pampe wurde hineingelöffelt. Am Ende des Tresens teilte ein kleiner Junge Brotbrocken aus. Er war vermutlich zehn Jahre alt oder jünger und sein Gesicht war mit Sommersprossen übersät. Sein struppiger roter Haarschopf sträubte sich in alle Richtungen. Pan lächelte. Ihrer Erfahrung nach hatten kleine Jungs wenig Interesse daran, sich ordentlich zu frisieren, wenn sie nicht streng von ihren Eltern überwacht wurden. Dann wurde ihr klar, was hinter diesem Gedanken steckte, und ihr Lächeln gefror. Sofort dachte sie an ihren Bruder und versuchte, den Gedanken wegzuschieben.

»Danke«, sagte sie, als der Junge einen groben Brotbrocken in ihre Schüssel legte. Der Junge sah auf und der kämpferische Blick seiner leuchtend blauen Augen verblüffte Pan.

»Du bist neu, oder?«, fragte der Junge.

Pan lächelte. »Allerdings«, sagte sie. »Ich heiße Pan.«

»Wenn du so etwas wie Fleisch in deinem Essen findest und es nicht willst – weißt du, es ist egal, ob es knorpelig ist oder so –, kannst du es dann für mich aufheben? Bitte? Aber nur Fleisch. Nichts anderes.«

Die Dringlichkeit seiner Bitte verblüffte Pan ebenso wie sein bohrender Blick, aber sie zögerte, trotz der drängelnden Warteschlange hinter ihr.

»Hast du so großen Hunger?«, fragte sie.

»Ich nicht«, sagte der Junge. »Na ja, ich auch, klar. Alle haben Hunger. Aber es ist nicht für mich, es ist für …«

»Tom?« Wei-Lins Stimme drang über Pans Schulter. »Wir würden ja gerne noch ein bisschen hier stehen bleiben und plaudern, aber hinter uns stehen eine Menge Leute, die hier auch essen müssen. Also sieh zu, dass die Schlange in Bewegung bleibt, ja?«

»Entschuldigung«, sagte Tom. »Vergiss das Fleisch nicht, ja?«, flüsterte er Pan zu, als sie weiterging.

»Unglaublich, was für ein Glück wir haben«, stellte Wei-Lin fest, als sie sich vom Tresen entfernten. »Eine warme Mahlzeit. Meistens gibt es nur Brot, und wenn die Sterne günstig stehen, kriegen wir ein Stück Käse dazu. Ihr seid echte Glückspilze.«

Wei-Lin führte die Gruppe zu einem kleinen Tisch, der noch nicht besetzt war. Sie ließen sich nieder und untersuchten den Inhalt ihrer Schüsseln. Ein grober, körniger Eintopf in dem Fleisch eine unbedeutende Nebenrolle spielte – wenn überhaupt eine. Nate stocherte in seiner unappetitlichen Masse herum und angelte schließlich einen knorpeligen Fleischklumpen heraus.

»Habe ich jetzt einen Preis gewonnen?«, fragte er, während er ihn misstrauisch musterte.

»Ich schätze, das ist dein Preis«, erwiderte Pan. »Hey, falls du das nicht willst, da ist so ein Junge, der nimmt es.«

Nate antwortete nicht, sondern stopfte den Brocken in den Mund. Er verzog das Gesicht und schluckte. Pan fand auf ihrem Teller nichts, was auch nur eine entfernte Ähnlichkeit mit Fleisch gehabt hätte. Beide tunkten die dünne, fade Soße mit ihrem trockenen Brot auf.

»Heute ist es richtig gut«, sagte Wei-Lin.

»Du machst Witze«, knurrte Karl. »Sag mir, dass du nur Witze machst.«

»Im Ernst.«

»O Mann.« Karl tauchte den Löffel in den Eintopf und

führte ihn zum Mund. Seine Nasenflügel weiteten sich und seine Mundwinkel verzogen sich nach unten. Schließlich schluckte er, aber nur unter großer Überwindung. »O Mann«, wiederholte er.

Den Schülern um sie herum schien an ihrem Essen nichts Besonderes aufzufallen. Sie aßen emsig, in einer Art wilder Entschlossenheit, als wären sie unsicher, ob es sich hier nicht um ihre letzte Mahlzeit handelte. *Und vielleicht trifft es das ja genau*, dachte Pan. Vielleicht sollte sie die Mahlzeit als eine besondere Zugabe betrachten. Sie versuchte es, aber es schmeckte trotzdem nicht besser. Ihr fiel auf, dass Cara keinen Bissen aß. Sie hatte eine Weile in ihrem Eintopf herumgestochert und ihn dann von sich geschoben. Das Mädchen aus Neuseeland hatte außerdem hartnäckig geschwiegen. Pan konnte sich nicht daran erinnern, wann sie zuletzt ein Wort gesagt hatte. Dasselbe galt für den indischen Jungen. Wie hieß er noch mal? Sanjit oder so ähnlich.

Wei-Lin sah auf. »Isst du das nicht?«

Cara schüttelte den Kopf.

Wei-Lin zog die Schüssel zu sich herüber »Will jemand etwas abhaben?«

Keiner wollte.

»Ihr werdet es bereuen«, sagte Wei-Lin. »Esst, wann ihr könnt und was ihr könnt. Das ist die allerwichtigste Regel in der Akademie.« Sie verschlang den Eintopf und wischte die Schüssel mit ihrem letzten Bissen Brot sauber. »Ein Kompliment an den Koch«, sagte sie.

Nate lachte.

Wei-Lin warf einen Blick auf ihre Armbanduhr. »Okay«, sagte sie. »Wir haben noch zehn Minuten. Gibt es dringende Fragen zur Akademie? Alle Fragen, die wir in dieser Zeit nicht besprechen können, kommen nach dem Waffentraining dran. Also schießt los.«

»Wieso ist das Essen so beschissen?«, fragte Karl.

»Gute Frage«, erwiderte Wei-Lin. »Die Antwort liegt auf der Hand. Wir essen nur das, was wir anbauen oder was uns gebracht wird. Wir stehen noch am Anfang und bisher ist es sehr schwierig, unter diesen klimatischen Bedingungen Gemüse anzubauen. Es gibt ein Programm zur Tierzucht, aber bis jetzt haben wir nur wenige Hühner und keine Kühe, Schweine oder dergleichen. Arbeitet in der Landwirtschaft mit und kümmert euch um die Tiere. Unsere Mägen werden es uns danken. Es gibt keine Fast Food-Restaurants, Pizza bestellen ist also nicht drin. Nächste Frage.«

»Aber irgendwo da draußen müssen doch massenweise Essensvorräte herumliegen«, vermutete Nate. »Warum können wir uns nicht mit Dosen eindecken?«

»Tun wir ja«, sagte Wei-Lin. »Nahrungsvorräte an sich wären gar nicht das Problem. Die Schwierigkeit liegt im Transport. Es gibt einen Hubschrauber – und ich kann euch gar nicht sagen, was für ein Glück wir haben, dass noch jemand übrig ist, der ihn fliegen kann. Die Chance war wohl verschwindend gering. Aber die Hauptaufgabe des Hubschraubers ist es, Überlebende zu finden und sie hierherzubringen. Der Pilot bringt auch Essenskonserven mit, aber nur in begrenzten Mengen. Was den Rest angeht, hängen wir von den Dorfbewohnern ab – die auf der anderen Seite der Mauer.

»Da wohnen Leute?«, fragte Nate.

»Klar. Vielleicht hundert – ein paar mehr oder weniger. Sie sind diejenigen, die uns versorgen. Ständig fahren Boote raus und halten Ausschau nach Nahrungsvorräten und anderen wichtigen Versorgungsgütern. Aber das dauert alles seine Zeit und die Boote sind klein. Sie können nur begrenzte Mengen transportieren.«

»Was ist mit der Mauer?«, fragte Pan. »Warum ist sie da?«

»Keine Ahnung«, sagte Wei-Lin. »Das hier war früher mal eine militärische Einrichtung. Sie hat wohl sehr lange bestanden. VV.« Sie warf Nate einen kurzen Blick zu. »Das heißt vor dem Virus, wie du bestimmt erraten hast, Nate. Wer weiß, was das Militär tut und was nicht? Das hier war eindeutig als abgesicherter Ort geplant und ich könnte mir vorstellen, dass die Mauer etwas mit dieser Absicherung zu tun hat, aber keiner hier weiß mehr.«

»Und wie sind wir dann hierhergekommen, wenn es doch eine Militärbasis war?«, fragte Sam. »Woher wusste jemand, dass es sie hier gibt? Wo auch immer dieses ›hier‹ sein mag.«

Wei-Lin hob die Schultern. »Da können wir auch nur raten. Am wahrscheinlichsten ist, dass die Regierung einen Krisenplan für solche Katastrophen hatte. Ihr wisst schon, wie zum Beispiel für den Fall eines Atomkriegs, da gibt es doch überall diese Bunker, in denen die Privilegierten, die Auserwählten Schutz suchen sollen. Vielleicht gibt es ja auch solche Orte für Fälle wie diesen jetzt, eine Pandemie. Das klingt doch überzeugend.«

»Also gibt es noch mehr solche Orte wie die Akademie?«, fragte Pan. »Ich mein, auf dieses Gelände hier passen ja keine zehntausend Leute.«

»Ja, so heißt es. Manche Mitarbeiter erzählen, dass es auf der ganzen Welt verteilt noch ungefähr zehn Orte wie diese Akademie gibt. Sie bezeichnen sie als ›Archen‹, die letzten Schiffe der Menschheit in einem Ozean der Seuche. Sobald wir die Technik im Griff haben, müssten wir mit ihnen Kontakt aufnehmen können. Uns mit unseren Möglichkeiten und Ideen zusammentun. Bis dahin tun wir unser Möglichstes, um diesen Ort hier bewohnbar zu machen und uns auf den Tag vorzubereiten, an dem wir wieder in die Welt rauskönnen.«

»Wo wir gerade davon reden …«

Wei-Lin fiel Nate ins Wort. »Jetzt haben wir keine Zeit mehr. Wir müssen hier abräumen und uns auf den Weg zum Unterricht machen. Schnappt eure Schüsseln und folgt mir.«

Sie trugen ihre Schüsseln zu einer Seite des Saals, an der eine Reihe von Spülbecken stand. Jedes Becken war mit lauwarmem Wasser gefüllt. Jeder Schüler spülte seinen eigenen Löffel und seine Schüssel und legte sie auf Trockengestelle, die an der Wand angebracht waren. Das Wasser war eine fettige, von körnigen Essensresten durchsetzte Suppe. Pan bezweifelte, dass ihre Schüssel auch nur eine Spur sauberer war, nachdem sie sie abgeschrubbt hatte. Nate grinste. Er besaß so ein süßes, schiefes Grinsen.

»Das wird doch immer besser, oder?«, fragte er. »Wir müssen diesen Hubschrauberpiloten mal bitten, dass er uns von einem seiner Ausflüge einen effektiven Profi-Geschirrspüler mitbringt.«

»Hey, Wei-Lin«, rief ein Junge, der vor Pan stand. »Ich habe gehört, du bist nicht mehr in deiner alten Gruppe. Das hier ist deine neue Bande, was?« Er musterte die acht Schüler und wirkte nicht besonders beeindruckt. Sein Mund verzog sich zu einem spöttischen Grinsen.

»Die beste Gruppe der Akademie, Mitch«, erwiderte Wei-Lin. »Die geben dir jederzeit eins auf dein Lästermaul.«

»Vorsicht, Kleine. Du hast eine ganz schön große Klappe.«

»Gern geschehen, Mitch. Jederzeit wieder.«

Der Junge schmunzelte. »Klasse, so ein kleiner Schlagabtausch«, sagte er. »Nur los.«

»Bist du jetzt gleich in Gwynnes Waffenunterricht?«

»Klar.«

»Super. Wir kommen rüber und sehen zu. Das ist deine Chance, einen bleibenden Eindruck bei uns zu hinterlassen, Mitch. Aber pass auf, dass dir dein Stock nicht auf den Fuß fällt. Ich kann es nicht leiden, wenn große Jungs heulen.«

»Ihr kommt uns zusehen?« Er tat so, als schaudere er. »Mann, ihr seid wirklich knallhart. Ich mache mir in die Hose, Wei-Lin.«

Wei-Lin lächelte, dann wandte sie sich wieder ihrer Gruppe zu. »Kommt mit«, sagte sie. »Gwynne ist ein strenger Lehrmeister, aber er weiß, wovon er redet.«

Sie führte ihr Team hinaus ins fahle Sonnenlicht. Cara und Sanjit trotteten mit Abstand hinterher.

5.

Dreißig Schüler hatten sich auf einem großen Felsplateau versammelt. Trotz des Sonnenscheins hatte sich die Kälte noch verschärft und Pan fragte sich, ob es hier überhaupt jemals warm werden würde. Der Lehrer, ein kleiner, untersetzter Mann mit kahl rasiertem Schädel, ging vor der Klasse auf und ab. Seine Gesichtszüge wirkten, als wären sie in der Vergangenheit mehrfach gewaltsam neu zusammengefügt worden. Offensichtlich war seine Nase schon einmal übel gebrochen und noch unförmiger wieder hergerichtet worden. Er wischte sich ständig darüber und schniefte.

»Alles klar«, blaffte er. »Waffenunterricht für Anfänger. Verschiedene Waffen und wie man sie optimal einsetzt.«

Wei-Lin und ihre Gruppe stellten sich etwas abseits. Der Lehrer warf einen kurzen Blick in ihre Richtung und beachtete sie dann nicht weiter. »Das ist Gwynne. Er war beim Militär«, flüsterte Wei-Lin. »und hat ungefähr so viel Sinn für Humor wie eine Uzi-Maschinenpistole.«

»Heute simple Stockarbeit«, fuhr der Ausbilder fort. »Stock. Älteste und edelste Waffe.« Er marschierte vor den anderen Schülern auf und ab. »Und leicht zu finden. Immer verfügbar. Später zeige ich euch die Herstellung. Holz, scharfes Messer. Ergebnis: Tödliche Waffe.«

»Redet der immer so?«, flüsterte Pan.

Wei-Lin lachte. »Oh ja. Manchmal habe ich das Gefühl, er verwechselt Wörter mit Gewehrkugeln. Eine kurze Salve reicht. Bloß keine Munition vergeuden.«

Gwynne griff sich ein knorriges Stück Holz aus einem Stapel, der sich hinter ihm befand, und wog es in seinen Händen.

»Grundregel: Immer im Gleichgewicht. Nicht nur der Stock, auch ihr selbst. Waffe wird Teil des eigenen Körpers. Übung: Sehr wichtig. Ziel: Ihr seid euch nicht mehr bewusst, dass ihr ihn tragt. Okay. Grundtechniken. Freiwillige?«

Keiner rührte sich. *Das überrascht mich nicht,* dachte Pan. *Es sieht gefährlich aus.* Gwynne musterte die Reihe seiner Schüler.

»Was? Nicht einer von euch Hosenscheißern?«

»Ich mach's.«

Die Stimme gehörte jemandem rechts von Pan. Sie sah sich um. Jen hatte die Hand gehoben. *Natürlich*, dachte Pan. *Was hat Jen als über ihre Interessen gesagt? Kampfsport?*

Gwynne runzelte die Stirn. »Hab dich noch nie gesehen«, sagte er. »Neu?«

»Ja. Aber ich weiß einiges über Hapkido.«

Gwynne schniefte und rieb sich die Nase.

»Hapkido?« Er lächelte, aber ohne jede Wärme. »Ich nenne das Stockkampf. Hapkido. Interessant. Vortreten.«

Er warf Jen den Stock zu. Sie fing ihn geschickt auf und wog ihn in den Händen, machte sich mit seinem Gewicht und seiner Form vertraut.

»Okay«, sagte der Ausbilder und rieb sich wieder über die Nase. »Jetzt Grundbewegungen. Verteidigung, Abwehr und Gegenangriff. Verletzungen vermeiden. Schutzkleidung. Anziehen.« Er deutete auf einen Kleiderstapel neben dem

Stockhaufen. Jen zog einen gepolsterten Helm hervor. Er sah aus wie ein Fahrradhelm, an den jedoch zusätzliche Platten angebracht waren, die Ohren und Hals schützten. Außerdem gab es Arm- und Beinschützer und eine dick gepolsterte Weste. Jen setzte den Helm auf, schloss die Schnalle und zurrte den Gurt unter ihrem Kinn fest. Dann nahm sie die Schutzausrüstung – einfache Formteile aus widerstandsfähigen Polstermaterial, die mit Klettband aneinander befestigt waren. Nach gerade einmal dreißig Sekunden war sie bereit. Gwynne musterte sie von oben bis unten, dann nickte er und wandte sich den wartenden Schülern zu. Ganz offensichtlich war er nicht der Typ, der einen Schüler schnell lobte oder ermutigte.

»Zusehen«, sagte er. »Erst mal langsam. Ich greife an. Sie führt grundlegende Abwehrmanöver durch. Wir wiederholen das mehrmals. Dann seid ihr dran, zu zweit, die Bewegungen durchzugehen.« Er rückte näher an Jen heran und überprüfte ihre Handhaltung. Er nickte wieder, aber diesmal erkannte Pan darin zumindest eine zähneknirschende Anerkennung. »Hände genau so halten. Aufpassen. Ja? In dieser Stellung könnt ihr euch bewegen, ohne umzugreifen. Umgreifen, Zeitverschwendung. Gefährlich. Jetzt aufpassen. Ich hole mit dem Stock aus. Volle Karacho auf den Schädel. Treffer, Ende der Vorstellung. Zum Glück leicht abzuwehren.«

Er trat einen Schritt vor und schwang den Stock ganz langsam und gemächlich in Richtung von Jens Schädel. Auf dem höchsten Punkt der Kurve hielt er inne.

»Jetzt. Einfache Abwehr.«

Jen riss sofort die Hände hoch, sodass sie den Stock nun parallel zu ihren Schultern vor dem Gesicht hielt.

»Gut«, sagte Gwynne. »Beachtet: Blockade schützt Kopf.

Sicher, auch bei heftigem Schlag.« Er trat einen Schritt zurück und schlug mit seinem Stock schwungvoll zu. Mit einem dumpfen Knall traf er auf Jens Stock, der seine Abwärtsbewegung aufhielt.

»Sehr gut. Beachtet, wie beweglich die Neue ihre Hände hält. Passiert leicht, dass Knöchel getroffen werden. Wichtig, Stock nicht fallen zu lassen, wenn das passiert. Nicht zu fest packen. Stock muss sich zwischen den Fingern bewegen können. Beachtet, wie die Neue die Hände weiter auseinandergenommen hat, bedeutet mehr Stocklänge für Abwehr. Noch mal.«

Sie gingen Angriff und Abwehr noch ein halbes Dutzend Mal durch. Die im Kreis stehenden Schüler beobachteten alles genau. Jen parierte jeden Angriff problemlos und verlagerte dabei ihr Gewicht, um nicht zu Fall zu kommen. Nach einer Weile trat Gwynne einen Schritt zurück.

»Name, Neue?«

»Jen.«

»Bin beeindruckt, Jen. Wie viel weißt du über Stockkampf?«

Jen zuckte mit den Achseln. »Genug. Aber ich lerne immer gern dazu.«

Gwynne nickte. »Gut«, sagte er. »Dafür sind wir hier. Okay. Jetzt zu einem weiteren Manöver in Zeitlupe. Ich versuche, Jens Abwehr zu durchbrechen. Angriff auf Seite und Beine. Beine sind besonders wichtig. Zieh dem Gegner die Beine weg und du gewinnst. Fast sicher. Schwierig sich am Boden zu verteidigen. Aufpassen.«

Diesmal bewegte Gwynne seinen Stock etwas schneller. Er begann wieder mit dem Angriff auf ihren Kopf, aber ließ sofort einen weiteren, diesmal seitlich geführten Schlag folgen. Jen wehrte beides problemlos und elegant ab. Als Gwynne nach ihren Beinen schlug, sprang sie nach hinten und wehrte auch diesen Angriff ab. Gwynne blieb mit leicht gespreizten Beinen stehen, den Stock zwischen seine Füße gestemmt.

»Bei Jen sieht das einfach aus. Ist es nicht. Üben, üben, üben. Jede Menge blaue Flecken. Okay. Diesmal greife ich mit voller Geschwindigkeit an. Meine Gegnerin wehrt ab und greift an, wenn sie die Möglichkeit dazu hat. Alles klar, Jen?«

Jen streckte die Arme aus. Den Stock balancierte sie auf ihren Handflächen. Sie verneigte sich in Richtung Gwynne. Er lächelte, das tat er offensichtlich nur selten.

»Andere Welt, kleine Jen«, sagte er. »Guter Rat. Das hier ist kein Sport mehr. Keine sinnlosen Rituale. Nur ans Überleben denken. Verneig dich noch mal und ich erwische dich, während du abgelenkt bist.«

Jen lächelte.

Gwynne wippte auf den Fußsohlen, ging ein paar Schritte zur Seite, die Augen immer auf Jens Gesicht gerichtet. Sein Angriff kam überraschend und brutal. Er täuschte einen Schlag auf Jens Kopf an, führte den Stock aber dann sofort in einem Bogen in Richtung ihrer Füße. Jen wich zurück, wehrte ab und riss dann ihren eigenen Stock über Gwynnes Kopf. Er parierte und führte dann ein kompliziertes Manöver aus, mit dem es ihm gelang, seine Gegnerin scheinbar gleichzeitig auf verschiedenen Ebenen anzugreifen. Sein Stock bewegte sich so schnell, dass man ihn nicht mehr klar sehen konnte. Jen wich vor dem heftigen Angriff erneut einige Schritte zurück, aber sie wehrte jeden Schlag ab. *Es steckt in den Füßen*, dachte Pan. Das Ganze sah zwar aus, als würden zwei Leute versuchen, einander mit Stöcken zu Brei zu schlagen, aber es war auch eine Art Ballettaufführung –

Balance, Rhythmus und Timing waren von entscheidender Bedeutung. Es steckte sogar eine gewisse Schönheit darin.

Das Ende kam so schnell, dass keiner der Beobachter genau sagen konnte, wie es passiert war. Gerade waren die beiden noch umeinander herumgetanzt, im nächsten Moment lag Gwynne auf den Knien und presste die Hände gegen den Bauch. Pan konnte seine verzerrten Gesichtszüge genau sehen. Einen Moment lang rechnete sie damit, dass er sich übergeben würde. Jen stand reglos da, ihr Stock zielte unmittelbar auf ihren Gegner. Eindeutig hatte sie Gwynne einen direkten Schlag in die Magengrube versetzt und ihm auf diese Weise die Luft abgeschnitten. *Ich müsste das noch mal in Zeitlupe sehen*, dachte Pan. *Vielleicht im Einzelbildmodus. Es ging so schnell.*

Gwynne brauchte eine Minute, bis er wieder auf die Füße kam. Sein Gesicht war fahl. Er griff nach seinem Stock, straffte sich vorsichtig und holte ein paarmal tief Luft. Es herrschte angespannte Stille. Jen stand jetzt wieder in Ruheposition, den Stock parallel zum Boden auf den Handflächen. Gwynne schniefte und wischte sich mit einem Ärmel über die Nase.

»Weißt du, an welcher Stelle du einen Fehler gemacht hast?«, fragte er schließlich. Ganz offenbar kostete ihn das Sprechen einige Mühe. Jen hielt fragend den Kopf schief.

»Ich war am Boden«, fuhr Gwynne fort. »Du hättest die Sache zu Ende bringen müssen. Ein fester Schlag. Hinterkopf. Ende der Vorstellung.«

»Sie haben keine Schutzkleidung getragen«, erwiderte Jen.

»Na und? Mein Fehler, dein Vorteil. Hättest du nutzen müssen. Jetzt stehe ich wieder, bereit zum Kampf.« Er hustete. »Na ja, fast bereit.« Verhaltenes Kichern erklang von den Zuschauern. »Wenn ich dich beim nächsten Mal schlage, dann hat dich dieser Fehler vielleicht das Leben gekostet. Lass niemals zu, dass ein Feind wieder auf die Füße kommt, verstanden?«

»Verstanden«, sagte Jen. »Aber in diesem Fall besteht keine Gefahr.«

»Warum nicht?«, wollte Gwynne wissen.

Jen lächelte. »Weil ich Sie einfach wieder besiegen würde.«

Das Messer in Gwynnes rechter Hand tauchte so plötzlich auf, dass man denken könnte, er habe es schon die ganze Zeit bereitgehalten. Er fasste die Klinge sanft zwischen Daumen und Zeigefinger. Diesmal neigte er spöttisch den Kopf.

»Du hast ein Wurfmesser im Hals stecken, junge Dame«, sagte er. »Ende der Vorstellung. Merk dir das. Ich habe mich nicht verneigt. Ich habe mich nicht in Position gestellt. Ich habe nicht mein eigenes Können bewundert. Jetzt bin ich am Leben und du bist tot. Vielleicht steckt hier irgendwo eine Lektion für dich drin.«

Jen musterte Gwynne, dann nickte sie langsam.

»Wird mir nicht noch mal passieren«, sagte sie.

»Gut. Nichtsdestotrotz werde ich nächstes Mal Schutzkleidung tragen.« Er lächelte und diesmal sogar mit einer gewissen Wärme. »Was ist deine Fähigkeit?«

»Fähigkeit?«

»Dein Talent, deine Begabung. Hat man dir davon erzählt? Die Akademie setzt auf Stärken von Schülern. Fördert sie. Zentraler Punkt des Lehrplans.«

»Ach ja«, sagte Jen. »Davon war die Rede.«

»Ich möchte mit dir arbeiten. Kampfsport. Wir könnten voneinander lernen.«

»Okay«, sagte Jen.

»Sehr gut. Halb fünf bis halb sieben, Montag bis Samstag, gehörst du mir. Du kommst hierher, klar?«

»Auch heute schon?«

»Natürlich heute schon«, sagte Gwynne. »Hast du was anderes vor? Friseurtermin?«

»Ich werde hier sein.«

Gwynne nickte und wandte sich wieder der Gruppe zu.

»Alles klar«, sagte er »Schutzkleidung überziehen, Zweiergruppen. Hat euch sicher gefallen, dass euer Ausbilder geschlagen wurde. Genießt es, solange ihr könnt. Die nächste Stunde wird äußerst schmerzhaft und absolut nicht witzig. Das ist kein Scherz.«

Wei-Lin sammelte den Rest ihrer Gruppe, während Jen Helm und Polster ablegte. Wei-Lin ging in Richtung Fußweg, die Gruppe zottelte hinter ihr her. Unterwegs tippte sie Mitch auf die Schulter.

»Wir treten dir in deinen armseligen Arsch, Mitch«, flüsterte sie. »Hab ich doch gesagt. Die beste Gruppe in der Akademie.«

Mitch lächelte, aber sein Blick war eisig.

~~~

Wei-Lins Gruppe saß wieder auf denselben Stühlen wie schon am Vormittag. Die Stimmung war seit Jens Darbietung beim Waffentraining ein bisschen besser, beinahe festlich. Nate gratulierte Jen, Wei-Lin, Sam und Karl taten es ihm nach. Pan schloss sich nicht an, Cara und Sanjit ebenso wenig. *Mit den beiden stimmt etwas nicht*, dachte Pan. *Sie stehen vollkommen abseits. Vielleicht lassen sich ihre Dämonen einfach nicht zähmen. Auch wenn wir wohl alle Erinnerungen*
~~~

haben, die sich nicht bezwingen lassen. Aber vielleicht kriegen wir anderen sie zumindest tagsüber besser in den Griff.

Jen sagte nicht viel, aber es war klar zu sehen, dass sie die Aufmerksamkeit, die Bewunderung ihrer Fähigkeiten, sehr genoss. *Ich sollte ihr auch gratulieren,* dachte Pan, aber sie konnte sich nicht dazu überwinden. Jens Tanz war zwar wunderschön anzusehen gewesen, aber gleichzeitig steckte etwas Brutales darin, das Pan Furcht einjagte.

»Okay«, sagte Wei-Lin. »Zurück zur Tagesordnung, Leute. Ich muss noch den Lehrplan der Akademie mit euch durchgehen und die Fragen beantworten, die ihr vielleicht habt. Sollen wir mit den Fragen anfangen?«

Nate platzte sofort heraus. »Es sieht doch so aus, als wäre das Virus noch immer unser größtes Problem«, sagte er. »Ist bekannt, um was für ein Virus es sich handelt, ob es für uns auch jetzt noch eine Gefahr darstellt, und was es für die Welt da draußen bedeutet?«

Wei-Lin setzte sich im Schneidersitz auf ihren Stuhl und stützte ihr Kinn in die Hand.

»Sehr gute Frage«, sagte sie. »Genau genommen sind es drei sehr gute Fragen, ich kann sie aber leider nur zum Teil beantworten. Wissen wir, um was es sich da handelt? Dr. Macredie sagt, es gab vor etwa zehn Jahren mehrere Ausbrüche einer Krankheit, die in den Medien Vogelgrippe genannt wurde. Die Wissenschaftler redeten vom H5N1-Virus.« Wei-Lin lächelte. »Sie hat sehr viel darüber gelesen. Kurz zusammengefasst: Einige Vögel, sowohl Wildvögel wie auch Haustiere, häufig solche, die aus Asien kamen, waren mit einem Virus infiziert, das sehr ansteckend war. Dieses Grippevirus war bekannt, aber es ist entweder zu einer Mutation gekommen oder zu dem, was Wissenschaftler ein Reassortment, eine Neukombination, nennen – das heißt, dass Erbmaterial ausgetauscht wird und dadurch eine neue Form dieses Virus mit neuen Eigenschaften und Fähigkeiten entsteht. Egal, wie es passiert ist, jedenfalls haben sich einige Menschen mit H5N1 angesteckt. Etwa die Hälfte von ihnen verstarb. Das einzig Positive an alledem war, dass dieser neue Virenstamm offenbar nicht die Eigenschaft besaß, von einem menschlichen Wirt auf einen anderen überzugehen. Jedenfalls nicht so ohne Weiteres. Es gab ein paar Fälle, in denen Menschen andere Menschen angesteckt haben, aber im Großen und Ganzen konnte sich das Virus nicht verbreiten. Es wurde befürchtet, dass es zu einer weiteren Neukombination oder Mutation in diesem Virus kommen könnte, und in diesem Fall hätten wir dann weniger Glück.« Wei-Lin machte eine Pause. »Tut mir leid, das ist alles ein bisschen fachlich. Könnt ihr mir so weit folgen?«

Alle nickten.

»Okay«, fuhr Wei-Lin fort. »Dr. Macredie geht davon aus, dass genau das passiert ist. Neukombination, nicht Mutation. Denn definitionsgemäß dauert eine Mutation einige Zeit. Dieses neue Virus war sowohl hochinfektiös als auch tödlich. Es tötete innerhalb weniger Stunden. Ganze Städte starben innerhalb eines einzigen Tages. Die restlichen Menschen auf dem Planeten folgten innerhalb von achtundvierzig Stunden. Und es blieb keine Zeit, das Virus zu identifizieren. Solche Untersuchungen dauern viele Jahre und ich nehme an, dass alle Wissenschaftler, die sich damit auskannten, inzwischen tot sind. Wahrscheinlich werden wir es nie erfahren.«

»Das heißt also«, sagte Sam, »dass dieses Virus natürlichen Ursprungs sein kann, oder auch, dass es menschengemacht ist, oder?« Sie wandte sich an die anderen. »Ich meine, ihr habt doch alle sicher schon mal davon gehört, dass Regierungen Riesensummen in die Entwicklung von chemischen und biologischen Waffen stecken, oder? Kann es nicht genauso gut sein, dass es in irgendeinem Rüstungslabor irgendwo auf der Welt einen Unfall gab und dieses Virus entwischt ist?«

Nate lachte. »Das finde ich klasse«, sagte er. »Es leben nur noch ganz wenige Menschen und trotzdem treiben Verschwörungstheorien wilde Blüten.«

»Es ist möglich«, sagte Sam. »Mehr habe ich nicht gesagt.«

»Absolut möglich«, sagte Wei-Lin. »Aber ich weiß gar nicht, ob es überhaupt wichtig ist, wo das Virus herkommt. Es befindet sich da draußen und aus irgendeinem Grund sind wir dagegen immun. Und damit komme ich zu Nates zweiter und dritter Frage: Wenn ich das aus dem Biologieunterricht in der Schule richtig in Erinnerung habe, ist es so: Wenn man eine Viruskrankheit einmal gehabt hat, ist man in der Regel resistent dagegen. Also würde ich drauf tippen, dass wir wohl nicht noch einmal an diesem Virus erkranken, aber Garantien gibt es keine. Was es für die Welt bedeutet ist Folgendes: Da draußen liegen Milliarden Leichen; sie verwesen und vergiften das Trinkwasser.« Ein Schauer überlief sie. Sie schloss kurz die Augen, als kämpfte sie gegen unschöne Bilder. »Wir haben keinerlei Chance, sie wegzubringen, zu verbrennen oder zu begraben. Also warten wir hier in der Akademie, bis die Natur das Problem gelöst hat. Ein Jahr, vielleicht zwei. Wir müssen abwarten.«

»Warum sind wir von dem Dorf hinter der Mauer abgetrennt?« Pan wusste selbst nicht so genau, warum sich diese Frage so wichtig anfühlte, aber sie musste einfach fragen.

»Diese Gegend ist in mehrere Abschnitte eingeteilt worden«, sagte Wei-Lin. »Wahrscheinlich war die Existenz dieser Mauer ein ausschlaggebender Grund dafür. Wir hier sind Schüler der Akademie. Wir warten ab, bis die Welt wieder so weit ist, dass wir ins Leben hinaus können. Die anderen draußen im Dorf sind in der Regel älter. Manche sind körperlich nicht in der Lage, sich in unser System hier einzufügen, oder sie hatten einfach keine Lust, Betreuer oder Schüler zu werden. Stattdessen gehen sie raus und suchen nach Nahrung und anderen wichtigen Versorgungsgütern. Sie retten, was da draußen zu retten ist, und bringen uns Essen, Tiere und andere Dinge, die die Akademie für überlebenswichtig hält. Generatoren zum Beispiel und Treibstoff dafür.«

»Wer entscheidet, was gebraucht wird?«

»Das Personal der Akademie in Absprache mit der Schülervertretung. Übrigens, jeder von uns kann sich zur Wahl aufstellen lassen. Außerdem kann jeder von uns Anträge für Gegenstände einreichen, aber verlasst euch lieber nicht darauf, dass sie wirklich angeliefert werden.« Wei-Lin lächelte. »Seit Wochen bitte ich um anständige Pfeile und einen Bogen von guter Qualität, aber offenbar steht das nicht weit oben auf der Prioritätenliste, ich warte nämlich immer noch. Also, ich würde jetzt nicht losrennen und einen Computer bestellen, Karl. Tut mir leid.«

Cara hob die Hand. Die Geste wirkte einerseits rührend, andererseits amüsant. Und auch ein bisschen überraschend. Es war nicht erkennbar gewesen, dass sie dem Gespräch überhaupt gefolgt war.

»Schieß los, Cara«, sagte Wei-Lin. »Und du musst hier nicht die Hand heben.«

»Könnte ich denn dann ins Dorf runtergehen?«, fragte Cara. Wieder mussten die anderen sich in ihren Stühlen nach vorne beugen, um ihre Worte zu verstehen. »Wenn es mir hier in der Akademie nicht gefällt?«

Wei-Lin schüttelte den Kopf. »Tut mir leid, Cara. Es wurde schon frühzeitig beschlossen, dass wir nicht so leicht von einer Seite auf die andere wechseln können. Die Dorfbewohner unternehmen Reisen in die Welt. Kann ja sein, dass wir uns über das Virus nicht so viele Sorgen machen müssen, aber es gibt ja auch noch andere Krankheiten, denen sie sich aussetzen. Es wäre nicht zu verantworten, wenn die wenigen, welche die schlimmste Pandemie in der Geschichte überlebt haben, jetzt von der Cholera oder der Tuberkulose oder einer seltenen Erkältungskrankheit dahingerafft würden. Ob es euch gefällt oder nicht, das hier ist von nun an euer Zuhause.«

Alle schwiegen. Cara senkte den Blick wieder auf den Boden.

Niemand sonst hatte eine Frage, und so ging Wei-Lin zur Erläuterung des Lehrplans und zur Einteilung der Tage über. Sie erklärte, dass sechs Tage in der Woche mit Aktivitäten verplant waren. Sonntag war Ruhetag, aber nur wenige Schüler ruhten tatsächlich. Es war der Tag, an dem sie ihre Wäsche wuschen und das erledigten, wozu sie im Laufe der Woche nicht gekommen waren. Die meisten verbrachten den größten Teil des Tages damit, zu trainieren und ihre spezielle Begabung weiter auszubauen. An diesen Tagen, erklärte Wei-Lin, verbrachte sie selbst Stunden damit, Bogenschießen zu üben und aus den Materialien, die sie auftreiben konnte, Pfeile zu basteln. Andere kümmerten sich um die wenigen Tiere, die hier gehalten wurden, machten Fitness-Training oder halfen im Spital aus.

»Hier kommt man selten zur Ruhe, auch sonntags nicht«,

sagte Wei-Lin. »Aber falls ihr an eurem freien Tag ein Buch lesen wollt, wir haben eine kleine Bücherei. Auch für den Büchereidienst könnt ihr euch freiwillig melden.«

Wei-Lin erklärte, dass die meisten Schüler etwa um halb sechs aufstanden und dann die Schlafsäle und die Sanitäranlagen putzten. Nach dem Frühstück gab es eine Zweistundenschicht mit körperlicher Arbeit. In der Regel räumten sie Steine von den Wegen oder renovierten mit den wenigen Materialien, die ihnen zur Verfügung standen, die Gebäude.

Die erste offizielle Unterrichtsstunde des Tages begann um halb zehn und fand in einem Klassenzimmer statt, das jenen, die sie aus der »echten Welt« kannten, ähnelte. Der Unterricht umfasste unter anderem Haus- und Landwirtschaft und leichte Schreinerarbeiten. Daneben gab es auch einige normale Fächer wie Mathematik und Literatur.

»Diese Fächer haben wir bei Professor Goldberg«, sagte Wei-Lin. »Das älteste und schrägste Mitglied des Kollegiums. Genau genommen der einzige richtige Lehrer, den wir hier haben, aber er hat an der Universität gelehrt, deswegen sind seine Unterrichtsmethoden ein bisschen…« Sie wedelte mit der Hand, »… sagen wir: eingestaubt.« Nach dem Mittagessen gab es einen weiteren längeren Unterrichtsblock mit Schwerpunkt Fitness und Survival. »Dazu gehört Kampfsportunterricht«, sagte Wei-Lin. »Als Buße für unsere Sünden haben wir übermorgen Unterricht bei Gwynne.«

Der letzte Zweistunden-Block des Tages begann um halb fünf und war der Förderung der jeweiligen Spezialbegabung gewidmet. »Jen kennt ihre ja bereits«, sagte Wei-Lin. »Euch anderen würde ich empfehlen, möglichst bald euer Fachgebiet zu wählen. Jemand, der ziellos herumstreift, findet sich vielleicht unverhofft beim Ausschaufeln der Klärgrube wieder. Glaubt mir, das ist keine gute Option.«

Nach dem Abendessen hatten die Schüler Freizeit, bis um neun das Licht ausgeschaltet wurde. Offensichtlich gab es also doch elektrisches Licht in den Schlafsälen, aber es wurde zentral geschaltet und war nur zwei Stunden täglich an.

»Ich habe hier Kopien der Stundenpläne unserer Gruppe für die nächsten Wochen«, sagte Wei-Lin. Sie reichte Pan einen Papierstapel. Pan nahm ein Blatt und reichte den Stapel nach links weiter. Nate nahm sich seines und gab den Rest seinerseits weiter. »Lest ihn sorgfältig und kommt zu keinem der Termine morgen zu spät. Die einzelnen Gruppen konkurrieren stark miteinander und wir müssen immer daran denken, dass wir ein Team sind. Wenn einer einen Fehler macht, wirft das ein schlechtes Licht auf die ganze Gruppe.«

Pan überflog ihren Stundenplan. Am nächsten Tag war um halb zehn Englische Literatur und Philosophie angesetzt. Der Nachmittagsunterricht fand bei einer Lehrerin namens Miss Kingston statt. Das Fach hieß »Fitness und Survival«. *Darauf freue ich mich ja gar nicht*, dachte Pan. *Obwohl Cara es wahrscheinlich wesentlich mehr fürchtet als ich.*

Wei-Lin sah auf ihre Armbanduhr. »Also dann, Leute«, sagte sie. »Ich würde vorschlagen, dass ihr euch jetzt mit dem Gelände vertraut macht, damit ihr euch zurechtfindet. Benutzt die Übersichtskarte, die ich euch heute Morgen gegeben habe. Vergewissert euch, dass ihr morgen die Unterrichtsräume und die Treffpunkte findet. Ich sehe euch dann beim Abendessen. Denkt dran, wir sind in der ersten Schicht um halb sieben eingeteilt.«

~~~
~~~

Pan studierte die Karte und versuchte, sich zu orientieren. Sie fand den Garten auf dem Dach der Welt – er war deutlich eingezeichnet. Dennoch war es schwierig. Sie drehte die Karte auf den Kopf und musterte sie prüfend.

»Frauen drehen Landkarten immer auf den Kopf«, wisperte ihr eine Stimme ins Ohr. »Männer tun so was nicht. Das hat was mit geschlechtsbedingten Unterschieden im räumlichen Denken zu tun. Hast du das gewusst?«

Pan wäre beinahe zusammengezuckt. Außerdem hätte sie beinahe gelächelt.

»Danke, Nate«, erwiderte sie. »Aber ich habe schon davon gehört. Übrigens, hast du gewusst, dass Männer, die sich an arglose Frauen anschleichen, in der Regel als Vollidioten bezeichnet werden?«

»Schon, aber die Forschungen zu diesem Thema sind noch nicht abgeschlossen.« Er lächelte. »Was meinst du, sollen wir beide unser räumliches Denkvermögen zusammenwerfen? Zwei Köpfe sind besser als einer allein, wenn es um die Erforschung von Neuland geht. Sagt man.«

»Klar«, sagte Pan.

Das Akademiegelände war sehr weitläufig, aber es dauerte trotzdem nicht lange, bis sie sich auskannten. Die Unterrichtsräume befanden sich nahe der Kantine und der Schlafbaracken; die Orte, an denen spezieller Unterricht stattfand – beispielsweise das Waffentrainings-Gelände – lagen etwas abseits. Außerdem gab es unterhalb des Steilhangs, der sich zum Spital erhob, eine Fläche von der ungefähren Größe und Form eines Fußballplatzes. Die Fläche lag ganz im Schatten und Pan spürte, wie die Kälte in ihre Knochen kroch, als sie sie sich ansahen.

»Hier wird körperliche Fitness unterrichtet«, sagte Nate.

»Da treffen wir morgen auf Miss Kingston. Freust du dich darauf, Pandora?«

»Überhaupt nicht«, erwiderte Pan. »Es ist zu kalt. Dort kommt bestimmt so gut wie nie Sonne hin.«

»Wahrscheinlich haben sie sich deswegen für diesen Platz entschieden«, sagte Nate. »Es ist besser, nicht durch die Sonne zu rennen.«

»Am besten wäre es, überhaupt nicht zu rennen.«

»Los, wasch dir sofort den Mund mit Seife aus«, sagte Nate. »Du redest über eine Sache, die mir viel bedeutet. Ich muss allerdings zugeben, dass das hier nicht das beste Laufgelände ist, das ich kenne. Zu viele Steine.«

Pan streckte die Arme aus, als deute sie auf die umgebenden Berggipfel.

»Ich möchte bloß wissen warum?«, sagte sie.

Nate grinste. »Vielleicht können wir einen Antrag auf Kunstrasen stellen. Ich glaube kaum, dass hier natürliches Gras wachsen kann.«

»Superidee«, sagte Pan. »Die Welt ist zerstört und du sehnst dich nach einem guten Laufrasen. Ich bin mir sicher, das kommt ganz oben auf die Wunschliste, direkt über die Antibiotika.«

Nate verzog das Gesicht. »Sie sind ganz schön scharfzüngig, Miss Pan«, sagte er. »Vielleicht ist das die Begabung, auf die du aufbauen solltest. Wie man mit vernichtenden Bemerkungen die Herzen von Jungs bricht.«

»An dieser Begabung brauche ich nicht zu arbeiten«, sagte Pan. »Es ist allgemein bekannt, dass ich das schon perfekt beherrsche.« Wir flirten, dachte sie. Die Vorstellung war gleichzeitig beschämend und spannend. Beschämend, weil sie sich kaum ein schlechterer Zeitpunkt für einen Flirt vorstellen konnte. Und trotz allem fühlte sie ein Kribbeln auf der Haut.

Sie schlenderten zurück zur Hauptansiedlung. Von Zeit zu Zeit blieb Nate stehen und überprüfte den Lageplan. Er zeigte auf die Gebäude, in denen Schreinern und grundlegende Schmiedearbeiten unterrichtet wurden. Er zeigte ihr auch die Personalunterkünfte, die weiter hinten lagen, direkt an die Bergflanken geschmiegt.

»Sie halten also Abstand von den Schülern«, sagte er. »Ich wette, ihre Unterkünfte sind deutlich besser als unsere.«

Pan wollte gerade antworten, als sie von ferne ein tiefes Brummen hörte. Sie blieb stehen und legte den Kopf in den Nacken. Graue Wolken bildeten eine Kuppel, die sich bis zum Horizont erstreckte und die Berggipfel verbarg. Das Brummen wurde lauter und jetzt hob auch Nate den Blick.

»Hubschrauber«, sagte er. »Kommt näher.«

Zum ersten Mal seit ihrer Ankunft in der Akademie hörte Pan ein deutliches mechanisches Geräusch. *Wie merkwürdig,* dachte sie, *dass wir uns so an die Stille gewöhnen können, wo unser bisheriges Leben doch vom Lärm der Zivilisation beherrscht wurde.* Ihr wurde klar, wie schwierig es war, allein durch das Geräusch die Position des Flugzeugs oder Hubschraubers zu orten. Die Bergwände, so vermutete sie, warfen den Schall zurück und trugen dadurch noch zur Orientierungslosigkeit bei. Das Brummen entwickelte sich zum Dröhnen und es schien unmöglich, dass etwas so Lautes nicht zu sehen war. Es klang, als befinde es sich direkt über ihren Köpfen.

Dann plötzlich tauchte der Hubschrauber auf, eine schwarze Silhouette, die oberhalb des Spitals durch die Wolkenhülle des Berggipfels stieß. Einen Moment lang schwebte er reglos, dann kippte er nach links und sank rasch hinunter zum Garten auf dem Dach der Welt. Der Motorenlärm hallte von den Felswänden wider und erstickte jedes andere Geräusch. Pan und Nate beobachteten schweigend, wie der Hubschrauber noch ein paar Sekunden lang reglos über dem Garten schwebte und dann landete. Noch eine Minute oder ein bisschen länger drehten sich die Propeller, dann hielten sie an. Jetzt war es wieder still. Pan sah sich um. Viele Schüler standen vor den Gebäuden oder auf den Wegen und starrten auf die schwarze Silhouette hoch über ihren Köpfen.

»Meinst du, die haben einen Überlebenden gefunden?«, fragte Nate.

»Wer weiß?«, antwortete Pan. »Wahrscheinlich. Hoffentlich.«

Wieder eine Portion Elend, dachte sie. *Wieder ein Stück Treibgut im Meer der Zerstörung.*

Sie waren zu weit weg, um zu erkennen, was aus dem Helikopter ausgeladen wurde und nach ein paar Minuten gaben sie die Beobachtung auf. Stattdessen setzten sie ihren Rundgang fort und schlugen den Weg zur Kantine ein. Es war schon fast Viertel nach sechs und Pans Magen knurrte, auch wenn die Aussicht auf das Essen der Akademie sie nicht gerade mit Begeisterung erfüllte.

»Ich nehme an, wenn jemand ins Spital gebracht wurde, wird er oder sie zu unserer Gruppe stoßen«, sagte Nate. »Ich wüsste zu gern, wer es ist.«

»Ein Versehrter«, antwortete Pan. »Das garantiere ich dir.«

Einen Moment lang schwiegen sie. Dann sagte Nate: »Na ja, dann passt er ja zu uns.«

6.

Pan lag auf der Pritsche und starrte an die Decke. Zwar benutzte sie ihre Ohrstöpsel, dennoch hörte sie jemanden im Schlaf schreien. Wahrscheinlich war es Cara. Pan warf einen Blick auf die Uhr: vier. Sie war sich ziemlich sicher, dass sie heute Nacht keinen Schlaf mehr finden würde. Nach all den Albträumen empfand sie das schon fast als Erleichterung.

~~~

Das Abendessen war schlechter gewesen als das Mittagessen. Auch diesmal war die Kantine brechend voll gewesen und alle Schüler hatten mit unübersehbarem Heißhunger gegessen. Sie saßen über ihre Schüsseln gebeugt und schaufelten sich das Essen in den Mund. Diesmal gab es eine andere Art Eintopf. Oder vielleicht waren es die Reste vom Mittagessen, unter die jemand ein bisschen Gemüse gemischt hatte. Eine Art in grobe Stücke geschnittene weiße Knolle verlängerte die Mahlzeit. Sie schmeckte fade und lag sofort schwer im Magen, als widersetze sie sich der Verdauung. Pan zwang sich dazu, ihre Schüssel leer zu essen, und bemerkte, dass Cara schon wieder kaum etwas aß. Wei-Lin verputzte alles, was Cara übrig ließ.
~~~

Theoretisch hatten die Schüler nach dem Abendessen Zeit zur freien Verfügung, aber als Pan über das Gelände spazierte, fiel ihr auf, dass nur wenige Schüler sich ausruhten. Die meisten besuchten Zusatzkurse, um ihre Spezialbegabungen weiter auszubauen. Manche konzentrierten sich auf Waffentraining oder Fitness – sie stemmten große Felsbrocken anstelle von Hanteln. Eine Gruppe absolvierte ein Lauftraining – Nate hatte sich ihnen angeschlossen.

Wei-Lin saß vor der Schlafbaracke und war damit beschäftigt, einen neuen Pfeil zu schnitzen. Sorgfältig bearbeitete sie einen Stock mit einem Taschenmesser. Immer wieder drehte sie den Schaft um sich selbst, um zu überprüfen, ob er auch gerade war. Sie nickte Pan grüßend zu, als sie vorbeikam. Aus der Ferne beobachtete Pan, dass Samantha und Karl gemeinsam zum Joggen aufbrachen. Keimte da etwa eine zarte Romanze? Durchaus möglich. Die Blicke, die sich die beiden zuwarfen, wirkten zwar neutral, aber Pan hatte da so ein Gefühl. Das unscheinbare englische Mädchen und der Computer-Nerd aus Neuseeland. In der alten Welt wäre es vermutlich nie dazu gekommen, aber die Umstände hatten sich geändert. Vielleicht konnte ihnen die Gesellschaft des jeweils anderen ein wenig Trost spenden.

Cara war die Einzige, die gar nichts tat. Als Pan die Schlafbaracke betrat, entdeckte sie das Mädchen auf der Bettkante sitzend, wie es die Wand anstarrte und an den Fingernägeln kaute. Pan beschäftigte sich damit, ihren Nachtschrank aufzuräumen und ihr Bett noch mal neu zu machen – es war ihr ein wenig peinlich, dass sie es nicht so ordentlich hinbekam wie die anderen, aber es war dann doch nicht so dringend, dass sie allzu viel Zeit darauf verschwendet hätte. Sie erwog, Cara in ein Gespräch zu verwickeln, spürte aber, dass sie auf

Ablehnung stoßen würde. Vielleicht in ein paar Tagen. Sie fühlte, wie bodenlos unglücklich Cara war – es stand ihr ins Gesicht geschrieben –, aber Pan wusste nicht, wie sie ihr aus diesem Abgrund heraushelfen sollte. *Ich weiß ja nicht, ob sie es schaffen wird*, dachte Pan, und im selben Moment schämte sie sich dafür. Sie war beinahe erleichtert, als Cara ein kleines Notizbuch aus ihrer Schublade zog und zu schreiben begann. Sie runzelte konzentriert die Stirn und der Bleistift flitzte über die Seite. Als eine Träne über ihre Wange rann, fiel ihr das offenbar gar nicht auf. Sie wischte sie jedenfalls nicht weg.

Schließlich gab Pan ihre Versuche auf – das Bett sah genauso unordentlich aus wie zuvor – und ging wieder spazieren. Cara beim Schreiben zuzusehen war genauso langweilig wie Bettenmachen, und sie musste unbedingt etwas tun. Die Dämmerung ging allmählich in Nacht über. Ein Teil der Wolken hatte sich verzogen und sie konnte einzelne Sterne erkennen. Sie wanderte ohne Ziel umher, bemüht, die frostige Kälte, die durch ihre Kleider drang, zu ignorieren. *Vielleicht müsste ich ja auch joggen gehen*, dachte sie. *Und wenn auch nur, um mich warmzuhalten.* Ihre Glieder fühlten sich nicht mehr so schwer an und sie spürte, wie ihre Kraft allmählich zurückkehrte. Vielleicht enthielt das Schulessen ja doch irgendwelche wichtigen Nährstoffe, auch wenn es noch so unappetitlich aussah.

Eine Bewegung zu ihrer Linken erregte ihre Aufmerksamkeit und sie hielt an. In der einbrechenden Dunkelheit ließ sich nur schwer etwas erkennen, aber sie hatte undeutlich etwas gesehen, das sich in schwindelerregender Geschwindigkeit bewegt hatte. Sie ging näher heran. Ein Junge stand mit hoch erhobenem Arm mitten auf einer Lichtung. Etwas saß auf seiner Hand, und als Pan näher kam, stellte sie fest, dass es sich bewegte. Seine Silhouette veränderte sich ständig. Pans Fuß glitt auf einem Felsen aus und das Geräusch schreckte den Jungen auf. Er drehte sich nach ihr um. Selbst in der einsetzenden Dämmerung konnte sie erkennen, dass er rote Haare hatte.

»Hallo?«, rief er.

»Hi«, antwortete Pan. »Tut mir leid, dass ich dich erschreckt habe. Tom, oder?«

Der Junge lächelte.

»Genau«, sagte er. »Und du bist das, die Neue. Hey, hast du ein bisschen Fleisch für mich aufgehoben?«

»Tut mir leid.« Pan zuckte mit den Schultern. »Mein Essen war durch und durch vegetarisch.«

»Schade«, seufzte Tom. »Kes hätte sich über einen kleinen Snack gefreut.«

Auf der Hand des Jungen saß ein großer Greifvogel, ein Turmfalke oder irgendein anderer Falke. Sein Schnabel schnappte nach etwas, das der Junge in seiner von einem Handschuh geschützten Hand hielt.

»Ist das ein Falke?«, fragte Pan.

Der Junge strahlte. »Ja«, bestätigte er. »Ist sie nicht wunderschön? Willst du sie mal halten?«

»Na ja, ich weiß nicht …«

»Komm schon. Sie tut dir nichts.« Er griff nach einem Handtuch, das er sich in den Bund seiner Shorts gesteckt hatte, und reichte es Pan. »Wickel es um deine linke Hand, auch über den Unterarm. Ich habe keinen zweiten Handschuh und meiner würde dir bestimmt nicht passen. Zu klein. Aber mit dem Handtuch geht es auch. Du musst nur aufpassen, dass die Haut ganz bedeckt ist.

»Vielleicht …«

»Bitte«, sagte Tom. Er hüpfte vor Aufregung von einem Fuß auf den anderen. Seine Begeisterung war so ansteckend, dass Pan unwillkürlich lächeln musste. Sie nahm das Handtuch und wickelte es um ihre Hand. Tom half ihr dabei, es so zu drapieren, dass die Finger nicht bedeckt waren.

»Du musst schließlich das Geschüh halten können«, erklärte er.

»Geschüh?«

»Das da.« Er deutete auf die Lederriemen, die an den Beinen des Vogels befestigt waren. »Wenn man sie gut festhält, kann sie nirgendwohin fliegen. Streck den Arm aus«, kommandierte er. »Dann setze ich sie dir auf die Hand. Los geht's. Vorsichtig. Erschreck sie nicht. Und pass auf, dass du die Riemen zwischen den Fingern gut festhältst. Geschafft. Jetzt hast du sie.«

Der Vogel war viel schwerer, als Pan erwartet hatte. Er trippelte ihren Arm entlang und sie spürte, wie ihre Muskeln sich anspannten. Durch die mehrfachen Lagen des Handtuchs hindurch spürte sie die Kraft seiner Fänge. Der Vogel wendete den Kopf und glättete sich ein paar Federn.

»Du musst unbedingt sehen, wie sie fliegt«, sagte Tom. »Wie sie niederstößt.«

»Stößt?«

»Sie macht einen Sturzflug und schnappt ihre Beute in der Luft. Wie eine Rakete. Bamm.«

»Hast du deswegen einen Falken? Zum Jagen?«

»Klar. Die Beizjagd ist eine der ältesten Jagdsportarten.« Der Junge ließ den Vogel wieder auf seine Hand umsteigen, angelte eine Haube aus einer Innentasche und befestigte sie geschickt auf dem Kopf des Falken. »Als ich gerettet wurde, hatte ich Kes bei mir – wir haben ein bisschen trainiert –, deswegen hatte ich die Ausrüstung dabei. Das Geschüh, den Handschuh, die Haube. Zum Glück war meinen Rettern klar, wie nützlich Kes sein würde, darum haben sie sie mitgebracht. Ich habe einen Antrag auf zusätzliche Ausrüstung und einen zweiten Falken gestellt – über die Schülervertretung, weißt du? –, aber bis jetzt haben sie nichts mitgebracht.«

Darauf würde ich mich an deiner Stelle auch nicht verlassen, dachte Pan.

»Ich möchte sie züchten. Eine Kolonie gründen. Wenn wir sechs oder sieben Falken hätten, dann hätten wir auch jede Menge Fleisch. Das habe ich denen von der Schülervertretung gesagt. Und ich habe ihnen erklärt, dass ich anderen Schülern beibringen kann, wie man mit den Vögeln umgeht.«

»Ich bin überzeugt, dass du das kannst«, bestätigte Pan.

»Ich zeig's dir.« Tom griff mit der Hand in seine Hosentasche und zog etwas Kleines hervor. Pan runzelte die Stirn.

»Eine Maus«, verkündete er stolz. »Keine Angst, sie ist tot.«

»Wo kriegst du denn hier Mäuse her?«

»Aus dem Hühnergehege. Viele sind es nicht, aber ich sehe jeden Abend nach. Am Waldrand stelle ich auch Fallen auf. Da erwische ich mal eine Spitzmaus oder so. Kes ist es egal. Solange es Fleisch ist, findet sie es gut. Hier.«

Er stopfte die Maus in die Lücke im Handtuch. Pan unterdrückte ein Schaudern, als der schlaffe Mäuseschwanz ihre Finger streifte.

»Was mache ich jetzt?«, fragte sie.

»Ich bringe Kes ans Ende der Lichtung«, erklärte Tom. »Wenn ich ihre Haube abnehme, hältst du die Hand hoch und lässt die Maus am Schwanz baumeln. Kes fliegt dann zu dir. Na ja, sie fliegt zu der Maus.«

»Du meinst, sie kann die Maus bei dem schwachen Licht aus so großer Entfernung erkennen?«

Der Junge lachte. »Na klar«, sagte er. »Sie könnte noch viel weiter in die Ferne schauen. Ihre Sehkraft ist fantastisch. Du wirst schon sehen.«

»Ähm, Tom?«, fing Pan an. »Ich weiß nicht so genau, ob ich …«

»Keine Sorge.«

Er trabte über die Lichtung davon und verschwand beinahe im letzten Dämmerlicht. Als er etwa fünfzig Meter weit weg war, wandte er sich ihr zu.

»Jetzt. Halt den Arm hoch. Genau so. Und zuck nicht zusammen, wenn sie landet. Gib ihr einfach ihr Futter. Du kannst mir glauben, du solltest besser nicht versuchen, ihr die Maus dann noch streitig zu machen.«

Tom nahm dem Vogel die Haube ab und hob den Arm. Beinahe im selben Augenblick schoss der Vogel durch die Luft auf Pan zu. Sie hatte kaum Zeit, das anmutige Flugmanöver zu bewundern, da landete der Falke schon auf ihren Unterarm und schnappte sich die Maus in einer einzigen eleganten Bewegung. Sie taumelte unter dem Aufprall. Der scharfe, hakenförmige Schnabel riss und fetzte. Es war auf eine sehr raue, ursprüngliche Weise schön. Aber es war auch furchterregend.

Tom kam angerannt.

»Großartig, oder?«

Pan nickte. »Wunderschön.«

»Ich könnte einen für dich aufheben – wenn das mit der Zucht erst mal läuft, weißt du? Und dann zeige ich dir, wie man sie abrichtet. Wenn man so einen Falken erst einmal abgerichtet hat, dann gewinnt man ihn lieb.«

»Und gewinnt er dich auch lieb?«

»Nee. Diese Vögel lieben niemanden. Das liegt nicht in ihrer Natur. Aber eine Beziehung? Ja. Man baut eine Beziehung zu ihnen auf. Die ist was ganz Besonderes.«

Pan sah den Falken an. Die Maus war fast vollständig verschwunden. *Wie wir anderen auch*, dachte sie. *Wir essen, um zu überleben. Würgen es einfach runter.*

»Das wäre cool, Tom«, sagte Pan. »Ich würde mir das sehr gern von dir zeigen lassen. Und wenn ich auf meinem Teller je ein Stück Fleisch finde, hebe ich es auf jeden Fall für Kes auf.«

Tom strahlte, als er den Vogel auf seinen Handschuh umsteigen ließ. Direkt bevor er ihm die Haube aufsetzte, sah er dem Falken in die Augen. Pan konnte Liebe erkennen, als sie den beiden zusah.

~~~

Als Pan wieder bei den Schlafbaracken ankam, war es Viertel vor neun, und sie beschloss, sich unter die Dusche zu wagen. Hoffentlich war der größte Ansturm jetzt vorbei und ihr wurde etwas Intimsphäre gewährt. Sie öffnete die Tür und stieß auf vier Mädchen. Eine davon war Wei-Lin. Sie standen unter den vier Duschköpfen, die lustlos vor sich hin tröpfelten. Einen Moment lang war Pan verlegen, aber die Mädchen schien das nicht weiter zu stören.

»Hey!«, tönte ihr ein mehrstimmiger Schrei entgegen. »Tür zu! Lass die Wärme drin.«

Pan schloss die Tür. Sie fröstelte. Das Schließen der Tür konnte kaum einen positiven Effekt auf die Temperatur im Inneren des Sanitärtrakts haben, die mehrere Grad unter
~~~

der Außentemperatur zu liegen schien. Sie schauderte. Sie scheute sich davor, sich in Anwesenheit der anderen auszuziehen. *Härte dich ab*, dachte sie.

Pan setzte sich auf eine schmale Bank und wartete darauf, dass eine Dusche frei wurde. Es dauerte nicht lang. Wei-Lin trat unter dem Duschkopf hervor und ging hinüber zur Süßwasserdusche. Sie hielt einen kleinen Plastikbecher in der Hand und sammelte darin so viel Frischwasser wie möglich. Als das Rinnsal versiegte, goss sie sich das gesammelte Wasser über den Kopf und rieb es mit beiden Händen über ihren ganzen Körper. Dann schnappte sie sich ein Handtuch, das an einem Nagel an der Wand hing, und begann sich trockenzureiben. Sie stellte sich vor Pan, kein bisschen verlegen wegen ihrer Nacktheit, und lächelte. *Na klar*, dachte Pan. *Wenn ich so einen Körper hätte wie sie, wäre ich auch nicht verlegen*. Pan bezweifelte, dass ihre magere Gestalt jemals so sportlich aussehen würde wie die von Wei-Lin.

»Hey«, sagte Wei-Lin. »Du tauchst hier gerade noch in letzter Minute auf. Die meisten Mädchen kommen ein bisschen früher, damit sie wenigstens noch sehen können, was sie tun. Um neun geht das Licht aus.«

Wenn das ihre einzige Chance auf ein wenig Privatsphäre war, würde Pan durchaus in Betracht ziehen, jeden Abend erst zu duschen, wenn das Licht schon ausgeschaltet war. Aber Wei-Lin hatte sie bereits im Spital nackt gesehen. Und wenn Pan jetzt einen Rückzieher machte, war das noch peinlicher.

Schnell zog sie sich aus. Die Körper der anderen Mädchen waren hart und durchtrainiert. Pan schämte sich nicht nur für ihre Nacktheit, sondern auch dafür, dass ihr Körper Schwäche ausstrahlte, Unterlegenheit. Sie trat unter den

Duschkopf, den Wei-Lin freigegeben hatte, griff nach einem Stück grober Seife, das in einer Nische an der Wand bereitlag, und drückte auf den Knopf. Ein eiskalter Wasserstrahl traf ihren Kopf und sie schnappte nach Luft. Die anderen Mädchen lachten.

»Erwischt einen eiskalt beim ersten Mal, was?«, sagte eine.

»Keine Sorge. Man gewöhnt sich daran«, meinte eine andere.

»Nein, tut man absolut nicht«, widersprach Wei-Lin.

Alle lachten.

~~~

Nach dieser sogenannten Dusche lag Pan auf ihrer Pritsche. Sie sah gerade dabei zu, wie Cara in ihr Notizbuch schrieb, als es im Raum schlagartig stockdunkel wurde. *In der ganzen Welt sind die Lichter ausgegangen*, dachte sie. *So ergeht es neunundneunzig Prozent der Menschheit. Und in absehbarer Zeit wird es auch so bleiben.*

Der Tag hatte sie viel Kraft gekostet. Ihr Körper befand sich noch immer in der Erholungsphase, und obwohl sie keine körperlichen Anstrengungen unternommen hatte, fühlte sie sich ausgelaugt bis auf die Knochen. Fast unmittelbar darauf schlief sie ein und geriet in einen Strudel wilder Träume.

Pan ging eine verlassene Straße hinunter. Auf der einen Seite befand sich ein Park. Eine Frau saß auf einer Bank und sah einem Jungen beim Schaukeln zu. Die Frau kam ihr irgendwie bekannt vor, aber Pan konnte die Erinnerung nicht zuordnen.
~~~

Eine andere Frau lenkte ihre Aufmerksamkeit auf sich. Sie kam aus einem Laden auf der anderen Straßenseite, hielt ein Kleiderbündel unter den Arm geklemmt und taumelte ein bisschen, als sei sie betrunken. Eine Lücke. Dann prallte ein Auto gegen die Frau. Das Knirschen von Knochen auf Asphalt, eine sich ausbreitende Blutlache.

Ein Mann, der ihren Arm packte. Er trug eine Polizeiuniform und redete auf sie ein, aber Pan verstand nicht, was er sagte. Ein Goldzahn reflektierte das Sonnenlicht. Etwas war daran merkwürdig, an diesem Goldzahn, aber sie verstand nicht, woran das lag und was es bedeutete. Selbst als er sich den Lauf einer Pistole in den Mund steckte und sich den Hinterkopf wegschoss, beunruhigte der Zahn sie mehr als der Regen aus Blut und Knochensplittern.

Ein Mann baumelte aus einem Schlafzimmerfenster. Er hatte sich ein Bettlaken um den Hals geknotet und schaukelte sanft hin und her, wie im Wind. Sein Gesicht war bleich und seine geschwollene Zunge quoll zwischen den aufgesprungenen Lippen hervor. Sie musste diesen Bildern entkommen, doch wo immer sie auch hinrannte, sie war von Horrorbildern umgeben. Sie rannte schneller.

Pan hatte das Auto nicht gesehen. Ihr Sichtfeld verengte sich, bildete einen Tunnel. Sie raste hindurch, den Blick geradeaus gerichtet, Schweiß brannte in ihren Augen. Links von ihr kreischten Bremsen und ein plötzlicher Schmerz durchfuhr ihre Hüfte. Die Welt stand Kopf, einen Sekundenbruchteil lang sah sie den Himmel, die Wolken, dann war da nur noch der grau gemusterte Asphalt. Blitzschnell stand sie wieder auf den Füßen, ihr Körper gehorchte seinem eigenen Rhythmus. Ihr rechter Unterarm war aufgeschürft, Blutstropfen quollen hervor, aber sie achtete nicht darauf.

Das Auto. Es hatte sie mit dem Kotflügel auf der Fahrerseite erwischt und sie über die Motorhaube auf die andere Seite geschleudert. Pandora spürte keine Schmerzen. Sie hielt Ausschau nach Verfolgern, aber es war niemand zu sehen. Noch nicht. Doch sie spürte, dass ihr nur Sekunden blieben.

Die Fahrertür ging auf und ein Mann stieg aus. Einen Moment lang sahen sie sich in die Augen. Hinter seiner rechten Schulter tauchten zwei weitere Männer auf. Sie trugen Sonnenbrillen, ihre Jacketts flatterten wild, als sie auf Pan zu rannten. Pan warf noch einen Blick auf den Fahrer und erkannte etwas Schwarzes in seinen Augen. Sie wich ein paar Schritte zurück, dankbar, dass das Auto zwischen ihnen stand. Der Mann griff in seine Jackentasche, aber Pan hatte sich bereits umgedreht. Sie hatte Zeit verloren. Einen kurzen, glücklichen Moment lang erschien die Kollision mit dem Wagen wie eine rettende Chance. Jetzt wusste sie, dass sie einfach nur ihren Vorsprung eingebüßt hatte. Woher wusste sie das? Rettung wovor? Ihr fiel nichts ein. Sie rannte wieder los. Mit ihrer Hüfte stimmte etwas nicht. Ein scharfer Schmerz fuhr bei jedem Auftreten auf den Boden blitzartig durch ihre ganze Seite. Sie konzentrierte sich darauf, den Schmerz aus ihrem Bewusstsein zu verdrängen, fokussierte sich wieder auf ihren Rhythmus, darauf, Arme und Beine gleichmäßig zu bewegen.

Pandora Stone rannte um ihr Leben. Selbst im Traum war sie sich der Gefahr deutlich bewusst.

Die Schritte der Verfolger kamen immer näher. Und dann hörte sie sie atmen, immer lauter. Die Haut in ihrem Genick prickelte, schon glaubte sie zu spüren, wie eine Hand sich nach ihr ausstreckte, sie packte, sie zu Boden riss. Sie senkte den Kopf und suchte nach einer weiteren Energiereserve. Da war noch eine, aber sie leerte sich rasch. Pan holte das Letzte heraus und beschleunigte. Ihr Herz raste und sie versuchte zu schreien.

~~~

Pan saß aufrecht im Bett, der Schrei steckte ihr noch in der Kehle. Einen Moment lang wusste sie nicht, wo sie war, dann holten die Geräusche des Schlafsaals sie in die Gegenwart zurück. Die Akademie. Ihre Hände krallten sich an der Decke fest und sie versuchte, ihr wild pochendes Herz zu beruhigen. Ihr Gesicht war schweißnass. Eine Minute verging. Ihr Schrei hatte niemanden geweckt, aber nur deswegen, weil alle in ihren eigenen Albträumen gefangen waren und für die von Pandora gar keine Zeit hatten. Die Mädchen warfen sich in ihren Betten hin und her, stöhnten, schrien. Und sie schluchzten. Es war eine tieftraurige Szenerie, durchdrungen von purer Hoffnungslosigkeit.

Pan streckte in der Dunkelheit die Hand aus auf der Suche nach der Schublade in ihrem Nachtschrank. Sie tastete darin herum, bis sie die Ohrstöpsel fand, und steckte sie in die Ohren. Jetzt klang alles entfernter, aber sie konnte das gedämpfte Stöhnen, das feine Rauschen der Verzweiflung noch immer hören. Pan legte sich wieder hin, schloss die Augen und tat so, als würde sie schlafen. Aber die Träume widersetzten sich ihr, hatten Krallen. Stattdessen versuchte sich Pan, wenn auch zögernd, die bruchstückhaften, grauenvollen Szenen ihres Albtraums ins Gedächtnis zu rufen, in der Hoffnung, ihnen durch genaueres Hinsehen ihren Schrecken zu nehmen. Aber je länger sie darüber nachdachte, desto mehr wuchs ihre Überzeugung, dass ihren Träumen etwas Eigenartiges anhaftete. Sie waren absurd. Im Grunde waren
~~~

die Gesetze der Logik in Träumen ja außer Kraft gesetzt, aber sie spürte, dass diese Träume Hinweise enthielten, die sie einfach nur entschlüsseln musste. Ihr Unterbewusstsein versuchte, ihr etwas zu sagen, aber je angestrengter sie darüber nachdachte, was es wohl sein könne, desto mehr entglitt es ihr. Ein Goldzahn. An diesem Goldzahn war etwas unheimlich. Viel unheimlicher als jene Frau, die unter das Auto geraten war, oder die Leiche, die aus dem Schlafzimmerfenster baumelte. Sogar unheimlicher als die Frau im Park und der Junge, der schaukelte und hustete, schaukelte und hustete. Wie war das möglich?

Es hatte keinen Sinn. Wie eine Erinnerung, die in immer weitere Ferne rückt, wenn man versuchte, sie genau zu packen, entzog sich dieses Gefühl jeder weiteren Untersuchung. Schließlich warf Pan seufzend einen Blick auf die Leuchtziffern ihrer Uhr. Es war kurz nach vier Uhr morgens. Sie schlüpfte aus dem Bett, kleidete sich rasch an und versuchte, das Zittern ihrer Glieder zu unterdrücken. Sie hatte Gänsehaut am ganzen Körper. Was sie brauchte, war Bewegung, etwas, das ihren Körper wärmte und sie auf andere Gedanken brachte.

Pan tappte durch den Mittelgang des Schlafsaals und tastete nach dem Türgriff. Etwa eine halbe Minute lang tastete sie im Nichts und konnte ihn nicht finden, beinahe wäre sie in Panik ausgebrochen. Eigentlich hatte sie nie zu Klaustrophobie geneigt, aber das Stöhnen und Ächzen in ihrem Rücken löste Fantasiebilder aus. Sie fühlte sich gefangen in einer Art Hölle ohne Ausweg.

Doch dann fand sie den Türgriff, drehte ihn und stolperte hinaus in die klare, kalte Nachtluft.

7.

Ein paar Sterne funkelten in der frostigen Luft. Pan verschränkte die Arme vor ihrem Körper, aber das machte kaum einen Unterschied. Sie setzte sich auf einen Stein vor dem Sanitätstrakt und versuchte, sich so zusammenzukauern, dass sie dem Wind möglichst wenig Angriffsfläche bot. Ein schmaler heller Streifen am Horizont kündete von der nahenden Dämmerung. In weiter Ferne in Richtung Küste entdeckte sie eine Reihe flimmernder Lichter. Pan starrte in ihre Richtung. Sie waren zu hoch oben, als dass sie zur Akademie hätten gehören können. Dann verstand sie. Die Mauer. Eine Reihe von Lichtern, die in regelmäßigen Abständen über der Mauerkante angebracht waren. Die Wachttürme. Aber warum sollte in den Wachttürmen Licht brennen? Wer befand sich da oben und warum hielt jemand Wache?

Pan stand auf. Die Kälte betäubte ihre Glieder und sie kam zu dem Schluss, dass sie rennen musste. Ihre Hüfte schmerzte immer noch ein bisschen und ihre Beine fühlten sich schwach an. Das viele Gehen am Tag zuvor hatte ihnen zugesetzt. Es gab nur eine Möglichkeit, sie zu stärken – sie musste sich körperlich anstrengen. Außerdem würde sie das auf andere Gedanken bringen. Und die wirren Erinnerungen, die quälenden Traumfetzen belasteten sie. Sie brauchte Bewegung. Einfache Bewegung, um ihren Geist durchzupusten.

Ihre Augen gewöhnten sich an die Dunkelheit und sie konnte die Trampelpfade, die das Schulgelände wie ein Netz durchzogen, jetzt schwach erkennen. Pan rannte los in Richtung Mauer. Sie dominierte das Akademiegelände und Pan wollte sich die flackernden Lichter der Wachtürme genauer ansehen. Die ersten paar hundert Meter fielen ihr schwer. Nach der monatelangen Untätigkeit rebellierten ihre Muskeln und ihre Lungen füllten sich nur mühsam mit Luft. Bald jedoch fand sie ihren Rhythmus, das Reißen und Ziehen in ihren Gelenken ließ nach. Wärme breitete sich in ihrem Körper aus und das Atmen fiel ihr jetzt leichter.

Pan hielt den Blick auf ihr Ziel gerichtet – die tanzenden Lichter über der kaum erkennbaren grauen Steinstruktur, die sich von fernem Berg zu fernem Berg erstreckte. Aber die Mauer schien nicht näher zu kommen. Sie versuchte, das Gefühl zu verdrängen, dass sie auf einem Laufband rannte. Sich ununterbrochen zu bewegen, ohne vorwärtszukommen. Die Morgendämmerung entflammte den Horizont. Sie rannte weiter, obwohl ihr ganzer Körper schmerzte.

Sie brauchte zwanzig Minuten, bis sie vor der hohen Mauer stand, die tiefe Schatten warf und ihr Blickfeld komplett ausfüllte. Sie hielt etwa fünf Meter vor dem Mauersockel an, beugte sich vor, die Hände auf den Knien, und rang nach Luft. Erst als sie wieder regelmäßig atmen konnte, richtete sie ihren Blick nach oben auf die gewaltige Steinwand.

Die Mauer war etwa fünfzehn Meter hoch und aus massiven Felsblöcken zusammengefügt, von denen jeder einzelne höher war als sie selbst. Im Schatten der Mauer war es noch immer Nacht. Sie wandte sich um und betrachtete das Schulgelände hinter ihr. Zum größten Teil lag es noch im Dunkeln, aber sie konnte bereits die Umrisse des hohen Spitalgebäudes erkennen, auch die schroffe Felswand, die zum Garten auf dem Dach der Welt führte. Weiter oben war der Berg bereits in sanftes Licht getaucht. Sie trat einen oder zwei Schritte von der Mauer zurück und versuchte, sich ein Bild von ihrer Höhe und Länge zu machen, aber die Ausmaße des Bauwerks überstiegen ihre Vorstellungskraft.

»Overkill, meinst du nicht?«

Die Stimme ließ sie zusammenzucken. Sie wirbelte herum.

Nate stand lächelnd vor ihr.

»Oh, Pan. Sorry, Kleine. Wollte dich nicht erschrecken.«

»Doch, das wolltest du«, sagte Pan. »Was machst du hier? Warum schleichst du dich so an mich ran? Und wieso habe ich dich nicht gehört?«

Nates Grinsen wurde breiter.

»Ich bin an der Mauer entlang gerannt. Es ist so dunkel, dass man mich im Schatten nicht sehen konnte«, sagte er. »Allerdings hättest du mich hören müssen. Na, na, Pandora! Du musst wirklich an deinen Survival-Künsten arbeiten. Ich hätte ja ein Raubtier sein können.«

Pan wischte sich den Schweiß aus dem Gesicht.

»Schlafstörungen?«, fragte Nate.

»Schlafen an sich ist nicht so das Problem. Es sind mehr die Träume.«

Nate nickte. »Ist es in deinem Schlafsaal wie in meinem? Du wachst mitten in der Nacht auf und kannst deine eigenen Gedanken nicht mehr verstehen, weil alle um dich herum heulen, schluchzen und stöhnen?«

»Es ist schlimm«, sagte Pan. Sie gab nicht zu, dass sie zu dem nächtlichen Horrorkonzert selbst einen nicht unerheblichen Beitrag geleistet hatte.

»Laufen hilft. Und es ist gut für dich, Pan.«

»Was hast du vorhin gemeint?«, fragte Pan. »Als du Overkill gesagt hast?«

Nate runzelte die Stirn, dann musterte er lächelnd die kahle Mauerwand. Pan fiel auf, dass sein Gesicht trocken war und er ganz normal atmete.

»Sie ist zu groß«, sagte er. »Dieses Ding soll doch angeblich verhindern, dass jemand reinkommt, oder? Aber ein Zaun würde es auch tun. Einfach ein bisschen Stacheldraht obendrauf. Und die Wachtürme. Ich meine, das ist doch mehr als bei jeder Hochsicherheitszone.«

»Aber ist das nicht ein ehemaliges Militärgelände?«, fragte Pan. »Vielleicht haben sie hier drin mal nukleare Sprengköpfe gelagert. Das würde auch erklären, warum ein Zaun und Stacheldraht nicht ausgereicht haben.«

Nate schüttelte den Kopf.

»Ich habe schon Raketenbasen gesehen«, erklärte er. »Mein Vater war ein hochdekorierter Offizier in der Armee. Und dieser Ort hier ist nicht groß genug dafür. Man bräuchte unterirdische Bunker und der Boden hier ist aus massivem Felsen. Und damit drängt sich die Frage auf: Was ist hier vorgegangen? Warum waren solche Sicherheitsmaßnahmen notwendig?«

»Spielt das eine Rolle?«, fragte Pan, aber während sie die Frage noch stellte, wusste sie die Antwort schon. Es spielte eine gewaltige Rolle, auch wenn ihr noch nicht klar war, warum.

»Vielleicht nicht«, sagte Nate. »Ich mag einfach keine Fragen, auf die ich keine Antwort finde, das ist alles. Das Meer und die Berge sichern diesen Ort schon aufgrund der geographischen Gegebenheiten. Denk mal darüber nach. Wenn du angreifen wolltest, wie groß wären deine Chancen? Wenn du vom Meer herkommst, wirst du schon kilometerweit vor der Küste entdeckt, und es ist leicht, die Bucht zu verteidigen. Wenn du Truppen über diese Berge schicken willst – viel Glück dabei. Und wenn das – VV – eine gesicherte Militärbasis war, hätte man jeden Luftangriff von Weitem auf dem Radar entdeckt. Also, was hat es mit der Mauer auf sich?«

Pan sagte nichts. Die Mauer war kahl und gesichtslos. Senkrecht. Unbezwingbar. Eine Festung.

»Und diese Wachttürme«, fuhr Nate fort. Jetzt war er so richtig in Fahrt. »Die Lichter sind die ganze Nacht über an. Warum?«

»Da oben sind Leute«, sagte Pan. Ihr war nicht klar, woher sie das wusste, aber sie wusste es. Sie standen so dicht an der Mauer, dass man sie nicht sehen konnte. Aber sie wusste einfach, dass Menschen ihre Blicke über das Gelände schweifen ließen.

Nate studierte ihr Gesicht. »Wie kommst du darauf?«

Pan zuckte mit den Achseln. »Keine Ahnung. Nur so ein Gefühl.«

»Diese Sache mit der Hellseherei?« Diesmal lächelte Nate nicht. Pan zuckte wieder mit den Schultern.

»Also gut.« Nate redete mit ruhiger Stimme. »Wenn das stimmt, wirft das noch mehr Fragen auf. Warum sitzen da oben Wachleute? Warum ist die Beleuchtung die ganze Zeit an?«

Pan teilte sein Gefühl, dass etwas nicht stimmte, aber sie konnte es nicht erklären.

»Vielleicht«, fuhr Nate fort und seine Stimme war ruhig und nachdenklich, »ist die Mauer ja darauf ausgelegt zu verhindern, dass Menschen rauskommen. Wir zum Beispiel.«

»Warum?«

»Nun, das ist die entscheidende Frage, oder?«

»Wei-Lin hat gesagt, dass wir durch die Abgrenzung vom Dorf vor Krankheiten geschützt werden sollen.«

»Wei-Lin hat uns das gesagt, was man ihr gesagt hat. Und davon mal abgesehen, die Mauer war schon vor dem Virus da. Was also war ihr ursprünglicher Sinn?«

Hier fehlen Informationen, dachte Pan.

Vielleicht kam Nate zum selben Schluss, denn plötzlich lachte er auf.

»Das ist der richtige Moment um loszulaufen, Pandora«, sagte er. »Mein Körper sagt mir, dass mein Gehirn gerade überstimuliert worden ist. Denken kann ich halt nicht so gut, aber laufen? Das ist etwas ganz anderes.«

Pan war klar: Nates Verstand war genauso fit und beweglich wie sein Körper. Aber sie ging nicht darauf ein. Erwartete er ihren Widerspruch, ein Kompliment? Na, dann sollte er ruhig schmoren. Sie würde den Köder nicht annehmen.

»Also, warum bist du heute Nacht zur Mauer gekommen?«, fragte sie.

Nate lächelte. »Ich habe dir nicht hinterherspioniert, falls du das denkst«, sagte er. »Ehrlich nicht. Ich schwör's. Ich musste einfach laufen und die Mauer hat sich als Ziel angeboten.«

»Hörst du jemals auf zu laufen?«

»Nein. Ich laufe im Schlaf. Ganz im Ernst.«

Er deutete in den Himmel, der allmählich heller wurde. »Hier geht es ja früh los und ich muss vor der ersten Stunde unbedingt unter die Dusche. Ich bin eher so ein Morgen-Duscher. Mir ist es lieber, ich stinke nachts, wenn alle schlafen und sowieso nichts davon mitkriegen. Läufst du mit?«

»Du willst unbedingt rausfinden, was sich auf der anderen

Seite der Mauer befindet, oder?«, fragte Pan. Kaum war ihr der Gedanke durch den Kopf geschossen, wusste sie schon, dass er zutraf.

Nate fuhr sich mit der Hand durch die Haare. »Warum sagst du das? Da ist ein Dorf. Ein Hafen. Boote. Unsere Versorgungsroute. Möglicherweise verseucht. Warum sollte ich mein Leben aufs Spiel setzen, wo ich doch gerade erst gerettet worden bin?«

»Weil die Mauer dich aufhält«, sagte Pan. »Und weil du an diese Sache mit den Seuchen nicht glaubst.«

Er musterte sie einen Moment lang, dann platzte er heraus.

»Hellseherin, was? Mann, bei dir sollte ich lieber vorsichtig sein, Pandora Stone. Du schaffst es noch, dass ich völlig durchdrehe.«

Pan sagte nichts, aber sie hielt seinem Blick stand.

»Lauf mit«, wiederholte Nate und diesmal wartete er nicht auf ihre Antwort. Er trabte los, den Weg hinunter, und Pan musste richtig rennen, um ihn einzuholen. Sie joggten fünf Minuten lang, bis er wieder redete.

»Sagen wir einfach mal, ich stecke nicht gerne im Gefängnis.«

»Gefängnis?« Pan stieß das Wort keuchend aus, denn ihre Lungen brannten schon wieder wie Feuer. *Ich muss unbedingt fit werden*, dachte sie. *Es gibt keine andere Möglichkeit, und wenn es jetzt wehtut, dann sagt mir das einfach nur, wie weit der Weg noch ist.*

»Klar. Es gibt weite, offene Räume. Wir können gehen, wohin wir wollen. Das Problem ist nur, es gibt nichts mehr, wo wir hinkönnen. Es gibt verschiedene Arten von Gefängnissen, Pandora. Ich schätze, wir haben hier eine davon. Und ich sage dir noch was: Steck mich hinter eine Tür und ich muss sie aufmachen. Wenn hinter der Tür gar nichts ist – auch egal. Ich muss mir selber ein Bild machen.« Er warf ihr einen kurzen Blick zu. »Beweg ich ein bisschen lockerer. Deine Arme baumeln ja kreuz und quer. Und damit, wie du deinen Kopf hältst, fange ich am besten gar nicht an. Ich könnte dir helfen, wenn du möchtest. Es gibt kaum etwas, wovon ich eine Ahnung habe, aber zum Laufen bin ich geboren.« Er beschleunigte mühelos.

Sie versuchte, mit ihm mitzuhalten, aber es war hoffnungslos. Selbst wenn sie im Vollsprint spurtete, konnte sie nicht verhindern, dass seine Gestalt vor ihr immer kleiner wurde. Sie hielt an, legte sich die Hände auf die Knie und wartete, bis ihr Atem wieder langsamer ging.

»Nimm mich mit«, schrie sie ihm nach. »Wenn du gehst.«

Er drehte sich nicht um. Aber sie hörte ein leises, glucksendes Lachen heranwehen.

8.

Das Frühstück bestand aus einem harten Brotbrocken, der mit einer dünnen Schicht von etwas, das entfernt an Butter erinnerte, beschmiert war. Pan brach sich beinahe einen Zahn ab, als sie hineinbiss, aber sie ließ sich nicht beirren. Sie hatte schon etwas von Wei-Lin gelernt: Lass nicht das Geringste auf deinem Teller liegen.

Die Doppelstunde nach dem Frühstück war der körperlichen Arbeit gewidmet. Pan schloss sich einer Schülergruppe an, die Steine von den Zugangswegen zur Kantine räumte. Cara war auch dabei. Es gab keine Schubkarre zum Abtransport der Steine, also legten sie diese am Wegrand zu kleinen Haufen zusammen. Durch diese Abgrenzung waren die Trampelpfade nun leichter zu erkennen. Pan arbeitete dicht neben Cara. Ihr fiel auf, dass das Mädchen aus Neuseeland nur nach den kleinsten Steinen griff und eine Ewigkeit brauchte, um auch nur einen davon bis zum Wegrand zu transportieren.

»Keine wirklich inspirierende Arbeit, oder?«, meine Pan. Sie wischte sich den Schweiß von der Stirn und lächelte. Aber Cara senkte nur den Blick und suchte den Boden nach geeigneten kleinen Steinen ab. Pan zuckte mit den Schultern und hob einen Felsbrocken auf. *Es wird eine Weile dauern, ihr Vertrauen zu gewinnen*, dachte sie.

Selbst in der frostigen Morgenluft war die Arbeit schweißtreibend und nach einer Stunde hatte Pan einen roten Kopf und schwitzte. Sie sah auf, um zu kontrollieren, welchen Fortschritt sie gemacht hatten. Erst ein ganz kurzes Stück des Weges war freigeräumt! Es war niederschmetternd. Wenn sie in diesem Tempo weiterarbeiteten, würden sie Jahre brauchen, um die Steine von allen Wegen zu entfernen. Andererseits – Zeit hatten sie ja mehr als genug und die körperliche Arbeit löste in ihr ein befriedigendes Gefühl aus. Als hätte sie richtig was geleistet. Es war beinahe so, als könnte sie spüren, wie ihr Körper trotz aller Erschöpfung kräftiger wurde.

Um Viertel nach neun machten sie Pause und tranken aus einem Eimer, den ein anderer Schüler mit frischem Wasser gefüllt hatte. Pan stellte fest, dass alle anderen – außer Cara – mit einem kurzen Stück Schnur eine Tasse an ihrem Hosenbund befestigt hatten. Sie beschloss, sich selbst auch eine zu besorgen. Es war bestimmt dieselbe Tasse, die die Schüler auch zum Duschen mitbrachten.

Dann war es Zeit für die erste offizielle Unterrichtsstunde des Tages. Pan zog ihren Stundenplan aus der Tasche und überprüfte noch mal die Raumnummer, obwohl sie den Raum schon am Tag zuvor bei ihrem Rundgang mit Nate ausfindig gemacht hatte. Baracke 43. Literatur und Philosophie bei Professor Goldberg. Sie erreichte die Baracke und reihte sich in eine kleine Gruppe von Schülern ein, die nacheinander eintraten. *Nicht nur meine Gruppe*, stellte sie fest. Wenn die Akademie über vierhundert Schüler hatte, dann mussten die Klassen wohl notgedrungen groß sein. Umso mehr freute es sie, dass Cara ihr gefolgt war, auch wenn sie mehrere Meter hinter ihr her trottete.

Die karge Ausstattung des Unterrichtsraums war bedrückend. Abgewetzte und fleckige Schultische standen aufgereiht vor einer altmodischen schwarzen Tafel. Ein Lehrerpult stand direkt rechts neben der Tafel. An den Tischen verteilt, drängten sich etwa sechzig Stühle. Ein Mann, mit Abstand der älteste, den sie bis jetzt in der Akademie gesehen hatte, saß vorne, seine Füße auf das Lehrerpult gelegt und ein zerfleddertes Buch in der Hand. Bestimmt war er mindestens siebzig. Über den Goldrand seiner Brille hinweg betrachtete er seine Schüler, die im Gänsemarsch eintraten und sich einen Platz suchten. Einige blieben lieber hinten an der Wand stehen, aber Pan ergatterte einen Stuhl direkt in der ersten Reihe. Sie lächelte, als Cara sich am Pult direkt neben ihr niederließ. Pan warf einen Blick über die Schulter. Obwohl das Klassenzimmer überfüllt war, blieben in der vordersten Reihe einige Plätze leer. *In allen Schulen weltweit dasselbe Spiel,* dachte sie. *Die Plätze ganz vorne sind immer die letzten, die noch frei sind.*

Plötzlich traten ihr Tränen in die Augen und in ihrer Kehle bildete sich ein Kloß. Ihr wurde klar, wie unerwartet und beinahe absurd es war, dass der Anblick eines Klassenzimmers sie zu so einem Gefühlsausbruch verleitete. *Liegt es daran, dass er mich daran erinnert, was alles verloren ist,* überlegte sie, *oder daran, dass man hier sieht, dass die Natur des Menschen sich nicht ändert, nicht einmal unter den extremsten Bedingungen?* Sie kämpfte gegen die Tränen und schluckte schwer. Es war riskant, sich allzu viele Gedanken zu machen. Sie öffneten möglicherweise einen Abgrund, in den man leicht hineinstürzen konnte.

Als alle einen Platz gefunden hatte, wurde es still im Raum. Der Lehrer fuhr sich mit langen, knochigen Fingern durch den verfilzten Bart und fing an zu sprechen.

»Guten Morgen«, sagte er. »Ich stelle fest, dass der Raum heute noch überfüllter ist als gestern. Selbst für meinen zugegebenermaßen schwächelnden Intellekt – zurückzuführen, möchte ich gleich anmerken, auf mein fortgeschrittenes Altern, nicht auf genetische Veranlagung – kann das nur eines bedeuten: Wir haben neue Schüler dazubekommen. Eine Freude, natürlich. Ich möchte euch willkommen heißen, euch gleichzeitig mein Beileid aussprechen und euch etwas ans Herz legen: Lernt mit Begeisterung – und sei es auch nur, um euch von den entsetzlichen Ereignissen, die ihr erdulden musstet, abzulenken. Die übrigen Schüler mögen entschuldigen, dass ich zugunsten unserer Neuankömmlinge ein bereits bestelltes Feld noch einmal beackere. Mein Name ist Menachim Goldberg und ich bin der Schulleiter.« Dann lachte er. Es war ein verblüffend jugendliches Lachen, beinahe ansteckend. Pan spürte, wie ihre Lippen zuckten. »Allerdings drängt sich der Verdacht auf, dass ich diese Stellung weniger meinem Können und meiner Bildung zu verdanken habe als meinem fortgeschrittenen Alter. Darüber hinaus bin ich der einzige ausgebildete Lehrer an dieser Akademie und ich vermute, dass auch das zählt. Oder auch die Tatsache, dass ich vielleicht der älteste überlebende Mensch bin, der auf diesem Planeten verblieben ist. Selbst falls das nicht zutrifft – wenn ich meinen Blick über das metaphorische Meer jugendlicher Gesichter vor mir schweifen lasse, habe ich das Gefühl, es müsse wohl so sein. Nennt mich Professor Goldberg, Meer jugendlicher Gesichter. Oder Prof, Prof ist perfekt. Meine Güte, lasst euch diese Reibelaute auf der Zunge zergehen … Prof ist perfekt.«

Er hustete ein paarmal – ein schweres, feuchtes Husten. Bilder aus ihren Träumen schossen durch Pans Kopf, aber unter Aufbietung aller Willenskraft verbannte sie sie wieder. Der Prof kämmte sich weiterhin mit den Fingern den Bart. Seine Augen waren wässrig und glänzten im gedämpften Licht, das durch die kleinen, verschmutzten Fenster des Klassenzimmers hereinsickerte.

»Ich unterrichte euch in Philosophie, Religion und Literatur«, sagte er. »Ein gewaltiges Wissenspensum, dessen Umfang nur das schiere Ausmaß meines Unwissens gleichkommt. Nun, wir müssen in dieser schönen neuen Welt damit zurechtkommen.« Er hustete erneut.

»Neue Schüler«, fuhr er fort, als er seinen Hustenanfall wieder unter Kontrolle hatte, »wir befassen uns gerade damit, eines der wichtigsten Werke der Weltliteratur zu analysieren – einige Fachleute haben sich sogar überzeugend dafür ausgesprochen, dass es das allergrößte Werk der menschlichen Vorstellungskraft sei in der Geschichte der Menschheit. Selbstverständlich spreche ich von William Shakespeares *Hamlet*. Einige unter euch haben vielleicht von ihm gehört. Wir lesen den Text und besprechen ihn. Oder genauer gesagt: Ich lese euch vor, wir haben nämlich nur ein Exemplar. Ich habe einen vollständigen Klassensatz beantragt, aber derzeit scheint es so zu sein, als hätten Generatoren und Benzinfässer Vorrang vor Unterrichtsmaterial. Aber so war es stets, liebe Freunde.«

Die anfängliche Stille war leisem Stimmengewirr gewichen. Die Schüler unterhielten sich. Selbst von ihrem Platz in der ersten Reihe aus konnte Pan kaum verstehen, was der Professor sagte. Vielleicht hörte er gar nicht, dass die Schüler redeten. Vielleicht war es ihm auch egal. Warum auch immer, er fuhr fort, als habe er die volle Aufmerksamkeit seiner Klasse.

»Unglücklicherweise bin ich nicht in der Lage, das zusammenzufassen, was die verstrichenen Stunden zutage gefördert haben. Nun ja, *tempus fugit*. Ich schlage vor, ihr unterhaltet euch mit euren Mitschülern, die euch sicherlich mit Vergnügen detailliert schildern werden, wie die melancholische Fahrt des dänischen Prinzen bisher verlaufen ist. Wunderbar. Es ist an der Zeit, den Unterricht zu beginnen. Wir sind an jenem Punkt angekommen, an dem Claudius und Gertrude über Hamlets scheinbaren Wahnsinn sprechen. Gertrude beschreibt Hamlets Geisteszustand folgendermaßen: *Er rast wie See und Wind, wenn beide kämpfen, Wer mächtiger ist.* Nur eine Metapher, ganz offensichtlich. Könnte man sagen, Irren ist menschlich? Das überlasse ich euch. Wichtig ist: Die Aufruhr des Geistes wird hier mit den elementaren Kräften der Natur verglichen. Zerstörerisch, gewiss, jedoch – und das ist der entscheidende Punkt, behaupte ich –, ein durchaus natürlicher Vorgang. Selbst wenn unser Verstand verwirrt ist, sind wir noch immer Teil der Natur, ihren Kräften unterworfen, selbst wenn wir glauben, wir stünden über diesen Dingen …«

Pan wandte den Kopf und sah aus dem Fenster: grauer Himmel, die Bergflanke hinter einer tief hängenden Wolke verborgen, Vögel, nur als bewegliche schwarze Punkte sichtbar, suchten nach Aufwinden. Der Anblick war gleichzeitig von tröstlicher Vertrautheit und entsetzlich fremd. Ein zerknüllter Zettel flog von irgendwo hinten quer durch den Raum und traf Cara im Genick. Sie zuckte zusammen, drehte sich aber nicht um, sondern hielt ihren Blick starr auf den Lehrer gerichtet. Caras anderer Sitznachbar war eingeschlafen, den Kopf auf die ausgebreiteten Arme gelegt. Ja, als Pan sich umsah, stellte sie fest, dass viele Schüler eingeschlafen waren. Andere redeten untereinander, während eine verschwindend kleine Minderheit den Ausführungen des Professors lauschte. Wei-Lin gehörte dazu, und Pan freute sich, sie zu sehen. Nate konnte sie nicht entdecken, vermutete aber, dass er sich im Raum befand. Der Professor redete mit eintöniger Stimme weiter und nach fünfzehn Minuten musste auch Pan gegen den Schlaf kämpfen. Sie versuchte, nicht auf die Armbanduhr zu sehen, aber nach einer gefühlten Ewigkeit konnte sie nicht mehr widerstehen. Es war immer noch eine Unterrichtsstunde übrig und sie hatten erst ein paar wenige Zeilen des Dialogs besprochen. Vielleicht wäre es interessanter gewesen, hätten sie dem Ganzen mit dem eigenen Buch in der Hand folgen können, aber so war es wirklich schwer, die Konzentration aufrechtzuhalten.

Jemand hinter ihr räusperte sich laut. Der Lehrer sah nicht von seinem Buch auf.

»Hamlet ist natürlich das genaue Gegenteil von dem, was wir einen modernen Menschen nennen könnten, der handelt, ohne nachzudenken, während unser tragischer Held, wie wir wissen, sein Handeln dem Denken unterwirft. Er …«

»Tschuldigung, Prof?« Die Stimme war laut und barsch. Jen, unverkennbar.

Pan war versucht, über die Schulter nach hinten zu sehen, aber sie zwang sich, den Blick weiter nach vorn zu richten. Aus den Augenwinkeln sah sie, wie Cara in ihrem Stuhl erstarrte.

Der Lehrer sah auf und hob eine graue Augenbraue. »Möchte jemand etwas dazu sagen?«

»Ja. Ich.«

»Wunderbar. Ich bitte darum.« Er kniff die Augen zusammen und sah aufmerksam durch seine goldgeränderte Brille. »Ich glaube, ich kenne dich nicht, oder? Bist du neu?«

»Genau.«

»Dann herzlich willkommen. Deine Anmerkung, neue Schülerin?«

»Eher eine Frage, ehrlich gesagt«, erklärte Jen. Pan wandte sich immer noch nicht zu ihr um. »Warum lernen wir diesen Mist?«

Überraschtes Gelächter im Klassenzimmer. Professor Goldberg legte das Buch auf sein Pult, verschränkte die Finger und stützte das Kinn auf seine überkreuzten Daumen.

»Diese Frage wurde mir schon des Öfteren gestellt, neue Schülerin. Viele Male.«

»Kann ja sein«, sagte Jen. »Aber ich stelle sie zum ersten Mal.«

»Vielleicht erlaubst du mir, deine Frage mit einer Gegenfrage zu beantworten. Hast du nicht das Gefühl, dass das Studium von Shakespeare, dem größten Schriftsteller, den die Welt je gekannt hat, deine Aufmerksamkeit verdient?«

»Nein.«

»Und wenn ich anführe, dass Shakespeares Werk und *Hamlet* insbesondere enorme Einsichten in das menschliche Dasein an sich erlaubt – in das Wesentliche, das uns lebendig und menschlich macht? Das Wesentliche, das wir unbedingt begreifen müssen, wenn wir überleben und gedeihen wollen. Was würdest du dazu sagen, neue Schülerin?«

»Ich würde sagen, Sie reden Quatsch.«

Wieder Gelächter. Professor Goldberg seufzte.

»Unglücklicherweise ist mir auch diese Antwort vertraut.« Er stand auf und verzog das Gesicht. »Wenn wir vom bescheidenen intellektuellen Niveau deiner Antwort einmal absehen«, sagte er. »Dann sag mir doch: Wie würdest du deine Zeit lieber nutzen?«

Jen stand auf und marschierte zielstrebig zwischen den Tischreihen hindurch. Selbst als sie hinter ihr durchging, sah sich Pan nicht zu ihr um. Cara, stellte sie fest, verhielt sich genauso. Jen setzte sich mit dem Rücken zum Professor auf das Lehrerpult und grinste die Klasse an.

»Nehmen Sie es mir nicht übel, Prof«, sagte sie, ohne sich ihm zuzuwenden. »Aber dieser ganze Mist gehört in die alte Welt. Er ist zu nichts gut. Da draußen …« Sie gestikulierte vage in Richtung Fenster, »liegen die Trümmer unserer Zivilisation. Was wir wissen müssen, ist: Wie können wir in diesen Trümmern überleben? Was macht uns stark? Wie jagen wir nach Beute? Wie schützen wir uns vor Bedrohungen? Was, Professor, wenn da noch andere Überlebende sind, Leute mit Gewehren, die ihr Grundstück, ihre Familien schützen wollen? Was sollen wir tun, Prof, wenn wir da draußen in der richtigen Welt einer Bande Söldner begegnen? Jungs mit automatischen Gewehren und keinerlei Hemmungen, die zu benutzen? Sollen wir dann ein Gedicht aufsagen? Würde das helfen?«

»Ein interessanter Punkt, neue Schülerin«, sagte Professor Goldberg. »Und so, wie du ihn vorbringst, kann ich erkennen, dass du aus mehr bestehst als nur aus einer Ansammlung überentwickelter Muskeln.« Pan unterdrückte ein Lachen. »Möchte jemand von euch ihren Ausführungen widersprechen? Ein Argument für Shakespeare? Oder sind wir alle der Meinung, er sei tot und begraben, sowohl im eigentlichen wie auch im übertragenen Sinne?«

Schweigen. Mit Jens Einmischung war das allgemeine Geplauder abgebrochen. Pan wandte sich um und ließ ihren Blick durch den Raum schweifen. Alle waren hellwach und aufmerksam. Ihre Mimik verriet, dass die meisten Jen recht gaben. Pan hätte den Mund halten sollen. Das wusste sie. Aber ihre Hand schoss nach oben, bevor sie sich sämtlicher Folgen dieser Handlung bewusst war. Der Professor lächelte.

»Ah ja. Noch eine Neue. Du bist doch auch neu hier, oder?«

»Ja, Prof. Pan.«

»Wunderbar. Und dein Gedanke dazu, neues Mädchen?«

»Prof, ich … ich glaube, zum Überleben gehört mehr als nur körperliche Kraft. Oder Fitness. Wir müssen auch geistig fit sein …«

Jen sprang auf die Füße. Sie lächelte nicht mehr.

»Ich habe nicht gesagt, dass wir nicht geistig fit sein sollten, Pandora«, sagte sie. Den Namen betonte sie so, als hinterlasse er einen giftigen Geschmack in ihrem Mund. »Wir brauchen bloß diesen ganzen Scheiß nicht … diese Poesie. Weil sie keinerlei praktischen Wert hat. Es ist reine Zeitverschwendung. Wir brauchen richtiges Können.«

»Und ich habe nicht gesagt, dass wir kein praktisches Können brauchen«, erklärte Pandora. »Ich meine nur, es muss beides seinen Platz haben. Nehmen wir mal dein Szenario mit den Söldnern. Ist es wichtig, wer gewinnt? Wir oder sie? Wenn wir uns alle auf die Vernichtung menschlichen Lebens konzentrieren und nicht auf seine Erhaltung, was für eine neue Welt bekommen wir dann?« Pan hatte nicht vorgehabt, irgendetwas von alledem zu sagen, aber ihr Selbstvertrauen wuchs mit jedem Wort. »Wir haben so viel durchgemacht. Das ist ein Neuanfang. Aber wenn wir die Besten sein wollen, dann müssen wir auch die Dinge mit in die neue Zeit nehmen, die das Leben lebenswert machen. Sonst gibt es in Zukunft nur noch Barbarei. Und wir sind keine Wilden. Zumindest sollten wir keine sein, solange wir die Wahl haben.«

Jens Gesicht lief rot an. Ihre Bizepsmuskeln spannten sich an, als sie die Tischplatte umklammerte. Sie machte den Mund auf, als wollte sie etwas sagen, aber der Professor war aufgesprungen.

»Bravo, neues Mädchen!«, rief er. »Wirklich sehr gut. Ja. Barbarei gegen Menschlichkeit. Chaos gegen Zivilisation. Hervorragend. Hervorragend.« Er wandte sich an Jen. »Denk darüber nach, neue Schülerin. Denk nach. Stimmt es, dass die Feder mächtiger ist als das Schwert?«

Jen stürmte zurück an ihren Platz, den Blick starr auf Pan gerichtet. *Großartig*, dachte Pan. *Genau das hat mir gefehlt. Eine Feindin mit Muskeln wie Boxsäcke.*

»Ich sage Ihnen was, Prof«, meldete sich Jen noch einmal zu Wort, als sie ihren Stuhl erreicht hatte. »Es müsste schon eine verdammt große Feder sein.«

Die meisten Schüler lachten.

~~~

Wei-Lin war beim Mittagessen nicht sehr glücklich. Jen saß rechts neben ihr und Pan gegenüber. Die beiden schauten sich nicht einmal an.

»Wir sind ein Team«, sagte Wei-Lin. »So sollten wir uns auch benehmen. Wir müssen uns aufeinander verlassen können.«

»Wer sagt das?«, fragte Jen. »Ich dachte, du bist unsere Mentorin, nicht unsere Vorgesetzte.«

Wei-Lin seufzte.

»Natürlich bin ich eure Mentorin, Jen«, erklärte sie. »Ich habe nicht über euch zu bestimmen. Aber als eure Mentorin würde ich euch beiden raten, euch irgendwie zu einigen.« Sie
~~~

schob ihre Schüssel zur Seite. Überrascht stellte Pan fest, dass sie noch einen Rest der blassen Suppe enthielt. Jen beugte sich vor, nahm die Schüssel und leerte den Rest in ihren Teller. Wei-Lin breitete die Hände aus. »Wir müssen miteinander auskommen«, sagte sie. »Einander helfen. Wir müssen zusammenarbeiten.«

Jen deutete mit dem Löffel auf Pan. »Sie hat den Streit angefangen. Vielleicht hätte sie lieber den Mund halten sollen.«

»Vielleicht sollten wir alle den Mund halten«, sagte Nate. Er wandte leicht den Kopf und zwinkerte Pan verstohlen zu. »Normalerweise bin ich derjenige, der sofort ins Fettnäpfchen tritt, wenn er den Mund aufmacht. Lieber würde ich noch dieses Näpfchen hier leeren.« Er verzog das Gesicht. »Selbst wenn nur so ein Essen drin ist.«

9.

Macht niemals, nie-mals den Fehler, mich für eure Freundin zu halten.«

Die Ausbilderin, eine Frau Mitte zwanzig, marschierte vor Pans Gruppe auf und ab. Sie befanden sich im Inneren eines langen, fensterlosen Gebäudes in der Nähe der Stufen, die zum Spital hinaufführten. Licht fiel nur durch die beiden Doppeltüren, die offen standen, um das fahle Sonnenlicht hereinzulassen. Pan stand da, beide Hände hinter dem Rücken, und versuchte, sich zu entspannen, aber ein Muskel in ihrem rechten Bein zuckte. Erinnerungen an den Sportunterricht früher an ihrer alten Schule gingen ihr durch den Kopf. Er war für sie selten gut gelaufen und sie war wenig zuversichtlich, dass es hier anders kommen würde.

Die Ausbilderin trug Joggingshorts und einen Turnanzug, der ihre sehnigen, aber kräftigen Muskeln betonte. Sie hatte sich ihre dunklen Haare aus dem Gesicht gestrichen und hinter dem Kopf zu einem Dutt zusammengefasst. Sie redete monoton und sah auf den Boden, während sie auf und ab ging.

»Mir ist klar, dass ihr für die Aufnahme in diese Akademie einen hohen Preis bezahlt habt. Das haben wir alle. Aber ich darf nicht eure Freundin sein, wenn ich meine Pflicht den Schülern gegenüber erfüllen soll, für die ich verantwortlich bin. Und worin besteht diese Pflicht? Darin, euch auf die neue Welt vorzubereiten, euch überlebensfähig zu machen.« Sie sah kurz auf, dann senkte sie den Blick wieder. »Ich bin eure Ausbilderin und dieses Fach hier heißt ›Fitness und Survival‹. Ihr werdet mich als Miss Kingston ansprechen und meinen Anweisungen Folge leisten. Wir haben hier Schulpsychologinnen, die sich eure Probleme anhören, euch beraten, Unterstützung anbieten. Wenn ihr euch bei jemandem ausheulen möchtet, geht zu ihnen. Lasst mich aus dem Spiel.«

Sie hielt in der Mitte der Reihe an und hob den Blick. Langsam musterte sie alle Schüler nacheinander, die Hände hinter dem Rücken verschränkt.

»Eure persönlichen Probleme interessieren mich nicht«, fuhr sie im selben kalten Tonfall fort. »Beraten und unterstützen werde ich euch nur, wenn es Fitness und Survival betrifft. Ich bezweifle, dass ihr meine Methoden angenehm finden werdet. Aber wisst ihr was? Das gehört zu den Dingen, die mich nicht interessieren.«

»Ich habe das Gefühl, sie versucht, sich mit ihrem Charme und ihrem Humor bei uns einzuschmeicheln«, flüsterte Nate, der direkt neben Pan stand. Sie musste ein Kichern unterdrücken. Sicher war es nicht empfehlenswert, jetzt zu lachen.

»Sie.« Miss Kingston deutete auf Nate. »Vortreten. Wie heißen Sie?«

Nate trat einen Schritt nach vorn und stand stramm.

»Nate Mitchell, Sir«, bellte er. »Melde mich gehorsamst zur Stelle.« Er salutierte. Diesmal kicherten einige Schüler. Miss Kingston nickte mehrmals und marschierte wieder los.

»Mr Mitchell«, sagte sie. »Sehr amüsant, aber ich heiße Miss Kingston und das hier ist kein Unterricht in Stand-up-

Comedy. Gut, Sie sind zum ersten Mal bei mir und ich kann verstehen, dass einige noch Probleme haben, sich zurechtzufinden. Überwindet sie. Schnell. Die restlichen Schüler der Klasse absolvieren gerade eine Fitnessprüfung, also kann ich euch Neuankömmlinge gleich richtig einführen. Das ist das letzte Mal, dass wir in so einer schönen kleinen Gruppe arbeiten können. Macht das Beste draus.

Ihr seid nun auf der Akademie und ihr werdet feststellen, dass sie nichts mit irgendeiner Schule gemein habt, die ihr je besucht habt. Macht euch das klar, vor allem, was meinen Unterricht angeht. Ich lasse niemanden nachsitzen. Ihr müsst nicht in der Ecke stehen. Ich schreibe keine Zeugnisse, in denen steht, dass ihr an eurer Arbeitshaltung arbeiten sollt. Ich rufe auch nicht eure Eltern an und plaudere mit ihnen gemütlich über eure Fortschritte. Können Sie mir sagen, warum ich all dies nicht tue, Mr Mitchell?«

»Weil Sie trotz Ihrer liebenswürdigen Art nicht meine Freundin sind?«

»Genau. Aber auch deswegen, weil Ihre Eltern tot sind, Mr Mitchell. Und all die Leute, die sich da draußen in der Welt je für Sie interessiert haben? Sie sind auch tot. Das ist die erste Lektion. Merken Sie sich das. Niemand interessiert sich auch nur im Geringsten für Sie, Mr Mitchell. Und ich am allerwenigsten.«

Pan sah sich um. Sie spürte es mehr, als sie es sah, dass Nate erstarrte. Aber sie bemerkte, dass Jen lächelte. *Das ist der richtige Unterricht für sie,* dachte Pan. *Ich kann mir nicht vorstellen, dass es auch der richtige für mich ist.*

Miss Kingston nickte und stellte sich direkt vor Nate. Ihre Augen waren nur wenige Zentimeter von den seinen entfernt.

»Gut. Lektion zwei. Ihr lebt noch. Und wenn ihr weiterleben wollt, dann müsst ihr euch abhärten. Sterben war einfach. Das beweisen die Milliarden Toten da draußen in der Welt. Zu überleben, wenn so viele gescheitert sind, dazu werdet ihr all eure Kraft brauchen. Verstehen Sie das, Mr Mitchell?«

»Ich arbeite daran, Miss Kingston.«

»Sehr gut«, sagte Miss Kingston. »Nur, um das klarzustellen, bitte zehn Liegestützen. Jetzt, Mr Mitchell.«

»Selbstverständlich.«

Nate ließ sich zu Boden fallen und begann mit den Liegestützen. Nach jeder einzelnen klatschte er vor der Brust in die Hände und zählte. Er machte zwanzig.

»Können Sie nicht richtig zählen, Mr Mitchell? Gehorchen Sie ohne Nachfrage. Noch einmal zehn, bitte.«

Wieder ließ sich Nate fallen. Als er die Liegestützen abgeleistet hatte, war er kein bisschen außer Puste. Pan war sich ziemlich sicher, dass sie nicht einmal fünf geschafft hätte. Sie nahm sich fest vor, die Fitnessausbilderin niemals zu verärgern. Als Nate auf die Füße sprang, deutete Miss Kingston mit einem Fingerschnipsen an, dass er in die Reihe zurücktreten sollte. Er zwinkerte Pan zu, als er den Platz neben ihr wieder einnahm. Seine Augen funkelten amüsiert. Die Ausbilderin nahm ihr Auf- und Abmarschieren wieder auf.

»Wir fangen heute mit grundlegendem Herz-Kreislauf-Training an. Stellt euch im Kreis um mich herum auf, die Gesichter nach innen. Ich mache mit euch ein paar Aufwärm- und Dehnübungen. Dann werden wir einen Zweitausendmeterlauf machen. Anschließend werde ich mir zu jedem von euch ein paar Dinge notieren. Zeit, Herzschlag, Puls, Blutdruck. Diese Daten sind dann die Grundlage, von der ausgehend wir eure Fitness bewerten und weiter steigern. Gut. Hört mir zu und macht mir alles genau nach.«

Zehn Minuten später joggte Pan über die Lichtung am Fuß des Steilhangs. Nate hatte recht gehabt – dieser Platz unterhalb des Spitals war als Rennstrecke vollkommen ungeeignet. Der Boden war im Großen und Ganzen eben, aber sie musste aufpassen, wohin sie trat, um sich nicht auf einem der verstreut herumliegenden Steine oder Felsen den Knöchel zu verknacksen. Der Himmel war klar, aber ein scharfer Wind blies ihr ins Gesicht. Innerhalb kürzester Zeit hatte sie Seitenstechen und ihr Atem wurde hektisch.

Wenigstens war sie nicht die Schlechteste. Nate lag ganz weit vorne, natürlich. Er bewegte sich mit natürlicher Anmut und kam ohne Anstrengung vorwärts. Jen lag an zweiter Stelle. Sie besaß nicht Nates natürliche Begabung fürs Laufen, aber diesen Nachteil glich sie durch ihre verbissene Entschlossenheit aus. Nicht weit hinter Jen lief Wei-Lin, deren schmaler Körper für diese Art der Bewegung wie geschaffen war. Ein ganzes Stück dahinter kam Sam.

Pan lag an fünfter Stelle und fiel immer weiter hinter Sam zurück. Sanjit und Karl waren noch weiter abgeschlagen, und dennoch hatten sie Cara überrundet, die kaum von der Stelle kam. Pan hoffte, dass Miss Kingston gnädig mit ihr umgehen würde. Vermutlich hielt Cara nicht viel aus, schon gar nicht, vor allen anderen zum Gespött gemacht zu werden.

Pan konzentrierte sich auf ihren Atem. Ein. Aus. Ein. Aus. Bald wurde ihr Atem regelmäßig und das Seitenstechen ließ nach. Sie sah nach hinten. Sie hatte die beiden Jungs weiter hinter sich zurückgelassen. Pan fokussierte sich ganz auf das Einatmen und Ausatmen der kalten Luft. Nach kurzer Zeit hatte sie ihren Rhythmus gefunden. Erst in der letzten Runde kam sie aus dem Takt. Die ersten vier Gruppenmitglieder waren am Ziel und ließen sich den Puls nehmen. Blutdruckmesser wurden ihnen um die Oberarme geschnallt. Pan verlor die Konzentration. Ihre Beine verkrampften sich und Erschöpfung machte sich in ihrem ganzen Körper breit. Die letzten paar Meter waren unglaublich schmerzhaft, und als sie die Gruppe erreichte, kauerte sie sich, die Hände auf die Knie gelegt, nieder, während ihre Lunge nach Sauerstoff rang.

Nachdem Miss Kingston Pans Puls und Blutdruck gemessen und notiert hatte, kämpfte sich Cara endlich über die Ziellinie. Sie bemühte sich schon längst nicht mehr, den Eindruck zu erwecken, als würde sie rennen. Sie ging nur noch, und selbst das sehr langsam. Miss Kingston sagte nichts. Sie maß einfach nur Caras Puls und befestigte dann den Blutdruckmesser an ihrem Arm. Als sie die letzten Messergebnisse in ihr Notizbuch eingetragen hatte, bedeutete sie der Gruppe, ihr zurück in die Baracke am Rand der Lichtung zu folgen.

Die Schüler setzten sich im Kreis auf den kalten Betonboden, während Miss Kingston wieder begann, vor ihnen auf und ab zu marschieren. *Hält sie jemals still?*, fragte sich Pan. Ein Bild schoss ihr durch den Kopf: Eine Joggerin, die durch eine Stadt rannte, ihren Weg links und rechts an den Fußgängern vorbei suchte, ein schwarzer, V-förmiger Schweißfleck auf der Vorderseite ihres T-Shirts. Pan schüttelte den Kopf und das Bild verschwand.

Eine Minute lang redete keiner und man hörte nur Caras schwerfälligen Atem.

»Denkt bitte über Folgendes nach«, sagte Miss Kingston schließlich. »Was, wenn das eine Situation im echten Leben gewesen wäre? Sagen wir mal, ihr wärt als Gruppe um euer Leben gelaufen. Auf der Flucht vor irgendwelchen Raubtieren. Oder feindlich gesinnten Überlebenden. Wenn einer aus eurer Gruppe weit zurückfallen würde, was würdet ihr in dieser Situation tun? Irgendwelche Vorschläge?«

Nate lehnte sich nach hinten und stützte sich mit den Händen auf den Boden.

»Sie meinen, sollen wir sie zurücklassen oder sollen wir umkehren und ihr helfen?«

Miss Kingston zuckte mit den Schultern.

»Wenn Sie es so formulieren möchten. Ich frage nur: Wenn das ein Notfall gewesen wäre, was wäre mit ihr passiert, mit ...« Sie beugte sich vor und sah den Namen in ihrem Notizbuch nach, »Miss Cara Smith? Sagt mir, was ihr denkt.«

Jen meldete sich sofort zu Wort. *Warum überrascht mich das kein bisschen*?, dachte Pan.

»Wenn es um Leben und Tod gegangen wäre, dann hätten wir keine Wahl gehabt. Wir wären gezwungen gewesen, Cara zurückzulassen. Wir wären ein zu großes Risiko eingegangen, wenn wir ihr geholfen hätten. Es wäre Verschwendung gewesen. Sinnlos. Warum sollten wir sterben, weil ein anderer schwach ist? Tut mir leid, Cara, aber das ist nur gesunder Menschenverstand.«

Pan versuchte, ihren Widerspruch hinunterzuschlucken, aber es gelang ihr nicht. Stattdessen wandte sie sich an Jen. »Und was ist mit moralischen Grundsätzen?«, fragte sie. »Damit, dass wir versuchen, das Richtige zu tun? Jene beschützen, die sich nicht selbst schützen können? Wäre das nicht die anständigere Handlungsweise gewesen?«

»Oh, es ist wieder so weit, Fräulein Gutmensch!«, spottete Jen. »Steck dir deinen Anstand sonst wohin. Wir sind nicht mehr anständig. Wir wollen überleben. Mit Moral hat das nicht das Geringste zu tun.«

Pan machte den Mund auf, um für ihre Sache zu argumentieren, aber Miss Kingston hob die Hand.

„Sie beide haben den Konflikt sehr deutlich gemacht. Und die Alternativen. Das ist so eine Sache, mit der Sie sich in unserer neuen Welt auseinandersetzen müssen. Sind wir ›moralisch‹ in dem Sinne, wie …« Sie warf wieder einen Blick in ihr Notizbuch, »Miss Pandora Stone es versteht? Oder geht es uns ums nackte Überleben, wie Miss Jennifer Maxwell es sieht? Drücken wir es noch grausamer aus, auch wenn wir Gefahr laufen, Miss Stones moralische Grundsätze zu verletzen. Wenn es sich herausstellen sollte, dass Miss Smith zu schwach ist, sollten wir sie tatsächlich opfern, um sicherzugehen, dass diejenigen, die stark sind, die bestmöglichen Überlebenschancen bekommen?«

»Können wir aufhören, über sie zu reden, als wäre sie nicht da?«, rief Pan. »Sie ist kein Problem und keine theoretische Situation. Sie heißt Cara und sie ist ein Mensch mit Gefühlen.«

»Und Sie meinen, das spielt eine Rolle, Miss Stone?«, fragte Miss Kingston.

Jen mischte sich ein. »Was du nicht kapierst, Pandora, ist: Die Welt hat sich verändert. Im Unterricht von Goldberg hast du es auch nicht kapiert. Vielleicht hat es uns in der Vergangenheit ja gekümmert, ob wir die Gefühle eines anderen verletzen. Vielleicht konnten wir es uns ja leisten, denen zu helfen, die sich nicht selbst helfen konnten. Aber jetzt kämpfen wir ums Überleben. Wenn wir uns nicht abhärten, werden wir vermutlich überhaupt nicht überleben. Ist es das wert, was meinst du? Wir sterben alle, die Menschheit ist ausgerottet, aber wenigstens haben wir nie die Gefühle eines anderen verletzt?«

Aufgeregtes Geplapper brach los. Wei-Lin, Sam und Karl schienen miteinander zu diskutieren und übertönten sich gegenseitig.

»... kann gar nicht glauben, dass du einfach ...«

»Karl, so was zu sagen, typisch Mann ...«

»Hey, ich bin überhaupt kein Sexist, du weißt, dass die beiden ...«

»Wenn jemand sagt, er sei kein Sexist, weißt du, dass er es ist ...«

»Leute, ihr redet am Thema vorbei ...«

Cara und Sanjit sagten nichts, wie immer. Sie starrten nur zu Boden. Schließlich hob Miss Kingston die Hand und sorgte so für Ruhe. In der entstandenen Stille fing sie wieder an, auf und ab zu gehen.

»Mr Mitchell«, sagte sie. »Sie haben gar nichts gesagt. Haben Sie etwas zu der Diskussion beizutragen?«

»Ich glaube, es ist ... kompliziert«, sagte er.

»Das heißt?«

Er richtete sich wieder auf und umklammerte die Knie mit den Händen. Alle warteten. Als er sprach, hörten die anderen aufmerksam zu. *Er ist ein Naturtalent,* dachte Pan. *Der geborene Anführer.*

»Es sieht so aus, als hätte wir hier einen Konflikt zwischen dem, was moralisch vertretbar, und dem, was aus praktischer Sicht richtig ist.« Er sah in die Runde und überlegte einen Moment lang. In einigen Gesichtern las er eindeutig Verständnislosigkeit. »Was ich meine: Wir haben zwei komplett gegensätzliche Standpunkte. Pan glaubt, dass die Moral am allerwichtigsten ist, Jen entscheidet sich für das, was nützlich ist, praktisch. Ich würde sagen, es ist Unsinn, davon auszugehen, dass es zwangsläufig das eine oder das andere sein muss, dass wir uns entscheiden müssen, dass es keine Alternative gibt. Das glaube ich nicht.«

»Hervorragend, Mr Mitchell«, sagte Miss Kingston. »Ich bin sicher, Sie erhalten in der philosophischen Sparte des Lehrplans Bestnoten. Ich werde Sie Professor Goldberg ans Herz legen. Aber ich bin hier, um Sie in Fitness und Survival zu unterrichten. Also kommen Sie zum Punkt, anstatt allen zu demonstrieren, wie intelligent Sie sind. Das hat in diesem Unterricht keinerlei praktische Bedeutung.«

»Okay«, sagte Nate. Er ließ sich durch die Worte der Ausbilderin kein bisschen beirren. »Sagen wir mal, wir entscheiden uns für Jens Vorgehensweise. Cara stirbt. Das schwache Glied ist weg. Wir, die Starken, rennen weiter und erreichen einen Ort, von dem aus es mehrere mögliche Fluchtwege gibt. Wir wissen aber nicht, welcher der beste ist, weil es sich herausstellt, dass wir zwar gut rennen können, aber nicht viel in der Birne haben. Es stellt sich außerdem heraus, dass Cara hervorragend navigieren kann, aber zufällig sehr langsam läuft. Sie würde wissen, wie wir entkommen können, aber sie ist tot. Dadurch, dass wir sie haben sterben lassen, haben wir unsere eigenen Überlebenschancen gemindert. Was meinst du dazu, Jen?«

Jen runzelte die Stirn, aber sie hatte keine Gelegenheit zu antworten. Miss Kingston schlug die Hände gegeneinander. »Ich würde sagen, das ist genau der richtige Moment, um die Diskussion abzubrechen. Denkt darüber darüber nach, bis wir uns wieder treffen. Ihr seht, ich wende nicht nur körperliche Folter an, um euch fit zu kriegen, sondern befreie auch euren Geist von überschüssigem Fett. Fitness ist nicht das einzige Kriterium, wenn es ums Überleben geht. Ich nehme an, dass die Dinosaurier absolut fit waren, aber das hat ihnen nicht geholfen.«

Sie warf einen Blick auf die Uhr.

»Wir haben noch fünfundvierzig Minuten übrig. Die nutzen wir dazu, Steine von unserer Rennbahn zu räumen. Legt sie am Rand zu Haufen zusammen. Los, Leute, wir bewegen uns jetzt so, als hätten wir etwas vor.«

Pan war müde, aber sie zwang sich aufzustehen. Nate sprang natürlich auf.

»Sie nicht, Mr Mitchell«, sagte Miss Kingston. »Ich möchte mit Ihnen bitte unter vier Augen sprechen.«

~~~

Pans Muskeln schmerzten und sie bereute es, dass sie morgens schon auf die Idee gekommen war, beim Räumen der Fußwege zu helfen. Jetzt machte sie hier noch einmal dasselbe. Sie blieb stehen und wischte sich mit dem Ärmel über die Stirn. Immerhin hielt die Bewegung sie warm.

Wei-Lin hatte ebenfalls innegehalten. »Hey«, sagte sie.

»Hi.«

»Sag mal, könntest du mir einen Gefallen tun?«, fragte Wei-Lin.

»Klar, wenn ich kann?«

»Ich habe meine Uhr verloren«, erklärte Wei-Lin. »Ich meine, ich hatte sie beim Mittagessen noch an und ich bin mir ziemlich sicher, dass sie noch da war, als wir zum Fitnesstraining kamen, aber …« Sie hielt den Arm hoch und präsentierte ihr uhrloses Handgelenk, als würde Pan aus irgendeinem Grund an ihren Worten zweifeln. »Jetzt ist sie weg.«
~~~

Pan fiel auf, dass die anderen Mitglieder der Gruppe ebenfalls ihre Arbeit unterbrochen hatten und sie beobachteten. Selbst ohne die Gabe der Intuition war es nicht sehr schwierig zu durchschauen, was hier ablief.

»Und da fiel mir ein«, fuhr Wei-Lin fort, »dass du gesagt hast, du könntest Dinge finden. Deswegen habe ich mich gefragt, ob …«

»Das ist reine Inszenierung, oder?«, fragte Pan.

»Ich weiß nicht, was du meinst.«

»Doch, das weißt du.« Aber Pan lächelte trotzdem. »Es ist ein Test. Du hast deine Uhr irgendwo versteckt, nur um zu sehen, ob ich sie finden kann. Du hast genauso wenig Spaß daran, weiter Steine zu schleppen, wie ich, Wei-Lin.«

Wei-Lin riss die Augen auf. »Woher weißt du das?«, fragte sie. »Kannst du Gedanken lesen?«

Pan lachte und deutete in die Richtung ihres Publikums. »Bleib auf dem Boden, Wei-Lin.«

»Okay, okay. Aber versuchst du es?«

»Es funktioniert nicht immer, weißt du. Und ich habe eigentlich keine große Lust, hier das Versuchskaninchen zu geben und mich dann auslachen zu lassen, wenn ich scheitere.«

»Wir lachen nicht. Versprochen.«

»Jen schon«, meinte Pan. Wei-Lin warf einen Blick auf die Gruppe.

»Okay, Jen lacht«, gab sie zu. »Aber komm schon, Pan. So geht die Zeit schneller rum und einige hier sind echt neugierig, weißt du? Wie du schon sagst … alles ist besser, als immer weiter nur diese dämlichen Steine herumzuschleppen. Bitte!«

Pan seufzte. Einerseits wollte sie ihre Gabe – wenn es

überhaupt eine Gabe war, und dessen war sie sich absolut nicht sicher – nicht für einen billigen Trick einsetzen. Andererseits bot die Sache tatsächlich eine Ablenkung von der Steineschlepperei. Pan war sich nicht sicher, ob jetzt nicht sogar mehr dieser Mistdinger auf der Rennbahn herumlagen als vorhin, als sie mit dem Räumen begonnen hatten.

»Gib mir deine Hand«, sagte Pan.

Wei-Lin streckte den Arm aus und Pan packte sie am Handgelenk und schloss die Augen.

»Was machst du da?«, fragte Wei-Lin.

»Manchmal hilft das«, erklärte Pan. »Wenn ich eine Person anfasse, die etwas verloren hat, kann ich die Sachen schneller ausfindig machen.«

»Wie funktioniert das?« Wei-Lin flüsterte beinahe.

Pan lachte. »Keine Ahnung«, gab sie zu. »Um ehrlich zu sein, ich bin mir nicht mal sicher, dass es überhaupt funktioniert. Vielleicht habe ich einfach nur Glück. Nach diesem tollen Einstieg kann ich euch wenigstens sagen, dass ich keine Ahnung habe, wo du diese Uhr versteckt hast, und ihr könnt euch alle auf meine Kosten amüsieren. Na ja, ehrlich gesagt, das wäre mir sogar irgendwie ganz recht. Dann denkt ihr wenigstens nicht alle, dass ich ein Freak bin.«

»Denken wir bestimmt nicht«, protestierte Wei-Lin.

Pan ließ ihr Handgelenk los. »Also gut«, sagte sie. »Wir versuchen es mal. Aber bitte steht nicht so rum und starrt mich an.«

»Funktioniert es nicht, wenn man dich anstarrt?«

»Nein, das nicht. Ich mag es einfach nicht, wenn man mich anstarrt.«

Pan schloss erneut die Augen. Ja, sie hatte so etwas schon ein paarmal versucht, und in etwa vier von fünf Fällen hatte es geklappt. Es stimmte auch, dass sie keine Ahnung hatte, wie es funktionierte. Sie wusste nur: Wenn sie ihren Kopf vollkommen leer machte und ihrer Intuition freien Lauf ließ, entwickelte sie unter Umständen ein Gespür dafür, wo der vermisste Gegenstand zu finden war. Es war wie das Spiel aus Kinderzeiten, bei dem sie suchen musste und jemand »kalt« oder »warm« gerufen hatte, je nachdem, ob sie sich dem Versteck näherte oder sich von ihm entfernte. Wenn sie ihrer Intuition folgte, gab es natürlich keine Stimme von außen, die sie lenkte. Es war eher ein Flüstern in ihrem Inneren. Pan ging aufs Geratewohl los, zurück in Richtung der Baracke, in der Nate wohl immer noch mit Miss Kingston redete. Aber dann blieb sie stehen. Das war nicht die richtige Richtung. Es fühlte sich kalt an. Pan drehte sich im Kreis, aber keine Richtung erschien ihr besser als die anderen. Sie ging auf die Felswand am hinteren Ende der Rennbahn zu, aber auch das fühlte sich nicht richtig an, also wandte sie sich abrupt nach links. Sofort fühlte es sich wärmer an.

Pan verließ die Rennbahn und ging zwanzig, dreißig Meter in ein Gelände hinein, bei dem es sich im Wesentlichen um eine Geröllhalde handelte – wahrscheinlich das Ergebnis eines Felssturzes von der Steilwand über ihr. Die Richtung fühlte sich immer noch gut an, aber dann verspürte sie das Bedürfnis, noch einmal abzubiegen. Sie hinterfragte es nicht, sondern folgte einfach ihrem Instinkt. Es wäre wahrscheinlich besser gewesen, hätte sie die Augen schließen können, um einer Art geistigem Pfad zu folgen, aber das Gelände hier war dafür zu uneben. Sie wollte kein Risiko eingehen. Auf keinen Fall wollte sie jetzt über einen Stein stolpern, sich einen Knöchel verknacksen und sich vor der Gruppe zum Affen machen.

Hier ist es auf jeden Fall wärmer, dachte sie. *Aber noch nicht richtig heiß*. Pan hielt noch einmal an und orientierte sich. Jetzt nach rechts. Weiter weg von den Schülern, die sie beobachteten. Ihr Verstand sagte ihr, das sei unlogisch. Wei-Lin hatte bestimmt eine Weile gebraucht, um ein gutes Versteck zu finden, aber wenn sie so weit weg gegangen wäre, hätte Pan sie doch bestimmt gesehen? War es nicht logischer anzunehmen, dass Wei-Lin einen passenden Ort dichter an der Rennbahn gefunden hatte? Aber Pan konnte nur ihrem Gefühl folgen, und dieses Gefühl sagte ihr, dass sie ihrem Ziel näher kam.

Es dauerte noch einmal fünf Minuten, bis sie eine konkrete Stelle festmachen konnte. Es war seltsam. Noch nie war sie sich ihrer Sache sicher gewesen, wenn sie in der Vergangenheit verlegte Schlüssel oder Handys gesucht hatte. Vielleicht hatten die jüngsten Erlebnisse ihre Fähigkeiten gesteigert. Oder vielleicht gab es hier einfach weniger Ablenkung. Darüber würde sie später nachdenken. Pan hob einen Stein auf, aber die Uhr war nicht da. Sie griff nach dem Stein daneben. Die harte Erde darunter war gelockert worden. Pan grub mit den Fingern, spürte einen dünnen Riemen und zog die Uhr hervor. Selbst auf die beträchtliche Entfernung hörte sie den Applaus von den anderen Mitgliedern ihrer Gruppe. *Ist es besser, erfolgreich zu sein, und vor allem, von Jen akzeptiert zu werden*, dachte Pan, *oder mache ich mich mit dieser Aktion erst recht zum Freak?* Es war zu spät, um darüber nachzudenken.

Wei-Lin war beeindruckt und aufgeregt, als Pan ihr die Uhr überreichte.

»Wow«, sagte sie. »Die konntest du auf keinen Fall zufällig finden. Ich meine, ich habe die wirklich sorgfältig versteckt. Meine Güte, Pan.«

»Oder vielleicht hat sie gesehen, wie du sie versteckt hast«, mischte sich Jen ein. Sie stand ein paar Meter entfernt, die Hände in die Hüften gestemmt. »Dann wäre es nicht besonders schwierig gewesen.«

»Hat sie nicht«, erklärte Wei-Lin. »Ich habe aufgepasst. Sie hat nicht mal in meine Richtung geschaut.«

»Ja, genau.« Jen grinste spöttisch. »Als hättest du sie die ganze Zeit durchgehend beobachten können. Du musstest sie doch auf jeden Fall aus den Augen lassen, als du deine Uhr versteckt hast.«

»Das wird es sein«, sagte Pan. »Nur ein Trick. Was meinst du, Jen? Oder Wei-Lin und ich haben das Ganze abgesprochen.«

Jen wandte ihren Blick nicht von Pan ab.

»Sie hat es dir gesagt.«

Schweigen. Wei-Lin sah von Pan zu Jen und wieder zu Pan. Die Wolken rissen auf und einen kurzen Moment lang war alles in Sonnenlicht gebadet. Irgendwo in der Ferne kreischte ein Vogel.

Dann tauchte Nate am Eingang der Baracke auf und joggte auf sie zu. Alle wandten sich um und sahen ihm erwartungsvoll entgegen. *Sie wenden sich von der Konfrontation ab,* dachte Pan. *Das ist mir recht.*

»Hey«, rief Nate. Er wurde langsamer und hielt vor ihnen an. »Was ist mit euch los? Kleine Verschnaufpause?« Er sah sich auf der Rennbahn um und seufzte dramatisch. »Kläglicher Fortschritt, Leute, wenn ich das sagen darf. Ganz und gar kläglich.«

»Was wollte Miss Kingston von dir?«, erkundigte sich Jen. »Hat sie dir noch mal eins ausgewischt?«

Nate grinste.

»Nee. Sie ist wie ein schnurrendes Kätzchen. Also, wenn ihr es genau wissen wollt: Sie hat mich überredet, mich in meinem Wahlfach bei ihr anzumelden. Die Förderung des persönlichen Talents.« Er zwinkerte. »Aber wenn ihr wissen wollt, was ich denke: In Wirklichkeit ist das nur ein Trick. Die Frau ist heiß auf mich, und wer könnte es ihr verdenken?«

»Was ist dann dein persönliches Talent«, wollte Karl wissen. »Sexuelle Anziehungskraft?«

»Nun, sie hat zwar behauptet, sie habe festgestellt, dass ich Führungsqualitäten besitze, aber ich nehme an, du hast recht, Karl, alter Kumpel.« Sein Grinsen wurde breiter. »Ich versprühe Sexappeal, oder? Ich wette, es dauert nicht mal mehr vierundzwanzig Stunden, dann springt sie mich an.«

Jen grunzte verächtlich und wandte sich ab. Die anderen lachten, sogar Sanjit. Cara lächelte schwach und das war auch schon ein Fortschritt. *Vielleicht werden wir doch noch eine richtige Gemeinschaft*, dachte Pan. *Ich müsste nur die Kluft zwischen mir und Jen überbrücken.*

Nate sah von einem zum anderen.

»Also, was geht hier ab?«

Wei-Lin schilderte, wie Pan ihre Uhr gefunden hatte. Nate pfiff durch die Zähne.

»Tausend Dank, Leute. Kaum wende ich euch den Rücken zu, passieren hier die verrücktesten Dinge und ich verpasse alles. Hättet ihr nicht warten können, bis ich wieder bei euch bin?« Er wandte sich Pan zu und breitete die Arme aus. »Ich will das sehen. Würdest du es noch mal für mich machen?«

»Du hast tatsächlich etwas verloren, Nate«, sagte Pan. »Aber ich fürchte, ich kann dir auf keinen Fall helfen, es wiederzufinden.«

»Ach ja? Und was wäre das bitte sein?«
»Deine sexuelle Anziehungskraft.«
Und diesmal lachte sogar Cara.

10.

Um halb fünf machten sich Jen, Nate und Wei-Lin für ihre persönlichen Förderstunden fertig.

»Ihr seid die neuesten Schüler hier«, meinte Wei-Lin zu den anderen der Gruppe. »Deswegen habt ihr noch ein bisschen Luft. Aber ich kann gar nicht deutlich genug sagen, dass ihr euch im Lauf des morgigen Tages oder so entscheiden müsst, was ihr machen wollt. Denkt dran, wenn ihr nichts findet, erwartet euch die Klärgrube.«

»Was machst du denn?«, wollte Sam wissen.

»Ich?« Wei-Lin lächelte. »Bogenschießen natürlich. Genauer gesagt leite ich eine Gruppe von Leuten, die da eine gewisse Begabung zeigen.«

»Ausbilderin, was?«

»Jawohl. Ich bin ja sooo wichtig. Egal. Cara, vielleicht solltest du rüber zur Kantine gehen und dort deine Hilfe anbieten. Sam und Karl … Mann, keine Ahnung. Sucht euch was, ja? Ihr beide auch, Pan und Sanjit. Ich meine es ernst.«

Aber Pan fiel einfach nichts ein. Karl und Sam zogen zusammen los. Sie wollten sich ansehen, welche Kurse zur Auswahl standen, und Pan dachte einen Moment daran, sich ihnen anzuschließen. *Das fünfte Rad am Wagen*, dachte sie. Karl und Sam hatten ein bisschen Zweisamkeit verdient. Pan wollte ihre Chance auf eine kleine Romanze nicht im Keim ersticken. Cara zottelte lustlos von dannen. Sanjit trabte ohne ein weiteres Wort los und Pan blieb allein zurück.

Sie ging ihre Möglichkeiten im Kopf durch. Also gut, sie besaß ihre Intuition, aber das war keine Fähigkeit, die sich so ohne Weiteres trainieren ließ. Sie konnte nicht kämpfen und hatte keinerlei Begabung für irgendeine sportliche Aktivität. Pan wusste nicht genau, ob es auch irgendwelche akademischen Aktivitäten gab, in die sie sich hätte einklinken können. Vielleicht konnte Professor Goldberg helfen. Andererseits hielt sie Professor Goldberg nicht unbedingt für einen Menschen, der ihr eine direkte Antwort geben würde. Vielleicht musste sie sich wirklich mit der Klärgrube abfinden. Wie schwierig konnte das schon sein? Geistlose körperliche Arbeit, ja. Unter extremem Gestank. Vielleicht war es ja doch keine so gute Idee.

Ihre Gedanken wanderten zu Tom und dem Falken. War die Falknerei denn überhaupt ein Kurs oder beschäftigte sich Tom damit nur in seiner Freizeit? Pan war sich nicht sicher, aber sie hatte nichts Besseres zu tun, also machte sie sich auf die Suche. Sie fand die Lichtung wieder, auf der er am Abend zuvor mit dem Falken trainiert hatte, aber da war keine Spur von ihm. In der Ferne sah sie, wie sich Schüler paarweise zu Waffenübungen aufstellten. Jeder schien irgendeinen Plan zu haben – jeder, außer ihr. Sie fühlte sich nutzlos.

Scheiß drauf, dachte sie. *Bestimmt war die Klärgrube immer noch besser als hier sinnlos rumzustehen und sich auch so zu fühlen.*

Die Stimme, die ihren Namen schrie, kam aus so weiter Ferne, dass sie sie erst mit Verzögerung verstand. Jemand rief nach ihr. Pan blieb stehen und drehte sich um.

Es war Nate, der mühelos auf sie zustürmte. Sie wartete und

stellte dabei fest, dass ihr Herz schneller schlug. Oder bildete sie sich das nur ein? Nate sah sehr gut aus, das stand fest. Und er war sehr selbstbewusst. Aber da war noch etwas anderes.

»Hey, Pan«, sagte Nate, als er sie erreicht hatte.

Was verbirgst du vor mir?, dachte sie. Die Frage überraschte sie selbst.

»Jetzt steht also fest, dass du hinter mir her spionierst«, sagte sie laut. »Miss Kingston wird jeden Moment über dich herfallen und du läufst mir hinterher.«

»Sie mimt die Unnahbare«, erwiderte Nate. »Außerdem soll ich dir etwas ausrichten.«

»Mir?«

»Genau.« Er reichte ihr einen ordentlich gefalteten Zettel. »Du siehst, ich bin einfach nur ein Botenjunge. Miss Kingston war begeistert. ›Seien Sie in fünf Minuten wieder da‹, sagte sie. ›Meinen Sie denn, dass Sie so schnell rennen können, Mr Mitchell?‹ Ich liebe solche Herausforderungen. Also dann.« Er sah auf die Uhr. »Ich habe knapp zwei Minuten für den Rückweg. Ich würde Miss Kingston sehr ungern den Gefallen tun, mich zu verspäten.« Er sah wieder auf die Uhr. »Eine Minute fünfzig Sekunden. Countdown läuft.«

Pan faltete den Zettel auseinander.

Bitte komm, sobald du Gelegenheit hast, zu einem Gespräch zu mir ins Spital. Viele Grüße, Dr. Morgan.

»Was ist es denn?« Nate hüpfte auf den Zehenspitzen. Pan hätte schwören können, dass seine Muskeln gegen jede Untätigkeit protestierten, nach Bewegung verlangten.

»Es ist eine Nachricht von Dr. Morgan«, sagte Pan. »Er will mit mir reden.«

»Gut«, sagte Nate. »Ich laufe mit dir mit. Los, komm.«

»Was – jetzt gleich?«

»Wie unser wackerer Waffenausbilder sagen würde: Worauf wartest du? Hast du einen Friseurtermin?«

»Du musst in einer Minute wieder bei Miss Kingston sein«, stellte Pan fest. »Du kommst zu spät.«

»Genauer gesagt: fünfundfünfzig Sekunden. Ich komme also sowieso zu spät. Hey, Pandora Stone, genug geredet. Los, laufen wir.«

Er rannte los, ohne eine Antwort abzuwarten. Pan sah einen Moment lang seinen Rücken an, dann seufzte sie und rannte hinter ihm her. Fast noch im selben Moment ging ihr Atem schwer und ihr war klar, dass sie bei seiner Geschwindigkeit nicht im Entferntesten mithalten konnte.

»Nicht so schnell, Nate!«, rief sie.

Nate lachte. »Das ist doch nicht schnell, Pandora. Das ist Schneckentempo. Komm schon. Du schaffst es.«

»Ich schaff's nicht!«

»Nicht reden«, rief Nate über die Schulter. »Spar dir die Luft für die Stufen!«

O nein, dachte Pan. *Die Stufen hoch zum Spital.*

»Nimm mich als Schrittmacher«, fügte Nate hinzu. »Konzentrier dich aufs Atmen. Wenn du das richtig hinkriegst, spielen die Muskeln einfach mit. Dann überwindest du den Moment, in dem sich Milchsäure bildet. Vorausgesetzt natürlich, du bleibst nicht stehen.«

Es wurde tatsächlich einfacher. Nate rannte ein paar Meter vor ihr her und sie passte ihren Rhythmus dem seinen an. Innerhalb weniger Augenblicke verebbte das scharfe Seitenstechen. Ihr Atem wurde regelmäßiger. Es war immer noch schwierig, aber nun kam die Steilwand zusehends näher. Pan hielt ihren Blick auf die Stelle in den Felsen gerichtet, von der aus die Stufen zum Gipfel führten.

Als sie diesen Punkt erreichten, wollte Pan sich ausruhen, sich vielleicht ein paar Minuten hinlegen, bevor sie den Aufstieg in Angriff nahm. Ihr Körper schmerzte und ihre Beine fühlten sich so an, als hätte jemand schwere Gewichte daran befestigt.

»Nicht anhalten«, warnte Nate. »Geh direkt hoch. Halt deinen Atemrhythmus. Ignorier einfach, dass es wehtut. Ich muss los.« Er sah auf seine Uhr und lachte. »Jetzt komme ich richtig zu spät und die Prinzessin ist garantiert angepisst. Ich werde wohl den ganzen Charme aufbieten müssen, den ich zur Verfügung habe.«

Pan hatte nicht genug Luft, um sich zu bedanken. Sie nahm noch wahr, dass er herumwirbelte und über den Pfad zurücklief. Die aus dem Fels gehauenen Stufen ragten vor ihr auf. Sie wirkten unfassbar steil und vor dem geistigen Auge sah sie sich auf halber Höhe seitlich in den Abgrund stürzen. Sie hatte nicht vor zu sterben, nur weil sie eine Verabredung einhalten musste.

Pan schob den Gedanken zur Seite und begann den Aufstieg.

~~~

Dr. Morgan wartete an der Rezeption auf sie. Ein Funkeln lag in seinen Augen, als Pan die Tür aufdrückte und die letzten Stufen emportaumelte.

»Sieht so aus, als hätte dir die Akademie zu viel zugemutet, Pandora«, sagte er grinsend. Pan konnte nicht antworten. Ihre Lungen brannten wie Feuer. Sie kauerte sich zusammen, die Hände auf den Knien, und kämpfte gegen den Brechreiz.

»Du musst deine Aufwärmübungen machen, meine Liebe«,
~~~

fügte der Doktor hinzu. »Ich bin mir sicher, die respektgebietende Miss Kingston hat dir das beigebracht. Komm, dehn jetzt deine Muskeln, bevor sie sich verkrampfen. Ich spreche als Arzt mit dir.« Er schmunzelte.

Die Schmerzen waren beinahe unerträglich, aber Pan absolvierte die Übungen und nach wenigen Minuten hatte sie das Gefühl, ihren Körper wenigstens halbwegs wieder unter Kontrolle zu haben. Dr. Morgan brachte ihr ein großes Glas Wasser. Als sie sich so weit erholt hatte, dass sie gehen konnte, ohne dass die Beine unter ihr wegsackten, folgte sie ihm in den Konferenzraum, in dem sie schon wenige Tage zuvor geredet hatten.

Pat setzte sich und nippte an ihrem Wasser.

»Ich danke dir, dass du so umgehend meiner Bitte um ein Treffen gefolgt bist.« Er warf einen Blick auf die Uhr an der Wand. »Es ist beinahe halb sechs. Die persönliche Förderstunde ist zur Hälfte vorbei. Nun, ein kleines Vögelchen hat mir zugezwitschert, dass du dich noch nicht entschieden hast, welches deiner Talente du weiterentwickeln möchtest. Trifft das zu, meine Liebe?«

Pan nickte. »Ich glaube, ich habe gar kein Talent, das ich weiterentwickeln könnte, Dr. Morgan«, sagte sie. »Allerdings hat man mich darüber informiert, dass immer Leute gesucht werden, die die Klärgrube freischaufeln.«

»Das ist ja widerlich.« Dr. Morgan schüttelte sich. »Meiner Ansicht nach wäre das ein Griff ins Klo, wenn ich mich mal so salopp ausdrücken darf. Genau, ich würde sagen, das läuft darauf raus, dass du dich einfach nur drückst.« Er lachte über seinen eigenen Witz. Pan lächelte und trommelte mit den Fingern am Rand ihres Stuhls. Der Arzt legte seine Hände flach auf die Tischplatte.

»Ich möchte dir etwas vorschlagen, Pan.« Er beugte sich vor. »Ich möchte mit dir an einer Fähigkeit arbeiten, die du meiner Meinung nach besitzt. Es ist gleichzeitig ein Bereich, an dem ich persönlich Interesse habe. Etwas, woran ich gearbeitet habe, reine Liebhaberei, damit du das richtig verstehst, vor dem Virus. Es würde mir ungeheure Freude bereiten, wenn ich diese Forschung wieder aufnehmen könnte. Sofern du einverstanden bist, natürlich.« Er legte den Kopf schief und lächelte ihr zu.

»Ich weiß nicht, was Sie meinen.«

»Ich spreche von deiner Gabe der Intuition«, erklärte Morgan. »Soweit ich weiß, hast du heute Nachmittag eine sehr eindrucksvolle Kostprobe davon gegeben.«

Hat er mich beobachtet?, dachte Pan. *Oder hat ihm jemand davon erzählt?*

»Woher wissen Sie davon?«, fragte sie.

Morgan klopfte sich mit den Zeigefinger gegen den Nasenrücken.

»Ich habe da so meine Methoden«, schmunzelte er. »Du wirst merken, dass hier in der Akademie wenig geschieht, ohne dass ich davon erfahre. Ich habe meinen Finger am Puls des Geschehens – und zwar auf mehr als nur eine Art, meine Liebe.«

»Ich fürchte, Sie könnten enttäuscht sein, Dr. Morgan«, sagte Pan. »An der Klärgrube bin ich wahrscheinlich besser aufgehoben.«

Morgan fuhr fort, als hätte Pan überhaupt nichts gesagt.

»Du müsstest dich verpflichten, zwei Stunden am Tag hierherzukommen. Dann würde ich eine Reihe von Tests mit dir durchführen – zunächst einmal, um festzustellen, ob du tatsächlich die Gabe der Intuition besitzt. Falls sich herausstellt, dass dem so ist, dann habe ich so einige Ideen, wie wir dieses Talent fördern und noch verbessern können.« Er lächelte. »Um ehrlich zu sein: Ich finde diese Vorstellung spannend. Ungeheuer spannend.«

»Sehen Sie, Dr. Morgan, ich kann schon verstehen, dass Sie sich begeistert drauf stürzen, wenn das eines Ihrer Hobbys war, aber meinen Sie nicht, dass wir beide unsere Zeit gewinnbringender nutzen könnten? Mit irgendeiner … praktischen Sache?«

»Nein, nein. Hör mir zu, Pandora.« Jetzt redete Dr. Morgan ganz ernst. »Diese Sache könnte der Akademie enormen Nutzen bringen. Und nicht nur der Akademie. Langfristig gedacht, der gesamten Zukunft der Menschheit.«

Pan lachte. »Entschuldigung, aber das ist doch lächerlich. Ich kann Dinge finden, die jemand verloren hat, Dr. Morgan. Manchmal. Wenn das überhaupt eine Gabe ist, dann eine sehr bescheidene.«

»Da bin ich anderer Meinung. Denk darüber nach, Pan. Du sagst, du kannst verlorene Dinge finden, aber wenn du tatsächlich so eine Gabe hast, dann ist es naheliegend anzunehmen, dass das Wiederfinden verlorener Gegenstände nur einer von vielen Bereichen ist, auf die sich deine Gabe anwenden lässt. Wer weiß, wozu du noch fähig bist? Und was die Zukunft der Menschheit betrifft, ob es dir gefällt oder nicht, du bist jetzt Teil eines sehr eingeschränkten Genpools. Lassen sich solche Gaben an die nächste Generation weitergeben? Meine Forschungen haben ergeben, dass da durchaus eine Möglichkeit besteht. Was, wenn in folgenden Generationen Hellsehen eine ganz natürliche Fähigkeit wird? Eine ganze Gesellschaft könnte sich zum Beispiel durch Gedankenübertragung verständigen. Zumindest ein Mal wäre es eine Gesellschaft, die ihr Gehirn deutlich besser nutzt, als wir es unglücklicherweise gerade tun. Du könntest der nächste Schritt in unserer Evolution sein, Pan. Es ist mein Ernst, meine Liebe. Vom Homo sapiens zum … nun, was auch immer danach kommt.«

»Sie wollen damit sagen, ich könnte eine Brutmaschine für Übermenschen sein?« Pan starrte ihn an. »Haben Sie auch nur die geringste Vorstellung davon, wie gruselig – wie wahnsinnig das klingt? Wenn es überhaupt möglich wäre, und das ist es natürlich nicht.«

Morgan lächelte. »Du verstehst mich falsch. Aber das ist alles reine Theorie, solange wir nicht beweisen können, dass diese Gabe überhaupt existiert. Was meinst du, Pandora Stone? Unterm Strich ist es doch besser, als Scheiße zu schaufeln, oder?« Er lachte so sehr, dass er sich Tränen aus den Augen wischen musste.

Pan wartete, bis er sich beruhigt hatte, dann zuckte sie mit den Achseln.

»Was genau stellen Sie sich vor, Doktor?«

»Ach, zunächst nur ein paar ganz grundlegende Experimente.« Morgan stand auf und ging zu einem Schrank an der Wand. Er öffnete eine Schranktür und holte eine merkwürdige Maschine heraus, die er vor Pan auf die glänzende Tischplatte stellte.

»Darf ich vorstellen? Ein automatischer Kartenmischer. Ich habe ihn auf die Versorgungsliste gesetzt und ein Kollege jenseits der Mauer war gewitzt genug, mir einen zu besorgen. Was wir heute vorhaben, meine Liebe, ist ein kleines Experiment. Die Maschine wird zufällig Karten auswählen und sie verdeckt vor dich schieben. Du sollst einfach nur erraten, ob die Karte schwarz oder rot ist.«

»Und warum können Sie die Karten nicht selbst mischen?«

»Könnte ich, aber die Maschine arbeitet mit fünf Kartendecks, das könnte ich selbst kaum bewältigen.« Dr. Morgan lächelte. »Und davon abgesehen nehmen wir so den menschlichen Faktor heraus, und das ist in solchen Untersuchungen sehr wichtig. Wir werden beide erst wissen, welche Karte die Maschine dir hingelegt hat, nachdem du geraten hast. Das ist ein Grundsatz der wissenschaftlichen Methodik.« Er stützte beide Ellbogen auf den Tisch und betrachtete Pan. Seine Augen blitzten. »Sollen wir es ausprobieren? Was meinst du?«

»Sie wollen jetzt sofort anfangen?«

»Warum nicht? Wir haben noch fünfundvierzig Minuten deiner Unterrichtseinheit übrig.«

»Okay. Dann machen wir es.«

»Großartig!« Dr. Morgan rieb sich die Hände. »Das wird bestimmt spaßig.« Er drückte auf einen Knopf seitlich an der Maschine. Ein kurzes Surren ertönte und eine Karte rutschte vor Pan auf den Tisch. Sie sah sie an.

»Was soll ich jetzt machen?«, fragte sie. »Soll ich mir die Finger an die Schläfen halten, mich auf das Muster auf der Rückseite konzentrieren? Soll ich probieren, durch die Karte durchzugucken? Ich meine, wie gehe ich da ran?«

»Ich habe keine Ahnung«, gestand Dr. Morgan. »Sag mir einfach, was du meinst: Ist das eine rote oder eine schwarze Karte. Du sollst raten.«

Pandora lachte kurz auf. Sie betrachtete die Rückseite der Karte und wartete ab, ob ihr irgendwas in den Sinn käme. Aber die Rückseite der Karte weigerte sich hartnäckig, irgendeine wie auch immer geartete Information preiszugeben.

»Rot«, sagte sie schließlich.

Dr. Morgan drehte die Karte um. Es war die Kreuz vier.

Wieder lachte Pandora. »Fängt ja gut an«, sagte sie.

»Mach dir keine Gedanken«, sagte Dr. Morgan. »Entspann dich. An einer Karte lässt sich überhaupt nichts ablesen. Noch nicht mal an hundert Karten. Wenn wir irgendwas entdecken möchten, was statistisch relevant ist, dann müssen wir das ein paar tausendmal wiederholen. Je öfter wir das machen, desto präziser sind die Daten.«

»Zufällig, also wenn ich einfach willkürlich rate, dann müssten fünfzig Prozent richtig sein, oder?«

»Genau. Jetzt im Moment liegst du mit hundert Prozent falsch. Aber wenn man das zehntausendmal wiederholt, landet jeder ziemlich genau bei fünftausend falschen und fünftausend richtigen Antworten. Interessant wäre, wenn du achttausendmal richtig antworten würdest. Das wäre statistisch von großem Interesse.«

»Und wenn ich nur zweitausend richtige Antworten gebe?«

Morgan lachte. »Das wäre genauso interessant, meine Liebe. Dann könnten wir sagen, dass du offensichtlich instinktiv das Falsche tust. Ich denke, das könnte sehr nützlich sein. Egal, machen wir weiter.«

Diesmal drehte er die Karte nicht um. Er warf nur einen kurzen Blick darauf, ohne dass Pan sie sehen konnte, steckte sie dann zurück in die Maschine und notierte kurz etwas in sein Buch. Fünfzehn Minuten später fragte Pan, wie es stand.

»Achtundfünfzig richtig, siebenundvierzig falsch. Statistisch unbedeutend. Aber jetzt probier mal etwas aus, Pan, tu mir den Gefallen. Im Moment habe ich das Gefühl, dass du dich zu sehr auf die Aufgabe konzentrierst. Du zwingst dich.

Jetzt denk mal nicht über die Karte nach. Sieh sie gar nicht an. Die erste Farbe, die dir in den Sinn kommt. Nicht überlegen. Du sollst dich nicht mit der Antwort quälen.«

»Darf ich den Kartenrücken berühren?«

Morgan runzelte die Stirn. »Ist dir das eine Hilfe?«

»Könnte sein. Wenn ich Sachen finde, dann berühre ich gerne die Person, die etwas verloren hat. Wahrscheinlich steckt nichts dahinter, ich habe dann nur mehr Zutrauen.«

»Dann mach das so, auf jeden Fall.«

Danach fiel Pan die Sache wesentlich leichter. Sie folgte dem Rat von Dr. Morgan und dachte gar nicht mehr so richtig nach. Sie hielt den Blick auf ihr Wasserglas gerichtet und betrachtete die Tropfen aus Kondenswasser, die sich an den Seiten des Glases bildeten. Nur aus dem Augenwinkel sah sie, wie die einzelnen Karten vor sie rutschten. Dann streckte sie die linke Hand aus und strich einfach nur über ihren Rücken. Daraufhin nannte sie dann die erste Farbe, die ihr in den Sinn kam.

Pan war überrascht, als Morgan die Maschine plötzlich wegräumte. Sie sah auf die Uhr und stellte fest, dass es zwanzig nach sechs war.

»Das ist eindeutig genug für heute«, sagte Dr. Morgan. »Vor allem, weil du beim Abendessen für die erste Schicht eingeteilt bist.«

»Und wie lautet das Urteil, Doktor?«

»Von einem Urteil sind wir noch meilenweit entfernt, meine Liebe. Komm, ich bringe dich zu den Stufen.«

Pan stöhnte.

»Abwärts ist es viel einfacher, glaub mir«, fügte Morgan hinzu.

»Warum richtet man ein Krankenhaus an der unzugänglichsten Stelle ein, die es gibt?«, fragte Pan, als sie den Flur hinuntergingen. »Ist das nicht unpraktisch?«

»Für mich nicht«, schmunzelte der Arzt. »Ich finde es ganz gut, nicht mitten im Getümmel der Akademie zu stecken. Und die Aussicht ist fantastisch.«

»Aber wenn jemand verletzt wird, muss man ihn diese Stufen hochbringen. Das kann doch nicht praktisch sein.«

»Du klingst genau wie der Schulrat. Nein. Praktisch ist es nicht. Aber so war es eben schon eingerichtet, als wir angekommen sind. Betten und Ausrüstung waren schon vor Ort. Vielleicht hatte die Armee ja einen Grund dafür, das Krankenhaus an einer so unzugänglichen Stelle einzurichten, aber es ist keiner mehr da, den wir fragen könnten. Und vergiss nicht, dass wir in der Schülerschaft einige äußerst fähige Krankenträger haben. Du wärst überrascht, wenn du sehen würdest, wie schnell sie einen Patienten hier herauf transportieren.«

Er drückte gegen die Schwingtüren. Der Garten auf dem Dach der Welt lag zu ihrer Rechten in Dämmerlicht getaucht. Auf der linken Seite war die erste Steinstufe gerade noch erkennbar. Es war noch kälter geworden. Der Himmel war mit eisigen Lichtern gesprenkelt. Sie standen zu weit vor dem Abgrund, um von der Akademie unten im Tal irgendetwas sehen zu können. Aber Pan konnte gerade so das Meer in der Ferne ausmachen und die flackernden Lichter des Dorfs an der Küste. Die Mauer, die es von der Akademie trennte, war eine schwarze Masse. Nur oben in den Türmen entlang der Mauerkante brannten helle Lichter.

»Beantworten Sie mir eine Frage, bevor ich gehe, Doktor«, bat Pan.

»Aber gerne, meine Liebe.«

»Hier fehlen uns die elementarsten Versorgungsgüter. Soweit ich das weiß, benötigen wir Energie, Lebensmittel, Unterrichtsmaterial, Werkzeuge, Vieh. Jede Menge Dinge, die das Leben hier vereinfachen würden.«

»Richtig«, sagte Morgan. »Es herrscht Knappheit an fast allem. Es ist zum Verzweifeln. Aber wie dir ja ganz bestimmt erklärt wurde, haben wir nur eingeschränkte Möglichkeiten, etwas hierher zu transportieren. Wir müssen versuchen, alles langsam aufzubauen, und die höchste Priorität hat immer noch die Suche nach Überlebenden.«

»Ja, das habe ich gehört. Meine Frage lautet daher: Wie kommen Sie zu einem automatischen Kartenmischer?«

In der einbrechenden Dunkelheit konnte Pan nicht sehen, dass er überrascht erstarrte. Aber sie spürte es genau. Lange Zeit herrschte Schweigen, dann lachte er.

»Da hast du mich jetzt ertappt, meine Liebe«, sagte er. »Du hast vollkommen recht. Ich hätte so etwas eigentlich nicht bekommen dürfen. Aber ... sagen wir mal, ich kenne den einen oder anderen auf einem der Boote, die Nachschub besorgen. Und sagen wir auch, dass einer oder zwei dieser Leute mir einen Gefallen schulden. Es ist verwerflich, Liebes, und ich wäre dir dankbar, wenn du es nicht herumerzählen würdest. Aber so hat die Welt schon immer funktioniert. Eine Hand wäscht die andere.«

Pan nickte, aber innerlich schüttelte sie den Kopf. Es war keine ehrliche Antwort. Sie zweifelte nicht an der Grundaussage, dass er jemanden überredet hatte, ihm etwas zu besorgen, was nicht auf der offiziellen Bedarfsliste stand. Aber wie konnte ein Mensch, der noch im Vollbesitz seiner geistigen Kräfte war, in dieser Situation ausgerechnet eine Kartenmischmaschine bestellen? Pan hatte noch keine Zeit gehabt, die Konsequenzen dieser Erkenntnis genau zu durchdenken, aber zwei Dinge waren ihr klar: Erstens, Dr. Morgan verheimlichte etwas. Und zweitens: Sie traute ihm nicht. *In diesen persönlichen Förderstunden möchte er etwas über mich erfahren*, dachte sie. *Aber sie bieten mir auch die Gelegenheit, mehr über ihn und die Akademie zu erfahren. Sollte ich wirklich die Gabe der Intuition besitzen, dann kann es gut sein, dass diese Sache für ihn nach hinten losgeht.*

»Und noch etwas«, sagte sie. »Wie geht es dem Überlebenden? Wir haben gestern gesehen, wie der Hubschrauber gelandet ist. Wir haben vermutet, dass jemand hergebracht wurde.«

Morgan seufzte.

»So ist es. Ein Junge. In keiner guten Verfassung, fürchte ich. Genau genommen sieht es momentan nicht so aus, als würde er es schaffen. Aber wir tun unser Bestes mit allem, was uns zur Verfügung steht. Glaub mir, wir kämpfen darum, ihn durchzukriegen.«

»Das Virus?«

»Vielleicht. Zum Teil.« Morgan spreizte die Finger. »Allerdings bereitet uns etwas Grundsätzlicheres mehr Sorgen. Ich fürchte, er hat eine schwere Schusswunde in der Brust davongetragen.«

»Man hat auf ihn geschossen?«

»Der Pilot hat ihn vor einigen Tagen entdeckt«, berichtete Morgan. »Und weil er nicht genügend Platz zum Landen hatte, haben wir einen Trupp Schüler losgeschickt, um ihn zu bergen. Das kommt vor, Pandora, wenn die Umstände es erfordern. Als sie ihn erreichten, haben sie festgestellt, dass er schwer verletzt war.«

»Wie ist das passiert?«

»Falls er sich erholt, kann er uns vielleicht die ganze Geschichte erzählen. Aber uns ist bekannt, dass es einige Überlebende gibt, die … wie soll ich das ausdrücken? … in einen Zustand des Barbarentums zurückgefallen sind.« Morgan rieb sich die Stirn. »Es ist traurig, aber Teil der menschlichen Natur. Obwohl jetzt wirklich genug für alle da ist – so eindeutig war das noch nie der Fall! –, wird es immer Menschen geben, die nicht teilen wollen oder die glauben, sie müssten das beschützen, was sie als ihr Eigentum betrachten. Und das mit allen Mitteln, die sie zur Verfügung haben. Wenn Recht und Ordnung außer Kraft gesetzt sind und es um Leben und Tod geht … nun ja, da draußen laufen gefährliche Leute herum, meine Liebe.« Er tätschelte Pans Schulter. »Das gehört zu den Umständen, auf die die Akademie euch vorbereiten möchte.«

Pan hätte noch mehr Fragen gestellt, aber ihre Aufmerksamkeit wurde von einem flackernden Lichtschein angezogen, der auf der obersten Stufe der Steintreppe aufgetaucht war. Jetzt erkannte sie die Lichtquelle: eine brennende Fackel, deren Flamme im Abendwind tanzte. Schatten glitten über die Silhouette desjenigen, der die Fackel trug. Er hielt die Fackel tiefer und jetzt war sein Gesicht zu erkennen.

»Nate«, stellte Pan fest.

»Wir sehen uns morgen, Pandora. Punkt sechzehn Uhr dreißig«, erinnerte Dr. Morgan und dann war er verschwunden, noch bevor sie etwas erwidern konnte.

Nate trat ein paar Schritte näher.

»Hey«, sagte er.

»Hi«, antwortete Pan. »Was machst du hier?«

Sein Gesicht war von einem Kranz tanzender Lichtmuster umgeben.

»Ach, weißt du … Ich musste noch ein bisschen Zeit rumkriegen.« Er lachte. »Ich dachte, es wäre gut, wenn ich dir ein bisschen Licht für den Abstieg besorge. Die Fackel, von der Wei-Lin geredet hat. Großartig! So schön mittelalterlich!«

Pan lächelte.

»Na dann, vielen Dank. Ich gebe zu, das ist wirklich eine große Hilfe. So denke ich vielleicht nicht die ganze Zeit an den Abgrund.«

»Hast du Höhenangst?«

»Und wie.«

»In diesem Fall gehe ich vor. Dann kannst du besser sehen. Bleib mir dicht auf den Fersen, aber wenn möglich, ohne draufzutreten.«

Sie machten sich an den Abstieg. Diesmal hatten sie es nicht eilig und so konnte Pan ihre Schritte vorsichtig setzen. Na gut, sie würden zu spät zum Abendessen kommen, aber solange sie vor der zweiten Schicht ankamen, würde ihnen genügend Zeit zum Essen bleiben. Die Kantine war kein Ort, an dem sich Leute länger aufhalten wollten, und es dauerte nicht mal zehn Minuten, sich sein Essen zu holen und es zu verspeisen.

Die Stufen selbst waren breit und lagen dicht an der Felswand. Nach ein paar Minuten hatte Pan den Abgrund zu ihrer Linken beinahe vergessen. Beinahe. Nach einiger Zeit sprach Nate sie über die Schulter an.

»Was hast du denn jetzt eigentlich bei Dr. Morgan gemacht?«

»Er möchte, dass ich die Förderstunden bei ihm ableiste«, antwortete sie. »So ähnlich wie bei dir und Miss Kingston. Sie möchte dich haben und Dr. Morgan will mit mir arbeiten.«

»Na, es ist doch schön, wenn man so gefragt ist«, sagte er. »Aber worum geht es denn? Sag nichts. Du hattest schon immer das brennende Verlangen, Chirurgin zu werden.«

»Nicht ganz. Offenbar will er testen, ob ich hellseherische Fähigkeiten habe.« Es machte sie verlegen, überhaupt davon zu reden.

»Im Ernst?« Nate blieb stehen und Pan wäre ihm beinahe in die Hacken getreten. Er wandte sich um und sah sie an. »Das ist ja cool. So was wie heute, als du Wei-Lins Uhr gefunden hast? Schade, dass ich nicht dabei gewesen bin, Pan. Das ist doch genau der richtige Stoff für *Akte X*, oder?«

»Hast du es Dr. Morgan erzählt? Oder sonst jemandem?«

»Ich? Nein. Ich war doch nicht mal dabei, wie du dich vielleicht erinnerst. Warum sollte ich es erzählen?«

»Er wusste davon. Also hat ihm entweder jemand davon erzählt, oder …«

»Wenn du Hellseherin bist, dann müsstest du das doch wissen.«

»Haha. Sehr witzig.«

Nate wandte sich lächelnd wieder den Stufen zu. Pan vermutete, dass sie gleich unten ankommen würden. Allerdings beleuchtete der Fackelschein nur einen kleinen Bereich und sorgte ansonsten dafür, dass die Dunkelheit um sie herum noch undurchdringlicher schien. Sie nahm weiterhin vorsichtig eine Stufe nach der anderen.

»Wie lief deine Stunde bei Miss Kingston?«, fragte sie.

»›Die Leute hören auf dich, Nate, und sind bereit, dir zu folgen!‹ So ein Schwachsinn. Aber zu ihrem Programm gehört, dass ich körperlich trainiere, also ist das in Ordnung. Dagegen habe ich nichts. Wir sind ein Rennen gelaufen.« Er lachte. »Ein Zweihundertmeterlauf und sie hat mich abgehängt. Aber das wird sich ändern, glaub mir. Ich kann nicht zulassen, dass jemand, der zehn Jahre älter ist als ich, mich im Rennen schlägt. Das kann ich nicht hinnehmen.«

Für den Rest des Abstiegs schwiegen sie. Dort unten lag das Gelände der Akademie vor ihnen, verborgen in der Dunkelheit. Nur kleine Lichtpunkte bewegten sich, zeigten an, wo Schüler aus der Kantine in ihre Schlafbaracken zurückkehrten. Trotz der Kälte verliehen die Lichter der Szenerie ein bisschen Wärme. Im Schein der flackernden Fackeln sahen die Gebäude plötzlich ein bisschen märchenhaft aus.

»Wir sind spät dran fürs Abendessen.« Nate hob die Fackel so, dass er auf die Uhr sehen konnte. »Wenn wir überhaupt eine Chance auf Essen haben wollen, müssen wir wohl rennen.«

Pan ächzte. Ihre Beine waren so müde und das Letzte, wonach ihr der Sinn stand, war weitere sportliche Betätigung. Andererseits hatte sie einen Bärenhunger. Sie rannten los, Seite an Seite, den Pfad zur Kantine hinunter.

11.

Beim Essen leugneten alle, Dr. Morgan von Pans erfolgreicher Suche nach Wei-Lins Uhr erzählt zu haben. Es war schwer zu sagen, wer von ihnen log, aber die ratlosen Blicke der Gruppe wirkten überzeugend unschuldig. Die Einzige, die nicht am Tisch saß, war Cara, die hinter der Theke Essen austeilte. Aber Cara hatte in den letzten Tagen kaum zwei Worte zu irgendjemandem gesagt – die Wahrscheinlichkeit, dass sie die Informantin war, schien nicht sehr groß.

Ich weiß nicht, wem ich vertrauen kann, dachte Pan. *Und das bedeutet, dass ich niemandem trauen kann.*

Sie beugte den Kopf über ihre Schüssel. Vielleicht bildete sie es sich nur ein, aber heute Abend schmeckte das Essen besser. Nicht gut, aber besser. Vielleicht hatte Cara ja einen positiven Einfluss auf die Küche.

~~~

Der Traum setzte dort wieder ein, wo er aufgehört hatte.

Pan bog in eine schmale Gasse ein. Ihre Verfolger waren nur etwa fünf Meter hinter ihr. Undeutlich war ihr bewusst, dass sie schon einmal durch diese Gasse gekommen war. Und in dem Moment, als ihr das klar wurde, setzte die Angst wie-
~~~

der ein. Diese Lücke vor ihr, der Eingang des Tunnels, siebzig, achtzig Meter vor ihr, würde sich verdunkeln. Ein Mann im schwarzen Anzug, ein Mann mit Sonnenbrille. Er würde den Ausgang blockieren. Und gerade als das Bild in ihr Bewusstsein drang, geschah genau das.

Wäre er zehn Sekunden später aufgetaucht, wäre Pan direkt in ihn hineingerannt. So jedoch bremste sie gerade noch ab. Sie drehte sich zur Seite und umklammerte mit der rechten Hand die Oberkante des Holzzauns, der die Gasse begrenzte. Sie sprang so hoch, wie sie nur konnte. Der Rock ihrer Schuluniform zerriss, als ihre rechte Hüfte schmerzhaft gegen den Zaun prallte. Der Schmerz loderte auf und füllte einen Moment lang ihre gesamte Welt aus. Beinahe wäre sie ohnmächtig geworden, als sie auf der Seite landete. Aber sie hatte den Zaun überwunden. Schwerfällig kam Pan auf die Beine und sah sich um. Ein Garten hinter einem Haus. Eine Wäschespinne, Unterhosen flatterten. Ein Geräteschuppen. Ein Sandkasten. Kein Mensch da. Kein Versteck. Sie hörte Schritte auf der anderen Seite des Zauns, wartete aber nicht ab, bis Hände den oberen Rand des Zauns packten. Sie rannte zu dem niedrigen Zaun zum Nachbargarten. Er war leichter zu überwinden. Auch für ihre Verfolger. Ein kleiner Hund kläffte sie an, schnappte nach ihren Knöcheln. Sie schrie um Hilfe.

Erst als Pan den dritten Garten erreichte, sah sie sich um. Die Männer, es waren drei, sprangen gerade über den zweiten Zaun. Einer trat nach dem kläffenden Hund, er jaulte auf und duckte sich. Pan rannte am Haus vorbei Richtung Vorgarten. Wo waren alle? Wie konnte ein ganzes Stadtviertel so vollkommen verlassen sein? Sie brauchte doch nur einen einzigen Menschen, irgendeinen, der aus dem Haus trat und nachsah, was es hier für einen Tumult gab. Nur einen Menschen. Dieser

Gedanke ging ihr immer noch durch den Kopf, als sie um die Häuserecke bog und direkt einem vierten Mann in die Arme lief. Einem Mann im Anzug mit Sonnenbrille. Der Zusammenstoß brachte sie beide ins Taumeln.

Sie versuchte wegzulaufen. Aber er packte ihr Shirt, presste sie an sich. Einer seiner Arme umklammerte ihre Taille, eine Hand drückte ihr Mund und Nase zu. Sie bekam keine Luft und Panik befiel sie. Sie trat nach den Knöcheln des Mannes und das Geräusch, mit dem ihr Schuh auf seinen Knochen traf, klang angenehm in ihren Ohren. Aber sein Griff wurde nur noch fester und er schleppte sie zurück in den Garten, weg von der Straße. Ihre Lungen schrien nach Sauerstoff, aber da war nichts.

Pan tastete den Bund ihres zerrissenen Rocks ab. Sie zog einen kleinen Behälter aus einer verborgenen Tasche. Beinahe hätte sie ihn fallen lassen, konnte ihn dann aber doch festhalten. Ihre Finger suchten nach der Sprühdüse. Der Mann hielt sie jetzt so, dass ihr Rücken gegen ihn lehnte. Ihre Schuhe schleiften über den Boden, bruchstückhaft sah sie Ausschnitte des Himmels, der Backsteinwand zu ihrer Rechten. Sie hob ihre Hand auf Schulterhöhe, presste auf den Knopf und sprühte. Zielen konnte sie nicht. Es war reiner Instinkt.

Der Mann stieß einen spitzen Schrei aus und sein Griff lockerte sich. Pan wand sich, kam wieder auf die Füße und trat noch einmal nach hinten. Diesmal ließ er sie los und sie wirbelte herum, sodass sie jetzt vor ihm stand. Seine Sonnenbrille war verrutscht, ein Bügel hing von seinem Ohr. Er rieb sich mit dem Handrücken das linke Auge. Pan trat einen Schritt näher und sprühte in sein rechtes Auge. Wieder schrie er auf und sank in die Knie. Sie zögerte nicht länger. Schon hörte sie, wie sich Schritte näherten. Pan schoss herum und rannte zum

Gartentor, drückte es auf, stolperte erneut, aber dann fanden ihre Füße den richtigen Rhythmus und sie rannte wieder. Pan wandte sich nach rechts und rannte am Mittelstreifen entlang die Straße hinunter.

Ungefähr hundert Meter vor ihr bog ein Streifenwagen von links in die Straße ein, mit Blaulicht, aber ohne Sirene. Es raste auf sie zu. Pan konnte es gar nicht glauben. Sie blinzelte sich den Schweiß aus den Augen, um den Wagen scharf zu sehen. Er glitt wie durch einen Nebel auf sie zu. Sie rannte schneller, direkt in seinen Fahrweg. Ihr war gar nicht bewusst, dass sie die Arme über dem Kopf schwenkte, und sie blieb erst stehen, als der Wagen direkt vor ihr schleudernd anhielt. Sie hörte nicht einmal auf zu schreien, als ein Polizist sie in den Arm nahm. In diesem Moment wich alle Kraft aus ihr. Sie sank in sich zusammen und spürte plötzlich die Schmerzen.

»Es ist alles gut, Kleine. Du bist in Sicherheit.«

Die Worte schienen aus weiter Entfernung zu ihr durchzusickern. Pan versuchte mühsam, ihre Beine unter Kontrolle zu bringen. Sie fühlten sich wie Gummi an, als würden sie gar nicht ihr gehören. Sie wischte sich die Tränen aus den Augen. Der Polizist war groß. Er trug einen nach oben gezwirbelten Schnurrbart. Seltsamerweise erinnerte er sie an einen Schauspieler, der die Hauptrolle in einer amerikanischen Fernsehserie gespielt hatte. Sie konnte sich nicht an den Namen der Serie erinnern. Sein Griff war kräftig, beruhigend. Sie konzentrierte sich auf ihren stoßweisen Atem, versuchte bewusst, sich zu beruhigen, spürte, wie sie Luft einsog und kontrolliert wieder ausatmete. Sie kämpfte darum, die Kontrolle über ihren Körper zurückzugewinnen, und nach und nach gelang es ihr.

~~~
~~~

Pan setzte sich im Bett auf. Ihr Gesicht war schweißnass. Einen Moment lang war der Traum noch so real, dass sie sich nur schwer von ihm lösen und sich in ihrer Umgebung zurechtfinden konnte. Dann kehrten die Geräusche der Nacht zurück: das gedämpfte Schluchzen und Schreien, von dem der ganze Schlafsaal erfüllt war. Es drang durch die Ohrstöpsel. Sie rieb sich die Augen und atmete tief ein. Ihre Hände wurden nass. *Atme*, dachte sie. *Die Nacht ist voller Schreckgespenster, aber sie können nicht echt sein. Oder?*

Sie nahm die Ohrstöpsel heraus und wühlte in der Schublade ihres Nachttischs nach der Taschenlampe. Sie hatte sie in der Nacht zuvor nicht benutzt und konnte sich lebhaft daran erinnern, wie gruselig der Moment gewesen war, in dem sie gedacht hatte, sie fände nicht aus dem Schlafsaal heraus. Diesmal würde sie jedes Hilfsmittel nutzen, das sie auftreiben konnte. Und angesichts der Schreie ihrer Zimmergenossinnen wäre es eine Erleichterung, wenn das Licht sie wecken würde. Sie fand den Schalter und knipste die Lampe kurz an, um sich besser orientieren zu können. Der Lichtstrahl fiel auf Caras Bett. Es war leer, die Laken verknäult und nach hinten geschoben.

Obwohl Pan die Taschenlampe nur sehr sparsam benutzte, fand sie die Tür diesmal problemlos. Die Nacht war kalt, der Himmel klar und von Sternen durchsetzt. Sie fröstelte. »Cara?«, flüsterte sie. »Bist du hier draußen?« Aber nur der Wind antwortete mit gedämpftem Heulen. Pan schaltete die Taschenlampe wieder ein und sah sich im unmittelbaren Umfeld der Schlafbaracke um, aber sie fand keine Spur von dem Mädchen. Vielleicht wollte Cara nur frische Luft schnappen? Es war unwahrscheinlich, dass sie weiter weggegangen war – nicht mitten in der Nacht, wenn die Gebäude ohne den flackernden Schein der Fackeln eine unheimliche Atmosphäre verbreiteten. Pan knipste die Lampe wieder aus und entdeckte einen schmalen Streifen Licht im Sanitärtrakt. Sie ging auf die Tür zu, setzte ihre Schritte vorsichtig. Sie legte das Ohr gegen die Tür des Duschraums und hörte das leise Rauschen von fließendem Wasser. Das Licht, das unter der Tür hindurchfiel, stammte vermutlich von einer Taschenlampe.

Pan wartete. Sie setzte sich auf einen Stein etwa zehn Meter vom Sanitärblock entfernt. Sie hatte nicht angeklopft, weil sie Cara nicht erschrecken wollte, und knipste nun aus demselben Grund die Taschenlampe an. Pan überlegte, ob sie wieder ins Bett gehen sollte, aber die Vorstellung, wieder schlafen zu gehen, erfüllte sie mit Horror. Vielleicht konnte sie sich mit dem stillen Mädchen ein bisschen unterhalten. Vielleicht konnten sie einander trösten. So saß sie und wartete und versuchte, die frostige Nachtluft zu ignorieren.

Cara erstarrte, als sie die Tür des Duschraums öffnete und den Lichtkreis um Pans Füße entdeckte.

»Alles klar, Cara«, sagte Pan. »Ich bin es nur.«

Cara wandte schnell den Blick ab und sie zog ihre Tarnjacke enger um sich, eine instinktive Schutzreaktion. Sie sagte nichts.

»Spät für eine Dusche«, stellte Pan fest.

»Es ist ruhig.« Cara redete so leise, dass Pan sie nur mit Mühe verstehen konnte.

»Ja, ist es wohl.«

Cara hob den Blick und sah Pan an.

»Ich habe gern ein bisschen Privatsphäre«, erklärte sie. »Zu jeder anderen Zeit ist es einfach zu voll.«

Jeder Schüler hier geht durch die Hölle, dachte Pan. *Aber diejenigen, die sensibel und eher einzelgängerisch veranlagt sind, leiden am meisten.*

»Verständlich«, erwiderte Pan.

Cara sagte nichts. Sie trat von einem Fuß auf den anderen und sah dadurch aus wie ein Kind, das auf die Erlaubnis wartete, in sein Zimmer zu gehen.

»Möchtest du reden?«, fragte Pan.

»Worüber?«

»Irgendwas. Einfach reden. Du weißt schon, so wie Mädchen das eben machen.«

Cara schwieg immer noch, aber sie kam näher und setzte sich auf einen anderen Stein etwa zwei Meter rechts von Pan. Sie verschränkte fröstelnd die Arme.

»Du bist ein ziemlich schweigsamer Mensch«, stellte Pan fest.

»Es gibt nicht viel zu sagen.«

»Manchmal ist es gut zu reden, auch wenn man nichts zu sagen hat. Nate macht das so, ist dir das aufgefallen? Er redet nur, um zu reden.«

Cara zuckte mit den Schultern. Einen Moment lang war es ganz still.

»Du bist nicht allein mit deinem Kummer«, sagte Pan. »Das solltest du wissen.«

»Doch«, erwiderte Cara. »Jeder von uns ist allein mit seinem Kummer.«

»Ich fand übrigens heute Abend das Essen besser«, sagte Pan. *Sie wird auf nichts eine direkte Antwort geben. Ich muss das langsam angehen.*

Cara schien sich ein bisschen zu entspannen. »Die haben hier keine Ahnung vom Würzen«, sagte sie. »Es ist erstaunlich, wie sich etwas im Grunde Geschmackloses einfach dadurch verbessern lässt, dass man ein bisschen Pfeffer und Salz drüberstreut.«

»Bleib unbedingt dran – bring es ihnen bei!«, bat Pan. »Bitte!«

Cara hob den Blick zu den Sternen. »Es ist so friedlich hier draußen«, sagte sie. »Ich mag die Nacht. Einfach so den Himmel betrachten, die Nachtluft auf der Haut spüren. Es ist alles so ruhig.«

»Da drinnen im Schlafsaal ist es dagegen alles andere als ruhig«, sagte Pan. »Keiner kann sich in den Schlaf flüchten. Auf uns alle lauern Träume. Albträume. Die Monster der Vergangenheit.«

»Weißt du, was an meinen Albträumen am schlimmsten ist?«, fragte Cara. »Es sind nicht die Horrorbilder an sich, die Leichen in den Straßen … die sind für mich – irgendwie weit weg. Aber mit den anderen Träumen komme ich nicht klar, den Albträumen, die mehr Sinn ergeben.«

»Was meinst du damit?«

Cara stand auf. »Ich gehe jetzt wieder ins Bett, Pan«, sagte sie. »Ich weiß, du meinst es gut, aber ich muss allein sein.«

»Ich wäre gern deine Freundin, Cara.«

Jetzt lächelte das Mädchen, aber es war ein blasses, lebloses Lächeln. »Gibt es Freundschaft ohne Vertrauen?«, fragte sie so, als rede sie mit sich selbst. »Ich traue nicht mal meinen Erinnerungen, Pan. Wie soll ich so in der Lage sein, Menschen zu vertrauen? Aber Dankeschön trotzdem.«

Pan blieb eine weitere Stunde auf dem Stein sitzen und beobachtete den Nachthimmel. *Mit den anderen Träumen komme ich nicht klar, den Albträumen, die mehr Sinn ergeben … Ich traue nicht mal meinen Erinnerungen …*

Die Worte trafen sie mit der ganzen Kraft der Wahrheit.

Was stimmte mit ihren Träumen nicht? Was bedeuteten sie wirklich?

~~~

»Okay«, fing Gwynne an. »Zieht eure Schutzkleidung über, sucht euch einen Partner. Ich gehe noch einmal die grundlegenden Angriffsmanöver durch, wie man sie abwehrt. Dann übt ihr miteinander. Fragen?« Er schniefte und wischte sich über die Nase.

Keine Fragen.

Pan kämpfte sich in die sperrige Kleidung und freute sich über eine zusätzliche Schutzschicht vor der Kälte. Nate zwinkerte ihr zu, als sie ihren Helm befestigte.

»Was meinst du, Pandora?«, fragte er. »Willst du meine Partnerin sein?«

Jen trat vor ihn.

»Ich glaube, das wäre unfair, Nate«, sagte sie. »Mädchen gegen Mädchen ist viel besser. Was meinst du, Pan? Du und ich?«

Pan wollte instinktiv ablehnen. Aber dann kam ihr der Gedanke, dass es nicht ratsam war, Jen gegenüber Schwäche zu zeigen. Außerdem führte Gwynne ja die Aufsicht und ihr konnte nicht wirklich etwas passieren. Oder?

»Klar«, sagte sie mit allem Selbstvertrauen, das sie aufbringen konnte.

Jen lächelte und bückte sich nach einem Stock. Nate trat dicht zu Pan.

»Ich würde an deiner Stelle aufpassen. Jen ist echt knallhart und wir wissen beide, dass sie kein Gründungsmitglied deines Fanclubs ist. Sei vorsichtig, ja?«
~~~

Pan nickte. Sie sah zu, wie Jen ihre Aufwärmübungen machte, ihren Stock in komplizierten geometrischen Mustern herumwirbelte. Sie war stark und leichtfüßig und der Stock pfiff durch die Luft. Pan nahm sich ebenfalls eine Waffe. In ihren Händen fühlte sie sich schwer und sperrig an. Gwynne rief die Gruppe zusammen.

»Zuhören. Aufmerksam zusehen. Angriffsmanöver und wie ihr sie abwehrt. Wir machen es ganz langsam vor. Jen und Partnerin. Vortreten.«

Pan und Jen traten in die Mitte des Kreises.

»Okay. Die Grundlagen. Seht, wie Jen den Stock schwingt. Direkter Angriff auf den Schädel.«

Jen machte einen Schritt nach vorn und schwang den Stock in einer Kurve auf Pans Kopf zu. Als er den höchsten Punkt der Bahn erreicht hatte, hielt sie inne. Der Ausbilder führte Pans Hände in die Höhe, sodass der Stock parallel zu ihren Schultern lag.

»Ihr erinnert euch? Die Barriere schützt den Kopf. Selbst ein heftiger Schlag dürfte da nicht durchkommen.« Er nickte Jen zu, die den Stock jetzt rasch weiterschwang. Schmerz durchzuckte Pans linke Hand. Beinahe hätte sie den Stock fallen lassen, aber sie hielt ihn fest. Jens Schlag hatte ihre Fingerknöchel gestreift, bevor er gegen die Holzbarriere geprallt war. Sie biss sich fest auf die Lippen und kämpfte gegen die Tränen. Der Schmerz pulsierte in ihrer Hand.

»Ihr erinnert euch? Hab euch gewarnt. Jens Partnerin hat nicht zugehört. Hände beweglich halten. Noch mal.«

Diesmal bewegte Pan die Hände und Jens Schlag traf die Mitte des Stocks mit einem satten »Klonk«.

»Besser«, sagte Gwynne. »Jetzt weitere Angriffsoptionen und Abwehrmöglichkeiten.«

Sie gingen die Möglichkeiten durch, seitlich geführte Schläge abzuwehren. Trotz der kalten Luft schwitzte Pan heftig und der Stock rutschte zwischen ihren feuchten Finger hin und her. Zum Abschluss probten sie verschiedene kombinierte Manöver – Schläge gegen den Kopf, unmittelbar gefolgt von seitlichem Angriff. Obwohl das alles in Zeitlupe ablief, musste sich Pan stark konzentrieren, um sicherzugehen, dass Jens Schläge sie nicht trafen.

»Okay«, sagte Gwynne. »Geht das mit euren Partnern durch. Ich beobachte euch. Ganz genau.«

»Was meinst du, Pandora?«, fragte Jen, als sich die anderen Schüler aufgestellt hatten und die direkten Angriff-und-Abwehr-Manöver in Zeitlupe durchgingen. »Wir haben das ja jetzt schon ausführlich gemacht. Bereit für ein paar andere kombinierte Abwehrmanöver?«

Pan war ganz und gar nicht bereit. Sie traute Jen nicht. Aber sie nickte einfach, umklammerte ihren Stock, beugte die Knie und stellte sich breitbeinig auf. Sie konzentrierte sich darauf, ihren Körper und den Stock, der wie Blei in ihren Händen lag, ins Gleichgewicht zu bringen.

Der erste Angriff erfolgte rasch. Jen holte zu einem Schlag auf den Kopf aus, aber es war nur eine Finte. Die Waffe wirbelte in ihren Händen, und als Pan ihren Stock hochriss, um den Schlag abzuwehren, knallte die Waffe auf die Schutzpolster ihrer Weste. Der Schlag nahm Pan die Luft.

»Alles klar bei dir?«, fragte Jen in auffallend gleichgültigem Tonfall. »Damit hättest du rechnen müssen. Es ist wichtig, schnell zu reagieren. Im echten Kampf kannst du nicht damit rechnen, dass sich dein Gegner an die Regeln aus dem Training hält. Das hat Gwynne mir beigebracht. Noch mal?«

Sie wartete Pans Antwort nicht ab. Diesmal sprang sie

vor. Ihr Stock war nur noch schemenhaft zu erkennn Pan hatte keine Zeit zu reagieren. Sie wehrte einen Angriff gegen ihre Flanke dürftig ab, fing sich aber nicht rechtzeitig, bevor ein scharfer Schlag ihren Helm direkt über dem rechten Ohr traf. Diesmal taumelte sie rückwärts, ihr Kopf schmerzte heftig. *Ich werde nicht fallen,* nahm sie sich vor. *Egal, was sie austeilt, ich werde ganz bestimmt nicht fallen.* Aber sie irrte sich. Der nächste Angriff fegte ihr die Beine weg und sie landete auf dem felsigen Boden. Ein spitzer Stein bohrte sich in ihren rechten Schenkel. Sofort war Pan wieder auf den Füßen, aber ihr Bein fühlte sich taub an. Sie konnte sich kaum bewegen und der nächste Angriff traf sie genau auf der verletzten Stelle. Sie keuchte vor Schmerzen.

»Willst du aufhören?«, fragte Jen. »Kleine Verschnaufpause?«

Pan schüttelte den Kopf. *Das dürfte nicht passieren*, dachte sie. *Gwynne müsste sehen, dass Jen versucht, mich zu verletzen. Er müsste sie aufhalten.* Aber der Ausbilder stand am anderen Ende der Reihe und zeigte Sanjit gerade, wie er den Stock greifen musste. *Härte dich ab. Das war der Schlüssel. Steck es ein, dann steck noch mehr ein. Werde hart.*

Pan versuchte, den Schmerz zu ignorieren. Sie duckte sich und hielt den Stock im Gleichgewicht. *Achte auf ihre Augen,* dachte sie. *Die Augen sind der Schlüssel. Achte nicht auf den Stock. Mach deinen Kopf ganz leer. Versuche nicht zu raten. Konzentrier dich auf deinen Atem. Achte auf ihre Augen.*

Als der nächste Angriff erfolgte, überließ Pan es ihren Armen, rein instinktiv zu reagieren. Sie wandte ihren Blick nicht von Jens Augen ab, die sich in ihre eigenen bohrten. Pan riss die Arme über den Kopf, um den Schlag zu parieren, dann schwang sie den Stab nach unten, um die seitliche

Attacke abzuwehren. Das dumpfe Geräusch, mit dem Holz auf Holz traf, verriet ihr, dass der Schlag wehgetan hätte. Jen riss überrascht die Augen auf, aber dann kniff sie sie wieder zusammen. Pan verlagerte leicht ihr Gewicht, bewegte den Stock so, dass sie einen Angriff parierte und dann noch einen. Sie machte einen Schritt vorwärts, täuschte selbst einen Schlag an und knallte den Stock dann gegen Jens rechtes Knie. Jen ächzte. Pan wich ein paar Schritte zurück. Sie nahm am Rande wahr, dass die anderen ihre Übungen abgebrochen und sich wieder im Kreis aufgestellt hatten. Aber sie wagte es nicht, den Blick von ihrer Gegnerin abzuwenden.

In Jens Augen sah Pan, dass sie tief getroffen war. Aber nicht der körperliche Schmerz stand im Vordergrund, sondern der Schlag gegen Jens Selbstbewusstsein. Ihre Miene war plötzlich wie versteinert. Sie korrigierte ihre Handhaltung um den Stock. Jetzt würde sie ernsthaft angreifen. *Nur reagieren*, dachte Pan. *Nutze deinen Instinkt.*

Es lag sogar eine gewisse Schönheit darin, sich ganz der Sache hinzugeben. Sie konzentrierte sich nicht auf ihre Fußstellung oder auf ihre Bewegungen. Sie dachte nicht an den Stock oder ihre Handhaltung, nicht einmal daran, woher der Schlag kommen würde. Sie überließ sich einfach vollkommen ihrem Körper. Er mochte so reagieren, wie es ihm richtig erschien, sich nach seinem eigenen Muster bewegen. Pan war sich der Bewegungen ihrer Hände bewusst, sie sah das verwischte Bild der Stöcke, die durch die Luft sausten, sie nahm wahr, wie sie ihre Füße setzte, wie Holz auf Holz knallte. Unter der Wucht des Angriffs tänzelte sie rückwärts. Jede gelungene Abwehr schien Jen noch mehr in Rage zu versetzen. Wut war gefährlich. Wut vernebelte den Verstand.

Pan ließ die Schläge auf sich herunterprasseln, hielt den Stock schräg, parierte, hüpfte auf den Zehenballen. Als sich die Chance bot, war ihr kaum bewusst, dass sie den Schlag ausführte. Ihr Stock tauchte unter Jens Abwehr hindurch und sie fühlte den festen, erschütternden Aufprall. Jen zog es die Füße weg und sie knallte hart auf den Boden. Ihr Kopf schlug gegen einen Stein. Blitzschnell hob Pan den Stock und ließ ihn mit vernichtender Kraft niedersausen. Sie sah, wie Jen die Augen aufriss, als der Stock auf ihre Schädeldecke zuschwang.

Nur Zentimeter vor seinem Ziel hielt er inne.

Stille. Pan ließ den Stock fallen und kauerte sich vor ihrer Gegnerin nieder.

»O Mann«, sagte sie. »Das tut mir so leid. Alles in Ordnung?«

Da war Schmerz in Jens Blick. Aber noch etwas anderes: Angst. So viele rohe Emotionen, dass Pan zurückschreckte.

»Okay, geh mal zur Seite«, sagte der Ausbilder. Er schien nicht übermäßig beunruhigt. Er half Jen auf die Füße, nahm ihr den Helm ab und sah ihr in die Augen. »Kleine Gehirnerschütterung vielleicht«, erklärte er sachlich. »Leichtsinnig, Jen. Sehr leichtsinnig.«

»Ein Glückstreffer«, erwiderte Jen durch zusammengebissene Zähne.

Gwynne schniefte und wischte sich über die Nase.

»Nein«, widersprach er. »War es nicht. Krankenstation, Jen. Lass dich durchchecken.«

»Mir fehlt nichts«, sagte Jen.

»Steht nicht zur Diskussion«, gab Gwynne zurück. »Befehl. Die anderen räumen die Ausrüstung weg. Unterricht ist für heute beendet.« Er betrachtete Pan von oben bis unten, rieb sich die Nase. Dann grunzte er und wandte sich ab, um das Verpacken der Ausrüstung zu überwachen.

~~~

»Was zum Henker hast du da gemacht?«, fragte Nate. Er ging neben Pan her. Beide waren unterwegs zu ihren jeweiligen persönlichen Förderstunden.

»Ich habe aus einer Feindin eine noch größere Feindin gemacht«, erwiderte Pan.

»Ich bin mir nicht sicher, ob ich dich zur Feindin haben möchte. Wo hast du so etwas gelernt? Es war … irgendwie … fantastisch, Ninja Pan.« Er lachte.

Pan funkelte ihn an. »Ich habe so etwas nie gelernt. Es war der erste Kampf, in den ich jemals verwickelt war. Glaube ich.«

»Sieht so aus, als wärst du ein Naturtalent. Knallhartes Mädchen, was?«

»Nein«, sagte Pan. »Überhaupt nicht knallhart.«

»Wie du meinst.« Er hob die Hände vors Gesicht. »Echt jetzt. Ich lasse mich doch nicht mit Ninja Pan auf Diskussionen ein.«

Sie blieb stehen und stemmte die Hände in die Hüften.

»Das ist nicht witzig«, sagte sie. »Ich habe jemanden verletzt. Ich hätte sie beinahe umgebracht, verdammt noch mal. Darauf bin ich nicht stolz. Und mir ist überhaupt nicht nach dämlichen Witzen. Werd erwachsen, Nate.«

Er schwieg einen Moment lang, während sie weitergingen. Pan freute sich nicht gerade auf die Sitzung mit Dr. Morgan. Nach dem, was gerade passiert war, erschien ihr der Gedanke, nun die Farbe von Spielkarten zu erraten, absolut
~~~

sinnlos. Wenigstens würde sie da oben Gelegenheit haben, nach Jen zu fragen.

»Um Jen würde ich mir übrigens keine Sorgen machen«, sagte Nate. »Ich habe zugesehen. Ich glaube, sie hätte dich umgebracht, wenn sie auch nur die Spur einer Chance gehabt hätte. Du hast getan, was du tun musstest.«

»Ich mache mir keine Sorgen um sie«, erwiderte Pan. »Ich mache mir Sorgen um mich und um das, was aus mir werden könnte.«

12.

Als Pan in der abendlichen Freistunde in die Schlafbaracke zurückkehrte, traf sie auf Jen, die Klimmzüge an einem Deckenbalken machte. Sie grunzte angestrengt, als sie ihr Kinn bis zum Balken hob und sich dann langsam wieder sinken ließ, bevor sie das Ganze wiederholte. Pan hörte, wie sie zählte. Vierundvierzig. Fünfundvierzig.

»Jen«, sagte Pan nach einer Minute. »Kann ich kurz mit dir reden?«

Jen antwortete nicht gleich. Sie vollendete fünfzig Klimmzüge und ließ sich dann locker zu Boden fallen. Dann ging sie zu Dehnübungen über.

»Dann rede doch«, sagte sie, ohne Pan anzusehen.

»Ich möchte mich für das entschuldigen, was heute Nachmittag passiert ist. Ich wollte dir nicht wehtun. Ich … Ich weiß selbst nicht so richtig, was passiert ist. Aber ich wollte dir auf jeden Fall keine Schmerzen zufügen. Es ist mir wichtig, dass du das weißt.«

»Warum?«

»Warum was?«

»Warum wolltest du mir keine Schmerzen zufügen?«

»Als ob du das nicht wüsstest. Wir stecken hier zusammen drin. Wir sind auf derselben Seite. Ich habe nicht den Wunsch, dir oder irgendjemand anderem zu schaden.«

»Dann bist du ganz schön dumm.« Jen brach ihre Dehnübung ab und sah Pan jetzt in die Augen. »Wir haben gekämpft. Ich habe versucht, dir wehzutun. Wenn ich durch deine Abwehr durchgekommen wäre, dann hättest du auf dem Boden gelegen und Sternchen gesehen. Ich hab's nicht geschafft. Du ja. Ende.«

»Dann bist du nicht sauer auf mich?«

»Warum sollte ich auf jemanden sauer sein, der mich geschlagen hat? Ich bin sauer auf mich selbst. Es wird nicht noch mal passieren, das kann ich dir versprechen. Es passiert nicht noch mal.«

Pan nickte, aber sie fühlte sich unwohl. Nichts in Jens Tonfall wies daraufhin, dass sie ihr wirklich verziehen hatte. Jens Tonfall war gar nichts zu entnehmen. Vielleicht war es einfach das. Sie betrachtete Pan als einen Test, den sie nicht bestanden hatte. Kein Groll, nur die Entschlossenheit, besser zu werden, den Fehler, den Pan aufgedeckt hatte, zu korrigieren. Nichts Persönliches. Aber als Pan sich ihrer eigenen Pritsche zuwandte, war sie nicht davon überzeugt, dass es einfach enden würde.

~~~

Eine Woche verging, jeden Tag jagte ein Termin den anderen. Lauftraining mit Miss Kingston, der Unterricht bei Professor Goldstein, der jetzt das Thema Religionswissenschaften angefangen hatte. Holzarbeiten, Grundlagen der Metallarbeiten. Pan freute sich auf den Sonntag, aber als er dann endlich da war, erwies er sich als ebenso vollgestopft wie jeder andere Tag. Sie trug ihre Kleidung zu dem Gebäude, das als Wäscherei diente, und musste fast zwei Stunden lang anstehen, bevor
~~~

sie ihre Uniform in eine große Wanne voller schmutzigem, kaltem Wasser tunken konnte. Sie rubbelte, so fest sie konnte, wrang die Kleider aus und hängte sie zum Trocknen über einen Stein. Die fahle Sonne erfüllte sie nicht gerade mit Zuversicht – wahrscheinlich würde es etliche Stunden dauern, bis die Sachen getrocknet waren. Immerhin fühlte sie sich in den sauberen Kleidern besser, beinahe frisch, auch wenn ihr klar war, dass sie in ein, zwei Tagen wieder schweißgetränkt und fleckig sein würden.

Pan absolvierte weiterhin ihre Stunden bei Dr. Morgan, allerdings verriet er ihr selten, wie gut sie abschnitt. Meistens fuhren sie mit dem Erraten der Karten fort und Dr. Morgan führte ununterbrochen die Statistik. Von Zeit zu Zeit probierten sie etwas anderes aus. Einmal zeichnete Dr. Morgan etwas auf einen Zettel, steckte diesen in einen Umschlag und bat Pan, das wiederzugeben, was er gezeichnet hatte. Pan hielt den Umschlag zwischen den Fingern und zeichnete ein Meer mit zwei Booten und einem Möwenschwarm. Die Zeichnung sah so aus, als stamme sie von einem Kind – die Boote waren einfach nur geometrische Formen und die Möwen ein paar Wellenlinien. Dr. Morgan betrachtete ihre Zeichnung, aber aus seiner Miene war nichts zu lesen. Ein andermal versteckte er seinen Schlüssel und bat Pan, ihn zu suchen. Es dauerte nur zwei Minuten, bis sie ihn fand. Die Sitzungen waren langweilig, aber es war nicht mehr so mühsam wie am Anfang, die Steinstufen zum Spital emporzusteigen. Pan wurde zusehends kräftiger.

Ihre Nächte waren immer noch von merkwürdigen, unheimlichen Träumen durchsetzt und von den Schreien der anderen, die in ihren eigenen Träumen gefangen waren. Aber die Zeit verging.

Beim Abendessen am Montag beugte sich Nate vor und flüsterte in Pans Ohr: »Was hast du heute Abend vor?«

Pan hätte beinahe gelacht.

»Ach, ich weiß noch nicht, Nate. Ich muss mal überlegen. Vielleicht hole ich mir einen Film, gehe in ein Restaurant oder sehe mal in einem Club vorbei.«

Er runzelte die Stirn.

»Schade. Wenn du nicht schon anderweitig verplant wärst, hätte ich dich gefragt, ob du mit mir ausgehst.« Er zuckte mit den Schulter. »Na gut, falls du deine Meinung noch änderst, ich warte um elf vor deiner Schlafbaracke. Vielleicht lässt du den Club heute mal sausen und begleitest mich.«

Pan warf einen Blick in die Runde, aber niemand beachtete sie beide. Trotzdem beugte sie sich näher zu Nate und flüsterte ihm ins Ohr: »Du willst über die Mauer?«

Nate zuckte wieder mit den Schultern. »Ich meine, ich erinnere mich daran, dass du mich gebeten hast, dir Bescheid zu sagen. Hey, isst du deine Suppe nicht auf?«

»Ist das Suppe?«

»Das ist die treffendste Bezeichnung, die ich dafür finde.«

»Doch, ich esse sie auf. Und ja, ich lasse den Club sausen. Du weißt doch, ein Nachtclub ist wie der andere. Nach einer Weile werden sie öde.«

~~~

Wie immer gingen um neun die Lichter aus. Pan lag unter ihrer kratzigen Decke und rollte sich so klein zusammen wie nur möglich. Es war durchgehend kalt. Sie hatte gedacht, sie würde sich daran gewöhnen, aber das tat sie nicht. Sie versuchte, ihre Körperwärme zu halten, die Decke als Kokon zu
~~~

benutzen, um die frostige Nachtluft abzuhalten. Wei-Lin und Sam redeten noch fünf Minuten miteinander, dann wurden sie still. Einige Minuten später hörte Pan gedämpftes Schniefen, ab und zu wälzte sich jemand im Bett herum. Das Stöhnen und Schreien würde erst später einsetzen.

Zwei Stunden bis zu ihrem Treffen mit Nate. Es war ein anstrengender Tag gewesen und ihr Körper verlangte nach Erholung. Sie spürte, wie ihre Augenlider nach unten sanken, in den Schlaf, und riss sie krampfhaft wieder auf. Schließlich zog sie die Decke von ihrem Körper. Die Kälte musste sie wachhalten. Unter keinen Umständen konnte man in dieser frostigen Nachtluft einschlafen. Sie beobachtete die leicht fluoreszierenden Zeiger ihrer Uhr. Das Uhrglas beschlug unter ihrer Atemluft. Der Minutenzeiger bewegte sich unnatürlich langsam.

Endlich, um Viertel vor elf, setzte sie sich auf, nahm die Tarnjacke von ihrem Spind und schlich vorsichtig zwischen den Bettenreihen hindurch. Auf den Zehenspitzen passierte sie die zu unförmigen Bündeln zusammengekauerten Körper der Schlafenden. Einige der Mädchen wälzten sich ununterbrochen umher und ab und zu durchbrach ein Stöhnen die Stille. Pan öffnete vorsichtig die Tür des Schlafsaals und schlüpfte hinaus in die Kälte.

Der Himmel war mit Sternen gesprenkelt und mit einer dünnen Mondsichel dekoriert. Sie ließen die Umgebung kälter erscheinen, tauchten sie in ein schwach silbernes Licht. Pan fröstelte und zog sich die Jacke über. Sie ging hinaus zu dem Fußweg, der von der Schlafbaracke zu den anderen Schulgebäuden führte. Keine Spur von Nate. Sie stampfte gegen die Kälte mit den Füßen und verschränkte die Arme.

»Du machst zu viel Krach.«

Sie zuckte zusammen. Nate schien sich direkt aus den Felsen zu lösen, wie ein Schatten, dem auf magische Weise Leben eingehaucht worden war. Pan stemmte die Hände in die Hüften.

»Na, herzlichen Dank auch, Nate«, flüsterte sie. »Soll ich einen Herzinfarkt kriegen, oder was?«

Als er grinste, blitzte etwas Weißes auf. Sein Gesicht war schwarz, nur das Weiß seiner Augen war sichtbar. Sie betrachtete ihn von oben bis unten. Selbst seine Hände waren mit etwas Dunklem beschmiert. Kein Wunder, dass er wirkte, als sei er selbst Teil der Nacht.

»Was hast du dir denn da angetan?«, fragte sie. »Du Loser. Ich weiß ja nicht. Jungs. Immer am Spielen. Ich wette, du fühlst dich in diesem Aufzug wie der Superheld, was? Wie war noch mal dein Nachname? Bond?«

Er grinste wieder. Es war irgendwie gruselig, dieses weiße Blitzen in der Dunkelheit.

»Genau. Mit der Lizenz zu begeistern«, sagte er. »Jedenfalls ist das kein Spiel. Wir wollen über die Mauer klettern und das ist die beste Möglichkeit, dabei nicht erwischt zu werden. Komm schon, Pan. Spiel mit, Liebste.« Er zog etwas aus der Tasche und drückte es ihr in die Hand. Ein kalter Behälter. »Schuhcreme«, erklärte er. »Schmier sie überall hin.«

»Du meinst das ernst, oder?«, fragte Pan.

»Absolut. Sieh mal, Wei-Lin hat gesagt, es gebe keinen Kontakt zwischen der Akademie und den Leuten auf der anderen Seite der Mauer, obwohl… dass sie uns Nachschub liefern, ohne mit uns in Kontakt zu treten, erscheint mir eher abwegig. Wenn wir nachsehen wollen, was da draußen vor sich geht, sollten wir uns dabei lieber nicht erwischen lassen.«

Pan wollte protestieren, aber Nate hatte nicht unrecht. Sie

öffnete die Dose und stippte ihre Finger in die Schuhcreme. Der Brei fühlte sich dick und schleimig an, aber sie verteilte ihn so gut es ging über ihr Gesicht. Nate half ihr dabei, die Stellen zu bedecken, die ihr entgangen waren. Als er zufrieden war, steckte er den Behälter wieder in die Tasche, dann hob er einen Rucksack aus dem Schatten zu seinen Füßen.

»Wo hast du die Schuhcreme her?«

»Hab ich mir aus Miss Kingstons Vorratslager geliehen.«

»Geliehen?«

»Ok. Geklaut. Zufrieden? Komm, los.«

Er wartete nicht auf eine Antwort, sondern rannte in die Nacht hinein, die ihn innerhalb weniger Sekunden verschlang. Pan seufzte und folgte ihm. Die blasse Mondsichel hing über der dunklen Wand der Mauer und sie hielten darauf zu.

~~~

Nate ließ seine Hände über die gemauerte Oberfläche gleiten.

»Glatt«, sagte er über die Schulter. »Keine Nischen oder Vorsprünge. Nichts, woran man sich festhalten könnte. Kommt dir das nicht verdächtig vor?«

»Es ist eine Mauer, Nate. Eine Mauer, die vor langer Zeit erbaut wurde.«

»Ja. Vielleicht.«

Sie waren auf einen der sechs Türme zugegangen, die in regelmäßigen Abständen über der Mauerkante errichtet waren. Im Inneren brannte eine Fackel, aber sie konnten keine Bewegung hinter den Fensterschlitzen erkennen. Nate hatte darauf bestanden, dass sie abwarten und den Turm
~~~

beobachten sollten, um abschätzen zu können, wie gut die Mauer gesichert war. »Die wichtigste Regel für Anführer«, sagte er. »Alle Risiken einschätzen.«

»Zitierst du jetzt Miss Kingston?«

»Nein. Das hab ich mir ganz allein ausgedacht.«

Sie warteten zwanzig Minuten lang im Schatten der Mauer, aber nichts deutete auf eine Wachpatrouille hin. Keine Stimmen waren zu hören. Die Mauer und der Turm, der sich daraus erhob wie ein dunkler, angeschwollener Zahn, blieben nichtssagend, leer und unheimlich still. Schließlich gingen sie weiter am Fuß der Mauer entlang, bis sie etwa auf halber Strecke zwischen zwei Wachttürmen anhielten. Der Mond war hinter der Wand verborgen und Pan konnte Nate kaum sehen, obwohl er nur etwa anderthalb Meter vor ihr stand. Die Nacht drückte auf sie herab. Es war der perfekte Ausgangsort, um den Anstieg in Angriff zu nehmen. Falls sie eine Möglichkeit fanden, die Mauer zu überwinden.

»Und was jetzt?«, flüsterte Pan. Ihre Worte klangen unnatürlich laut und sie war sich sicher, dass man sie weithin hören konnte. Die nächste Frage hauchte Pan nur noch. »Suchen wir einen geheimen Durchgang? Oder graben wir uns unten durch?«

»Das kannst du ja mal ausprobieren, wenn du dich dann besser fühlst. Ich versuche inzwischen was anderes. Wie du gleich sehen wirst, komme ich nicht unvorbereitet.« Nate wühlte in seinem Rucksack »Das ist meine zweite Regel.« Er zog etwas hervor, aber Pan konnte nicht sehen, was es war. Sie trat näher.

»Armbrust«, sagte Nate. »Und ein Enterhaken. Eine Rolle Kletterseil. Noch so ein paar Sachen, die ich mir von Miss Kingston geborgt habe.«

»Geborgt?«

»Okay, geklaut. Ich habe einfach auf Privatinitiative gesetzt, Pandora.«

»Dritte Regel?«

»Du hast es erfasst.«

»Was macht Miss Kingston mit dem ganzen Kram? Ich meine, eine Armbrust? Wir kriegen nicht mal ausreichend Klopapier.«

»Wer weiß? Vielleicht war sie ja schon hier. Wie auch immer, verhalte dich ruhig.«

Pan hörte das metallische Klicken einer Mechanik. Nate ging ein paar Schritte rückwärts. Es war immer noch zu dunkel, um genau sehen zu können, was er machte, aber sie hörte ein Sirren, als die Armbrust auslöste. Von hoch über ihr drang ein anderes Geräusch durch die Nacht – ein Klirren, als Metall auf Stein traf. Nate fluchte, als etwas einige Meter rechts von ihm landete.

»Falscher Winkel«, murmelte er und rollte das Seil wieder ein.

Beim zweiten Anlauf gelang es. Diesmal ertönte ein scharfes, schabendes Geräusch, als der Enterhaken über die andere Seite der Mauer nach oben glitt, sich an der Mauerkante verhakte und hielt. Nate lehnte sich nach hinten, setzte einen Fuß auf die Mauer und lehnte sich mit seinem ganzen Gewicht in das Seil.

»Pack an, Pan«, rief er. »Wir wollen doch nicht, dass dieses Schätzchen abrutscht, wenn wir zur Hälfte oben sind.

Pan griff nach einer Seilschlinge hinter Nate und hängte sich zusätzlich mit ihrem Gewicht hinein. Das Seil verrutschte keinen Millimeter.

»Dann hält das unser Gewicht?«

»Unseres und das von noch vier Leuten«, versicherte Nate. »Mindestens. Aber wir klettern nicht zusammen hoch. Ich gehe zuerst, würde ich vorschlagen. Ich habe mehr Kraft im Oberkörper als du. Wenn ich dann erst mal oben auf der Mauer bin, kann ich dir helfen. Wenn wir beide oben sind, können wir das Seil auf der anderen Seite herunterlassen. Ganz einfach.«

»Einfach« – das traf es in Pans Augen nicht so ganz. Sie konnte die Oberkante der Mauer fünfzehn Meter über ihr gerade so erkennen. Sie war ein dunkler Keil vor dem sternengesprenkelten Himmel. Eine weite Strecke zum Klettern. Und ein noch weiterer Fall. Nate spürte ihre Nervosität.

»Ich weiß schon. Höhenangst. Ich mache einen Sicherungsknoten um deinen Bauch, bevor ich hochgehe«, sagte er. »Auf diese Weise kannst du nicht auf den Boden knallen, wenn du ausrutschst. Bombensicher, Pan. Vertrau mir.«

Er wirkte auf jeden Fall so, als wüsste er, was er tat. Den Knoten jedenfalls band er vollkommen routiniert.

»Wenn ich oben ankomme, rucke ich ein paarmal am Seil«, sagte er. »Das ist für dich das Zeichen, dass du losklettern kannst. Setze beim Hochgehen die Füße auf die Mauer. Versuche, einfach hochzulaufen. Ich versuche, dich von oben zu entlasten. Bereit?«

Pan nickte. Sie war überhaupt nicht bereit, aber sie holte tief Luft und sah zu, wie Nate das Seil packte, noch einmal daran ruckte und dann, indem er immer eine Hand über die andere setzte, in die Dunkelheit hineinkletterte. Er stützte kaum einen Fuß auf die glatte Maueroberfläche, sondern hielt sein Gewicht allein mit der Kraft seiner Arme. Pan blinzelte hinauf in den Nachthimmel, hielt das Seil straff und wartete. Fünfzehn Meter waren eine lange Strecke, aber das dreimalige Rucken am Seil erfolgte schneller, als sie erwartet hatte. Sie sah nur die Bewegungen eines Schattens vor dem Nachthimmel. Er hatte es geschafft. Pan holte tief Luft und legte los.

Nach nur einer Minute kreischten die Muskeln ihrer Arme und Beine vor Schmerzen. Sie setzte ihre Füße gegen die Mauer, aber die war so glatt, dass sie beinahe im selben Moment abrutschte. Sie zog sich mit den Armen hoch, umklammerte das Seilende mit den Füßen. Zieh dich etwa einen Meter hoch. Stell dich auf das Seil. Ruh aus. Zieh wieder hoch. Zumindest konnte sie den Boden nicht sehen, und das war ein Trost. Es war, als kletterte sie in einem Vakuum. Es bestand keine Möglichkeit zu sehen, wie tief es hinunterging. Aber leider auch keine Möglichkeit zu sehen, wie viel ihr nach oben noch fehlte.

Reiß dich zusammen, dachte sie. Es war beschämend, dass Nate an diesem Seil hinaufgewuselt war wie ein Affe und sie selbst eine Ewigkeit dafür brauchte. Ziehen. Ausruhen. Und dann fiel der Mondschein silbern in ihr Gesicht und Nate packte sie am Handgelenk. Sie nahm ihre letzten Kräfte zusammen und landete mit wild klopfendem Herzen oben auf der Mauer. Pan klammerte sich am kalten Mauerwerk fest und wartete, bis sie wieder normal atmen konnte. Wenigstens war die Mauer ungefähr zwei Meter breit. Sie legte ihr Gesicht gegen die kühle Oberfläche. Nate stand da und sah hinaus aufs Meer, aber Pan würde bestimmt nicht aufstehen. Sie wollte so viel von ihrem Körper wie möglich sicher gegen die breite, ebene Fläche drücken.

»Wessen Idee war das?«, keuchte sie.

»Weiß ich nicht mehr genau«, sagte Nate. »Ich glaube, wir haben das gemeinsam ausgeheckt. Schau mal, Pan, von hier sieht es fantastisch aus.«

Pan rappelte sich mühsam auf die Knie und versuchte, den Abgrund, der zu beiden Seiten gähnte, nicht zu beachten. Sie setzte sich genau in die Mitte. Nate ging hin und her. Hatte er denn überhaupt keine Angst? Erst, als sie sich ganz sicher war, dass sie nicht fallen konnte, sah sie auf und betrachtete das Dorf, das sich vor ihr erstreckte.

Es war größer, als es vom Garten auf dem Dach der Welt ausgesehen hatte. Und da funkelten so viele Lichter entlang der Straßen und in den Gebäuden – das Dorf wirkte viel geschäftiger und dichter bevölkert, als es von der Akademie aus den Anschein gehabt hatte. Mitternacht war bestimmt schon vorbei, aber noch immer herrschte dort unten reges Treiben. Ja, viele Plätze lagen im Dunkeln, aber es gab auch einige hell erleuchtete Gebäude. Leises Stimmengewirr war zu hören, von Zeit zu Zeit brandete Gelächter auf. Schiffe schwankten auf dem im Mondlicht glitzernden Wasser, viele von ihnen waren mit Lampen ausgestattet, die sich schaukelnd von der schwarzen Nacht abhoben.

»Das alles«, flüsterte Nate. »Nur zur Versorgung der Akademie? Das glaube ich einfach nicht, Pan.«

Pan glaubte es auch nicht. Etwas an diesem Dorf stimmte nicht. Nichts, was sie in Worte fassen konnte – da war einfach nur so ein kaltes Gefühl in ihrem Bauch. Sie fing allmählich an, auf diese Gefühle zu vertrauen.

»Alles klar«, sagte Nate. »Es hat keinen Sinn, uns länger hier oben aufzuhalten als unbedingt nötig. Es wird Zeit, dass wir runterklettern und uns ein bisschen umsehen.«

Er löste den Enterhaken und befestigte ihn an der anderen Seite der Mauer. Seine Widerhaken gruben sich in das Mauerwerk, aber sehr vertrauenserweckend sah das immer noch nicht aus – ob die Schwerkraft nicht doch stärker war? Und diesmal konnte Nate das Seil nicht testen, indem er es belastete. Er entrollte das Seil und ließ es über den Mauerrand zum Dorf hin fallen. Es wickelte sich ab und verschwand in der Dunkelheit.

»Ich gehe wieder zuerst«, sagte er und ließ sich über die Kante rutschen. »Greif das Seil. Wenn es sich entspannt, bin ich unten. Du wirst sehen, runter geht es einfacher.«

Es dauerte nur eine Minute. Dann entspannte sich das Seil in ihrer Hand. Sie umklammerte es fest und schob sich über die Mauerkante. Es war nicht einfacher. Diesmal arbeitete ihr gesamtes Gewicht daran, sie schneller nach unten zu befördern, als ihr recht war. Sie wand sich das Seil um die Beine und schlitterte abwärts. Trotz der Kälte war ihr Gesicht mit Schweiß bedeckt. Ihre Hände waren feucht und das Nylonseil rutschte und brannte in ihren Handflächen. Eigentlich wollte sie am liebsten so schnell wie möglich unten ankommen – aber ihr war klar: Jeder Ausrutscher konnte ihr letzter sein.

Pan spürte, wie sich Nates Arme um ihre Taille legten, dann berührten ihre Füße den Boden. Sie hatte weiche Knie, aber sie hielt sich auf den Füßen, lehnte sich gegen die glatte Wand. Die kühle Nachtluft kitzelte ihr heißes Gesicht. Nate presste seine Lippen gegen ihr Ohr und sie schauderte. Auf dieser Seite der Mauer war die Gefahr, gehört zu werden, wesentlich größer. Er flüsterte ganz leise.

»Wir lassen das Seil hier. Wir bleiben immer zusammen. Wir halten uns im Schatten, kundschaften aus, was wir können, aber gehen kein Risiko ein. Ohne zu reden. Okay?«

Pan nickte und er drückte ihre Hand. Nate machte einen Schritt in Richtung Dorf.

Der Lichtstrahl schlug zu wie eine Faust, trieb sie zurück, bis sie beide mit dem Rücken an der Wand standen. Instinktiv hielt sich Pan die Hand vor die Augen. Und dann hörten sie die Stimmen:

»Runter. Auf den Boden. Sofort.«

»Hände hinter den Kopf. Runter jetzt.«

Eilige Schritte. Pan nahm die Hand einen Moment lang von den Augen, aber das Licht blendete so sehr, dass ihre Augen tränten. Gestalten bewegten sich am Rand des Lichtkegels, Männer, die sich auf sie stürzten. Sie erhaschte einen Blick auf Waffen, Uniformen. Dann packte sie jemand an den Haaren und drückte sie auf den Boden. Die Stimmen wurden lauter. Alles schrie. Sie spürte, wie ihr jemand die Arme hinter den Rücken bog, das Ende eines Gewehrlaufs presste sich wie ein kalter Ring in ihr Genick. Weitere Männer hantierten an ihren Füßen. Seile bissen sich in Knöchel und Handgelenke. Dann wurde es dunkel – man hatte ihr eine Kapuze übergestülpt. Jetzt waren überall Hände, sie durchsuchten ihre Taschen. Innerhalb von wenigen Augenblicken wurde es wieder leiser. Sie spürte, dass man sie hochhob, davontrug. Jetzt waren nur noch von Zeit zu Zeit barsche Befehle zu hören.

Dann stach eine Nadel in ihren Arm.

Und danach war nichts mehr.

13.

Als Pan erwachte, hämmerte ihr Kopf und sie blinzelte mühsam ins blasse Licht. Einen Moment lang konnte sie sich nicht erinnern, was passiert war, aber dann kamen die Bilder wie eine Flutwelle zurück. Sie wälzte sich ächzend auf die Seite, schloss wieder die Augen. Die Mauer. Das Dorf. Männer, Soldaten, eine Injektionsnadel. Sie schauderte, als sie sich den Druck der Spritze gegen ihren Arm in Erinnerung rief. Als sie die Augen erneut öffnete, zwang sie sich, sie nicht wieder zu schließen.

Nach und nach konnte sie ihre Umgebung wahrnehmen. Sie befand sich in einem Raum, der den Baracken ähnelte, in denen der Unterricht stattfand. Aber dieser hier war erheblich kleiner und leer bis auf die schmale Pritsche, auf der sie lag. Es gab nur ein Fenster: das winzige Rechteck aus eingestaubtem Glas war durch die dicken Gitterstäbe gerade so zu sehen. Sie fühlte sich unsicher auf den Beinen, aber sie taumelte zur Tür und drückte den Türknauf. Abgeschlossen. In der Tür befand sich ein kleiner Schieber – ein Guckloch vermutlich –, aber es gab keine Möglichkeit, ihn von innen zu öffnen. Sie wandte sich wieder um und ließ ihren Blick durch den Raum wandern. Keine Fluchtmöglichkeit. Sie konnte höchstens eine der Wände durchbrechen. Vielleicht das Bettgestell als Werkzeug dafür benutzen. Sie setzte sich aufs Bett und wartete.

Etwas weniger als eine Stunde später wurde der Schieber in der Tür zur Seite geschoben und ein Lichtstrahl zeichnete einen Streifen auf den Boden. Pan sah Staubkörner im Licht tanzen, aber dann waren sie von einem Moment auf den anderen verschwunden. Das Guckloch hatte sich wieder geschlossen. Schlüssel klapperten und dann ging die Tür auf. Pan blinzelte ins Licht und erhob sich von der Bettkante.

Gwynne stand da, in Begleitung eines Schülers, dessen Namen sie nicht kannte. Sie hatte ihn aber schon in der Kantine gesehen. Er war groß und muskulös und seine Miene ausdruckslos. *Er ist die Security,* dachte Pan.

Gwynne schniefte.

»Komm mit«, sagte er.

»Wohin gehen wir?«

»Wirst du sehen.«

Pan zuckte mit den Achseln. Sie hatte keine Wahl. Ihre Knie zitterten immer noch, aber sie schaffte es, ihre Schritte entschlossen wirken zu lassen. Es war nicht der richtige Moment, um Schwäche zu zeigen.

Gwynne und der Schüler nahmen sie in die Mitte, als sie aus dem Raum trat. Die Baracke befand sich am äußersten Rand des Schulgeländes, in einer Reihe von vier oder fünf ähnlichen Gebäuden. Dunkel und unergründlich erhob sich die Mauer am Horizont. Ihre Eskorte geleitete sie in das angrenzende Gebäude, eine Baracke, die etwas größer war als jene, in der sie erwacht war. Die Tür war nicht beschriftet. Gwynne stieß sie auf und Pan trat ein.

Hinter einem abgewetzten Schreibtisch waren vier Stühle in einer Reihe aufgestellt. Zwei davon waren bereits von Professor Goldberg und Dr. Macredie besetzt. Ein einzelner Stuhl stand auf ihrer Seite des Schreibtischs. Gwynne und der Junge setzten sich. Pan stellte sich neben ihren Stuhl. *Zeig so viel Stärke wie nur möglich*, dachte sie. *Setz dich nicht hin. Sie sollen zu dir aufschauen.*

Dr. Macredie überflog einen Zettel, der vor ihr lag.

»Dies ist eine Sondersitzung des Schulrats«, sagte sie. Ihre Stimme war kaum mehr als ein Flüstern. Zum ersten Mal fiel Pan auf, dass die Ärztin mit leichtem schottischem Akzent redete. »Und es geht hier darum, dass Pandora Stone Hausfriedensbruch begangen hat.« Sie sah Pan in die Augen und lächelte. »Setz dich, Pan.«

»Ich bleibe lieber stehen.«

Dr. Macredie zuckte mit den Achseln. »Wie du möchtest.« Sie schwieg einen Moment lang. »Möchtest du deine Handlungsweise erklären?«, fragte sie schließlich.

»Muss ich das?«

»Du hast Sperrgebiet betreten. Ich denke schon, dass du dafür einen Grund angeben solltest.«

»Ein ›Sperrgebiet‹?«, fragte Pan. »Merkwürdig. Ich habe keine Schilder gesehen.«

»Aber dir ist mitgeteilt worden, dass es den Schülern hier nicht gestattet ist, das Dorf zu besuchen. Das stimmt doch, oder?«

»Entschuldigung«, sagte Pan. »Können Sie lauter sprechen?«

Dr. Macredie strich sich eine rote Haarsträhne aus den Augen und wiederholte die Frage, aber ihre Stimme war immer noch kaum lauter.

»Ja«, gab Pan zu.

Gwynne schaltete sich ein.

»Du wusstest, dass es verboten ist, aber bist trotzdem hingegangen? Tarnfarbe im Gesicht. Die Frage bleibt. Warum?«

»Ich wollte sehen, was auf der anderen Seite liegt.«

Gwynne seufzte, aber Professor Goldberg schmunzelte. Gwynne rieb sich mit einem Fingerknöchel die Augen und sah hinunter auf den Schreibtisch, als suche er nach seinem letzten Quäntchen Geduld und sei nicht sicher, ob er es finden würde. Er griff nach einem Stift und pochte damit auf das fleckige Holz.

»Man hat dir mitgeteilt, was sich auf der anderen Seite befindet«, sagte er. »Versorgungswege. Möglicherweise Krankheit. Warum bist du über die Mauer geklettert?«

»Weil ich das mit eigenen Augen sehen musste.«

Gwynne warf den Stift hin. Er prallte ab, rollte vom Schreibtisch und fiel klappernd zu Boden. Niemand hob ihn auf. Dr. Macredie hob beschwichtigend die Hand in Richtung des Waffenausbilders, dann beugte sie sich zu Pan vor. Sie lächelte.

»Pan«, sagte sie. »Wir müssen alle unsere Schüler beschützen. Es ist unsere heilige Pflicht. Die Zukunft der Menschheit, ihr Weiterbestehen, liegt in unseren Händen. Wir dürfen keinen Fehler machen. Mehr könnte gar nicht auf dem Spiel stehen. Das musst du doch sehen. Das musst du doch verstehen.«

»Ich verstehe, dass ich überfallen, unter Drogen gesetzt und eingesperrt worden bin«, erwiderte Pan. »Und jetzt befinde ich mich hier in etwas, das verdächtig wie ein Gerichtsverfahren aussieht, ohne dass man mir meine Rechte mitgeteilt oder einen Verteidiger zur Seite gestellt hätte. Unter diesen Umständen ist es schwierig, jemanden unter Ihnen als Beschützer zu sehen. Das müssen Sie doch verstehen.«

Gwynne schniefte erneut und wischte sich über die unförmige Nase.

»›Rechte‹? Erklär ich dir. Keiner von uns hat Rechte. All dieser Unsinn. Überfall, Einsperren, Recht auf Verteidigung. Das war einmal. Jetzt ist Jetzt. Das hier ist unsere einzige Hoffnung. Für die Zukunft. Können nicht zulassen, dass jemand alles gefährdet.«

»Und das gibt Ihnen das Recht, mir eine Waffe an den Kopf zu halten und mir wer-weiß-was zu spritzen?«

»Unter diesen Umständen, ja. Absolut. Erforderliche Gewalt.«

»Klingt so, als hätten Sie sich hier eine nette, kleine Diktatur eingerichtet.«

»Eine wohlwollende Diktatur, Pan«, sagte Dr. Macredie.

»Das sagen alle Diktatoren.«

Gwynne schüttelte den Kopf.

»Kein Sinn in diesem Gespräch«, sagte er »Brendan, bring Miss Stone zurück. Dann komm wieder her. Angemessene Strafe besprechen.«

Der große Schüler stand auf und kam um den Schreibtisch herum auf sie zu. Er war riesig. *Wahrscheinlich ein Rugby-Spieler, draußen in der alten Welt*, dachte Pan. *Aber er hat Angst.* Er packte ihren Arm. Pan riss sich los und verließ den Raum, ohne sich umzusehen.

~~~

Keine zwanzig Minuten nachdem man sie wieder eingeschlossen hatte, ging die Tür erneut auf und Dr. Macredie trat ein. Sie ließ die Tür hinter sich offen stehen.

»Dann ist das Gericht also jetzt zu einem Urteil gekommen«, sagte Pan. »Wie lautet es? Tod durch Erschießen?«

Dr. Macredie lächelte schief und legte sich eine Hand an
~~~

die Wange. Plötzlich sah sie sehr müde aus. Sie zeigte auf das Bett. »Darf ich mich setzen?«

»Fühlen Sie sich wie zu Hause.«

»Dir wird eine Woche lang die Freizeit gestrichen. Du und Nate, ihr werdet gemeinsam Zeit damit verbringen, die Klärgrube auszuschaufeln.«

»Das ist ja wunderbar. Ich glaube, ich ziehe das Erschießungskommando vor.«

»Warst du immer so feindselig, Pan?«, fragte Dr. Macredie. »Das wüsste ich gern.«

Pan musterte sie aufmerksam.

»Ich habe erfahren, dass sie gar keine richtige Ärztin sind. Stimmt das?«

»Absolut richtig. Ich war Krankenschwester. Zunächst in meiner Heimat, im schottischen Aberdeen. Als ich nach Australien ausgewandert bin, habe ich in verschiedenen Krankenhäusern in Sydney gearbeitet. Aber ich habe mich immer für Psychologie interessiert, und zu dem Zeitpunkt, an dem das Virus kam, habe ich gerade meinen Bachelor gemacht. Ich stelle mir ganz gern vor, dass es nur noch eine Frage der Zeit gewesen wäre bis zu meiner Promotion.«

»Psychologie?«, fragte Pan. »Und dann müssen Sie ernsthaft fragen, warum ich so feindselig bin? Alle, die mir etwas bedeutet haben, sind tot. Alle, die ich jemals gekannt habe, sind tot. Ich werde von furchtbaren Albträumen verfolgt, und gerade bin ich überfallen und bedroht worden, und man hat mir zwangsweise irgendein Mittel injiziert. Was erwarten Sie von mir? Soll ich für das nächste Schulmusical vorsingen? Mich als Schulsprecherin bewerben? Vielleicht habe ich ja das Recht, feindselig zu sein.«

Dr. Macredie seufzte.

»Ja, hast du vielleicht. Aber du musst dir klarmachen, dass wir uns hier in der Akademie alle in derselben Lage befinden. Und dass es unsere einzige Chance ist, jetzt zusammenzuhalten.« Sie fuhr sich mit der Hand durch die Haare. »Du redest von Träumen. Okay. Dann erzähle ich dir jetzt etwas. Jede Nacht sehe ich meinen Mann erneut sterben. Plötzlich und unter großen Schmerzen. Dann meine zehnjährige Tochter. Ich halte sie im Arm und wische ihr Blut aus dem Gesicht und sehe zu, wie sie … geht. Wenn ich Glück habe, fängt es nicht gleich noch mal von vorne an und ich bewege mich weiter zu den Toten auf der Straße. Überall Panik und Tod. Wenn ich mir vorstelle, wie die Hölle aussieht, dann denke ich: genau so. Das alles Nacht für Nacht wieder durchzumachen. Kommt dir das bekannt vor, Pan?«

Pan schwieg.

»Ich sage nicht, dass es mir schlechter ergangen ist als dir, Pan, oder irgendjemandem hier. Wir sind alle traumatisiert. Aber vielleicht liegt es daran, dass ich mehr Zeit hatte als du, mich neu zu orientieren. Jetzt sehe ich das Leben als größtes Geschenk überhaupt.« Sie lächelte. »Ich habe das immer so gesagt. Vor dem Virus. Es war ein intellektueller Standpunkt. Aber jetzt weiß ich, wovon ich rede. Ich glaube dir, dass dir die Akademie hässlich und freudlos und öde und kalt erscheint – ein trostloser Ort. Ich dagegen sehe, dass hier Menschen leben – sie leben, sie sterben nicht – und es ist der schönste Ort auf der ganzen Welt. Ich hoffe, dass du das eines Tage genauso sehen wirst.«

Pan dachte nach. Sie wusste genauso gut wie Dr. Macredie, dass andere ihre eigenen, persönlichen Ängste durchlebten, aber keiner redete darüber. Alle taten so, als sei nichts geschehen, und überließen sich ihren Alltagsgeschäften. Nur nachts kamen die Monster heraus. Sie schämte sich ein bisschen, als hätte sie sich wie ein verwöhntes Kind aufgeführt.

»Wie hieß Ihre Tochter?«, fragte sie.

Dr. Macredie lächelte. Ihr Blick wanderte zum staubigen Fenster. Einen Moment lang dachte Pan, die Ärztin würde nicht antworten.

»Hope«, sagte sie schließlich und ihre Stimme klang noch dünner als sonst. »Hoffnung. Ist das nicht wunderbar ironisch? Hoffnung ist tot. Aber das stimmt nicht, Pan. Hoffnung kann nicht sterben. Da bin ich mir ganz sicher.«

Ein Schatten tauchte im Türrahmen auf und Pan kniff die Augen zusammen, um zu erkennen, wer da stand.

»Hey, Pandora«, sagte Nate. »Und, klar zum Scheiße schippen?«

Dr. Macredie lachte. »Los, verschwindet schon, ihr beide. Aber bitte hört auf meinen freundschaftlichen Rat: Versucht nicht noch einmal, über die Mauer zu klettern. Ich kann nicht versprechen, dass ihr beim nächsten Mal wieder so leicht davonkommt.«

Pan ging zu Nate und legte ihm eine Hand auf den Arm. Sie wandte sich zu der Frau auf der Bettkante um.

»Eine Sache noch, Dr. Macredie«, sagte sie. »Diese ganze Überreaktion – und es war eine Überreaktion, da können Sie sagen, was Sie wollen –, was hat das zu bedeuten? Was befindet sich auf der anderen Seite der Mauer?«

Dr. Macredies Antwort kam so leise, dass Pan die Worte kaum verstehen konnte.

»Auf der anderen Seite der Mauer lebt das Böse, Pan«, flüsterte sie. »Dort lauert Gefahr.«

~~~
~~~

Pan lachte, als sie feststellte, dass Nate noch immer Schuhcreme im Gesicht hatte.

»Sie sehen heute blendend aus Mr Mitchell«, sagte sie. Sie strich ihm mit einem Finger über die Stirn und hielt ihm die schwarze Fingerspitze hin. Nate lachte und streichelte über Pans Wange. Ein Kribbeln lief über ihre Haut.

»So spricht eine, welche ihr eigenes Antlitz nicht sehen kann«, erwiderte er. »Vielleicht sollten wir das so lassen. Dann kriegen wir beim frohen Schaffen am Abwassertank wenigstens keinen Sonnenbrand.«

»Und es ist auch praktisch, wenn wir das nächste Mal über die Mauer klettern«, sagte Pan.

Nate lächelte. »Ich hatte schon geahnt, dass du das sagen würdest.«

Selbst die schwachen Sonnenstrahlen fühlten sich auf ihren geschwärzten Gesichtern angenehm warm an. Pan sah auf ihre Armbanduhr. Kurz vor elf. Es war später als sie erwartet hatte. Sie hatten den Unterricht in Landwirtschaft größtenteils versäumt und das kam Pan ganz gelegen. Sie fand es schwierig, sich für Methoden des Pflügens ohne schweres Gerät zu begeistern.

»Das ist merkwürdig«, sagte Nate.

»Was denn?«

Er deutete auf die Unterrichtsgebäude. Es war mitten am Vormittag, aber auf den Wegen wimmelte es von Schülern. »Da ist irgendwas los.«

Sie beschleunigten ihre Schritte. Nach wenigen Minuten sahen sie, dass sich eine Gestalt aus einer Gruppe von Schülern löste und ihnen entgegenrannte. Nur ein paar Sekunden später erkannte Pan die gertenschlanke Figur von Wei-Lin. Sie lief so schnell wie sie nur konnte. Pan spürte, wie ein kalter Schauer über ihren Rücken kroch. Sie und Nate rannten auf Wei-Lin zu.

»Cara«, keuchte Wei-Lin, als sie endlich vor den beiden zum Stehen kam. »Sie ist verschwunden.«

14.

Irgendwann im Lauf der letzten Nacht ist Cara verschwunden«, sagte Dr. Morgan. Er schwieg einen Moment lang und ließ seinen Blick über die versammelte Schülerschaft schweifen. Zum ersten Mal sah Pan alle Schüler an einem Ort – der Rennstrecke am Fuß des Gartens auf dem Dach der Welt. Es war eine überraschend große Gruppe. Dr. Morgan strich sich eine Haarsträhne zurecht, dann fuhr er fort. »Ihr Bett wurde benutzt, aber es ist klar, dass sie fortgegangen ist, während alle anderen schliefen. Wir haben keine Ahnung, wann das war. Das Personal hat sofort nach ihr gesucht, aber leider ohne Erfolg. Wir sorgen uns alle um ihr Wohlergehen. Folglich fällt der normale Unterricht heute aus und wir bilden Suchtrupps. Miss Kingston ist für die Organisation verantwortlich. Sie wird jeder Gruppe ein bestimmtes Gebiet zuweisen. Caras Gruppe – kommt bitte zu einem persönlichen Gespräch zu mir.«

Pans Gruppe wartete ab, während die anderen Schüler zu Miss Kingston hinübereilten, die mit einem Clipboard in den Händen bereitstand. Pans Angst, ihr schlechtes Gewissen spiegelten sich in den Mienen ihrer Gruppe. Wei-Lin war den Tränen nah.

»Ihr kennt Cara besser als jeder von uns«, sagte Dr. Morgan, als sie im Halbkreis um ihn herumstanden. Sein Tonfall war ungewohnt ernst. »Daraus ergibt sich, dass ihr vielleicht irgendeine Ahnung haben könntet, wo sie steckt. Also, hat jemand eine Idee?«

Fast eine Minute lang herrschte Schweigen.

»Ich fürchte, keiner von uns kennt Cara besonders gut«, sagte Wei-Lin. »Sie ist sehr – einzelgängerisch. Zieht sich von uns anderen zurück, wissen Sie.«

Dr. Morgan zuckte mit den Achseln.

»Ich verstehe«, sagte er. »Dann meldet euch bei Miss Kingston. Die Suche muss losgehen.«

»Außer …«, sagte Wei-Lin. Sie hielt den Blick auf ihre Füße gesenkt.

»Ja?«

»Ich glaube, Pandora Stone könnte sie vielleicht finden.« Sie warf Pan einen entschuldigenden Blick zu. »Es ist einfach so, dass … Pan Sachen findet. Verlorene Sachen. Deswegen habe ich gedacht … vielleicht kann sie auch einen Menschen finden, der vermisst wird. Ich weiß nicht. Ich habe nur gedacht, ich sollte das vielleicht erwähnen.«

Jen grunzte verächtlich und Dr. Morgan warf ihr einen kurzen Blick zu, bevor er antwortete.

»Natürlich«, sagte er. »Ich habe mit Pan gearbeitet, in den Stunden zur Weiterentwicklung von Spezialbegabungen. Ich weiß, dass sie durchaus schon erfolgreich Dinge lokalisiert hat.« Er wandte sich an Pan. »Meinst du denn, du könntest uns helfen, Pan?«

Pan lachte, aber ohne jeden Humor.

»Ich habe Uhren gefunden«, sagte sie. »Irgendwelche Sachen, Habseligkeiten. Aber Cara ist ein Mensch. Das ist absolut nicht dasselbe.«

»Warum nicht?«

»Ist es einfach nicht. Dieser ganze andere Kram. Das ist doch nur ein Spiel. Es wäre reine Zeitverschwendung.«

Dr. Morgan verzog den Mund. »Wir haben vierhundert Schüler, die nach ihr suchen. Ich glaube, wir können eine Person entbehren. Ich meine, es würde doch niemandem schaden, oder? Wenn du es einfach versuchen würdest. Wenn du sie nicht ausfindig machen kannst, dann kannst du es eben nicht. Nichts verloren, aber vielleicht, nur vielleicht, etwas gewonnen.«

Pan sah hilfesuchend an der Reihe ihrer Mitschüler entlang. Sie fand keine Hilfe. Aus Jens Miene sprach Ungeduld und als ihre Blicke sich trafen, trat sie aus der Reihe.

»Macht was ihr wollt«, sagte Jen über die Schulter. »Ich hole mir Anweisungen von Miss Kingston.«

Die anderen Gruppenmitglieder folgten ihr nacheinander. Nate drückte Pans Arm, bevor er ging. Schließlich blieben nur Pan, Wei-Lin und Morgan übrig.

»Bitte, Pan«, sagte Wei-Lin. »Wie Dr. Morgan sagt – ein Versuch kann doch nicht schaden.«

»Aber ich wüsste gar nicht, wo ich anfangen soll. Als ich deine Uhr gesucht habe, konnte ich dich dabei anfassen. Das hat so eine Art … Verbindung hergestellt.«

»Vielleicht funktioniert es auch andersherum«, meinte Wei-Lin. »Wenn du etwas anfasst, was Cara gehört, dann kriegst du die Verbindung vielleicht umgekehrt.«

»Wir klammern uns an einen Strohhalm.«

»Wie schon gesagt«, mischte sich Dr. Morgan ein. »Jede Menge Leute machen Fußarbeit. Wir können es uns leisten, dass du dich an einen Strohhalm klammerst.«

Pan seufzte. »Okay«, sagte sie schließlich. »Ich versuche es. Aber machen Sie sich nicht allzu große Hoffnungen.«

Wei-Lin lächelte. »Komm mit zu unserer Baracke«, sagte sie. »Wir suchen etwas, was ihr gehört.«

~~~

Caras Bett war zerwühlt. Vielleicht bildete sie es sich nur ein, aber Pan glaubte, ganz schwach die Umrisse von Caras Körper auf dem Laken zu erkennen. Sie legte ihre Hand aufs Bett, spürte aber nichts, keine Spur von abklingender Wärme und schon gar keine Verbindung. Wei-Lin zog die Schublade von Caras Nachttisch auf.

»Das ist merkwürdig«, murmelte sie.

»Was denn?«

»Ihre Armbanduhr ist hier. Warum sollte sie die Uhr ausziehen? Ich lasse meine immer an, sogar in der Dusche. Und Cara trägt ihre auch immer.«

Pan setzte sich auf das Bett und nahm die Uhr in die rechte Hand. Sie schloss die Augen und versuchte, einen leeren Kopf zu bekommen. Aber ihr Kopf wurde einfach nicht leer. Wei-Lin hatte recht. Es war merkwürdig, dass Cara die Uhr zurückgelassen hatte, vor allem deswegen, weil Cara sich ganz bewusst dafür entschieden haben musste. Da war so ein flüchtiger, unangenehmer Gedanke ganz hinten in Pans Kopf: Vielleicht hatte Cara die Uhr dagelassen, weil sie wusste, dass sie sie nie wieder brauchen würde. Aber was aus diesem Gedanken folgte, war allzu düster. Pan verdrängte ihn und versuchte, sich zu entspannen. Sie saß fünf Minuten lang da, aber in ihrem Unterbewusstsein regte sich nichts bis auf das vage Gefühl, dass etwas nicht stimmte.

»Es bringt nichts«, sagte sie und legte die Uhr zurück auf den Nachttisch.
~~~

»Versuch es damit.« Wei-Lin reichte Pan Caras Tagebuch. Pan hatte beinahe jeden Abend gesehen, wie Cara hineinschrieb, sie kritzelte wie besessen. Warum hatte sie nicht mehr mit Cara geredet? Pan schwor sich, dass sie zukünftig eine bessere Freundin sein würde. Sie würde zumindest versuchen, überhaupt eine Freundin zu sen.

Pan nahm das Buch in die Hand. Fast unmittelbar spürte sie die Last der darin enthaltenen Verzweiflung. Das Gefühl nahm ihr beinahe den Atem und sie musste sich zusammennehmen, um das Buch nicht einfach aufs Bett fallen zu lassen. Sie zwang ihre Hände, es fest umklammert zu halten.

»Ich möchte das nicht lesen«, flüsterte sie. »Das ist ihr privates Tagebuch.«

»Privatsphäre zählt jetzt wohl nicht mehr«, erwiderte Wei-Lin. »Cara schwebt vielleicht in Lebensgefahr, Pan, und hier drin könnten wir einen Hinweis finden.« Sie legte Pan eine Hand auf die Schulter. »Pass auf, ich überlasse es dir, ja? Mach, was du für richtig hältst. Mehr kannst du nicht tun.«

Pan schloss erneut die Augen. Sie konnte weder sehen noch hören, dass Wei-Lin den Schlafsaal verließ.

~~~

Pan klappte das Tagebuch zu und ließ es aufs Bett fallen. Sie hatte nicht die geringste Ahnung, wie viel Zeit vergangen war.

Es war eine eindrucksvolle Lektüre gewesen. Nicht weil Cara so packend schreiben konnte. Weit gefehlt. Aber ihr schlechter Stil brachte die Gefühle, die sie darin schilderte, noch eindringlicher zur Geltung. Der erste Teil ihres Tagebuchs handelte noch von ihrem Leben im neuseeländischen
~~~

Christchurch. Sie war schon damals unglücklich gewesen, eine Einzelgängerin. Sie hatte bei ihrer Mutter gewohnt, die sich aber nicht wirklich um sie gekümmert hatte. Zwischen den Zeilen war zu lesen, dass sie sich mehr für Alkohol interessiert hatte als für die Versorgung ihrer Tochter. Dann folgten Caras Erinnerungen an das Virus und seine Folgen.

Cara hatte ihre Mutter an jenem Tag nicht gesehen, und als ihr klar wurde, dass alle um sie herum tot waren, hatte sie sich auf die Suche nach ihr begeben. Die Beschreibung jener Szenerie, die Cara auf dem Weg durch die Stadt wahrgenommen hatte, war der bewegendste Teil des ganzen Tagebuchs. Pan las von Leichen, die an den Bäumen im Park hingen; einer Familie in einem Geländewagen auf einer der Hauptstraßen, alle noch in ihre Sitze geschnallt, als würden sie gerade einen Ausflug unternehmen. Ein fünfjähriges Mädchen, das neben der Leiche seiner Mutter mit einer Puppe spielte. Das Mädchen hustete ununterbrochen, Blut befleckte sein weißes Kleid. An dieser Stelle musste Pan den Blick von den Seiten des Tagebuchs abwenden und warten, bis das Hämmern ihres Herzschlags sich wieder beruhigt hatte: Diese Bilder beschworen ihre eigenen Erlebnisse so lebhaft herauf. Erst als sie sich wieder besser im Griff hatte, konnte sie weiterlesen.

Cara schrieb vom Alltag in der Akademie, dass sie keine Freunde hatte, dass man ihr das Gefühl vermittelte, überflüssig zu sein. Pan freute sich und war gleichzeitig traurig, als Cara an einer Stelle erwähnte, dass Pan sie in Miss Kingstons Unterricht in Schutz genommen hatte. Aber das änderte nichts Grundlegendes an ihrer Überzeugung, dass sie so viel mehr hätte tun können.

Cara erwähnte auch ihre Träume und wie sehr diese

sie Nacht für Nacht belasteten. Wie sie berichtete, enthielten sie meistens die schon erwähnten Horrorszenen, aber sie schrieb auch über andere Träume, solche, in denen sie von einer bedrohlichen Gestalt verfolgt wurde. Diese Zeilen las Pan immer und immer wieder. Sie fand es unheimlich, dass Cara und sie einen ähnlichen Traum träumten. Was hatte Cara noch einmal in jener Nacht gesagt, als sie aus der Dusche kam? *Ich traue nicht einmal meinen Erinnerungen … Mit den anderen Träumen, den Albträumen, die mehr Sinn ergeben, komme ich nicht klar.* Warum reagierte Pan auf diese Worte so stark? Sie zwang sich weiterzulesen.

Die letzten Eintragungen enthielten kaum Außergewöhnliches. Nichts wies darauf hin, dass Cara deprimierter war als sonst jemand, dass sie an einen Fluchtversucht dachte oder, schlimmer noch, daran, sich das Leben zu nehmen. Was hatte sie bloß geritten, als sie mitten in der Nacht aufgestanden und zu einem unbekannten Ziel aufgebrochen war? An keiner Stelle erwähnte sie jemanden, mit dem sie sich vielleicht hätte treffen können, oder irgendeinen besonderen Ort, an den sie sich gerne zurückzog. Der letzte Satz war jedoch wieder interessant: *Die Uhren sind falsch,* hatte sie geschrieben. Aber die Uhr, die sie zurückgelassen hatte, ging sekundengenau.

Hier stecken so viele Rätsel drin, dachte Pan. *Warum kann ich sie noch nicht einmal deutlich erkennen?*

Sie rieb sich die Augen, legte das Tagebuch vorsichtig zurück in die Schublade und verließ die Schlafbaracke. Eine Weile stand Pan nur da und musterte die Akademie und ihre Umgebung. Der Nachmittag ging allmählich in die Abenddämmerung über. Draußen waren immer noch Suchtrupps unterwegs. Aber wenn es dunkel wurde, würden sie ihre

Suche unterbrechen müssen. Fackeln wie jene, die Nate und Pan beim Abstieg über die Felsentreppe benutzt hatten, waren keine Hilfe. Sie erhellten nur einen Umkreis von etwa einem Meter. Bald würde es unmöglich sein, jemanden zu finden, der nicht gefunden werden wollte.

Pan setzte sich auf den Stein, auf dem sie in jener Nacht bei ihrem Gespräch mit Cara gesessen hatte. Plötzlich war sie erschöpft. Sie schloss die Augen und dachte an Cara. An das, was sie im Tagebuch gelesen hatte, das, woran sie sich aus ihren wenigen Gesprächen noch erinnerte. Dann wanderten ihre Gedanken plötzlich zu dem Jungen, Tom, und vor allem zu seinem Falken. Der Greifvogel war ungeachtet des schwindenden Lichts direkt zu ihr herübergeflogen und hatte die Maus in ihrer Hand zerrissen. Pan hatte dieses Erlebnis schon beinahe vergessen. Seither war so viel geschehen und eigentlich gab es auch keinen vernünftigen Grund, ausgerechnet jetzt daran zu denken. Trotzdem – sie konnte ihre Gedanken nicht mehr von der Flugbahn des Vogels losreißen, davon, wie er durch die Luft geschossen war. Noch einmal spürte sie den dumpfen Schlag, mit dem der Vogelkörper auf ihrem Arm gelandet war. Sie sah den Blick des Tiers, als sein Schnabel sich ins Fleisch der Maus senkte.

Etwas Seltsames war im Gange. Pan spürte es. Und in dem Moment, in dem ihr diese Merkwürdigkeit bewusst wurde, verblassten die Bilder. Sie versuchte, ihren Geist zu öffnen, und im selben Moment war das Auge des Vogels wieder da: weit aufgerissen, ohne zu blinzeln, fokussiert. Das Auge wurde größer, füllte ihr ganzes Sichtfeld, bis es nichts anderes mehr gab als dieses Auge. Es schien sie einzusaugen. Einen Moment lang kämpfte etwas in Pan. Ein Teil von ihr leistete Widerstand. Aber ein anderer Teil nahm das Geschehen dankbar an.

Und dann befand sie sich im Inneren des Vogels.

Pan schnappte nach Luft. Sie spürte, wie sich ihr Rücken durchbog und der Schreck hätte sie beinahe herausgerissen. Sie kämpfte gegen ihn an. Kämpfte dafür, genau da zu bleiben, wo sie war. Die Panik in ihrem Inneren verebbte und allmählich verlor sie jedes Gespür dafür, wo sie sich befand: auf einem kleinen Stein vor einer verlassenen Schlafbaracke. Sie machte die Augen auf und sah sich um.

Ihre Sehkraft war fantastisch. Nichts in der Umgebung entging ihrer Aufmerksamkeit. Selbst auf große Entfernung konnte sie die kleinste Kleinigkeit sehen. Sie sah, wie unten in der Ebene die Suchtrupps zurückkehrten. Sie sah Nate ganz detailliert, einschließlich des Muttermals auf der Wange, dicht neben seinem Ohr. Seine Miene wirkte grimmig und müde. Die Gruppe hatte nichts gefunden – aber Pan konnte sich gar nicht mehr daran erinnern, wonach sie gesucht hatten. Ihr Geist befand sich an einem vollkommen anderen Ort. Einem Ort, an dem die Bedürfnisse dieser fremden Wesen überhaupt keine Rolle spielten. Pan ließ ihren Blick weiterschweifen und sah noch mehr Menschen verblüffend detailliert. Und dann, noch bevor sie sich dessen bewusst wurde, bewegte sie sich. Sie spürte die Luft unter ihrem Körper, als sie in rasender Geschwindigkeit auf eine gewaltige graue Wolke zuschoss. Pan hatte keine Zeit zu reagieren. Sie ließ sich einfach mitnehmen.

Der Boden sauste unter ihr dahin. Dann sah sie nach unten und fiel – ein schwindelerregender, berauschender Sturz. Sie genoss jede Sekunde. Sie war die Herrscherin der Lüfte und ihr Blick erfasste das Universum. Sie spürte die

Luft unter den Flügeln. Sie schoss aufwärts, legte sich in die Kurve und fiel in weitem Bogen auf die Mauer und das Meer zu. Nach wenigen Sekunden hatte sie den schmalen Mauerstreifen hinter sich gelassen. Im Dorf unter ihr herrschte buntes Treiben. Menschen. Kinder. Tiere. Niemand beachtete sie. Sie beachtete die Menschen auch nicht. Stattdessen überflog sie die Segelboote, glitt hinaus aufs Meer, legte sich schräg und ließ sich von den Luftströmungen tragen.

Die Landschaft lag gut sichtbar unter ihr. Ihre Augen achteten auf jede Bewegung. Nichts entging ihrer Aufmerksamkeit. Sie wusste nicht, wonach sie suchte. Pan flog einen Bogen und segelte wieder aufs Land zu. Diesmal flog sie höher. Der Boden sauste unter ihr hinweg, aber sie hatte immer noch alles genau im Blick. Sie schoss über weiße Gipfel und nahm eine Bewegung war, tausend Meter unter ihr, ein schwarzer Schatten auf dem Weiß. Futter. Ein Nagetier. Sie reagierte nicht, obwohl sie sich instinktiv darauf stürzen wollte. Sie flog weiter in das Weiß hinein, entdeckte etwas anderes, flog tiefer, um genauer hinsehen zu können. Es war das, wonach sie gesucht hatte, auch wenn ihr nicht klar war, woher sie das wusste. Die Gestalt weit unter ihr bedeutete ihr nichts. Pan legte sich in die Kurve, die weiße Ebene unter ihr wich felsigem Gelände, Gebäuden. Sie flog auf ein unscheinbares Gebäude zu. Sie wurde schneller.

Pandora Stones Körper zuckte, ihre Augenlider schnellten nach oben. Einen Moment lang war sie vom Flug noch wie berauscht. Aber dann brachte ihr schwerer, unbeholfener, am Boden verankerter Körper sie wieder zurück in die Realität.

Unsicher erhob sie sich. Schwindel überfiel sie und sie musste sich wieder setzen.

Sie wartete ab, bis das Hämmern ihres Bluts abebbte.

Was hatte sie da gerade erlebt? Eine Sinnestäuschung? Ein Traum? Es war die einzig mögliche Erklärung. Sie musste wohl eingeschlafen sein.

Egal, wie es sich erklären ließ – sie konnte das, was geschehen war, nicht einfach ignorieren. Wieder stand sie auf. Diesmal schafften es ihre Beine, sie aufrechtzuhalten. Ein Mädchen kam über das felsige Gelände auf sie zu und einen Moment lang bedauerte Pan ihr jämmerliches Sehvermögen. Dann ging sie Wei-Lin entgegen.

15.

Wenn ich ehrlich sein soll«, sagte Miss Kingston, »finde ich, dass diese ganze Sache vollkommener Unsinn ist. Ich mache das nur, weil mich Dr. Morgan direkt darum gebeten hat. Was den Rest von euch angeht, bis auf Miss Stone, die mich natürlich begleiten muss: Ich würde euch raten, hierzubleiben. Glaubt mir, der Berg ist gefährlich, wenn man sich nicht auskennt.«

Die Gruppe stand in dem großen Hangar, in dem Miss Kingston ihren Theorieunterricht hielt. Die Lehrerin packte Seile und Klettergeschirr in einen großen Rucksack. Nate tat dasselbe. Die anderen aus Pans Gruppe standen herum und warteten. Sie trugen Überlebensausrüstung – dicke Bergstiefel und Fleece-gefütterte Jacken – und sahen ohne ihre normale Schulkleidung ganz fremd aus.

»Wir haben es besprochen, Miss Kingston«, sagte Nate. »Und wir gehen alle.«

Miss Kingston sah auf und schniefte, dann packte sie weiter.

»Wie edel«, murmelte sie. »Gruppenbindung, ja? Passt auf, wir brauchen für dieses sinnlose Unterfangen hier nicht mehr als zwei Personen.« Sie warf einen Blick auf Sanjit und ihre Mundwinkel verzogen sich nach unten. »Es macht mir keine Freude, die Verantwortung für Leute zu übernehmen, die körperlicher Anstrengung nicht gewachsen sind – von den Ansprüchen des Bergkletterns mal ganz abgesehen.«

»Wir gehen mit«, wiederholte Nate. »Und wir übernehmen für uns selbst die Verantwortung.«

»Wie ihr wollt.«

Die Kleidung war warm. Nach wenigen Augenblicken spürte Pan, wie ihr der Schweiß über den Bauch rann. Aber ihr war klar, dass sie beim Klettern noch dankbar für die Isolierschicht sein würde. Nate kam herüber und zupfte ihr die Jacke zurecht.

»Beachte Miss Kingston nicht«, flüsterte er. »Sie ist immer so grantig. Ehrlich gesagt, ich weiß nicht, ob ich jemals ein Lächeln von ihr gesehen habe.«

»Aber sie hat doch recht«, erwiderte Pan. »Ich bin für das hier überhaupt nicht geeignet. Keiner von uns ist fit genug, außer dir und vermutlich Jen. Ich bin in meinem ganzen Leben noch nicht auf einen Berg geklettert. Ich hoffe nur, dass wir euch nicht hinderlich sind.« Sie erwähnte nicht, dass ihre Intuition der einzige Grund für dieses ganze Unternehmen war, und die Verantwortung dafür schwer auf ihr lastete.

»Nee. Es stimmt nicht, was sie sagt. Nur derjenige, der vorausklettert, muss sich gut auskennen – und das trifft auf sie zu. Sie wird ungesichert die Bergflanke hochklettern und Bolzen oder Kletterhaken einschlagen. Wir anderen sind dann mit unserem Geschirr an den Haken gesichert, wir können gar nicht runterfallen. Vertrau mir, Pan. Es ist anstrengend, aber nicht gefährlich.

»Nicht mal, wenn man Höhenangst hat?«

Nate lachte. »Das ist nicht gerade von Vorteil, das muss ich zugeben. Aber ich werde auf dich aufpassen. Du kriegst das hin.«

Pan zuckte mit den Achseln. Sie zog die Schnürsenkel fest und verknotete sie. Nate musterte sie von Kopf bis Fuß und nickte lächelnd. Sie schlossen sich dem Rest der Gruppe an, die in einer Reihe vor Miss Kingston standen. Die Ausbilderin ging wieder auf und ab.

»Also«, sagte sie. »Wir erledigen das jetzt rasch und wir achten auf unsere Sicherheit. Ich gehe voraus. Mr Mitchell, Sie bleiben ganz hinten. Jeder von euch nimmt sich einen Rucksack und überprüft die darin enthaltene Ausrüstung. Ihr solltet alle ein zusätzliches Seil, Karabinerhaken, Steigeisen und einen Eispickel haben. Dann lockern wir unsere Muskeln, indem wir bis zum Aufstiegspunkt rennen. Ich gebe das Tempo vor und erwarte von euch, dass ihr mithaltet.«

Das Tempo, die Miss Kingston vorgab, war hoch und die Gruppe konnte es nur schwer halten. Pan empfand ihre Stiefel als bleierne Gewichte und Schweißtropfen kitzelten auf ihrer Haut. Sie sah nach hinten zu Nate. Es machte sie beinahe wütend, als sie sah, dass er noch nicht einmal zu schwitzen schien! Dann richtete sie ihren Blick wieder auf die etwa einen Kilometer entfernten Berge. Das Felsmassiv ragte bedrohlich, kalt, abweisend in den Himmel. Eine ungute Vorahnung beschlich sie.

~~~

Der erste Teil des Anstiegs erwies sich noch als recht einfach. Dort, wo der Gebirgszug auf die Ebene traf, war das Land von dicken Felsbrocken übersät. Es war also leicht, für Hände und Füße Halt zu finden. In den ersten fünfzehn Minuten glich das Ganze mehr einer sportlichen Wanderung.

Aber dann wurde der Aufstieg steiler. Pan musste sich
~~~

mit den Fingern in Felsritzen festklammern und hochziehen. Schweiß rann ihr in die Augen, aber sie wagte es nicht, die schmerzenden Finger vom Fels zu lösen, um sich über die Stirn zu wischen. Also blinzelte sie nur, als ihre Augen brannten, und hievte sich hoch. Nate kletterte hinter ihr und half ihr, die leichteste Strecke zu finden.

»Du machst das gut, Mädchen«, sagte er. »Nur noch ein paar Meter, dann erreichen wir ein Felsplateau.«

Pan kletterte auf die flache Stelle und legte sich keuchend auf den Rücken. Über ihr erstreckte sich ein blassblauer, mit weißen Federwölkchen betupfter Himmel. Sie wartete, bis sie wieder gleichmäßig atmete, dann wälzte sie sich auf die Seite. Auch die anderen Mitglieder ihrer Gruppe ruhten sich aus, aber keiner von ihnen wirkte so erschöpft wie Pan, nicht einmal Sanjit. Pan fiel auf, dass Karl schlanker geworden war und viel reinere Haut hatte. *Die Akademie verwandelt uns*, dachte Pan. Miss Kingston stand da, den Kopf in den Nacken gelegt. Sie hatte sich die Schneebrille auf die Stirn geschoben und beschattete die Augen mit der Hand gegen das blendende Weiß des Schnees. Pan schraubte ihre Wasserflasche auf und trank ein paar Schlucke. Dann stand sie auf. Ihre Muskeln fingen schon an sich zu verkrampfen und ihr war klar, dass sie sich wieder bewegen musste. Miss Kingston kam auf sie zu.

»Wohin jetzt?«

Pan deutete mit dem Finger in die Richtung.

»Ziemlich direkt nach oben. Vielleicht hundert Meter. Dann ein bisschen nach links. Zehn oder zwanzig Meter vielleicht.«

Miss Kingston musterte abschätzend den Aufstieg, dann wandte sie Pan wieder den Blick zu.

»Was macht dich so sicher?«

Jen ließ ihr keine Zeit zum Antworten. »Weil sie die obercoole Hellseherin ist, Miss Kingston.«

Pan versuchte, sie zu ignorieren, aber jede Antwort auf Miss Kingstons Frage hätte Jens sarkastische Antwort nur bestätigt, deswegen schwieg sie.

Miss Kingston seufzte. »Das ist Irrsinn«, sagte sie und kratzte sich am Kopf. »Euch ist schon klar, oder?, dass Cara diesen Aufstieg nie und nimmer alleine hingekriegt hätte? Sie war dazu … körperlich nicht in der Lage. Es gibt wahrscheinlich nur vier oder fünf Schüler bei uns, die das ohne Ausrüstung geschafft hätten, und Cara gehörte definitiv nicht dazu.«

Pan zuckte mit den Achseln, aber ihr entging nicht, dass ihre Ausbilderin zum ersten Mal eine Schülerin beim Vornamen genannt hatte. *Sie hat Gefühle*. Der Gedanke schoss ihr durch den Kopf. *Auch wenn sie noch so hartnäckig versucht, sie zu verbergen.*

»Sie kann nicht da oben sein«, fuhr Miss Kingston fort. Sie schüttelte den Kopf. »Wo auch immer sie sein mag – ich kann euch garantieren, es ist bestimmt nicht hier in der Nähe. Aber … bringen wir's hinter uns. Ich möchte euch von diesem Berg runterbringen, bevor sich noch jemand verletzt.« Sie murmelte noch etwas und Pan erhaschte das Wort »Wahnsinn.« Dann schob sich die Lehrerin die Schneebrille wieder über die Augen und klatschte in die Hände. »Also gut. Hört zu. Ich klettere die nächsten hundert Meter ungesichert weiter und ihr wartet hier. Ich schlage Haken ein, wo es nur geht. Wenn ich am Seil ziehe, folgt ihr mir. Achtet auf eure Sicherheit. Macht keine Fehler.«

Die meisten Mitglieder der Gruppe nickten, aber keiner sagte ein Wort. Miss Kingston überprüfte ihren Ausrüstungsgurt, zerrte ihn fest und trat vor die Steilwand. Sie musterte die Oberfläche, entdeckte einen kleinen Spalt auf Kopfhöhe und schob ihre Fingerspitzen hinein. Dann war sie weg. Pan beobachtete, wie sie sich sicher, schnell und souverän vorarbeitete. Ein- oder zweimal hielt Miss Kingston an und hämmerte Bolzen in die Felsoberfläche. Dann kletterte sie wieder weiter, eine dunkle Gestalt vor dem weißen Hintergrund. Pan wandte sich ab und sah vom Rand des Felsplateaus nach unten. Das Schulgelände erstreckte sich unter ihr. Sie hatte es noch nie von so weit oben gesehen – zumindest nicht aus ihrem eigenen Körper heraus. Es wirkte alles so winzig gegen die abweisenden Berge und die endlose Fläche des Meers. Sie fröstelte und wich nach hinten gegen die Felswand zurück. Nate legte ihr einen Arm um die Schultern.

»Wird dir schwindlig?«, fragte er.

Pan nickte.

»Du machst deine Sache gut, Pan.« Nate schwieg einen Moment lang und betrachtete die Gipfel über ihnen. »Du gehst wirklich davon aus, dass sie da oben ist, oder?«, fügte er hinzu.

»Ich glaube schon.«

»Das würde mehr Fragen als Antworten liefern.«

»Weiß ich.«

»Na gut, eins nach dem anderen. Erst mal wollen wir sehen, ob sie auch wirklich da ist.« Er lachte. »Ich kann dir sagen, ich weiß noch nicht mal, ob ich hoffen soll, dass du recht hast, oder lieber beten, dass du dich irrst. Wenn du recht hast, dann kommt es wenigstens nicht so rüber, als hättest du nur Wahnvorstellungen. Andererseits, wenn du dich irrst …«

»Ich hoffe bloß, dass ich mich irre, Nate. Wirklich.«

»Zeit, das rauszufinden«, sagte Nate. »Miss Kingston ist schon da oben angekommen. Mann, sie muss eine halbe Bergziege sein. Jedenfalls, los geht es, Pan!«

Pan und Nate beobachteten, wie die anderen der von Miss Kingston markierten Aufstiegsroute folgten. Sie kamen nicht halb so schnell voran wie ihre Lehrerin, schienen den Aufstieg aber ohne größere Schwierigkeiten zu bewältigen. Sanjit, bemerkte Pan, fiel es nicht leicht, aber er blieb dran.

»Hast du überhaupt schon mal mit Sanjit geredet, Nate?«, fragte Pan.

»Ja, ab und zu. Hauptsächlich abends, wenn gerade das Licht ausgegangen ist. Er ist kein großer Redner. Aber er ist ein netter Kerl, wenn man ihn ein bisschen näher kennt.«

Pan freute sich, dass Nate mit dem zurückhaltenden indischen Jungen geredet hatte. Sie und Nate hatten sich zusammengetan, Sam und Karl hatten miteinander eindeutig genug zu tun und Wei-Lin war zu allen freundlich. Jen brauchte niemanden und zeigte das offen. Nur Cara und Sanjit waren Außenseiter. Es lag eine Gefahr darin, ein Außenseiter zu sein. Die Einsamkeit konnte wehtun und in dieser Welt voller Angst und Schrecken war schmerzhafte Einsamkeit gefährlich.

Pan sah an der Felsenklippe hoch. Der Letzte der Gruppe hatte es geschafft und jetzt waren sie an der Reihe.

»Du gehst zuerst«, sagte Nate. »Ich bin direkt hinter dir.«

Die Felswand war beinahe senkrecht, aber Pan stellte fest, dass es jede Menge Haltegriffe gab. Sie sicherte ihr Seil in jedem Haken, sodass sie nicht lebensgefährlich weit fallen konnte. Ihre Finger waren verkrampft und ihre Schenkelmuskeln rebellierten, aber sie machte einen Schritt nach dem anderen. *Suche eine Vertiefung für deine Hände, suche einen*

Halt für die Füße. Stemm dich nach oben, schieb dich höher. Eine Hand nach der anderen. Sieh nicht nach unten. Egal, was du machst, sieh nicht nach unten.

Es war überraschend schnell geschafft. Vielleicht hatte die Konzentration geholfen. Jemand packte ihr Handgelenk und sie krabbelte die letzten Meter auf allen vieren auf ein weiteres kleines Felsplateau. Dieses hier war schmaler als das vorherige, und weil der größte Teil der Gruppe sich bereits versammelt hatte, war es sehr eng. Nate stemmte sich einige Sekunden nach Pan hoch. Sie wollte ausruhen, sich dehnen, um die Milchsäure aus den Muskeln zu kriegen, aber Miss Kingston drängte weiter.

»Los, Leute«, sagte sie. »Im Gänsemarsch. Verliert nicht die Konzentration. Miss Stone ist der Meinung, dass es nicht mehr weit ist. Sehen wir also nach, ob sie recht hat.«

Ein Sims, vielleicht zwei Meter breit, schlängelte sich um den Berg. An manchen Stellen glitzerte der Weg in der Sonne: Das Funkeln des Eises verriet, wie trügerisch der Weg war. Miss Kingston übernahm die Führung. Sie hielt sich dicht am Hang und setzte ihre Schritte sorgfältig. Dann verschwand sie hinter der Wegbiegung. Die anderen folgten ihr. Wieder bildeten Pan und Nate den Abschluss und wieder bestand er darauf, dass sie ihm vorausgehen sollte. Würde sie ausrutschen, hatte er auf diese Weise wenigstens die Möglichkeit, sie zu packen. Pan hielt sich an einem kleinen Felsvorsprung fest und schob vorsichtig abwechselnd die Füße vorwärts. Sie schämte sich dafür, dass sie so langsam vorwärtskam – die anderen waren nicht wirklich wie die Hasen über den Sims gehüpft, aber sie waren auch nicht vor Furcht wie gelähmt vorwärtsgekrochen. Trotz der Kälte standen Pan Schweißperlen auf der Stirn.

»Dich würde ich jetzt nicht unbedingt als halbe Bergziege bezeichnen«, sagte Nate hinter ihr.

»So wie ich schwitze, rieche ich aber wahrscheinlich wie eine Bergziege.«

Nate schmunzelte. »Lass dir Zeit. Das Wichtigste ist, sich nicht in Gefahr zu bringen.«

»Ich lasse mir Zeit.«

»Gut.«

Pan schob sich um die Wegbiegung. Sie hielt den Blick fest auf den Boden fixiert und sah auch nicht auf, als der Weg breiter wurde. *Ein Schritt nach dem anderen*, redete sie sich gut zu. *Immer ein Schritt nach dem anderen. Nicht in Gefahr bringen.*

»Du brauchst dich jetzt nicht mehr an der Wand festzuklammern«, sagte Nate. »Sieh dich um. Den schwierigen Teil hast du geschafft.«

Pan gehorchte. Der Weg war hinter der Biegung erheblich breiter geworden. Der Abgrund lag jetzt mindestens fünf Meter links von ihr. Die anderen standen in einem engen Kreis auf einem offenen Plateau sechs oder sieben Meter vor ihr. Sie hielten die Köpfe gesenkt. Keiner sprach ein Wort. Pan wischte sich mit dem Handschuh über die Stirn und ging vorsichtig hinüber. Sie drängte sich zwischen den ineinander verkeilten Rücken hindurch, um etwas sehen zu können. Aber sie wusste schon, was sie dort erwarten würde.

Cara saß aufrecht, Rücken und Oberarme gegen den Hang gelehnt. Es sah so aus, als mache sie nur Rast und bewundere die Aussicht. Die Hände stützten sich auf dem schneeglatten Boden, ihre Knie waren leicht angewinkelt. Sie trug ihre Schulkleidung, die Tarnjacke, die bei diesen Wetterbedingungen vollkommen unangemessen war. Ein stilles Lächeln lag auf ihren Lippen, als gefiele ihr das, was sie da sah. Ihre Augen waren hell und klar, aber es war kein Leben mehr darin. Tränen traten Pan in die Augen. Sie zwang ein Schluchzen nach hinten in ihre Kehle zurück.

Miss Kingston kniete neben der Toten. Sie zog die Handschuhe aus und legte zwei Finger gegen Caras Hals. Pan wusste, dass es sinnlos war. Niemand konnte hier oben überleben. Nicht einen Tag und eine Nacht lang. Miss Kingston ließ ihre Finger länger liegen als nötig. Als sie ihre Hand zurückzog, streichelte sie Caras Wange. Es war eine merkwürdig zärtliche Geste. Miss Kingston stand auf.

»Sie ist tot«, sagte sie und zog sich die Handschuhe wieder an. »Es tut mir leid. Wir können nichts mehr für sie tun. Ich schlage vor, dass wir uns wieder auf den Weg machen.« Sie deutete auf Sanjit und Jen: »Ihr beide knotet ein Seil um Cara. Sichert es gut. Wir tragen sie über diesen Weg hier zurück und lassen sie dann über die Steilwand hinunter, die wir hochgekommen sind. Ich klettere zuerst nach unten, damit ich sie nach jeder Etappe in Empfang nehmen kann. Bewegt euch, Leute. Ich möchte Stärke sehen und Disziplin.«

Ein Schauer überlief die Gruppe, als erwache sie aus einer Art Albtraum. Wei-Lin und Sam bückten sich und versuchten, Caras Körper von der Felswand zu lösen. Pan bemerkte, dass beide weinten, wenn auch keine von ihnen einen Laut von sich gab. Jen entrollte ein Kletterseil. Sie versuchte, es zwar zu verbergen, aber auch ihr liefen Tränen übers Gesicht. Caras Leiche leistete Widerstand, sie haftete fest am Fels. Endlich gab ihre Jacke nach, zerriss. Aber Cara ließ sich noch immer nicht bewegen. Ihr Körper war an Ort und Stelle festgefroren. Hände, Beine, jeder Teil ihres Körpers, der den

Berg berührte, bliebt mit ihm verschmolzen. Die beiden Mädchen sahen ratlos zu Miss Kingston auf.

»Sie ist tot«, sagte Miss Kingston noch einmal. »Ihr könnt ihr nicht wehtun, egal, was ihr macht. Benutzt die Eispickel, wenn es nötig ist, aber löst sie vom Fels und seilt sie an. Verstanden?« Sie war wieder vollkommen eiskalt und pragmatisch. Pan fragte sich, ob sie sich die zärtliche Geste nur eingebildet hatte. Ihr wurde bewusst, dass Nates Hand auf ihrer Schulter lag. Sie konnte sich nicht daran erinnern, dass er sie dort hingelegt hatte, aber sie wünschte sich, die Hand würde für immer dortbleiben. Sie hatte so ein Gefühl, als würde sie einfach in sich zusammenfallen und in ihrem Kummer ertrinken, sobald er sie wegnahm. Aber er nahm die Hand weg und Pan erschauerte, doch sie hatte sich noch unter Kontrolle.

Der Abstieg war nicht so schlimm wie der Aufstieg. Selbst den engen Pfad brachte Pan jetzt ohne allzu große Angst hinter sich. Am schlimmsten war der Anblick von Caras Leichnam, der von einer Stufe zur anderen heruntergelassen wurde. Pan zuckte jedes Mal zusammen, wenn das Seil schaukelte und Caras Körper gegen die Felswand prallte. Ihr war klar, dass es absurd war, schließlich konnte Cara keine Schmerzen mehr fühlen, aber es war einfach menschenunwürdig, wie Cara da herabgelassen wurde. Pan war beinahe erleichtert, als sie mit dem Abstieg an der Reihe war. Es bestand keine Gefahr – die Seile und die Sicherung mit den Karabinerhaken verhinderten effektiv, dass sie weit fallen konnte. Und es war eine willkommene Abwechslung, den Blick auf den Felshang zu richten und Caras Leiche nicht mehr sehen zu müssen.

Offensichtlich hatte man von der Akademie aus ihren

Abstieg beobachtet, denn als sie auf dem Gelände ankamen, hatte sich ein großer Teil der Schülerschaft und des Personals versammelt. Einige Schüler drängten nach vorn und legten Caras Leichnam auf eine Bahre, deckten ihn zu und trugen ihn in Richtung Spital. Die Menge teilte sich schweigend, um sie durchzulassen. Miss Kingston schob ihre Brille auf die Stirn und schlüpfte aus den Handschuhen. Sie wirkte müde, ausgelaugt. Pan wurde bewusst, dass das auf sie selbst genauso zutraf.

»Gut«, sagte Miss Kingston. »Zurück zur Basis. Die komplette Ausrüstung muss überprüft und verstaut werden.« Sie schritt davon, ohne eine Antwort abzuwarten. Nach kurzem Zögern folgten ihr Pan und die anderen der Gruppe. Die Müdigkeit, die sie in den letzten Stunden nicht hatten zulassen dürfen, übermannte sie. Sie alle marschierten schweigend, mit hängenden Köpfen. Sogar Nate war so still, als inspiziere er seinen Kopf von innen. Als sie den Hangar erreicht hatten, legten sie ihre Ausrüstung ab und verstauten sie. Miss Kingston achtete darauf, dass jedes Stück abgegeben wurde, und hakte alles einzeln auf ihrer Liste ab. Endlich waren sie fertig. Die Gruppe stand in einer unordentlichen Reihe, die Hände hinter dem Rücken.

»Gut«, sagte Miss Kingston. »Ihr seid entlassen. Das restliche Tagesprogramm entfällt für euch, ihr habt Freizeit. Man hat mich darüber informiert, dass die Kantine offen ist. Holt euch eine heiße Mahlzeit und ruht euch aus.«

»Was passiert mit Cara?«

Pan stellte überrascht fest, dass die Frage von Sanjit kam. Sie konnte sich nicht daran erinnern, wann sie ihn das letzte Mal hatte sprechen hören. Miss Kingston sank fast unmerklich in sich zusammen, dann straffte sie sich wieder.

»Es gibt noch keinen Präzedenzfall für diese Situation«, sagte sie in barschem Tonfall. »Aber ich vermute, dass ihr Leichnam auf See bestattet wird. Ich werde euch über die Vorgehensweise informieren, damit ihr euch … verabschieden könnt. Nebenbei bemerkt, es tut mir sehr leid. Das ist alles.«

Die Reihe löste sich auf und die Schüler schlurften in Richtung Ausgang. Miss Kingstons Stimme hallte ihnen nach. »Ihr habt das gut gemacht, Leute. Ich bin stolz auf euch.«

Niemand antwortete.

16.

Möchtest du reden?«, fragte Nate.

Pan und Nate saßen draußen, als die Dämmerung einsetzte. Die Gruppe war in die Kantine gegangen, aber keiner hatte viel gegessen, obwohl alle hungrig waren. Sam und Karl saßen eng nebeneinander, mit ineinander verschlungenen Fingern. Die meisten wichen Pans Blick aus. *Haben sie Angst vor mir?*, fragte sie sich. *Oder verdächtigen sie mich etwa, mit Caras Tod etwas zu tun zu haben?*

»Worüber?«, fragte Pan zurück. »Wie Cara es geschafft hat, mitten in der Nacht ohne Ausrüstung auf diesen Berg zu steigen? Warum sie sich einfach hingesetzt und auf ihren Tod gewartet hat? Oder woher ich wusste, wo wir ihre Leiche finden würden?«

Nate zuckte mit den Achseln. »Ich weiß nicht. Eigentlich über alles. Oder vielleicht nur über Cara. Sie ist tot und ich weiß nicht, warum und wie das passiert ist, aber sie war eine von uns. Vielleicht sollten wir sie einfach betrauern und uns über alles andere erst später Gedanken machen.«

Tränen traten in Pans Augen, aber sie blinzelte sie weg. *Ich habe ihr Tagebuch gelesen*, dachte sie. *Ihre persönlichen Gedanken und Gefühle. Wahrscheinlich kannte ich sie besser als jeder andere hier. Aber jetzt ist es zu spät, um mit diesem Wissen irgendetwas anzufangen.* Ihr wurde bewusst, dass sie in der Vergangenheitsform dachte, und ein Schauer überlief sie.

»Ich hatte nichts mit ihrem Verschwinden zu tun, Nate.«

»Weiß ich.«

»Ich habe nur meine … Gabe, was auch immer das sein mag, benutzt, um sie zu finden. Genau so, wie ich Wei-Lins Uhr gefunden habe.« Einen Moment lang zögerte sie. Sollte sie Nate von ihrer Erfahrung im Körper des Falken berichten? Schnell verwarf sie die Idee. Es war zu absurd und sollte er sie auslachen, würde sie das nicht ertragen.

»Ich glaube dir«, sagte Nate.

Pan stand auf und ließ ihren Blick über das Schulgelände schweifen.

»Es ist falsch«, sagte sie wie zu sich selbst. »Alles hier ist falsch.« *Die Uhren sind falsch*, dachte sie.

»Was meinst du damit?«

Pan lachte. »Ich habe keine Ahnung, Nate«, sagte sie. »Nicht die geringste.« *Wobei – es gibt jede Menge Hinweise. Ich muss nur herausfinden, was sie bedeuten.* »Aber dieser Ort hier …« Sie hob die Arme, als wollte sie ihre ganze Umgebung damit erfassen. »Etwas daran ist einfach …«

»Falsch?« Nate stand jetzt ebenfalls auf. »Ich muss jetzt rennen, Pan. Ich muss eigentlich immer rennen, aber jetzt erst recht. Willst du mich begleiten? Ich muss dir unbedingt etwas zeigen.«

»Ich bin total müde, Nate.«

»Das ist erst recht ein Grund zu laufen. Komm schon.«

Pan wollte sich sträuben, aber dann war sie selbst dazu zu müde.

~~~
~~~

Jetzt am frühen Abend war die Luft knackig frisch, aber nach wenigen Minuten fing Pan an zu schwitzen. Ihre Beinmuskeln verkrampften sich und nach einem halben Kilometer hatte sie schon Seitenstechen. Sie konzentrierte sich auf ihren Atem und versuchte, ihren Rhythmus zu finden. Nach etwa einem Kilometer fühlte sie sich besser. Nicht gut. Aber besser.

Nate trabte wie immer mühelos dahin. Ganz offensichtlich rannte er weit unter seiner üblichen Geschwindigkeit. Er sagte nichts und das kam Pan gelegen. Einerseits hatte sie gar nicht genug Atemluft für eine Unterhaltung, andererseits wollte sie auch nicht reden.

Nate führte sie abseits der Hauptwege, die zu den Schulgebäuden führten, weiter nach links, wo die Berge anfingen. Pan hatte diesen Teil des Schulgeländes noch nie betreten. Sie erinnerte sich daran, wie es vom Garten auf dem Dach der Welt ausgesehen hatte. Ein Wald, der bewies, dass Vegetation selbst in dieser kargen Landschaft gedeihen konnte. Pan konzentrierte sich wieder auf ihren Atem. Sie hatte ihren Laufrhythmus gefunden und das Seitenstechen ebbte ab. Sie rannten direkt auf den Wald zu, der viel größer war, als sie gedacht hatte. Allmählich wurde der sonst so felsige Untergrund weicher. Hoch ragten die Berge über ihnen auf. Links stürzte ein Wasserfall von einem Felsplateau, das etwa sechzig Meter über ihnen lag. Das Donnern des Wassers dröhnte in ihren Ohren, wurde mit jedem Schritt lauter. Die Luft war mit Wasserdampf gesättigt. Dort, wo die letzten Sonnenstrahlen des Tages auf die Wassertröpfchen trafen, bildeten sich kleine Regenbogen, verschwanden, tauchten wieder auf, funkelnd und leuchtend.

Nate betrat vor ihr den Wald. Mehrere Pfade führten hindurch, aber Pan konnte nicht erkennen, ob sie künstlich angelegt waren oder einfach von Tieren stammten, die im kühlen Schatten der Bäume lebten. Nate wählte, ohne zu zögern, einen dieser Wege. *Er kennt sich in diesem Wald aus,* dachte Pan. Sie fragte sich, wie oft er schon hier gewesen war. Und wozu er herkam. Im Wald war es deutlich kühler, aber Pan spürte trotzdem eine gewisse Erleichterung. Sie warf einen Blick über die Schulter: Von der Akademie war nichts zu sehen. Die Bäume verwehrten den Blick. Das hier war eine andere Welt. Etwas Reineres. Etwas Sanfteres. Hier herrschte Frieden.

Nate beschleunigte und folgte dem Weg um eine Kurve. Pan verfluchte ihn, aber behielt ihren eigenen Rhythmus bei. Das Donnern des herabstürzenden Wassers füllte die ganze Welt aus und ließ keine anderen Geräusche mehr zu, nicht ihren keuchenden Atem, nicht das Aufstampfen ihrer Stiefel auf dem nassen Boden. Die Luft roch nach Humus, nach Bäumen, nach Leben. Sie sog die Luft gierig in ihre Lungen. Dann rannte sie um die Wegbiegung und blieb wie angewurzelt stehen.

Sie befanden sich auf einer großen Lichtung. Eine Lichtung, die mit Nebel angefüllt war. Automatisch hob sie den Blick, um nach der Ursache für den ohrenbetäubenden Lärm Ausschau zu halten. Nur wenige Meter des Wasserfalls waren zu sehen. Ein dichtes Wasserband donnerte herab und die Erde bebte unter ihren Füßen. Sofort war sie mit feinsten Tröpfchen übersät. Nate stand mit dem Rücken zu ihr da und starrte in den Wasservorhang. In seinem Haar funkelten die Tropfen wie Diamanten und Regenbogen umspielten seinen Körper. Pan stellte sich neben ihn. Er sah sie nicht an.

»Schmelzwasser«, schrie er. Obwohl er so laut brüllte, wie er nur konnte, und Pan direkt neben ihm stand, musste sie sich konzentrieren, um seine Worte zu verstehen. Er deutete nach oben. »Der Winter geht zu Ende. Der Schnee schmilzt. Lässt die Flüsse ansteigen. Allein in den letzten paar Tagen ist dieser Wasserfall wesentlich größer geworden. Der Fluss fließt ins Meer. Hinter der Mauer.«

Pan nickte. Selbst wenn sie etwas gesagt hätte, er hätte sie ja doch nicht verstanden. Die Szenerie war so wunderschön, dass ihr vollkommen klar war, warum Nate einfach hierherkommen musste. Wie schön, dass er diesen Ort mit ihr teilen wollte! Beinahe hätte sie vergessen können, was sich außerhalb der Lichtung befand. Der donnernde Lärm des Wassers und die Nebelschwaden spülten alle hässlichen Erinnerungen davon. Ganz besonders das Bild eines Mädchens, das an einer Felswand festgefroren war, mit starrem, blindem Blick. Sie berührte Nate und er wandte ihr das Gesicht zu. Er war ganz mit Wassertropfen überzogen; sie schimmerten in seinen Wimpern, funkelten auf seinen Wangen. *Ich könnte mich in ihn verlieben*, dachte Pan. *Vielleicht verliebe ich mich gerade in ihn.* Sie schob den Gedanken weg. In ihrem Inneren war kein Raum für Liebe.

»Danke, dass du mich hergebracht hast«, sagte sie.

Nate lächelte. Selbst seine Lippen waren taunass.

»Es ist ein guter Rückzugsort. Wenn man sich mies fühlt. Wenn man mal eine Stunde lang vergessen will. Ich dachte mir schon, dass er dir gefällt.«

»Ich bin froh, dass ich mitgekommen bin.«

»Hey. Das ist aber nicht das, was ich dir eigentlich zeigen wollte, Pan.«

»Nicht?«

»Nein. Wir müssen noch ein bisschen weiterrennen. Schaffst du's?«

Pan lächelte. Sie konnte sich nicht mehr daran erinnern, wann sie das letzte Mal gelächelt hatte und es wirklich gemeint hatte.

»Nein«, sagte sie. »Egal. Komm weiter.«

~~~

Wieder übernahm Nate die Führung. Er folgte einem weiteren Weg durch den Wald, hielt sich rechts vom Fluss. Nach kurzer Zeit wurde der Wald lichter und die Schulgebäude waren wieder zu sehen. Das Donnern des Wasserfalls verebbte und an seine Stelle trat das Rauschen von Flusswasser. Sie traten unter den Bäumen hervor und Pan sah sich um, um sich zu orientieren.

Sie folgten dem Flusslauf, rannten am Ufer entlang. Es war angenehm, Gras unter den Füßen zu spüren anstatt des harten, unebenen Gesteins. Den Stoß, der ihr auf dem rauen Gelände bei jedem Schritt durch die Wirbelsäule gefahren war, vermisste sie kein bisschen. In der Ferne ragte die Mauer empor. Sie liefen genau darauf zu. Rechts erstreckte sich das Akademiegelände. Irgendwie wirkten die Gebäude, die allmählich im Dämmerlicht versanken, wie aus einer anderen Welt.

Der Fluss rauschte und schäumte. Pan stellte sich den beinahe endlosen Nachschub an Schnee von den fernen Berggipfeln vor, der den Fluss anschwellen ließ. Sie sah auf, um zu überprüfen, ob sie irgendeine Veränderung der Schneefelder erkennen konnte, aber im schwindenden Licht war das Gebirge nur noch als düsterer, massiver Schatten auszumachen.

Nach weiteren zehn Minuten erreichten sie die Siedlung, eine Reihe am Flussufer verstreuter kleiner Hütten. Die Unterkünfte des Personals. Sie wirkten erheblich komfortabler
~~~

als die Schlafsäle der Schüler. Trotzdem blieben sie funktional. Beinahe karg. In keinem der Gärten war etwas angepflanzt. Es gab keine Stühle oder Hängematten auf den kleinen Terrassen. Keine Unterscheidungsmerkmale. Nichts, das darauf hinwies, dass ein Bewohner seinem Heim eine persönliche Note verleihen wollte. Zwar war die Umgebung hübsch und alles friedlich, aber die Atmosphäre unterschied sich nicht von jener des restlichen Schulgeländes. Trostlos.

Nate schwieg, als sie die Häuser passierten. Er schien sie gar nicht weiter zu beachten. Zwei Minuten später hatten sie die Gebäude hinter sich gelassen. Niemand tauchte auf, um sie auszufragen. Kein Vorhang wackelte. Es war wie eine Geisterstadt.

Pan war müde. Ihre Beine waren schwer, sie atmete unregelmäßig. Aber sie beklagte sich nicht über das Tempo, das Nate angeschlagen hatte. Sie beklagte sich auch nicht, als sie ihr Ziel erkannte: Es war wieder die Mauer. Der Fluss strömte direkt darauf zu. Ein Wachturm ragte direkt vor ihnen auf, an der Stelle, an der sich Fluss und Mauer trafen. Mit jedem Schritt, den sie beide näher kamen, schien der Turm größer zu werden.

Sie war erleichtert, als sie endlich unter der Ehrfurcht gebietenden Wand des Wachturms anhielten. Die Mauer versperrte ihnen den Weg. Unerschütterlich. Rätselhaft. Sie wand sich nach rechts – Pan wusste, dass sie sich am gegenüber liegenden Ende der Ebene, auf der die Akademie errichtet war, mit dem Gebirgszug verband. Zur Linken war die Mauer nur noch etwa hundert Meter lang und stieß dann gegen das Felsmassiv, das die Ebene auf dieser Seite umschloss. Die Steinblöcke waren so behauen, dass sie sich dem

Gelände perfekt anpassten. Es gab keine Lücken zwischen Mauer und Fels, keine Möglichkeit, auf die andere Seite zu klettern oder zu schlüpfen.

Pan ließ sich ins Gras fallen und legte den Kopf zwischen die Knie. Sie konzentrierte sich darauf, wieder regelmäßig zu atmen. Nate setzte sich neben sie. Es war beinahe ärgerlich, dass er noch nicht einmal schneller atmete. Einige Minuten lang saßen sie schweigend da. Erst dann konnte Pan wieder sprechen.

»Das also wolltest du mir zeigen, Nate? Die Mauer. Es tut mir ja leid, dass ich dich enttäuschen musst, aber die habe ich schon mal gesehen. Viel zu oft, ehrlich gesagt.«

Er lachte.

»Nicht die Mauer an sich, Pan. Etwas in der Mauer. Bist du so weit? Kriegst du wieder Luft?«

Ächzend rappelte sie sich wieder auf. Nate nahm sie an der Hand und führte sie auf den Fluss zu. Er floss hier nicht mehr so schnell, weil der Boden hier flacher war, aber die Strömung war immer noch stark. Der Fluss war etwa zehn Meter breit.

»Da!« Nate deutete stromabwärts. Pan sah an seinem Arm entlang.

Es hatte den Anschein, als ströme der Fluss einfach durch die Mauer hindurch. Pan machte ein paar Schritte vorwärts, um besser sehen zu können. In den Fuß der Mauer war ein breites Schleusentor eingelassen. Ein metallenes Gittergeflecht ließ das Wasser passieren. Dort, wo es verschwand, sah Pan nur Dunkelheit. Der Fluss schäumte dort heftig auf, wo er auf das Schleusentor traf, das etwa zwei bis drei Meter hoch aus dem Wasser ragte.

»Faszinierend, Nate«, sagte Pan. »Du hast mich also hergebracht, weil ich mir ein kleines Meisterwerk der Ingenieurskunst ansehen soll?«

»Nein«, erwiderte Nate. »Sondern um dir zu zeigen, wie man auf die andere Seite der Mauer kommt.«

Pan strich sich die Haare aus der Stirn.

»Wir waren hinter der Mauer, Nate«, sagte sie bemüht ruhig. »Und wir sind überfallen, mit Medikamenten vollgepumpt und eingesperrt worden. Warum solltest du das noch mal riskieren?«

»Aus demselben Grund, aus dem du es auch tun würdest. Du sagst, an der Akademie stimmt etwas nicht. Wenn du recht hast, stehen die Chancen meiner Meinung nach gut, dass wir herausfinden, was genau nicht stimmt. Aber nur auf der anderen Seite der Mauer – und eines ist ja offensichtlich: Sie wollen mit allen Mitteln verhindern, dass wir da hinkommen.«

Pan schwieg eine Weile.

»Also, nehmen wir mal an, ich wäre daran interessiert, es noch mal zu probieren«, sagte sie dann. »Rein theoretisch, meine ich. Hier kommen wir nicht durch.«

»Falsch, Pandora. Wir kommen hier durch. Los, sieh dir das an.«

Nate ging weiter bis zur Schleuse. Seufzend folgte ihm Pan.

»Da.« Nate deutete mit dem Finger auf etwas.

Zuerst war die Lücke schwer zu erkennen. Pan musste im schwindenden Licht ganz genau hinsehen. Dann stellte sie fest, dass eine der Querstangen in einem Bereich des Gitters sich gelockert hatte. Sie hing noch fest, aber in einem anderen Winkel als die anderen. Wenn das Tor schon älter war – und die Konstruktion sah ganz bestimmt nicht neu aus –, dann musste die Strömung im Lauf der Jahre einen gewissen Schaden angerichtet habe. Doch die Lücke, die der gelockerte Metallstreifen gewährte, war winzig. Vielleicht schaffte es jemand, sich hindurchzuquetschen, aber das würde knapp werden. Und gefährlich.

»Das meinst du, Nate?«, fragte Pan. »Diese winzige Lücke? Selbst wenn wir durchkämen, dann garantiert uns keiner, dass wir auf der anderen Seite auch wieder rauskommen … ich gehe mal davon aus, auf der Dorfseite ist ein ähnliches Gitter angebracht.«

»Na ja«, sagte Nate. »Darüber habe ich schon nachgedacht. Sehr wahrscheinlich hat das Wasser die andere Seite auch beschädigt. Wir nehmen einfach Bolzenschneider mit. Suchen uns die verletzlichste Stelle. Schnipp, schnipp. Auf der anderen Seite wieder raus.«

»Ja. Falls wir einen Bolzenschneider auftreiben. Falls wir das direkt unterhalb eines Wachturms und vermutlich direkt im Blickfeld eines Wächters überhaupt hinkriegen. Und falls wir nicht ertrinken, während wir versuchen, da durchzukommen. Das Wasser ist garantiert eiskalt. Und wir könnten unter der Mauer festsitzen. In anderen Worten: Das ist eine reine Selbstmordmission.«

»Weiß ich«, sagte Nate. »Cool, oder?«

»Wann willst du es durchziehen?«

»Bald. Nachts. Übermorgen, würde ich sagen. Ich habe mir die Mondphasen angesehen. Wenn ich Glück habe, dann ist der Himmel außerdem auch noch dicht bewölkt. Also. Interesse?«

Pan setzte sich auf den Boden und fing an, ihre Muskeln zu dehnen, die sich zu verkrampfen begannen. Nate beobachtete sie, die Hände in die Hüften gestemmt.

»Ich jogge jetzt wieder zurück«, sagte Pan, als ihre Muskeln nicht mehr rebellierten. »Es wird bald dunkel.«

»Niemals joggen«, sagte Nate. »Joggen ist nur was für Schwächlinge. Renn mit mir.«

»Ich jogge. Aber ich möchte dich nicht aufhalten.«

Er zuckte mit den Achseln. »Okay. Wenn du dir sicher bist. Wir sehen uns dann, Pandora.«

»Nate?«

Er drehte sich um.

»Sag mir Bescheid, wenn es losgeht, ja?«

Er grinste und hielt den Daumen hoch, dann rannte er in die herabsinkenden Dunkelheit hinein. Schon eine Minute später konnte Pan ihn nicht mehr sehen.

17.

»Ich möchte mich dafür entschuldigen, dass ich euch alle hier wieder versammelt habe«, sagte Dr. Morgan. »Aber dies ist ein unerfreulicher Anlass, und ich hatte das Gefühl… wir hatten das Gefühl… dass ihr es verdient, über die außergewöhnlichen Vorgänge des heutigen Tages informiert zu werden.«

Die Rennstrecke lag im Dunkeln. Nur an einigen Stellen schufen die Flammen der Fackeln kleine Inseln aus Licht. Etwa fünfzig dieser Fackeln waren um das Feld herum verteilt und sorgten gewissermaßen für eine feierliche Atmosphäre, als handle es sich hier um eine Mitternachtsparty oder ein kleines Festival. Aber die Stimmung war alles andere als festlich. Kein Laut war zu hören, als Morgan sich an die versammelte Schulgemeinschaft wandte. Er hatte sich auf ein kleines, transportables Podium gestellt – eigentlich eine große Kiste – und die anderen Mitglieder des Kollegiums standen um ihn herum. Dr. Macredie war da, zur Linken von Dr. Morgan, ebenso Miss Kingston, Professor Goldberg und Gwynne. Sie standen in einer Reihe, die Hände hinter dem Rücken verschränkt, als betonten sie ihre Beschützerrolle. Dr. Morgan senkte einen Moment lang den Kopf, dann fing er wieder an zu sprechen. Seine Stimme war weit über die Ebene zu hören.

»Zunächst einmal möchte ich euch allen für den Beitrag danken, den ihr heute geleistet habt«, sagte er. »Es spricht für diese Gemeinschaft, dass sich niemand – ich wiederhole: nie-mand – der Suche nach Cara Smith entzogen hat. Ich bin stolz auf euch alle.« Er senkte den Blick und verschränkte seine Finger. »Ich hätte mir sehr gewünscht, eure Anstrengungen hätten zu einem erfreulicheren Ergebnis geführt.«

Professor Goldberg trat neben Dr. Morgan, der sich herunterbeugte und lauschte. Einen Moment lang war es still, dann hob Dr. Morgan erneut den Kopf und richtete sich an die versammelten Schüler.

»Ich gehe davon aus, ihr wisst inzwischen alle darüber Bescheid, dass Cara gefunden wurde und dass es ihren Rettern bedauerlicherweise nicht gelungen ist, sie zu … retten.«

Es bestand niemals die Chance, sie zu retten, dachte Pan. Nate stand direkt neben ihr, in einer der hinteren Reihen. *Cara war schon seit Stunden tot. Gibt man uns jetzt die Schuld für das, was passiert ist?* Aber sie schwieg.

»Das ist das erste Mal in der Geschichte dieser Akademie«, fuhr Dr. Morgan fort, »dass wir eine Schülerin verloren haben, und ich weiß, dass wir alle unter Schock stehen, oder vielleicht … fassungslos sind. Dr. Macredie hat mich gebeten, euch an Folgendes zu erinnern: Wenn jemand unter euch über seine Gefühle sprechen möchte, könnt ihr in ihre Sprechstunde kommen. Vertraulichkeit ist selbstverständlich garantiert. Wenn ihr diese Möglichkeit nutzen möchtet, dann macht bitte einen Termin im Spital …«

»Was ist passiert, Doc?« Die Stimme war männlich und kam von irgendwoher in der Menge. Pan konnte sie nicht zuordnen. Die Frage hallte durch die kalte Nacht.

»Wir sind uns nicht sicher«, antwortete Dr. Morgan.

»Cara hatte sich emotional noch nicht ins Sozialleben der Akademie integriert. Ich glaube, dass sie depressiv war – ein Geisteszustand, mit dem die meisten von euch – wenn nicht alle – sich wahrscheinlich identifizieren können. Ob das irgendwie mit ihrem unglücklichen Schicksal zu tun hat … nun, ich bin der Ansicht, Spekulation bringt uns nicht weiter.« Er rieb sich die Nase. »Im Rahmen meiner professionellen Pflichten habe ich Cara untersucht und nichts gefunden, was auf etwas anderes als eine natürliche Todesursache hinweist.«

Pan konnte sich nicht mehr zurückhalten. Sie sprach die Frage aus, bevor sie den Impuls dazu überhaupt wahrnahm: »Wie konnte sie so hoch auf den Berg kommen?«

Morgan neigte den Kopf, als müsse er die Frage erst von allen Seiten betrachten. Das Schweigen war unergründlich.

»Ich weiß, euch stellen sich jetzt viele Fragen«, sagte er schließlich. »Aber ich vermute, wir werden auf die meisten niemals eine Antwort bekommen. Ich kann nur sagen, dass Menschen unter extremen Bedingungen zu außergewöhnlichen Leistungen fähig sind.« Er machte eine kurze Pause, und Pan drängte sich das Gefühl auf, dass es ihm teilweise – wenn nicht ganz – um die theatralische Wirkung ging. »Ich muss leider sagen, meine eigene Einschätzung ist, dass Cara nicht nur depressiv, sondern sogar selbstmordgefährdet war. Vermutlich sah sie nichts mehr, wofür es sich zu leben lohnte. Ich glaube, sie ist absichtlich diesen Berg hochgestiegen, auch wenn es einigen unter euch sicher schwerfällt, das zu glauben, und …« Er rieb sich über die Augen, als müsse er sich Tränen wegwischen. Pan spürte, wie Zorn in ihr aufstieg. Bitterer, überwältigender Zorn. *Ich habe sie besser gekannt als ihr alle,* dachte sie. *Ich glaube nicht, dass sie sich das selbst angetan hat.* Wie hätte sie jemals ohne jede Ausrüstung auf diesen Berg klettern können? »… und hat sich dort niedergelassen. Ganz einfach. Es ist tragisch. Unfassbar tragisch. Aber …« Dr. Morgan hob den Blick und ließ seinen Blick über die Schülerschaft schweifen: »Darin steckt eine Lektion für jeden von uns. Wir müssen gegen unsere Verzweiflung ankämpfen, auch wenn es uns noch so schwerfällt. Die Zukunft der Menschheit liegt in unseren Händen und das ist eine entsetzlich schwere Bürde. Aber es ist auch eine heilige Bürde. Wir müssen sicherstellen, dass Cara nicht umsonst gestorben ist. Wenn sie ein Vermächtnis hat, dann dieses: Lasst nicht zu, dass euch der Schmerz überwältigt. Kämpft. Kämpft um das Leben. Es ist wertvoll. Vor allem jetzt.« Dr. Morgan sank auf dem Podium beinahe in sich zusammen. Dr. Macredie schob sich zu ihm hinüber, aber er winkte ab und hob den Kopf. Pan hatte das Bedürfnis, ihm für seine Vorstellung zu applaudieren.

»Geht jetzt.« Dr. Morgans Stimme war fest, aber doch ein bisschen müde. »Ihr müsst euch ausruhen. Denkt an Cara. Denkt auch daran, welche Verantwortung ihr tragt. Wir sind so wenige. Lasst nicht zu, dass ihr Tod vergeblich war. Nein, nehmt ihn als Ansporn, euch noch mehr Mühe zu geben. Für Cara. Dankeschön.«

Die Menge löste sich auf, das Gemurmel verstummte. Pan ging in Richtung Schlafbaracke. Ihr Schritt war forsch, beinahe wütend. Ihr Puls klopfte in ihren Schläfen und sie hatte das Gefühl, jeden Moment zu explodieren. Nates Anwesenheit wurde ihr erst bewusst, als er sie ansprach.

»Sprich mit mir, Pan«, bat er.

Sie hielt an und holte tief Luft, um sich zu beruhigen. Um sie herum verschmolzen die Schüler mit der Dunkelheit, die Lichter der Fackeln verteilten sich, verschwanden. Die Nachtluft war kalt, aber die Eiseskälte in ihren Knochen hatte mit der Außentemperatur nichts zu tun.

»Was soll ich denn sagen, Nate?«

»Irgendwas.«

»Okay.« Pan ließ ihren Ärger zu und verspürte eine gewisse Erleichterung, als sie ihre Entschlossenheit spürte: »Also, es gibt nur eine Sache, in der ich Morgan zustimme. Ich werde Cara nicht vergessen. Das ist ein Versprechen und du bist mein Zeuge. Ich werde nicht vergessen. Und ich werde für sie die Antworten finden. Darauf kannst du dich verlassen.«

Sie ging davon und spürte Nates Blick in ihrem Nacken, bis sie in der Dunkelheit verschwand.

18.

Wie jedes Mal verwandelte sich der Traum allmählich: Die Bilder des Blutvergießens, die menschenleeren Straßen, die Todeszuckungen einer Großstadt verschwanden, fielen hinter einer gänzlich anders gearteten Geschichte zurück.

~~~

Die Erinnerung an die Verfolgungsjagd erfüllte sie mit Panik. Sie hob den Kopf und sah dem Polizisten mit dem breiten Schnurrbart in die Augen.

»Was ist denn passiert, Kleine?«

Sie deutete mit dem Finger, ihr Arm zitterte.

»Mann. Hat mich angegriffen. Im Garten.«

Da war auch eine Polizeibeamtin. Pan hatte sie bisher noch gar nicht gesehen. Der schnurrbärtige Polizist nickte ihr zu und die Frau kam um den Wagen herum auf sie zu. Der Polizist versuchte vorsichtig, seine Arme loszumachen, aber sie klammerte sich noch fester an ihn.

»Hey, Kleine. Alles in Ordnung. Das ist Laura. Sie kümmert sich um dich. Du bist sicher. Vertrau mir. Aber ich muss den miesen Kerl erwischen. Hast du verstanden? Du willst doch, dass ich mir diesen Mistkerl schnappe, oder?«
~~~

Pan nickte.

»Dann musst du mich aber loslassen, ja?«

Sanft löste er ihre Hände von seiner Uniform. Die Polizistin – wie hieß sie noch mal? – legte eine Hand auf Pans Schulter und lächelte. Pan lehnte sich gegen die Motorhaube des Polizeiwagens. Der Schmerz in ihrer Hüfte wurde stärker. Andere Schmerzen machten sich bemerkbar. Ihr Arm, aufgeschürft und blutend. Wie war das passiert? Sie konnte sich nicht erinnern. Ihr rechter Fuß pulsierte.

Pan hob den Kopf und sah die Straße hinunter. Jetzt waren Leute aus den Häusern gekommen, mindestens sechs Personen. Sie standen an ihren Gartentoren oder vor ihren Haustüren. Wo kamen sie her? Warum hatten sie so lang gebraucht?

»Du bist ein tapferes Mädchen«, sagte die Polizistin. »Wir schnappen ihn, keine Sorge. Er kann nicht weit gekommen sein. Es übrigens war klug von dir, ihm in die Augen zu sprühen. Was war es denn – Deospray?«

»Was ist mit den anderen?«, fragte Pan.

»Was?«

»Da waren noch mehr Männer. Mindestens drei. Wahrscheinlich vier.«

»Na gut. Jetzt kümmern wir uns erst mal um diesen Kerl hier. Wir schnappen ihn und ich schätze, die anderen kommen hinterher. Aber jetzt steig erst mal in den Wagen. Du siehst aus, als würdest du gleich umfallen.«

Sie nahm Pan am Arm und schob sie auf den Rücksitz des Streifenwagens. Selbst das Hinsetzen tat weh. Und dann begann sie zu zittern. Es war wie ein epileptischer Anfall. Jeder Teil von ihr, alle Nerven und Muskeln zuckten. Pan hielt den Blick fest auf die Straße vor ihr gerichtet, kämpfte gegen das Schluchzen in ihrer Kehle.

Der schnurrbärtige Polizist war verschwunden. Die Straßenszenerie erschien unwirklich. So normal, als sei gar nichts geschehen, als würde niemals etwas geschehen. Es war schwer zu glauben, dass sich immer noch Bäume im Wind wiegten, dass immer noch die Sonne schien, als wäre überhaupt nichts geschehen. Und trotzdem drohte die Angst, sie zu überwältigen.

Der Polizist tauchte wieder auf. Seine Hand lag auf dem Arm eines Mannes im schwarzen Anzug. Er stolperte und Pan erkannte, dass seine Hände hinter seinem Rücken gefesselt waren. Der Polizist stieß ihn vorwärts, auf das wartende Auto zu. Angst, scharf wie ein Messer, durchschnitt Pan.

~~~

Sie schreckte im Bett hoch, ein Schrei saß in ihrer Kehle. Sie sah in blendendes Licht und hielt sich schnell eine Hand über die Augen. Eine dunkle Gestalt beugte sich über sie, aber das Licht war so hell, dass sie nicht erkennen konnte, wer es war. Einen Moment lang dachte sie, der Traum habe sie in die richtige Welt verfolgt, so deutlich spürte sie die Gefahr.

»Wer ist da?«, keuchte sie.

»Pandora Stone«, sagte eine männliche Stimme. »Zieh dich an. In zwei Minuten bist du fertig zum Abmarsch. Wir treffen uns draußen.«

Das Licht erlosch und Pan war wieder in völlige Dunkelheit getaucht. Sie hörte sich entfernende Schritte, eine Tür öffnete sich und fiel zu. Sie konnte das Rumoren der schlafenden Mädchen hören, aber da waren auch noch andere Geräusche. Einige Schülerinnen standen auf. Undeutlich vernahm sie nackte Füße, die über den Boden tappten, und
~~~

allmählich zeichneten sich unscharf einzelne Umrisse ab. Der Besucher war offenbar nicht nur ihretwegen gekommen.

Pan stöhnte und schwang die Beine aus dem Bett. Die Kälte traf sie wie ein körperlicher Schlag. Sie zitterte, als sie sich rasch anzog und sich durch den engen Gang zwischen den Bettreihen durchtastete. Als sich ihre Augen an die Dunkelheit gewöhnt hatten, stellte sie fest, dass Jen, Wei-Lin und Sam nicht in ihren Betten lagen. *Meine Gruppe*, dachte sie. *Meine Gruppe wird geholt*. Als sie sich der Tür näherte, sah sie, dass ein Mädchen, das sie nicht kannte, aufrecht im Bett saß, die Decke bis unters Kinn gezogen. Pan spürte, wie Blicke ihren Aufbruch verfolgten.

Draußen war die Nacht kalt, klar und dunkel. Sie verschränkte die Arme, um sich gegen den scharfen, beißenden Wind zu schützen. Vier Gestalten lösten sich aus der Dunkelheit und traten vor. Die Mädchen aus ihrem Schlafsaal und der unbekannte Besucher. Sie erkannte die kräftige Figur von Jen und die schmale Gestalt von Wei-Lin.

»Okay«, sagte der Mann. »Alle da. Es geht los, Leute.«

»Wohin gehen wir?«, fragte Wei-Lin.

»Keine Fragen. Nicht sprechen. Geht einfach weiter. Immer zu zweit.«

Der Schatten bewegte sich, wandte sich um und rannte den beinahe unsichtbaren Pfad hinunter. Pan folgte ihm seufzend. Wenigstens würde das Rennen sie aufwärmen. Es war merkwürdig, nachts zu rennen. Der Himmel war mit Sternen gesprenkelt, aber kein Mond schien. Nach einigen Minuten hatte sie keine Ahnung mehr, wo sie war – ihr fehlte jeder Orientierungspunkt. Vermutlich rannten sie Richtung Mauer, aber sie konnte sich nicht sicher sein. Nichts war zu hören bis auf das stoßweise Atmen ihrer Begleiter und das

Trampeln der Stiefel. Nach fünf Minuten hatte sie ihren eigenen Rhythmus gefunden und konnte wieder leichter atmen. Nach zehn Minuten entdeckte sie eine Gruppe schaukelnder Lichter in der Ferne, vier oder fünf, die ineinander übergingen und sich dann wieder trennten. Brennende Fackeln. Sie rannten auf die flackernden gelben Flammen zu, die so verlockend warm aussahen. *Genau das denken sich Nachtfalter wahrscheinlich,* dachte Pan, *direkt bevor sie in der Kerzenflamme verglühen.*

Sanjit und Karl waren da, Nate auch. Pan spürte eine Welle der Erleichterung. Seine Gestalt sah sie im Schein einer Fackel zuerst. Die Flammen zuckten über sein Gesicht und verliehen ihm ein unheimliches Aussehen. Aber dann entdeckte er sie, lächelte und das Bild wurde sanfter. Pan entspannte sich. Was auch immer hier gerade ablief, sie war froh, dass er daran beteiligt war, und aus seinem Lächeln zu schließen, freute auch er sich darüber, dass sie da war. Sie hielten an. Der Mann, der Pans Gruppe begleitete, hob eine Fackel in die Höhe und wandte sich zu ihnen um. Als Licht auf sein Gesicht fiel, erkannte ihn Pan. Es war gar kein Mann, sondern der Schüler, der bei der Sitzung des Schulrats dabei gewesen war, nachdem sie im Dorf gefangen genommen worden waren. Und wieder war sie von seiner gewaltigen Körpergröße überwältigt.

»Bleibt dicht hinter mir und richtet euch nach meiner Geschwindigkeit«, sagte er. »Und es wird immer noch nicht gesprochen.«

Sofort war er weg, trabte einen Trampelpfad hinunter. Die Fackel, die er hoch in die Luft hielt, zuckte, die Flamme bog und wand sich im Wind. Die Gruppe folgte und Nate lief neben Pan her.

»Worum geht es hier?«, fragte Pan.

»Keine Ahnung. Ich bin aus dem Tiefschlaf gerissen worden. Keine Erklärungen. Nur die Anweisung mitzukommen.«

»Bei mir dasselbe.«

»Wenn ich nicht so neugierig wäre, dann wäre ich sauer«, sagte er. »Es war die erste Nacht seit Langem, in der ich nicht schlecht geträumt habe.«

Ich wünschte, das könnte ich auch sagen, dachte Pan.

»Hast du eine Ahnung, wo es hingeht?«, fragte sie.

»Ja. Ich bin oft nachts gerannt. Dieser Pfad führt zur Mauer.«

»Interessant.«

»Außerordentlich. So wie ich die Sache sehen, macht es wenig Sinn, bis zur Mauer zu rennen, nur um daran entlangzulaufen. Das wäre lächerlich, selbst wenn es sich hier um eine Nachtübung handelt. Du weißt schon, um die Truppe unter Kontrolle zu halten. Sie zu verwirren. Zu erreichen, dass sie Befehlen gehorcht, ohne nachzudenken. Nein. Ich glaube eher, wir gehen rüber auf die andere Seite.«

»Warum?«

Nate wandte sich ihr zu und lächelte.

»Nun, das ist die große Frage, meine Kleine. Und ich habe nicht die leiseste Ahnung. Ich würde sagen, wir warten einfach mal ab.«

»Ihr da hinten«, bellte eine Stimme durch die Nacht. »Ruhe.«

Die Gruppe joggte etwa fünfzehn Minuten, bis der dunkle Wall zu sehen war. Soweit Pan es beurteilen konnte, befanden sie sich etwa im Zentrum des Schulgeländes und bewegten sich auf die Mitte der Mauer zu. *Da ist ein Tor*, dachte sie. *Durch das Tor wird der Nachschub an die Akademie geliefert.*

Pan konzentrierte sich auf ihren Atem und behielt den Kopf der vor ihr laufenden Person im Blick.

Jemand erwartete sie an der Mauer. Ein einzelner Lichtpunkt hing ein paar Meter über dem Boden. Es warf eine kleinen hellen Kreis auf die Mauersteine. Die Gruppe wurde langsamer, hielt an. Ohne ein weiteres Wort machte der Schüler, der sie geweckt hatte, kehrt und rannte zurück in Richtung Akademie. Einige Sekunden lang war es ganz still, dann hörte man lautes Schniefen. Die einzelne Flamme bewegte sich auf sie zu.

Gwynne, dachte Pan.

Die Person senkte die Fackel und das verunstaltete Gesicht des Waffenausbilders wurde sichtbar. Die Flammen verzerrten seine Züge noch mehr. Schatten flackerten über seinen kahlen Schädel.

»In einer Reihe aufstellen«, sagte er und wischte sich über die Nase. Die Gruppe gehorchte. Gwynne ging langsam an der Reihe entlang und dann wieder zurück. Vor Jen hielt er an. Er sprach sie nicht direkt an, sondern wandte sich an die Gruppe.

»Bald wird das Tor hinter mir aufgehen.«

Pan spähte an ihm vorbei, konnte aber keine Anzeichen einer Tür ersehen. Die Oberfläche der Steinmauer war vollkommen gleichmäßig.

»Ich führe euch, ihr folgt. Gänsemarsch. Nicht vom Pfad abkommen. Nicht nach links und rechts sehen. Vollkommen still. Verstanden?«

»Nein«, sagte Nate. »Hab ich nicht. Was machen wir hier?«

Gwynne trat auf Nate zu und hielt die Fackel näher an ihn heran, als wolle er ihn sich genauer ansehen. Er schniefte und wischte sich mit dem Handrücken wieder über die Nase.

»Den Anweisungen folgen. Mehr braucht ihr nicht zu wissen. Alles klar?«

Nate zuckte lächelnd mit den Schultern.

»Klar«, sagte er.

Sonst sagte niemand etwas. Gwynne wandte sich in Richtung Mauer, hob die Fackel und beschrieb damit langsam einen Bogen in der Luft, einmal, zweimal. Beinahe im selben Moment erklang ein scharrendes Geräusch und ein Teil der Mauer schob sich nach hinten. Pan spähte angestrengt in die Dunkelheit, versuchte, irgendwelche Scharniere oder Riegel oder Griffe zu erkennen, aber das Licht reichte nicht aus. Es war, als klappe die Mauer einfach nach hinten um. Dahinter lag alles in pechschwarzer Dunkelheit. Gwynne wandte sich um, marschierte in die Dunkelheit hinein und der Rest der Gruppe folgte.

Pan war bereit, den meisten Anweisungen von Gwynne Folge zu leisten, aber auf keinen Fall würde sie sich an die dritte halten – nicht, sobald sie auf der anderen Seite der Mauer angekommen war.

Es nutzte nicht viel. Sie sah nach beiden Seiten des Steinwegs, den sie entlanggingen. Aber obwohl ihre Augen sich inzwischen gut an die Dunkelheit gewöhnt hatten, gab es nicht viel zu sehen. Die Umrisse von Häusern oder Läden waren gerade so zu erkennen, aber es ließen sich keine Details ausmachen. Nirgendwo brannte Licht. Das Dorf lag in völliger Dunkelheit. *Wie seltsam*, dachte sie. *Überhaupt kein Licht ist eingeschaltet.* Schon wieder eine Sache, die sie den anderen Puzzleteilen in ihrem Kopf hinzufügen konnte. Irgendwann würde sich ein Muster ergeben, ein Bild, dessen war sie sich sicher. Sie kriegte die Teile bloß nicht zusammen. Noch nicht.

Langsam zeichnete sich ab, dass Gwynne sie geradewegs in einem Neunziggradwinkel von der Mauer wegführte. Auch das war wichtig. In dieser Richtung lag nur eines: das Meer. Pan hob den Kopf, atmete tief ein und da war er, der salzige Geruch des Ozeans. Fünf oder sechs Minuten später bog Gwynne nach links auf einen Holzsteg ab. Die Bretter gaben unter den Füßen ein bisschen nach und Pan hörte das sanfte Plätschern der Wellen. Als sie nach rechts sah, erkannte sie die Umrisse von Masten gegen den Himmel. *Wir verlassen die Akademie,* dachte sie. *Sie bringen uns auf ein Boot. Wegen Cara. Und es gibt noch einen anderen Grund.*

Gwynne hielt am Ende des Stegs an und die Gruppe hinter ihm bremste ab. Sanjit und Karl rangen heftig nach Luft.

»Die Stufen runter.« Er deutete nach links. »Hintereinander. Ins Boot, auf die Bänke setzen. Haltet Abstand. Vollkommene Ruhe. Los.«

Wei-Lin war die Erste, Nate und Pan bildeten den Abschluss. Gwynne stieg hinter Pan die Stufen hinab. Sein Schniefen drang laut in ihre Ohren. Unten erkannte sie den dunklen Umriss eines Bootes. Es lag tief im Wasser und war nicht viel größer als ein kleines Fischerboot. Es gab keine Kajüte, nur das offene Deck, der größte Teil mit Segeltuch bedeckt. Wei-Lin, Jen, Karl, Sanjit und Sam saßen bereits. Nate sprang an Bord und sie folgte ihm. Sie nahmen die letzten freien Plätze auf den Bänken ein. Gwynne löste die Halteleinen und sprang an Bord. Er ging bis zum Heck und verschwand einen Moment lang in der Dunkelheit. Dann erwachte ein Motor knatternd und röhrend zum Leben. Das Boot wendete und fuhr in Richtung offene See. Pan beobachtete die entstehende Bugwelle. Sie war versucht, ihre Hand durchs Wasser gleiten zu lassen, riss sich aber zusammen. Gwynne hatte es nicht verboten, aber sie hatte so ein Gefühl, dass es ihm nicht gefallen würde. Also hielt sie den Rücken gerade, umklammerte die Bank mit beiden Händen und sah zurück in die Richtung, in der die Akademie liegen musste. Sie glaubte, die Mauer sehen zu können, aber dann verschlang die Nacht alles. Nach nur fünf Minuten waren sie allein mit dem Dröhnen des Motors, dem Wispern der See und der Sternenkuppel hoch über ihnen.

Nate neigte seinen Kopf zu Pan hinüber.

»Angelausflug?«, flüsterte er. »Was meinst du, vielleicht haben wir eine Kühltasche an Bord mit frischem Köder drin und eiskalter Cola.«

»Wir sind hier, um uns von Cara zu verabschieden«, sagte Pan.

Etwa eine halbe Minute lang schwieg Nate. »Im Ernst?«, fragte er schließlich.

»Sie haben uns gesagt, dass es ein Seebegräbnis geben wird. Und sie haben gesagt, dass sie uns auf dem Laufenden halten würden. Warum sollte unsere Gruppe sonst hier sein?«

»Caras Leiche ist bei uns im Boot?«

Pan deutete auf das ausgebreitete Segeltuch.

»Sie liegt da drunter.«

Ihre Stimme war wohl deutlich zu hören gewesen. Zwar sagte niemand etwas, aber alle Blicke richteten sich jetzt auf die Mitte des Boots. Nate war schließlich derjenige, der die Spannung brach.

»Ich bin ganz froh«, sagte er. »Ich hätte es nicht ertragen können, dass sie … geht, ohne dass wir bei ihr sind. Andererseits überrascht mich das. Ich hätte nicht gedacht, dass die Akademie so viel Rücksicht auf unsere Gefühle nimmt.«

»Tut sie auch nicht«, gab Pan, ohne zu zögern zurück. »Es gibt noch einen anderen Grund für diesen Ausflug.«

»Ja?«, schaltete sich Wei-Lin ein.

»Ich weiß nicht, welchen«, gestand Pan. »Ich nehme an, wir werden es erfahren.«

»Weißt du was?« Es war Jens Stimme. »Ich habe deinen Mist so was von satt, Pandora. Dein ganzes geheimnisumwittertes Gehabe. ›Ich weiß Dinge, aber ich weiß nicht, woher ich diese Dinge weiß.‹ Es dreht sich alles nur um dich, oder? Die ganze Zeit. Kannst du es nichtmal fünf Minuten aushalten, ohne zu verlangen, dass du im Mittelpunkt stehst? Würdest du uns den Gefallen bitte einmal tun, Pandora?«

»Hör auf damit.« Nates Stimme war ungewohnt scharf. »Das Letzte, was wir im Moment brauchen können, ist Streit unter uns. Das hat Cara nicht verdient.«

»Cara hat es nicht verdient, auf irgendeinem gottverlassenen Berg zu erfrieren«, konterte Jen. »Du hast gewusst, wo wir sie finden würden, Pandora. Würdest du uns das bitte erklären?«

»Kann ich nicht«, sagte Pan.

»Nate hat recht«, mischte sich Wei-Lin ein. »Jetzt zeigt mal ein bisschen Respekt, Leute.«

Plötzlich wurde der Motor gedrosselt; er heulte nicht mehr, sondern tuckerte jetzt im Leerlauf. Das Boot hatte noch so viel Schub, dass es weiterfuhr, aber es wurde deutlich langsamer. Die Bugwelle verebbte. Gwynnes Stimme war von hinten im Boot zu hören.

»Guter Rat«, sagte er. »Würde vorschlagen, nehmt ihn an.«

Er stand auf und das Boot schaukelte leicht und wurde dann wieder ruhig. Gwynne bewegte sich in die Mitte des Boots und legte die Hände hinter den Rücken. Die Gruppe beobachtete ihn, keiner sagte ein Wort. Gwynne schniefte und warf einen Blick auf die Plane vor seinen Füßen.

»Fasst mit an«, sagte er.

Sam und Karl standen auf und packten den Rand des Segeltuchs im Bug. Sie rollten die Plane nach hinten, reichten sie an Wei-Lin und Sanjit weiter, die sie wiederum zu Pan, Nate und Jen rollten. Dann standen sie da und starrten auf das, was darunter zum Vorschein gekommen war.

Der Himmel war mit Sternen übersät, der Mond hing als schmale Sichel vom Rand einer Wolke. Das Licht reichte aus, um die blasse, verhüllte Gestalt gerade so zu erkennen. Sie war wie in einen Kokon eingewickelt und in silbernes Licht getaucht. Pan spürte ein Schluchzen in ihrer Kehle, aber sie drängte es zurück. Ein weißes Laken war mit einem Seil um die Füße und um die Brust an dem Körper darunter befestigt. Es wirkte alles so entsetzlich endgültig.

»Brauche Hilfe«, sagte Gwynne.

»Fassen Sie sie nicht an«, sagte Nate. Er redete leise, aber bestimmt. »Fassen Sie sie einfach gar nicht an.« Er bückte sich zum Umriss von Caras Schultern hinunter, schob die Hände zwischen Laken und Deck. Die anderen verteilten sich um den Leichnam herum, und als sie ihn anhoben, war das Gewicht kaum spürbar. Gwynne stand abseits.

»Vorsicht«, knurrte er. »Nicht alle seitlich stellen. Gewicht ungleich verteilt – Boot kippt. Könnten alle über Bord gehen. Mit Gefühl.«

Keiner entgegnete etwas, aber alle hielten sich an seine Anweisung. Dennoch geriet das Boot beängstigend ins Schaukeln. Jen, die Caras Füße hielt, sank vorsichtig in die Hocke und die anderen folgten ihrem Beispiel. Einen Moment lang bewegte sich niemand. Alle schwiegen.

»Möchte jemand etwas sagen?«, fragte Gwynne.

Keiner sagte etwas und Pan war erleichtert. Keiner aus der Gruppe hatte Cara besonders gut gekannt. Egal, was jemand jetzt gesagt hätte – es würde für Caras Leben und ihren Tod keine Rolle mehr spielen. Es war am besten, in Gedanken bei ihr zu sein. *Ich werde herausfinden, wie du gestorben bist, Cara. Ich werde es herausfinden, und wenn jemand für deinen Tod verantwortlich ist, bringe ich ihn vor Gericht. Du hast mein Wort.*

Caras Körper wurde ins Wasser herabgelassen. Jen übernahm den Hauptanteil des Gewichts, die anderen schoben ihr den verhüllten Leichnam herüber. Die weiße Gestalt sank ins Meer und wurde von der Dunkelheit verschlungen. *Du hast mein Wort*, dachte Pan. Nacheinander standen alle auf und nahmen ihre alten Plätze auf den Bänken wieder ein. Es herrschte immer noch Schweigen. Sam wischte sich mit dem Handrücken über die Augen und Karl legte ihr einen Arm um die Schultern. Gwynne stand unbeweglich dort, wo Caras Leichnam gelegen hatte.

»Es tut mir leid«, sagte er. »Nebenbei bemerkt.« Keiner reagierte. Er schniefte und wischte sich über die Nase. »Okay, hört zu«, fuhr er fort. »Das war nicht die einzige Aufgabe. Es gibt eine Mission.« Pan spürte Jens Blick auf sich ruhen, aber sie sah starr zu Gwynne. »An einem Ort, wo es vielleicht Überlebende geben könnte. *Vielleicht*. Der Hubschrauberpilot hat Bewegung gemeldet. Aber dieser Ort ist dicht bewaldet. Der Hubschrauber kann da nicht landen. Eure Aufgabe: erkunden, Überlebende ausfindig machen und retten. Wenn vorhanden …«

»Moment«, sagte Nate. »Wir sind die unerfahrenste Gruppe der ganzen Akademie. Verstehen Sie mich nicht falsch, ich suche gerne nach Überlebenden, aber wäre es nicht vernünftiger, eine Gruppe einzusetzen, die da ein bisschen … eingearbeitet ist?«

»Korrekt«, sagte Gwynne. »Aber klein ist gut. Eine existierende Gruppe kann man nicht teilen. Muss Gruppengefühl entwickeln. Wie ihr. Außerdem bestehen nur geringe Chancen, jemanden zu finden. Betrachtet die Mission als Überlebenstraining.«

»Warum ist eine kleine Gruppe von Vorteil?«, fragte Wei-Lin.

»Überlebende sind uns nicht unbedingt freundlich gesinnt«, erwiderte Gwynne. »Vielleicht militante Überlebenskünstler und daher gefährlich. Schießen erst, fragen dann. Schon vorgekommen. Also, kleine Gruppe heißt, leichter zu verstecken.« Er schniefte wieder. »Vermutlich sicher, aber besser kein Risiko eingehen.«

Gwynnes letzter Satz erzeugte Schweigen, das er zunächst nicht unterbrach. Erst nach einigen Sekunden fuhr er fort: »Erreichen die Küste in der Dämmerung. Ich setze euch ab und komme zweiundsiebzig Stunden später wieder. Pünktlich. Ihr erwartet das Boot. Ich werde nicht warten. Wer nicht da ist, bleibt zurück. Klar?«

Nate lachte. »Und das nennen Sie gute Fürsorge?«, sagte ist. »Wer zu spät kommt, ist tot.«

Gwynne wandte sich nicht einmal zu ihm um. »Wir kommen mit einer anderen Gruppe zurück und suchen. Wenn ihr noch lebt. Dauert aber. Also: einfache Lektion. Seid pünktlich.«

Er trat zu einer langen Kiste, ähnlich der Werkzeugkiste eines Handwerkers, die sich ebenfalls unter der Plane befunden hatte. »In dieser Kiste«, fuhr er fort, »findet ihr die wichtigsten Utensilien zum Überleben. Kompass, Seil, Beil, Ausbeinmesser, volle Wasserflasche, Angelausrüstung – Schnur und Haken. Ach, und Wei-Lin – ein Bogen und Pfeile. Also Waffen und die Mittel, um euch Nahrung zu beschaffen. Sucht euch so schnell wie möglich eine Wasserstelle. Nutzt, was ihr gelernt habt.«

»Und mehr bekommen wir nicht?«, fragte Jen.

»Das ist alles«, antwortete Gwynne. »Wie gesagt. Überlebenstraining. Auffinden von Überlebenden unwahrscheinlich. Lasst euch etwas einfallen. Euch passiert nichts.«

Er wartete nicht auf eine Reaktion, sondern ging zurück zum Heck des Bootes. Der Motor heulte auf und das Boot beschleunigte.

Die Gruppe schwieg eine Minute lang, dann lachte Nate auf. »Ist doch besser, als die Klärgrube auszuschaufeln«, sagte er. »Das hätten Pan und ich ja jetzt in der Akademie machen müssen. Was meinst du, Pan?«

»Ich bin mir nicht sicher«, sagte sie. »So oder so sitzen wir tief in der Scheiße.«

Nate lachte wieder. »Positiv denken, Leute«, sagte er. »Und macht ein wenig die Augen zu, solange noch alles im grünen Bereich ist.« Er lehnte sich auf der Bank zurück, schlug die Beine übereinander und schloss die Augen. Keiner sagte etwas.

Es ist zu viel passiert, dachte Pan. *Und wir hatten gar keine Zeit, irgendetwas davon zu verarbeiten*. Aber Nate hatte recht. Es war vernünftig, sich Ruhe zu gönnen, während das noch möglich war. Allerdings bezweifelte Pan, dass sie schlafen würde. Vielleicht ging es den anderen genauso, aber dennoch suchten sie sich eine bequemere Position. Wei-Lin kringelte sich auf einem schmalen Abschnitt ihrer Bank zusammen. Karl, Sam, Sanjit und Jen legten sich aufs Deck.

Pan streckte die Beine aus und legte ihren Kopf auf Nates Schulter. Sein Körper war warm. Er fühlte sich sanft und sicher an. Innerhalb weniger Minuten hatten die Wellen sie eingelullt und wenigstens dieses eine Mal war ihr Schlaf traumlos.

19.

Pan fuhr hoch, ihr Herz klopfte wild. Es fühlte sich so an, als habe sie nur wenige Minuten geschlafen; allerdings schmerzte ihr Hals an der Stelle, mit der sie sich gegen Nate gelehnt hatte. Einen Moment lang wusste sie nicht, was sie geweckt hatte, aber dann sah sie, wie Gwynne gegen die Beine jener trat, die noch schliefen. Sie dehnte sich und versuchte, ihre Muskeln zu entkrampfen.

Die Dämmerung nahte, der Himmel schimmerte orangerot. Nate legte ihr die Hände auf die Schultern und knetete sie sanft.

»Es ist gut, die Muskeln ein bisschen zu lockern«, meinte er. »Ich habe so das Gefühl, wir werden unsere Kräfte brauchen.«

»Fühlt sich gut an«, sagte Pan.

»Und mein Honorar ist äußerst bescheiden. Keine Sorge. Das heißt nicht, dass wir jetzt verlobt sind oder so etwas.«

Pan lächelte. »Sind wir schon da?«

»Ich vermute, ja. Schau.« Nate deutete über ihre Schulter nach rechts. Pan drehte sich um. Vielleicht zweihundert Meter entfernt war eine dunkle Landmasse aufgetaucht, ihre Umrisse waren im Dämmerlicht gerade so zu erkennen. Es war unmöglich, Einzelheiten auszumachen. Die anderen hatten sich aufgerichtet, dehnten ihre Beinmuskeln und bogen den Rücken. Auch sie musterten die Landmasse.

»Zuhören«, sagte Gwynne. »Raus aus dem Boot in dreißig Sekunden. Von selbst oder mit meiner Hilfe. Nehmt die Werkzeuge mit. Los. In zweiundsiebzig Stunden, Punkt sechs Uhr früh, bin ich zurück. Ich warte fünf Minuten. Wenn ihr nicht hier seid, fahre ich. Selbst wenn ihr noch im Wasser schwimmt. Verstanden? Okay. Los.«

Alle drängelten sich um die Werkzeugkiste. Wei-Lin nahm den Bogen und den Köcher mit den Pfeilen, die anderen teilten sich die Sachen zufällig auf. Pan bekam das Seil. Jen sprang als Erste aus dem Boot. Mit kräftigen, sicheren Zügen kraulte sie aufs Ufer zu. Pan seufzte. Sie konnte nicht so schwimmen, schon gar nicht, wenn das schwere Seil sie behinderte. Pan war eher eine Brustschwimmerin – langsam, aber beharrlich. Sie rollte das Seil auf und warf es sich wie eine Schärpe über die Schulter, sodass es über ihre rechte Hüfte hing. Es hatte keinen Sinn, allzu viel darüber nachzudenken. Sie zweifelte keinen Moment daran, dass Gwynne sein Versprechen wahrmachen und sie über Bord werfen würde, wenn sie zu lange zögerte. Die anderen kraulten schon in Richtung Küste. Nate war von der Bootsseite gesprungen, so geschmeidig, dass er kaum eine Welle erzeugt hatte. Im Freistil schwamm er kräftig los. Pan war sich sicher, dass er sogar Jen überholen würde. Sie sprang ins Wasser und schnappte nach Luft – es war so kalt! Das Seil verdoppelte sein Gewicht beinahe im selben Augenblick und zog sie nach unten. Sie strampelte wieder zur Oberfläche und schwamm langsam hinter den anderen her. *Ich bin das schwache Glied,* dachte sie. *Das wissen die anderen und sie werden es mir übelnehmen. Sogar Nate.*

Nach einer gefühlten Ewigkeit spürte sie endlich Sand unter den Füßen und watete auf einen Strand. Die anderen warteten auf sie und Jen konnte ihre Ungeduld kaum verbergen. Aber keiner beschwerte sich, und Pan wurde klar, wie wirksam Gwynnes Worte gewesen waren.

Überlebenskünstler. Schießen erst, fragen dann. Sie hatten keine Ahnung, wo sie sich befanden oder ob Feinde in der Nähe lauerten. Es war wichtig, jeden Laut zu vermeiden, aber es war auch wichtig, so schnell wie nur möglich vom Strand zu verschwinden und sich vor möglichen Spähern zu verbergen. Sie war noch nicht ganz aus dem Wasser gekommen, da rannten die anderen schon auf ein Baumdickicht zu, etwa vierzig Meter von der Küstenlinie entfernt. Pan befestigte das Seil sicherer um ihre Schulter und lief ihnen nach.

Die Bäume wuchsen in einem sumpfigen Gelände. Das Wasser reichte bis dicht unter Pans Knie. Sie fror erbärmlich und schon jetzt spürte sie Mückenstiche in ihren bloßen Armen. Es würden elende Tage werden, aber jetzt galt es in erster Linie, einen geschützten Ort zu finden – möglichst trocken –, an dem sie reden und einen Plan ausarbeiten konnten. Nate brach sofort in Richtung des Landesinneren auf. Er watete durch den Sumpf, in der rechten Hand das Beil, mit dem er unterwegs von Zeit zu Zeit einen Ast wegschlug. Die anderen folgten ihm schweigend. Pan beobachtete, dass Jen sich nicht einmal die Mühe machte, nach den Insekten auf ihrer bloßen Haut zu schlagen. Zehn Minuten später machte sie sich auch nicht mehr die Mühe. *Reiß dich zusammen*, sagte sie sich. *Sei nicht das schwache Glied in der Kette.*

Es dauerte nur zwanzig Minuten, bis sie einigermaßen trockenes Land gefunden hatten. Die Bäume standen dicht zusammengedrängt und der Ort schien recht sicher zu sein. Nate sah sich nach allen Seiten um und seine Schultern entspannten sich. Er warf das Beil hin, zog die Jacke aus und schlüpfte aus seiner Hose. Sein Körper war muskulös und schlank, ohne auch nur ein überflüssiges Gramm Fett. Er hängte seine Kleider auf die Äste eines Baums und breitete sie aus. Die anderen folgten seinem Beispiel. Es war immer noch bitterkalt, aber in den nassen Kleidern froren sie noch mehr. Die Baumkronen bildeten ein so dichtes Dach, dass vom Himmel nichts zu sehen war – falls die Sonne überhaupt schien, hatte sie keinerlei Effekt. Zögernd zog sich Pan bis auf die Unterwäsche aus.

Schließlich hockten sie in einem engen Kreis beieinander. Pan stellte fest, dass sie nicht die Einzige war, die vor Kälte unkontrolliert zitterte.

»Wir brauchen ein Feuer«, flüsterte sie.

»Noch nicht«, sagte Nate. Er redete immer noch leise. »Nicht, bevor wir wissen, ob wir hier sicher sind. Sam, du hast Erfahrung mit Orientierungsläufen, deswegen möchte ich, dass du die Umgebung erkundest. Mindestens einen Kilometer in jede Richtung.«

»Und wer hat dich zum Anführer gewählt?«, fragte Karl.

»Niemand«, gab Nate zu. »Vielleicht ist das die erste Entscheidung, die wir treffen sollten. Ich meine, ich gehe mal davon aus, dass keiner von uns denkt, wir kommen hier ohne irgendeine Art von Anführer aus?«

Keiner sagte etwas.

»Das nehme ich als Zustimmung«, fuhr Nate fort. »Also, wer möchte das übernehmen?«

»Jetzt komm schon, Nate«, sagte Jen. »Du bist hier offensichtlich derjenige mit den angeborenen Führungsqualitäten. Wir verschwenden Zeit und ich friere. Du hast den Job, also sag uns, was wir tun sollen.«

Nate sah sich in der Runde um. Alle nickten, mit Ausnahme von Sanjit, der nicht einmal den Blick hob. »Okay«, sagte Nate. »Also, Sam, du kundschaftest die Lage aus. Sei so schnell, wie du nur kannst. Was brauchst du an Ausrüstung? Den Kompass?«

»Karl«, erwiderte sie wie aus der Pistole geschossen.

Pan kicherte, die meisten anderen auch. Selbst Jen grinste.

»Karl ist also jetzt Teil der Ausrüstung?« Nate lächelte. »Okay. Ich vermute, es ist sowieso sinnvoll, zu zweit loszugehen. Du hast doch so viele Computerspiele gespielt, Karl? Jetzt ist der Moment gekommen, in dem du dein Können in die Praxis umsetzen musst. Aber vergiss nicht, dass das hier die echte Welt ist und du nur ein Leben hast. Nehmt das Messer und den Kompass mit. Passt aufeinander auf und beim geringsten Anzeichen von Schwierigkeiten kommt ihr sofort hierher zurück. Verstanden?«

Sie nickten. Jen zog das Messer aus dem Hosenbund, warf es in die Luft und fing es an der Klinge. Dann streckte sie es Karl mit dem Heft voran entgegen. Er nahm es und reichte ihr die Wasserflasche. Sanjit gab Sam den Kompass und sie händigte ihm dafür die Angelausrüstung aus.

»Los«, sagte Nate. »Je früher wir wissen, dass wir in Sicherheit sind, desto schneller können wir ein Feuer machen.«

Sam nickte und schlüpfte ins Unterholz, Karl heftete sich an ihre Fersen. Es dauerte nur zwanzig Sekunden, bis sie außer Sichtweite waren. Die übrigen fünf rückten noch dichter zusammen.

»Junge Liebe«, frotzelte Nate. »So süß. Also. Ich habe mir Folgendes überlegt. Am allerwichtigsten ist es erst einmal, festzustellen, ob wir in unmittelbarer Gefahr schweben oder ob es in der Nähe Menschen gibt. Das wissen wir erst, wenn Sam und Karl wieder zurück sind. Wenn sie grünes Licht geben, entzünden wir ein Feuer und trocknen unsere Sachen. Allerdings ohne Rauch. Jen, weißt du, wie das geht?«

Sie nickte. »Feuermachen hat mir Gwynne in meinen persönlichen Förderstunden beigebracht.«

»Okay«, fuhr Nate fort. »Dann müssen wir ein Base Camp einrichten, nahe am Wasser und am besten mit einem Schutzdach. Wei-Lin sollte nach Wild Ausschau halten und wenn möglich für Verpflegung sorgen. Ich würde sagen, danach gehen wir nur noch auf Erkundungstour – wir müssen nachsehen, ob irgendwo Überlebende sind und ob sie mit uns zur Akademie kommen wollen.«

Die Gruppe schwieg einen Moment lang, dann meldete sich eine leise Stimme.

»Wir sollten Pan fragen.«

Es war Sanjit. Er hatte den Kopf nicht gehoben und drehte und rieb seine Hände ineinander, als würde er sie waschen. Alle starrten ihn an – verblüfft darüber, dass er gesprochen hatte Sie hatten sich an ihn als das stumme Mitglied der Gruppe gewöhnt. Wei-Lin war die Erste, die etwas sagte.

»Was sollen wir Pan denn fragen, Sanjit?«

Er zuckte fast unmerklich mit den Achseln. »Sie weiß Dinge«, sagte er. »Sie wusste, wo Wei-Lins Uhr war. Sie hat Cara gefunden. Ich weiß nicht … vielleicht könnte sie das dazu nutzen … diese Gabe oder was sie da hat, um nachzusehen, ob da draußen Leute sind. Überlebende.« Er sah kurz auf. »Das könnte nicht schaden.«

Jen grunzte verächtlich.

»Es könnte nicht schaden«, wiederholte Sanjit.

»Stimmt schon«, gab Nate zu. »Willst du es versuchen, Pan?«

»Meine Fresse«, presste Jen durch die Zähne.

»Ich weiß nicht«, sagte Pan. »Wisst ihr, wenn ich dann … was finden soll, dann … Aber ich bin nicht sicher, dass ich es hinkriege. Es ist ein bisschen seltsam …« Sie kam sich dämlich vor, noch während sie die Worte aussprach. *Du redest völlig wirres Zeug*, dachte sie. *Du klingst wie ein billiger Hellseher vom Jahrmarkt. Das bestätigt Jen nur in ihrer Meinung.* Sie schluckte. »Ich muss erst mal meinen Kopf leer kriegen.«

»Dann mach ihn doch leer«, sagte Jen. »Sollte ja nicht so schwer sein.« Sie pflückte ein breites Blatt von einem Strauch in ihrer Nähe, steckte es in den Mund und spuckte es wieder aus.

Beachte sie nicht, dachte Pan. *Jeder Konflikt ist unser Feind.* Sie schloss die Augen und versuchte, ihren Kopf von allen Gedanken frei zu machen. Wie hatte sie das hingekriegt, als sie plötzlich in den Geist des Falken eingedrungen war? Oder als sie damals gegen Jen gekämpft hatte? Sie konnte sich nicht genau erinnern. Sie atmete tief ein und stieß die Atemluft langsam und gleichmäßig aus. Sofort dachte sie daran, wie sie in Jens Augen wohl aussah. Sie musste gegen die Bilder von Jens verächtlicher Miene ankämpfen, die sich sofort in ihr breitmachten. Sie zwang sich zur Konzentration. Das Sirren einer kreisenden Stechmücke riss sie wieder ins Jetzt. Pan schüttelte den Kopf und öffnete die Augen. Es war hoffnungslos.

»Irgendwas?«, fragte Wei-Lin.

»Tut mir leid.«

»Vielleicht ist es nicht gerade hilfreich, wenn du dabei ein Publikum hast«, meinte Nate. »Such dir doch lieber einen Platz, an dem du allein sein kannst. Nicht allzu weit weg. Wir müssen zusammenbleiben.«

»Es bringt nichts«, sagte Pan.

»Ich glaube an dich, Pan«, sagte Nate. »Noch ein Versuch. Wie Sanjit schon sagte … es kann ja nicht schaden.«

Pan zuckte mit den Achseln und entfernte sich von der Gruppe. Sie musste nicht weit gehen. Die Vegetation war so dicht, dass es keine Schwierigkeiten machte, in der Nähe der anderen zu bleiben und trotzdem für sich zu sein. Sie setzte sich hinter einen Baum und verschränkte die Arme vor ihrem Körper. Die Kälte wurde weiterhin eher schlimmer als besser. Hoffentlich würden Sam und Karl bald zurückkehren. Die Vorstellung von einem Feuer und warmer Kleidung war sehr verlockend. Sie schloss die Augen und versuchte noch einmal, den Gedanken beiseitezuschieben. Warum war es so schwierig, den Kopf freizubekommen? Sie konzentrierte sich auf ihren Atem. Ein langer, langsamer Atemzug. Halte ihn. Dann atme ganz langsam aus. Behalte den Rhythmus bei, konzentrier dich aufs Atmen. Ein und aus. Ein und aus.

Diesmal war es nicht so dramatisch. Sie nahm von keinem anderen Körper Besitz, nichts nahm von ihr Besitz. Kein Aufprall von Geist auf Körper. Nur ein vages Gefühl der Bedrohung. Nahe und immer näher. Pan konzentrierte sich darauf, die Bilder, die Eindrücke zuzulassen. Wenn sie zu viel nachdachte, würden sie einfach verschwinden. Regelmäßig atmen. Die flimmernde Dunkelheit hinter ihren Augenlidern lichtete sich, löste sich auf in verschwommene Gestalten. Menschen, die durch den Wald rannten. Sie konnte keine Einzelheiten erkennen, sah nur die sich bewegenden Schatten, hörte das Rascheln des Laubs. Sie erhaschte einen Blick auf einen Gewehrlauf. Zehn Männer, vielleicht mehr. Sie hörte fernes Flüstern, konnte aber keine einzelnen Worte ausmachen. Sie war sich nicht einmal sicher, ob es Englisch war. Die Bilder waren so empfindlich wie Seifenblasen. Bei der kleinsten Störung würden sie zerplatzen. Pan versuchte, ihren Geist noch freier zu machen. Die Bilder verfestigten sich. Sie sah ihr Team rennen. Sie liefen davon, aber vor wem? Soldaten? Waren es Soldaten? Dieses Gewehr. Vielleicht. Rannten sie um ihr Leben? Sie sah, wie Jen einen Blick über die Schulter warf, als fürchtete sie sich vor dem, was sie sehen könnte. Wei-Lin, die einen Pfeil in den Bogen gelegt hatte. Nate hielt das Beil umklammert. Und dann fielen die Bilder in sich zusammen und nur ein Gefühl blieb zurück. Nicht einmal ein richtiges Gefühl. Aber woher auch immer – Pan wusste es. Sie wusste, dass einer aus ihrer Gruppe diesen Ort nicht verlassen würde. Nur sechs von ihnen würden in die Akademie zurückkehren.

Sie hatte keine Ahnung, wen sie verlieren würden.

Pan öffnete die Augen. Wieder traf die Kälte sie wie ein Schlag und sie fröstelte, konnte aber nicht sagen, ob das an der Temperatur lag oder eine Nachwirkung der Vision war. *Hier stimmt irgendetwas nicht*, dachte sie. *An all dem stimmt irgendetwas nicht.* Sie versuchte, den Gedanken an etwas Konkretem festzumachen, aber er entglitt ihr sofort und hinterließ nur diese überwältigende Kälte und ein Gefühl der panischen Angst.

Langsam rappelte sich Pan auf. Ihre Beine waren fast blau und von Gänsehaut gesprenkelt. Was sollte sie den anderen sagen? Sie konnte ihnen nicht verraten, dass einer von ihnen hier zurückbleiben würde. Das würde keinerlei Nutzen bringen. Aber sie konnte wenigstens von ihrem Gefühl berichten, dass sie nicht alleine hier waren. Das war vielleicht keine große Hilfe und Jen würde sie vermutlich verspotten, aber es war immerhin eine Information, die sie weitergeben konnte.

Pan stieß in dem Moment wieder zur Gruppe, als Karl durch eine Lücke zwischen den Bäumen heranstürmte. Sam folgte ihm beinahe unmittelbar auf den Fersen. Beide wirkten sehr aufgeregt.

»Ein Dorf«, zische Karl und ging vor den anderen in die Hocke. »Keinen Kilometer weit weg. Das müsst ihr sehen.«

»Menschen?«, fragte Nate.

»Oh ja«, antwortete Karl. »Aber sie sind alle tot. Zumindest glauben wir, dass sie alle tot sind.«

~~~

Langsam, im Gänsemarsch, bewegten sie sich durch den Wald. Karl ging voraus, Sam war dicht hinter ihm und Pan bildete den Abschluss. Sanjit trabte direkt vor ihr dahin. Selbst beim Gehen hielt er den Kopf gesenkt. Was hatte er noch mal als seine Spezialbegabung angegeben? Technik. Das passte. Pan konnte ihn sich gut vor einem Computer vorstellen. Aber im Kampf gegen die Natur? Sanjit gegen die Wildnis? In so einem Wettstreit konnte es nur einen Gewinner geben.

Sie hatte nicht die Gelegenheit gehabt, ihre Vision an die Gruppe weiterzugeben, und sie war dankbar dafür. Genau genommen war es ja gar keine richtige Vision. Nate hatte sofort alle angewiesen, sich anzuziehen. Ihre Kleider fühlten sich noch kälter als vorher, obwohl Pan das nicht für möglich gehalten hatte. Sie zitterte unkontrolliert, als sie ihre Tarnhose überzog. Jen schien es überhaupt nichts auszumachen. Zittern, so vermutete Pan, wäre für dieses Mädchen ein inakzeptables Zeichen der Schwäche gewesen.

Die Gruppe bewegte sich gleichmäßig und schweigend.
~~~

Sie erzeugten beim Gehen kaum ein Geräusch und Pan konnte auch keine andere Regung im Wald wahrnehmen. Vielleicht lag es nur an der unheimlichen Stille, aber Pan spürte ein Jucken zwischen den Schulterblättern, als würde sie jemand beobachten. Sie versuchte, das Gefühl als Beweis für ihre überbordende Fantasie abzutun und sich auf Sanjits gesenkten Kopf zu konzentrieren.

Nach knapp zehn Minuten hob Karl warnend die Hand und die Gruppe kam zum Stehen. Er zeigte auf das Laub vor seinem Gesicht und legte einen Finger auf die Lippen. Dann schob er sich langsam vorwärts und drückte die Wedel eines riesigen Farns zur Seite. Die anderen drängten sich heran. Sie befanden sich am Rand einer großen Lichtung. Das Erste, was Pan auffiel, war der Geruch. Er war süßlich, widerlich und fing sich in ihrer Kehle. Es dauerte einen Moment, bis sie ihn zugeordnet hatte. Tod. Der süßliche Geruch von verrottendem Fleisch. Als Nächstes nahm sie ein schwaches Brummen wahr, ein gleichmäßiges Dröhnen, als würde weit in der Ferne schweres Werkzeug eingesetzt. Fliegen. An mehreren Stellen um das Dorf herum hatten sich schwarze Wolken aus Fliegen gebildet, sie schwärmten, sammelten sich über kleinen Erhebungen auf dem Boden. Leichen. Pan packte den Kragen ihres T-Shirts und zog ihn sich über den Mund. Wei-Lin und Sam taten es ihr nach. Sie warf einen Blick auf Sanjit. Sein Adamsapfel glitt auf und ab, als kämpfe er gegen einen Würgreflex, aber er hatte sein Gesicht nicht bedeckt. Sie legte eine Hand auf seine Schulter, doch er reagierte nicht.

Nate bedeutete der Gruppe, sich zurückzuziehen. Es war eine Erleichterung, als Karl die Farnwedel wieder losließ und die Lichtung nicht mehr zu sehen war. Pan konzentrierte sich auf ihren Atem. Sie stellte fest, dass sie beinahe hyperventilierte. Als sie dem Rhythmus jedes Atemzugs nachspürte, konnte sie sich wieder beruhigen.

»Ich möchte, dass wir uns um die Lichtung herum verteilen«, sagte Nate. »Karl, du gehst auf die gegenüberliegende Seite, zwölf Uhr zu der Stelle, an der wir hier stehen. Sam drei Uhr. Pan neun Uhr. Jen, Sanjit und Wei-Lin jeweils vier, sieben und elf. Seid leise. Wenn ihr an eurer Position seid, beobachtet einfach nur. Wenn ihr irgendetwas seht, irgendein Lebenszeichen, kommt wieder zu mir auf sechs Uhr zurück. Wir warten dreißig Minuten. Wenn keiner etwas berichtet, gehe ich auf die Lichtung. Haltet Ausschau nach mir. In diesem Moment betreten wir die Lichtung gemeinsam. Verstanden?«

Alle nickten.

»Los«, sagte Nate.

Pan schlich mit Sanjit und Wei-Lin nach links. Sie sagten nichts, konzentrierten sich darauf, kein Geräusch zu erzeugen. Sanjit trat auf einen abgebrochenen Ast und das scharfe Knacken ließ sie erstarren. Pan neigte den Kopf und versuchte, etwas über das Hämmern ihres Herzschlags hinweg zu hören. Der Wald war still, unheimlich still. Die Bäume schirmten sogar das Summen der Fliegen ab. Mit einer gewissen Erleichterung stellte Pan fest, dass Sanjit in solchen Dingen noch ungeschickter war als sie. Pan mochte im Wasser das schwache Glied der Kette sein, aber an Land war er noch schwächer. Es war kein edler Gedanke und sie versuchte, ihn zu verdrängen. Dreißig Sekunden verstrichen und sie gingen wieder los. Nach ein paar Minuten tippte Pan Sanjit auf die Schulter. Sie deutete auf den Boden und Sanjit nickte. Er hatte verstanden. Er ließ sich auf Hände und Knie nieder und legte sich dann auf den Waldboden. Vorsichtig robbte er auf die Lichtung zu. Pan und Wei-Lin gingen weiter.

Als Pan schätzte, dass sie etwa die Neun-Uhr-Position erreicht hatte, tippte sie Wei-Lin auf den Rücken. Wei-Lin nickte und setzte den Weg fort, während Pan Sanjits Beispiel folgte und sich auf den Bauch legte. Zentimeter für Zentimeter schob sie sich auf die Lichtung zu, benutzte ihre Ellbogen, um auf der vermoderten Laubdecke, die den größten Teil des Unterholzes ausmachte, vorwärtszukommen. Vorsichtig schob sie das Laub auseinander und sah in Richtung Dorf. Es waren fünf oder sechs aus Plastikpaneelen errichtete kleine Gebäude. Sie sahen aus wie die kleinen Bungalows, die man auf manchen Campingplätzen fand. Hölzerne Stufen führten zu den Eingangstüren hinauf, die mit Fliegengitter abgedeckt waren. Die Tür des Gebäudes, das Pan am nächsten war, stand offen, aber sie konnte im Inneren nichts erkennen, weil der Winkel ungünstig war. Einen Moment lang dachte sie daran, zehn Meter nach rechts zu kriechen, um einen besseren Blick zu erhaschen, wollte jedoch lieber keine weitere Bewegung riskieren. Das Innere würde vermutlich ohnehin im Dunkeln liegen. Pan ließ ihren Blick über die Lichtung schweifen, aber sie konnte von den anderen keine Spur erkennen. Inzwischen mussten alle ihre Positionen eingenommen haben. Sie wandte ihren Blick wieder dem Dorf zu. Sie konnte sieben Leichen ausmachen, alle von Fliegen bedeckt. Sie waren unregelmäßig über die Lichtung verteilt, nur eine lag auf der untersten Stufe eines der Gebäude, als hätte die betreffende Person versucht, im Inneren Schutz zu suchen oder vor etwas zu fliehen, was sich im Inneren befand. Pan schauderte.

Fast genau ihr gegenüber erkannte sie einen schmalen

Pfad, der aus dem Dorf hinaus in den Wald führte. Ein Motorrad lehnte auf seinem Ständer neben dem Pfad. Es war eine merkwürdige, schmerzhafte Erinnerung an eine Normalität, mit der alles andere um sie herum in so deutlichem Widerspruch stand. Pan konnte sich bildhaft vorstellen, dass jemand aus einem der Gebäude trat, das Motorrad mit dem Kickstarter anwarf und davonfuhr. Sie warf einen Blick auf die Uhr. Noch zwanzig Minuten. Sie versuchte, ihren Geist leer zu machen – vielleicht konnte ihre Intuition ihr irgendetwas über das Dorf verraten? Fehlanzeige. Sie ließ ihren Blick weiter über die Lichtung wandern und achtete dabei besonders auf den Rand ihres Sichtfelds. Nirgendwo regte sich etwas. Die Kleider schmiegten sich eisig an ihrem Körper und nur unter Aufbietung aller Willenskraft gelang es ihr, das Zähneklappern zu unterdrücken. Während sie abwartete, versuchte sie zu verstehen, wozu das Dorf gedient hatte. Abgesehen von dem Motorrad waren keinerlei Maschinen sichtbar. Die Art der Gebäude ließ auf eine Wohnsiedlung schließen, andererseits handelte es sich hier eindeutig nicht um eine Touristenunterkunft. Es gab keine richtigen Straßen. In diesem Fall konnte es sich um eine Siedlung für Arbeiter handeln. Aber als was konnte man hier in der Nähe arbeiten? Als Holzfäller vielleicht. Doch der Weg aus der Siedlung wirkte dafür sehr eng und nirgendwo gab es eine Spur von Forstmaschinen. Es konnten höchstens Kettensägen in den Hütten liegen. Nach dem Durchsuchen der Gebäude würden sie mehr wissen. Pan legte ihren Kopf auf die Arme und versuchte, das Sirren der Stechmücken in ihren Ohren zu ignorieren.

Punktgenau nach einer halben Stunde betrat Nate die Lichtung. Er ging langsam, drehte den Kopf in alle Richtungen. Fast im selben Moment tauchten die anderen an ihren jeweiligen Positionen um die Lichtung herum auf. Pan stand auf und folgte ihrem Beispiel. Sie trafen sich in der Mitte, dicht vor dem größten Gebäude. Pan musste einen kleinen Umweg um eine Leiche machen. Als sie näher kam, erhoben sich ganze Wolken von Fliegen und setzten sich dann wieder hin. Sie hielt den Blick abgewandt.

»Wir durchsuchen nacheinander alle Gebäude«, sagte Nate. »Sam, Karl und Wei-Lin bleiben draußen und passen auf. Ruft, wenn ihr etwas seht oder hört. Was uns andere angeht – so schnell wie möglich rein und wieder raus. Fragen?«

Es gab keine. Nate umklammerte das Beil. Wei-Lin hatte einen Pfeil in den Bogen gelegt, hielt diesen aber zum Boden gerichtet. Karl stellte sich hinter das Gebäude und Sam bezog seitlich Stellung. Nate deutete mit dem Kinn auf die Stufen zum nächstliegenden Gebäude.

»Ich gehe zuerst. Wenn wir drin sind, verteilen wir uns. Nicht reden, außer ihr findet etwas Interessantes. Also, dann los.« Ohne zu zaudern, erklomm er die Stufen und packte den Türgriff, drehte ihn und trat ein. Pan war ihm dicht auf den Fersen. Sofort nach dem Eintreten bog Nate nach links ab. Pan ging geradeaus. Im Inneren des Gebäudes war es ziemlich dunkel und es dauerte einige Augenblicke, bis Pans Augen sich daran gewöhnt hatten. Es waren Büroräume. Ein Schreibtisch stand vor einem kleinen Fenster, der Ledersessel an seinem Platz. Auf einer Seite befand sich ein Aktenschrank und an eine Korkpinnwand waren einige Zettel geheftet. Sie waren nicht auf Englisch verfasst. Pan kannte die Sprache nicht. Sie ging rückwärts und traf auf Nate, der gerade den Raum links von ihr verließ. Er hob die Augenbrauen und sie schüttelte den Kopf. Nichts. Jen und Sanjit kamen dazu.

»Nichts«, sagte Jen.

»Okay«, sagte Nate. »Weiter zum nächsten.«

Im letzten Gebäude, das sie überprüften, fanden sie einen Mann. Das Innere war als primitiver Schlafraum eingerichtet. Drei Betten, eigentlich nur Pritschen, quetschten sich in den engen Raum. Der Mann lag halb im dritten Bett, halb hing er heraus. Dunkle Flecken, getrocknetes Blut, sprenkelten die Bettwäsche und den einfachen Holzboden. Zuerst hielten die Jugendlichen den Mann für tot – er war leichenblass –, aber dann wurde sein Körper von einem Atemzug geschüttelt. Es war ein grauenvolles Geräusch, wie das Rasseln von Kies auf Metall. Instinktiv wichen Nate und die anderen angewidert zurück. Die Hand des Mannes zuckte, seine Augenlider flatterten und hoben sich. Er schien Pan mit blutunterlaufenen Augen und Pupillen so klein wie Stecknadelköpfe direkt anzusehen. Nate kniete sich neben das Bett und nahm seine Hand, aber er reagierte nicht. Nur sein rasselnder Atem war zu hören. Pan schloss die Augen und kämpfte gegen ihre aufsteigende Panik. Das alles war ihr so vertraut. Sie wusste, was geschehen würde. Der Körper des Mannes würde sich verkrampfen, würde von Husten geschüttelt werden. Der Husten würde ihn zerreißen, der Druck seines Blutes würde zu groß werden. Sie spürte Tränen hinter ihren Augenlidern. Die Vertretungslehrerin. Ihre ganzen Albträume. Ihre allerschlimmsten Albträume waren lebendig geworden.

Als der Husten dann kam, war er gewaltiger, als sie sich hatte vorstellen können. Der Mann krümmte sich zusammen. Aus seinem Mund spritzte ein Blutstrahl, eine Fontäne, die Nates T-Shirt tränkte. Er ließ die Hand des Mannes fallen und starrte auf den sich ausbreitenden blutroten Fleck auf seiner Brust hinunter. Alle waren vor Entsetzen wie gelähmt.

Der Mann fiel wieder nach hinten, seine Hand hing auf den Boden, die Finger tauchten in eine Blutlache. Diesmal war die Stille endgültig.

Schlagartig waren die Bilder in Pans Kopf wieder da und ließen sie zur Tür herumwirbeln. Männer, die sich näherten. Äste, die auseinandergebogen wurden, Stiefel, die Unterholz zertraten, das lockere Schwingen eines Gewehrs, ein Munitionsgurt wie ein merkwürdiger Festtagsschmuck. Ein Schrei von draußen durchschnitt die Stille und Pan wusste nicht mehr, was zuerst da gewesen war – ihre Vorahnung oder der Warnruf.

»Da kommt wer!« Es war Sams Stimme, sie klang aufgeregt.

Nate sprang auf die Füße und rannte zur Tür. Er hinterließ eine Spur aus blutigen Fußabdrücken. Schaudernd folgte ihm Pan. Sie stürmten nach draußen auf die Eingangstreppe. Nach der Dunkelheit im Haus blinzelten sie draußen geblendet ins Licht. Sam, Wei-Lin und Karl hatten sich vor den Stufen aufgestellt. Sam hielt das Messer locker in der rechten Hand, Wei-Lin hatte den Bogen halb gehoben, und alle starrten auf das hintere Ende der Lichtung. Pan beschattete die Augen mit der Hand und folgte dem Blick der anderen.

Eine Gruppe von Männern hatte den Rand der Lichtung betreten. Es waren etwa zehn und auch sie schienen in ihren Bewegungen erstarrt zu sein, als hätte der Anblick anderer Menschen sie vollkommen überrascht. Jen trat einen Schritt zurück und redete mit leiser Stimme, ohne den Blick von den Ankömmlingen abzuwenden.

»Was jetzt, Nate?«

»Ich weiß nicht«, antwortete er.

Pan verstand sein Zögern. Waren diese Leute ihnen freundlich gesinnt, waren es Überlebende der Seuche, die ihre Freunde, ihre Familien getötet hatte? Oder stellten sie eine Bedrohung dar? Jetzt hob einer der Männer grüßend die Hand. Er rief etwas und kam ein paar Schritte näher.

»Lauft!«, schrie Pan.

Einen Augenblick lang rührte sich keiner.

»Warum?«, fragte Karl.

»Weil sie uns alle umbringen wollen«, sagte Pan. »Vertraut mir. Lauft!«

Sie sprang von der Veranda und sprintete in Richtung Wald. Undeutlich nahm sie wahr, dass die Männer noch etwas riefen. Als sie sich kurz umsah, stellte sie fest, dass ihre Freunde ihr dicht auf den Fersen waren. Weiter hinten rannten die Männer jetzt ebenfalls los. Einer hob ein Gewehr an die Schulter. Sie rannte schneller. Sie hörte die Kugel nicht. Da war nur ein Rauschen in der Luft, ein heftiger Druck. Sofort darauf folgte der dumpfe Knall. Es klang eigentlich absurd, wie Kinderspielzeug. Beim zweiten Schuss splitterte ein Baumstamm einen Meter rechts von ihr. Dann war sie im Wald, brach durchs Gebüsch, ohne darauf zu achten, dass ihr Zweige ins Gesicht peitschten. Sie riskierte noch einen Blick. Nate und die anderen waren direkt hinter ihr. Der Wald schloss sich um sie.

Sie waren sicher. Für den Moment jedenfalls.

20.

Nate lief neben ihr her.

»Ganz ruhig atmen, Pan«, sagte er. »Konzentrier dich auf jeden Atemzug. Angst und Panik erzeugen Säure in der Muskulatur. Bleib locker.«

Pan spürte, wie Ärger sie durchzuckte. Gab es nichts, was ihn aus seiner Gelassenheit reißen konnte? Nicht einmal die Tatsache, dass er gerade um sein Leben rannte und Bewaffnete ihm auf den Fersen waren? Wie konnte er bloß so verdammt … gefasst bleiben? Aber sie wusste, dass er recht hatte. Durch die Panik atmete sie vollkommen unregelmäßig und hatte jetzt schon heftiges Seitenstechen. Nach einer Minute ließ das Stechen nach und sie atmete leichter. Nate lief vollkommen mühelos an ihr vorbei. Er wandte den Kopf und sprach die anderen an.

»Kommt mir nach. Wei-Lin, bleib du ganz hinten. Achte auf Verfolger. Wenn du einen siehst, töte ihn. Verstanden?« Er wartete nicht auf eine Antwort, sondern brach nach links durch den Wald. Pan verstand den Richtungswechsel nicht. Der Wald war in alle Richtungen dicht und eine Richtung war so gut wie die andere. Aber sie folgte ihm.

Als sie das nächste Mal anhielten, wandte sich Jen an Nate. Als sie etwas sagte, war sie kein bisschen außer Atem.

»Hast du einen Plan, Boss?«, fragte sie.

Nate lächelte.

»Leider keinen besonders großartigen, Jen. Ich versuche nur, uns am Leben zu halten.«

»Und warum dann diese Richtung?«

»Wenn meine Orientierung mich nicht täuscht, dann sollten wir demnächst auf diesen Pfad treffen … den, der aus dem Dorf rausführt.«

»Und?«

»Dem folgen wir. So wie wir gerade durchs Dickicht brechen, könnten wir genauso gut Neonlichter aufhängen. Abgebrochene Zweige, geschlitzte Blätter, jede Menge Spuren unserer Flucht. Jeder Volltrottel könnte uns verfolgen. Eine Weile halten wir vielleicht unseren Vorsprung, aber irgendwann erwischen sie uns. Wenn wir den Pfad erreichen, hinterlassen wir viel weniger Spuren. Wir folgen ihm eine Weile und biegen erst dann wieder in den Wald ab. Zumindest wird sie das ein bisschen ausbremsen.«

»Der geborene Anführer, oder?«

»Wohl kaum. Wir stecken trotzdem total in der Scheiße. Also, genug geredet. Jen, behalte die anderen im Auge, besonders Sanjit. Okay?

Jen nickte und ließ sich zurückfallen. Pan senkte den Kopf und hielt den Blick konzentriert auf Nates Stiefel gerichtet, als er wieder losrannte. Sie versuchte, alle Gedanken wegzuschieben und ihren Körper dazu zu bringen, dem Rhythmus seiner sich hebenden und senkenden Füße zu folgen. Die erste Panik war verebbt und nun stellte sich ein anderes, starkes Gefühl ein: Sie hatte das schon mal erlebt. *Flucht, Verfolgung.* Der Versuch, vor etwas oder jemandem wegzurennen, der ihr etwas antun wollte. Plötzlich fiel ihr der Traum ein, den sie in der Akademie immer wieder geträumt hatte.

Und noch etwas anderes. Etwas, das Cara in ihr Tagebuch geschrieben hatte. *Jene Träume, die gar keinen Sinn ergeben.* Pan konnte das Gefühl nicht abschütteln, dass sie kurz vor einer Entdeckung stand, ja, einer Erleuchtung. Aber sie hatte nicht die Zeit, sich damit zu befassen.

Ein Schrei von hinten ließ Nate anhalten. Ohne einen Moment zu zögern machte er kehrt. Auch Pan kam schlitternd zum Stehen und drehte dann wieder um. Einen Moment lang war sie überrascht, dass sie keine Spur von einem der anderen entdeckte. Aber der Wald war so dicht, dass ein Abstand von wenigen Metern ausreichte, um nicht gesehen zu werden. Sie beschleunigte ihren Schritt.

Es war Sanjit. Er war gestolpert. Nun lag er zusammengesunken auf dem Boden und umklammerte seinen rechten Knöchel. Karl half ihm auf die Füße, legte ihm einen Arm um den Brustkorb. Jen und Sam standen einige Meter weiter vorn, in Ratlosigkeit erstarrt. Pan rannte an Wei-Lin vorbei, die über Karls Kopf hinweg in den Wald starrte. Die Verfolger erzeugten starken Lärm – Körper bahnten sich ihren Weg durchs Gestrüpp und die Männer stießen kehlige Rufe aus, Befehle für die anderen. Pan spürte ein Kribbeln auf der Haut – Unheil nahte. Die Zeit schien stillzustehen.

Als der Mann durchs Gebüsch ins Freie brach, trennten ihn nur noch fünf Meter von Sanjit und Karl. Einen unwirklich erscheinenden Moment lang beobachteten sie sich gegenseitig. Der Mann schwitzte. Sein Gesicht glänzte und Schweißtropfen hatten sich an seiner Bartspitze gebildet. Er trug einen zerrissenen, verdreckten Armeeoverall. Dann griff der Mann sich über die Schulter und zog eine Machete. Ihre Klinge war rostgefleckt, sah aber dennoch tödlich aus.

Er tänzelte auf den Zehenballen und sah sich in der Gruppe um. Dann machte er grinsend einen Schritt nach vorn.

Der Pfeil traf ihn in den Hals. Sein Schaft trat auf der anderen Seite zur Hälfte wieder heraus, bevor er stecken blieb. Auf der einen Seite des Halses glänzte die Pfeilspitze rot und die Federn am Ende bebten noch einen Moment lang. Dann standen sie still. Der Mann erstarrte, als sei er völlig überrascht. Ein erstaunter Ausdruck trat in sein Gesicht und er hob tastend eine Hand zum Kopf. Sein Mund öffnete sich, aber es kam kein Laut heraus. Nur ein dünner Blutfaden tropfte von seinen Lippen. Die Machete fiel ihm aus der Hand und dann knickten seine Beine ein.

Nate raste nach vorn und hob Sanjit mit einer lockeren Bewegung hoch. Er warf ihn sich über die rechte Schulter.

»Lauft, Leute«, schrie er. »Los!«

Pan wandte sich um und wollte ihm folgen. Sie sah, dass Wei-Lin sich nicht rührte. Wie gelähmt. Der Bogen baumelte an ihrer linken Hand und sie hielt den Blick starr auf den Toten gerichtet. Eine Hand des Mannes zuckte noch und ein Fuß scharrte sinnlos über den Boden. Pan packte Wei-Lin am Handgelenk und zerrte sie weiter. Einen kurzen Moment lang schien es, als sei sie noch immer erstarrt, aber dann überlief sie ein Schauer und sie rannte los. Pan wagte es, ihr kurz ins Gesicht zu sehen: Es war verzerrt, die Augen weit aufgerissen und voller Panik. Ihr Atem kam in abgehackten Stößen.

»Atme, Wei-Lin«, sagte sie. »Bleib locker.«

Pan ließ sich ein paar Schritte zurückfallen, deswegen konnte sie nicht sagen, ob ihre Worte irgendetwas ausgerichtet hatten. Sie fürchtete, Wei-Lin könnte einfach wieder aufhören zu atmen angesichts der gewaltigen Dimension ihres Handelns. Pan wusste, dass sie auf sie aufpassen musste. Nun bildete sie den Abschluss der Gruppe und sie empfand ihren Rücken als breite Zielscheibe. Ein Schuss würde sie ausschalten, bevor sie auch nur erkannte, was passiert war. Ihre Schulterblätter juckten in Erwartung der Kugel.

Sie platzten aus dem Dickicht ins Freie. Das Laub hatte sich plötzlich gelichtet und ein ausgetretener Pfad, nur einen Meter breit, lag vor ihnen. Nate hielt an und sah sich nach beiden Seiten um. Obwohl er Sanjit auf der Schulter trug, war er noch nicht erschöpft.

»Hier entlang.« Er wandte sich nach links. Die anderen folgten ihm. Pan dachte über die gewählte Richtung nach. Zur Rechten machte der Weg etwa nach zwanzig Metern eine Biegung, während die Richtung, die Nate eingeschlagen hatte, sie mindestens hundertfünfzig Meter weit ungeschützt ließ. Es war unlogisch. Pan schickte ein Stoßgebet in den Himmel – vielleicht hatten die anderen Männer angehalten und kümmerten sich um ihren gefallenen Kameraden. Sekunden konnten lebenswichtig sein, wenn sie nicht vor der Wegbiegung entdeckt werden wollten. Die anderen denken bestimmt das Gleiche, dachte sie. *Und trotzdem haben sie ohne zu zögern gehorcht. Er ist wirklich eine Führungspersönlichkeit.* Sie hätte bei dem Gedanken vielleicht sogar gelächelt, aber das Gefühl, dass jederzeit eine Kugel ihr Leben auslöschen konnte, erstickte diesen Impuls, bevor er sich durchsetzen konnte.

Es kam ihr vor, als seien diese hundertfünfzig Meter die längsten ihres Lebens, aber sie schafften es. Als Pan um die Kurve bog, wurde ihr erst klar, dass sie den Atem angehalten hatte. Jetzt zwang sie ihre Lunge dazu, die Luft auszustoßen. Wei-Lin stolperte leicht, wankte auf dem Weg, und Pan wusste, dass sie nicht mehr lang rennen konnte. Was für einen Plan Nate auch immer hatte – falls er einen hatte –, dann hoffte sie, dass sie bald anhalten konnten, bevor sie körperlich schlapp machten. Sie war sich nicht ganz sicher, ob sie geistig nicht bereits schlapp gemacht hatten.

Die Gruppe umrundete eine weitere leichte Wegbiegung und Pan entdeckte nur zwanzig oder dreißig Meter vor ihnen die Lichtung, in der das Dorf lag. Zehn Meter vor ihr hielt Nate an und drängte rechts in den Wald hinein. Jen, Karl und Sam folgten. Wei-Lin stolperte und wäre beinahe hingefallen. Pan packte sie am Arm und führte sie hinter den anderen her. Sie fegten breite Farnblätter zur Seite, ignorierten Zweige, die sich an ihren Kleidern festkrallten. Wei-Lins Atem ging stoßweise. So klang Panik, sie stand kurz vor dem Hyperventilieren.

Sie erreichten eine kleine Stelle im Unterholz, das mit jungen Bäumen und kleinen Farnpflanzen bewachsen war. Sie bot so viel Platz, dass sich alle hinsetzen konnten. Nate ließ Sanjit von seiner Schulter gleiten und setzte ihn sanft auf den Boden, mit dem Rücken gegen einen Baum. Dann setzte er sich selbst und verbarg das Gesicht in den Händen. Wei-Lin ließ sich auf den Boden fallen und tat dasselbe. Die anderen setzten sich mit überkreuzten Beinen dazu. Keiner redete ein Wort.

Zwei Minuten vergingen, dann überlief Nate ein Schauer und er hob den Kopf. Als er redete, war seine Stimme kaum mehr als ein Flüstern und die Gruppe musste dicht an ihn heranrücken, um ihn zu verstehen.

»Dieser Ort ist so gut wie jeder andere«, erklärte er. »Wir machen ihn zu unserem Basiscamp, bis wir sicher sind, dass wir sie abgehängt haben.«

»Wir sind so nah am Dorf«, sagte Jen. »Ist das denn klug?«

»Ich habe mir gedacht, sie rechnen nicht damit, dass wir hierher zurückkommen«, erwiderte Nate. »Vor allem, weil man intuitiv eher nach rechts abgebogen wäre.« *Deswegen hat er uns länger als nötig so ungeschützt laufen lassen*, dachte Pan.

»Ein Glücksspiel«, stellte Karl fest.

»Es ist überall ein Glücksspiel«, sagte Nate. »Ich glaube, unsere Gewinnchancen stehen hier ein bisschen höher.«

»Und was jetzt?«, wollte Sam wissen. »Bleiben wir hier sitzen und warten ab, ob sie uns finden?«

»Nein«, sagte Nate. »Zwei von uns werden etwa in einer halben Stunde losgehen, falls wir nicht entdeckt werden. So wie ich die Sache sehe, brauchen wir Wasser und Nahrung. Ohne Letzteres kommen wir notfalls aus, aber wir sind bestimmt alle dehydriert. Die Wasserversorgung ist lebenswichtig. Noch ein Grund, warum ich uns hierhergeführt habe. Das Dorf muss nah am Wasser liegen. Es wäre seltsam, wenn das nicht der Fall wäre.« Er kratzte sich das Kinn. »Andererseits, Leichen. Krankheiten. Keine guten Voraussetzungen für sauberes Trinkwasser. Ich hoffe auf einen Bach. Fließendes Wasser ist unsere einzige Chance. Selbst in diesem Fall müssen wir sichergehen, dass stromaufwärts keine Leichen liegen und die Quelle verunreinigen.«

»Ich gehe«, sagte Jen.

»Nein«, sagte Nate. »Ich nehme keine Freiwilligen. Sam und Wei-Lin werden gehen. Orientierungssinn und Jagd, erinnert ihr euch? Genau das brauchen wir jetzt.«

Wei-Lin schüttelte den Kopf. »Ich kann nicht.«

»Du kannst«, widersprach Nate. Er griff unter Wei-Lins Kinn und hob es, bis sie einander in die Augen sahen. »Du hast uns da hinten das Leben gerettet, Wei-Lin.«

»Ich habe einen Menschen getötet.« Ihre Stimme zitterte

und eine große Träne rollte über ihre Wange und fiel auf Nates Hand.

»Ja, hast du.« Nate sah sie unverwandt an. »Du hattest keine Wahl. Das weißt du, nicht wahr? Nicht die geringste. Und wenn die Situation noch mal auftritt, wirst du wieder genauso handeln müssen.«

»Ich hätte nicht gedacht, dass es so … so schlimm sein würde«, sagte sie. »Es war so … schlimm.« Pan legte ihren Arm um Wei-Lins Schultern, aber sie schien es nicht zu bemerken. Ihr Körper bebte.

»Wenn du das leicht gefunden hättest«, sagte Nate, »dann würde ich mir ernsthaft Sorgen um dich machen. Aber es ist noch nicht vorbei, Wei-Lin. Nicht annähernd. Dieses eine Mal haben wir uns gut geschlagen. Es tut mir leid, aber jetzt brauchen wir dich. Du musst uns schon wieder helfen. Essen, Wei-Lin. Ein Vogel, ein Säugetier. Mann, ein Frosch wäre schon was. Aber wir müssen essen und du bist nun mal die Richtige für den Job. Du musst da rausgehen.«

Wei-Lin nickte. Dann lachte sie, aber es klang unecht.

»Ein Pfeil weniger. Nur noch fünf übrig.«

Nate strubbelte ihr durchs Haar.

»Und jeder von ihnen zählt, Wei-Lin«, sagte er.

Sie nickte. Karl, Sam, Wei-Lin und Jen legten sich hin und schlossen die Augen. Vermutlich schlief keiner von ihnen. Nate starrte in Richtung Dorf. Es war nichts zu sehen, obwohl sie höchstens fünfzehn Meter von den ersten Häusern entfernt sein konnten. Aber Pan wusste, dass er lauschte. Die Stille im Wald war tief, und wenn sich da draußen etwas bewegte, würde er es mit ziemlicher Sicherheit hören.

~~~
~~~

Nach einer halben Stunde erhoben sich Wei-Lin und Sam. Wei-Lin wirkte gefasster, aber ihr Körper war immer noch angespannt und erschöpft. Pan vermutete, dass es lange dauern würde, bis sie wieder die Alte war. Wenn überhaupt. Sam nahm die Wasserflasche und Karl reichte ihr den Kompass.

»Damit ihr den Weg zum Dorf zurückfindet«, erklärte er. »Beeilt euch, ja?«

Sam nickte und steckte den Kompass ein. Wei-Lin überprüfte die Pfeile, strich beinahe zärtlich über die Federn. Dann warf sie sich den Köcher über die linke Schulter und sie machten sich auf den Weg. Der Lärm ihres Aufbruchs war beinahe ohrenbetäubend und Pan spürte ein nervöses Kribbeln in den Adern. Aber dann war alles ruhig. Sie sah hinüber zu Sanjit. Das Gesicht des Jungen war schmerzverzerrt. Er hatte sein Hemd in Streifen gerissen und sich einen festen Verband um den Fuß angelegt, aber er war immer noch bleich.

»Alles gut bei mir«, beantwortete er Pans unausgesprochene Frage. Wenn überhaupt war seine Stimme noch gedämpfter als sonst. Sie lächelte ihm zu. Nate schob sich näher an sie heran und legte den Mund an ihr Ohr.

»Spürst du irgendwas, Pan?«, flüsterte er.

Sie schüttelte den Kopf. »Was zur Hölle ist das für ein Ort?«, fragte sie. »Und was machen wir wirklich hier? Ich meine, Gwynnes Geschichte über mögliche Überlebende geht einfach nicht auf. Hätte in diesem Fall nicht der Hubschrauber alles näher überprüft? Ich habe gedacht, die Suche nach Überlebenden hat allerhöchste Priorität. Es ergibt überhaupt keinen Sinn – dass die eine Gruppe unerfahrener Jugendlicher an so einen Ort schicken.«

Nate runzelte die Stirn.

»Ich weiß, was du meinst«, sagte er. »Und dass er sagt, er lässt uns zurück, selbst wenn wir ganz in der Nähe des Treffpunkts sind? Wenn man nur zehntausend Überlebende hat, dann ist es doch unlogisch, dass man ihr Leben aufs Spiel setzt – und nicht alles Mögliche tut, um sie zu retten, wenn sie in Gefahr sind. Mann, ich weiß nicht, Pan. Ich kann gerade nur mit der direkten Situation umgehen. Um den Rest mache ich mir später Gedanken. Im Moment ist es vernünftig anzunehmen, dass das, was wir im Dorf gesehen haben, die Auswirkungen des Virus sind, und dass diese Leute, die uns verfolgen, Überlebende sind. Vielleicht hat die Akademie das gewusst. Vielleicht haben sie uns ja doch hierhergeschickt, um zu überprüfen, wie gut wir uns in so einer Situation schlagen. Also damit, mit eigenen Augen zu sehen, was mit der Welt passiert ist, und zu erfahren, mit was für Leuten wir es zu tun haben, wer überlebt hat.«

»Aber du hast es gerade gesagt, Nate«, meinte Pan. »Das ist ein unverantwortliches Glücksspiel, wenn nur noch so wenige von uns übrig sind. Nein, es stimmt alles nicht. Ich weiß es.«

»Warum?«

»Mehrere Punkte. Zunächst mal – warum haben diese Leute uns angegriffen? Ich meine, komm schon, Nate – angenommen, du hast einen grauenvollen Virus überlebt, der alle Menschen ausgelöscht hat. Soviel du weißt, gibt es nur eine kleine Gruppe von Überlebenden. Dann plötzlich siehst du eine Gruppe von sieben Jugendlichen, lebendige Menschen. Warum greifst du sie an? Man würde doch annehmen, die erste Reaktion wäre, andere Menschen in die Arme zu schließen, nicht sie umzubringen.«

Nate kratzte sich am Kopf.

»Ja, schon. Aber nur, wenn man davon ausgeht, dass sie normale, vernünftige Leute sind. Vielleicht verändert es die Menschen, wenn sie zusehen müssen, wie ihre Freunde und ihre Angehörigen sterben. Ganz grundlegend. Vielleicht sind sie ins Barbarentum zurückgefallen und militante Überlebenskünstler geworden, die bereit sind, jeden anzugreifen, den sie als Bedrohung empfinden. Leute, die auch unter den besten Voraussetzungen lieber gleich schießen, als zu reden. Nach all dem … ich weiß nicht, Pan. Da muss man doch durchdrehen.«

»Du meinst wirklich, dass jeder Einzelne durchdreht?«

Nate zuckte mit den Achseln. »Vielleicht. Ich habe in der High School ein Buch gelesen. *Herr der Fliegen.* Da sind Kinder auf einer einsamen Insel gestrandet, und obwohl sie versuchen, zivilisiert zu bleiben, geraten sie innerhalb kürzester Zeit in die Scheiße. Sie bringen sich gegenseitig um, tun die übelsten Sachen, nur aus einem Grund: weil sie jemandem wehtun wollen. Und soweit ich mich erinnere, war dies das eigentliche Thema des Buchs. Wir halten uns für zivilisiert, aber wenn die Einschränkungen, die uns die Zivilisation auferlegt, aufgehoben werden, stellen wir fest, dass das Tier in uns gar nicht so tief verschüttet ist.«

»Das glaube ich nicht.«

»Nicht?«

»Nein. Als wenn du in der High School ein Buch gelesen hättest.«

Nate stieß ein Lachen aus und unterdrückte es schnell wieder. »Vielleicht habe ich es geträumt. Oder den Film gesehen«, sagte er. »Also, was noch?«

»Was?«

»Du hast von mehreren Punkten geredet. Welche noch?«

Pan fuhr sich mit der Hand durch die Haare. Sie fühlten sich sandig und verfilzt an.

»Statistik«, sagte sie. »Das geht rein mathematisch nicht auf.«

»Mathematisch? Was meinst du damit?«

»Man hat uns gesagt, dass Milliarden an diesem Virus gestorben sind und nur Zehntausend überlebt haben.« Sie hob in gespielter Hilflosigkeit die Hände. »Hey, ich kann jetzt den Prozentsatz nicht ausrechnen, aber er ist verschwindend, oder? Der Prozentsatz der Überlebenden. Aber das Dorf, das wir gesehen haben. Da waren – wie viele? Sieben oder acht Leichen?« Sie dachte an den Mann auf dem Bett und die Blutfontäne, die durch die Luft geschossen war. Pan schauderte. »Und die Leute, die uns verfolgen. Es sind zehn, oder? Wenn dieses Verhältnis stimmt, dann wäre das die Überlebensrate in einer Millionenstadt. Okay, wir wissen nicht, was einen oder zwei Kilometer weiter unten an diesem Weg liegt, aber ich bezweifle ernsthaft, dass wir über New York stolpern werden. Wie erklärst du dir so viele Überlebende?«

Darüber dachte Nate einen Moment lang mit gerunzelter Stirn nach. Dann zuckte er wieder mit den Schultern.

»Vielleicht sterben die meisten von ihnen ja noch. Vielleicht haben sich Leute aus einem größeren Gebiet zusammengetan. Vielleicht sind das alle Überlebenden aus einem Umkreis von mehreren tausend Meilen. Ich weiß nicht, Pan. Und du weißt es auch nicht. Uns fehlen Informationen.«

Aber sie wusste es. Etwas an diesem Ort, dieser Situation, stimmte nicht, doch das war eben nur ein Gefühl. Ein Gefühl und ein paar zweifelhafte Vorstellungen von Statistik, die vermutlich auf grundlegenden Missverständnissen beruhten.

In der Nähe raschelte es und sie erstarrte. Aber bevor einer aus der Gruppe reagieren konnte, betraten Sam und Wei-Lin die Lichtung. Pan war beeindruckt. Sie hatte nichts gehört, bis die beiden ihnen praktisch schon auf die Füße getreten waren. Die beiden Mädchen setzten sich dicht vor Nate auf den Boden.

»Wie ist es gelaufen?«, fragte er.

»Wasser ist in Ordnung«, antwortete Sam. »Wir haben ungefähr einen halben Kilometer entfernt einen Bach gefunden. Klares, fließendes Wasser.«

»Habt ihr die Lage stromaufwärts überprüft?«

»So weit wir konnten. Wir haben keine Leichen gefunden. Aber ihr wisst ja, wir können nicht sicher sein, dass es weiter oben keine Verunreinigung gibt. Dazu müssten wir dem Bach bis zur Quelle folgen und das war einfach nicht machbar.«

Nate rieb sich ein Auge. »Ich vermute, diese Überlebenden hatten eine gute Quelle. Vielleicht sind sie deswegen hier in der Gegend geblieben, also könnte eure Wasserstelle wirklich gut sein. Wie auch immer, sicher sein können wir uns nicht. Vielleicht sollten wir es abkochen.«

»Ich habe am Bach getrunken«, sagte Wei-Lin. »Meiner Meinung nach schmeckt es gut und in der letzten halben Stunde ist es mir nicht schlecht gegangen.«

Jen entriss Sam die Wasserflasche und schraubte den Verschluss auf. Sie roch am Inhalt, nahm dann einen kleinen Schluck und wischte sich mit dem Handrücken über den Mund, bevor sie die Flasche an Sanjit weiterreichte.

»In dieser Situation gibt es sowieso keine Garantie«, sagte sie. »Alles ist ein Risiko und wir haben nicht die Möglichkeit, ein Feuer zu machen und es abzukochen. Nicht solange diese Typen da draußen nach uns suchen. Das wäre viel zu riskant.«

Nate zuckte mit den Achseln. »Vielleicht hast du ja recht«, sagte er. »Aber trinkt langsam, Leute. Nippen, keine großen Schlucke. Jedes Mal, wenn wir die Flasche nachfüllen müssen, gehen wir ein Risiko ein, und dieses Risiko möchte ich minimieren. Wie sieht es mit Nahrung aus?«

Wei-Lin runzelte die Stirn. »Was das angeht, nicht so gut«, gab sie zu. »Wir haben keine Tiere gesehen. Wir haben ein Rascheln gehört, aber das war alles. Ich habe auch nach Vögeln Ausschau gehalten. Hab ein paar gesehen, aber die waren außer Schussweite. Tut mir leid, es liegt in der Natur der Wälder. Alle meiden dich, wenn sie dich kommen hören. Vielleicht wenn wir Fallen hätten …«

Nate spreizte die Finger. »Ich weiß«, sagte er. »Wir sind nicht gerade gut ausgerüstete. Aber es muss an diesem verdammten Ort doch etwas Essbares geben.«

»Wir haben Beeren gefunden«, sagte Sam. Sie knotete die Jacke auf, die sie sich über die Schulter gehängt hatte. »Eine Art Blaubeeren. Ein paar waren von Vögeln angepickt, deswegen dachten wir, sie müssen gut sein. Ich habe ein paar gegessen. Sie sind ein bisschen bitter, aber ganz okay.« Sie breitete ihre Jacke aus und in der Mitte lagen vielleicht zwei Kilo Beeren. Sie sahen wie harte rote Blutklumpen aus. »Besser als nichts«, fügte sie noch hinzu.

Sie teilten die Beeren untereinander auf, aber Pan konnte nicht einmal die Hälfte von ihrer Portion essen, bevor ihr ein bisschen schlecht wurde. Sie gab Sanjit den Rest. Er hatte wieder ein wenig Farbe, aber sein Gesicht war immer noch schmerzverzerrt.

»Was macht dein Knöchel?«, fragte sie.

Ein schiefes Lächeln. »Ganz okay, solange ich ihn nicht belaste.«

»Und wenn du ihn belastest?«

»Nicht okay.«

»Ruh dich einfach aus, ja?«

Sanjit senkte wieder den Kopf. Pan fragte sich, wie er mit dem System der Akademie zurechtgekommen war. So viel an ihm erinnerte sie an Cara – er war ein Einzelgänger, in seinen eigenen Gedanken gefangen, unbegabt in allem, was die Akademie einforderte: körperliche Fitness, seelische Stärke. Durch was für einen Horror war er gegangen und wie unendlich einsam hatte er sich gefühlt? Pan erinnerte sich daran, dass sie Cara im Stich gelassen hatte, dass sie keine gute Freundin gewesen war. Oder besser gesagt: überhaupt keine Freundin. Sie beschloss, dass das mit Sanjit nicht passieren durfte, nicht passieren würde. Sie fröstelte. *Einer von uns wird nicht zur Akademie zurückkehren.*

»Ich bin eine Belastung«, sagte Sanjit, als würde er ihre Gedanken lesen. Er sah ihr nicht in die Augen, sondern musterte den Boden zwischen seinen gespreizten Beinen. »Ich bin hingefallen und habe euch alle in Gefahr gebracht. Und deswegen ist jemand gestorben. Jetzt kann ich nicht laufen. Es wäre am besten gewesen, ihr hättet mich gleich zurückgelassen. Vielleicht wäre es am besten, ihr würdet mich jetzt zurücklassen.«

Pan hatte die Worte im Kopf schon formuliert, aber hielt sie gerade noch auf. *Du bist keine Belastung und es wäre nicht besser gewesen, dich zurückzulassen.* Diese Worte waren gönnerhaft und würden ihn nicht täuschen. Ein Zusammenhalt konnte nur entstehen, wenn sie ehrlich zueinander waren, und außerdem hatte er das verdient.

»Ja, jetzt bist du eine Belastung«, sagte sie. »Aber eine Knöchelverletzung hätte sich jeder zuziehen können. Das war nicht dein Fehler. Es wäre falsch gewesen, dich zurückzulassen. Dich jetzt zurückzulassen, wäre unmenschlich. Wir sind ein Team und wir lassen niemanden im Stich.«

Er sah zu ihr auf und lächelte. Aber sein Lächeln war schwer zu deuten.

»Ruh dich einfach aus«, sagte sie. Sie drückte seine Schultern und setzte sich wieder zu Nate.

»Sanjit kann noch nicht weiter«, sagte sie. »Er kann seinen Knöchel nicht belasten.«

Nate nickte. »Dachte ich mir. Weißt du, ich glaube, es wäre sowieso gut, hier zu übernachten. Wir haben keine Ahnung, wo diese Männer sind, und es gibt keinen zwingenden Grund, woanders hinzugehen. Es ist ja nicht so, als hätten wir eine bestimmte Mission zu erfüllen.« Er seufzte. »Und einfach so herumzustreifen ist gefährlich. Ich rede mit den anderen und frage sie, wie sie das sehen.«

»Vielleicht geht es ihm morgen früh besser. Ich glaube nicht, dass er sich etwas gebrochen hat. Er braucht nur Ruhe.«

Nate nickte und kam in einer einzigen, flüssigen Bewegung auf die Beine. Er ging zu jedem Einzelnen und flüsterte ihm ins Ohr, lauschte ihren Antworten. Endlich kam er zurück und setzte sich wieder neben Pan.

»Es sind alle dafür. Keinem gefällt es wirklich. Es geht ihnen so wie mir – sie würden lieber etwas tun, als nur so herumzusitzen. Aber keiner hatte eine bessere Idee. Ich habe ihnen gesagt, sie sollen schlafen. Wir funktionieren alle nur noch mithilfe von Adrenalin und Sanjit ist nicht der Einzige, der Ruhe braucht. Ich übernehme die erste Wache. Jen besteht darauf, dass sie die zweite nimmt.«

»Ich die dritte«, antwortete Pan.

»Okay. Bis dahin solltest du schlafen.«

Genau, dachte Pan. *Ich bin halb erfroren, meine Kleider sind feucht, mein Magen ist leer und wir werden verfolgt. Nicht unbedingt die idealen Bedingungen für erholsamen Schlaf.*

Sie formte ein provisorisches Kissen aus verrottenden Blättern und Zweigen, die den Waldboden bedeckten. Die Erde war hart und klumpig und irgendetwas drückte schmerzhaft gegen ihre Flanke. Sie legte sich anders hin, aber das machte es auch nicht gemütlicher. Sie kringelte sich zusammen, seufzte und schloss die Augen. Es war hoffnungslos, stellte sie fest. Aber der Schlaf übermannte sie fast noch in derselben Sekunde.

Und sie träumte.

~~~

Zuerst träumte sie von Cara. Das Mädchen rannte an der Akademie über eine Rennbahn, weit hinter Pan. Cara rief ihr etwas zu, aber Pan konnte ihre Worte nicht verstehen. Der Wind packte den Klang und wehte ihn davon. Pan bremste ab, damit Cara sie einholen konnte, aber jedes Mal, wenn sie über die Schulter blickte, war die Entfernung zwischen ihnen noch größer geworden. Schließlich blieb sie stehen. Aber obwohl Cara weiter rannte, fiel sie immer weiter zurück. Sie winkte, gestikulierte wild. Es war offensichtlich dringend. Trotzdem konnte sie nur zusehen, wie Cara immer kleiner wurde. Schließlich war Cara nicht mehr zu sehen und alle Geräusche bis auf das Klagen des Windes verebbten. Als Pan sich umwandte, sah sie Caras Tagebuch vor ihren Füßen liegen. Sie hob es auf. Caras Name war in großen, kindlichen Lettern auf dem Umschlag
~~~

zu lesen. Pan schlug die erste Seite auf. Mit Buntstift hatte jemand »HILF MIR« auf diese Seite geschrieben, aber während Pan die Schrift noch betrachtete, veränderte sich die Farbe der Buchstaben. Sie wurden rot und flüssig. Die Buchstaben rannen über die Seite, die Worte verschmolzen zu Blut. Pan sah zu, wie es ihre Hände befleckte.

Das Bild wechselte und jetzt rannte sie mit den anderen der Gruppe durch den Wald. Pan lief hinter Nate und sie konnte das Gesicht von Sanjit sehen, der auf Nates Schulter auf und ab hüpfte. Er hatte die Augen weit aufgerissen und sein Mund formte Worte. Sie kam näher, um verstehen zu können, was er sagte. »Lies mein Tagebuch«, sagte Sanjit. »Lies mein Tagebuch!« Es war nur ein Flüstern, aber in seinem Blick lag ein Flehen, das der Sanftheit seiner Worte widersprach. »Lies mein Tagebuch!« Pan nickte und er lächelte, aber er hörte nicht auf, die Worte zu wiederholen. Nate wandte sich um und es war überhaupt nicht Nate. Es war der Mann, den Wei-Lin getötet hatte. Sein Bart war blutverschmiert und Pan sah die Pfeilspitze, die aus seinem Hals ragte. Der Mann lächelte ihr mit blutverschmierten Zähnen zu.

Dann veränderte sich die Szenerie erneut und Pan befand sich einmal mehr in ihrem wiederkehrenden Traum. Sie saß im Streifenwagen und ein Mann in Handschellen wurde herangeführt.

»Nicht hier rein!«, schrie sie. »Bitte, lasst ihn nicht in meine Nähe!«

Die Polizistin glitt neben ihr auf die Rückbank.

»Alles gut«, sagte sie. »Er ist gefesselt. Siehst du? Und wir setzen ihn nach vorn. Er kann dir nichts tun. Du bist in Sicherheit.«

Aber Pan fühlte sich nicht sicher. Je näher sie kamen, desto weniger fühlte sie sich sicher. Der Mann krümmte sich vor

Schmerzen. Seine Augen waren rot, entzündet, angeschwollen. Aber der schnurrbärtige Polizist behandelte ihn nicht sehr sanft. Er packte ihn grob, zerrte ihn auf die Beifahrerseite des Streifenwagens, legte eine Hand auf den Kopf des Mannes und stieß ihn auf den Vordersitz. Pan erschauerte. Der Polizist schloss die Wagentür und ging zur Fahrerseite hinüber. Er stieg ein, schnallte sich an und wandte sich dem Gefangenen auf dem Beifahrersitz zu.

»Sie haben das Recht zu schweigen«, sagte er. »Alles was Sie jetzt sagen, kann und wird gegen Sie verwendet werden. Haben Sie das verstanden?«

Der Mann nickte. Pan war dankbar, dass sie sein Gesicht nicht sehen konnte. Der Wagen fuhr los, das Blaulicht flackerte immer noch. Der Fahrer wandte den Kopf und lächelte Pan auf der Rückbank zu. Ein Goldzahn blitzte auf.

»Das wollte ich schon immer mal sagen«, erklärte er.

Und das Gefühl, dass etwas nicht stimmte, packte Pan erneut. Vielleicht war sie einfach zu traumatisiert gewesen, um es klar wahrzunehmen – ihre Gabe war unter all dem Adrenalin und den Schmerzen verschüttet. Aber jetzt übermannte es sie, schrie in ihrem Kopf, verdrehte ihre Eingeweide. Polizisten sprachen diese Sätze nicht aus, wenn sie jemanden festnahmen. Das war altmodisch. Wie ein Zitat aus einer Fernsehserie aus den Achtzigern.

»Woher haben Sie gewusst, dass ich ihm in die Augen gesprüht habe?«, fragte sie.

Aber sie kannte die Antwort schon. Das Gefühl, dass etwas an dieser Situation nicht stimmte, wurde immer deutlicher. Ein Teil von ihr hatte es schon in dem Moment gewusst, als sie den Streifenwagen gesehen hatte. Die Polizei war nicht hier, um sie zu retten. Schmerz durchzuckte ihr linkes Bein.

Er war heftig. Aber alle Schmerzen waren jetzt heftig. Sie sah hinunter auf die Spritze in ihrem Bein. Taubheit machte sich in ihrem Körper breit. Eine wunderschöne Taubheit. Sie füllte sie ganz aus, nahm ihr die Schmerzen. Das Sonnenlicht veränderte sich, wurde buttrig. Farben, die am Fenster vorbeirauschten, schmolzen ineinander. Selbst die gelegentlichen Worte der anderen Wageninsassen waren gedämpft, in Watte gewickelt.

»Nimm mir diese Handschellen ab.«

»Noch nicht. Hast du nicht verdient.«

»Dieses Miststück hat mir in die Augen gesprüht.«

»Gut. Ich hoffe, es tut weh.«

»Brennt wie die Hölle.«

»Hast du die geringste Vorstellung davon, was für eine Pleite diese ganze Operation ist? Ja, hast du? Zehn Agenten. Um ein Schulmädchen zu erwischen. Und du hast es verbockt. Eine ganze Straße in Aufruhr. Dutzende Zeugen. Ich habe keine Ahnung, wie wir dieses Chaos bereinigen können. Aber ich habe eine ziemlich genaue Vorstellung davon, was unsere Vorgesetzten sagen werden. Es ist ein Desaster und du bist dafür verantwortlich.«

»Wir haben sie ja erwischt.«

»Ich habe sie erwischt.«

»Ich muss mir die Augen ausspülen.«

»Ich schlage vor, du hältst die Fresse. Wenn nicht, sprühe ich dir gleich selbst in deine Scheißaugen.«

Die Worte umflatterten Pans Kopf, schwebten dahin, zerbrachen dann in lauter kleine Splitter und lösten sich auf. Endlich war der Schmerz vollständig erloschen und sie war erleichtert, als sich die Dunkelheit herabsenkte.

~~~
~~~

Als die Hand sie schüttelte, setzte sie sich schlagartig auf und rang nach Luft. Sofort legte sich eine Hand über ihren Mund und sie spürte, wie Panik in ihr aufwallte. In der Dunkelheit erkannte sie Jens Gesicht dicht über sich. Jen presste ihren Mund an Pans Ohr.

»Leise, Pandora«, flüsterte sie. »Ich bin es nur. Du musst die Wache übernehmen.«

Pan hörte das Trommeln ihres Herzens und das Blut rauschte in ihren Ohren. Sie schluckte und nickte. Jen nahm ihre Hand weg und Pan musste sich sehr zusammenreißen, um nicht tief und heftig einzuatmen. Allmählich ebbte ihre Panik ab.

»Wie spät ist es?«, flüsterte sie.

»Acht Uhr. Du hast drei Stunden. Karl kommt nach dir. Nate hat entschieden, dass wir Sanjit heute Nacht nicht einteilen. Er braucht seinen Schlaf. Sag das Karl, wenn du ihn weckst.«

Pan streckte sich und versuchte, die Schmerzen in ihren Muskeln zu vertreiben. Sie stand auf, drehte ihren Kopf nach links und rechts, versuchte, die Verkrampfungen zu lösen. Es half nicht wirklich. Sie ging auf der Lichtung auf und ab, stakste über die schlafenden Gestalten der anderen hinweg. Gleich darauf kehrte sie zum Baum zurück und setzte sich wieder. Die raue Rinde im Rücken war unbequem genug, um zu verhindern, dass sie wieder einschlief. Pan saß da und lauschte den leisen Geräuschen des nächtlichen Waldes, wuselnden Tieren. Doch schließlich konnte sie ihrer eigenen wuselnden Gedanken nicht länger ignorieren.

Pan versuchte, sich an die Details ihres Traums zu erinnern. Er war so lebensecht gewesen, aber jetzt begann er bereits zu verblassen. Sie versuchte, sich die Bilder in Erinnerung zu rufen. Sie war durch einen Wald gerannt. Cara und Sanjit. Ein Tagebuch. Ein Polizist und ein Auto, eine Spritze. Die Feinheiten entglitten ihr, aber das Gefühl blieb deutlich bestehen. Diese Träume hatten eine Bedeutung. Sie enthielten irgendeinen Hinweis, ein Indiz, das alles erklären würde. Sie beschloss, mit Sanjit zu reden. Ein Tagebuch? Sanjit hatte nie ein Tagebuch erwähnt. Er hatte bisher ohnehin kaum etwas gesagt. Aber es war ein Gefühl und Pan vertraute ihm.

Sie verschränkte die Arme. Ihre Kleider waren endlich getrocknet, aber es war immer noch kalt im Wald. Wenigstens war es windstill. Diesen Vorteil, diesen Schutz, bot der Wald ihnen immerhin. Und es regnete nicht. *Sei dankbar dafür*, dachte sie. *Schätze die kleinen Geschenke des Lebens.*

Als das Geräusch in Pans Bewusstsein drang, konnte sie es zunächst gar nicht einordnen. Es war etwas Vertrautes daran, aber es schien aus dem Zusammenhang gerissen. Kein menschliches Geräusch. Und es kam nicht aus der Richtung des Dorfs. Sie spitzte die Ohren. Es waren nicht die Männer, die sich wieder näherten. Es roch überhaupt nicht nach Gefahr. Und dann verstand sie. Es war ein fernes Trommeln, ein ruhiger, hartnäckiger Rhythmus. Sie erkannte ihn im selben Moment, in dem der Regen allmählich durch die Baumkronen drang. Ein großer Tropfen landete auf ihrem Kopf und rollte über ihren Hemdrücken. Sie schlug den Kragen hoch und presste die Arme noch fester an ihren Körper. Das Laub war dicht genug, um ein bisschen Schutz zu bieten, aber nur, wenn der Regen nicht heftiger wurde.

O Mann, dachte sie. *Schätze die kleinen Geschenke des Lebens und gleich kriegst du sie wieder abgenommen.*

Trotz des Regens rührte sich niemand. Pan machte sich so klein wie möglich und starrte in die Dunkelheit.

21.

Am nächsten Morgen hatte es aufgehört zu regnen, aber alles war klamm und ungemütlich. Auch die Stechmücken schwärmten aus. Pans bloße Haut war von Stichen übersät und juckte wie verrückt. Sie sah sich nach den anderen um und stieß auf Szenen des Elends. Wenn sie überhaupt geschlafen hatten, dann war es kein besonders erholsamer Schlaf gewesen. Ihre Augen waren blutunterlaufen und die Gesichter von Erschöpfung und Hunger gezeichnet. Pans Magen knurrte. Wann hatte sie zum letzten Mal eine richtige Mahlzeit gegessen? Zu Hause in der Akademie. Es war beinahe lustig. Das Essen in der Akademie war fade und oft unzulänglich, aber jetzt erschien es ihr wie der Gipfel gastronomischer Kunst, ein Fünf-Sterne-Menü in einem Gourmet-Restaurant. Stöhnend versuchte sie, sich die Gedanken ans Essen aus dem Kopf zu schlagen.

Nate winkte sie zusammen. Sanjit versuchte, auf die Beine zu kommen, aber in dem Moment, in dem er seinen verletzten Fuß belastete, verzerrte sich sein Gesicht vor Schmerz. Nate zog einen Ast aus dem Unterholz vor seinen Füßen. Als Pan näher hinsah, stellte sie fest, dass es kein Ast war, sondern eine unförmige Krücke. Am oberen Ende befand sich eine dreieckige Konstruktion, die mit Seil zusammengebunden und mit irgendeinem Material so gepolstert war, dass es bequem unter die Achsel passte. Auf halber Höhe war ein weiteres Stück Holz festgebunden, eindeutig als Handgriff gedacht. Nate seufzte entschuldigend, als er es Sanjit reichte.

»Besser habe ich es nicht hingekriegt. Tut mir leid, Sanjit. Aber es müsste dein Gewicht halten.«

Sanjit nahm den Stock und klemmte ihn unter die rechte Achsel. Er hielt sein rechtes Bein angewinkelt, dass es den Boden nicht berührte, und versuchte, ein paar Schritte zu hüpfen. Er kam nur langsam vorwärts, aber wenigstens konnte er sich bewegen.

»Funktioniert gut, Nate«, sagte er. »Danke.«

»Wann hast du die gemacht?«, fragte Sam.

»Während meiner Wache«, erwiderte Nate. Er zuckte mit den Achseln. »Während ich gearbeitet habe, habe ich auch ein bisschen nachgedacht.«

»Multitasking?«, fragte Karl. »Gibt es denn irgendwas, das dieser Mann nicht kann?«

»Ja, genau«, sagte Nate. »Macht so viele Witze wie ihr wollt, wenn das die Moral der Truppe aufrechterhält.«

»Dann lass den Plan mal hören«, sagte Jen. Sie sah nicht so aus, als sei sie in der richtigen Stimmung für Scherze. Ihre Miene war grimmig und sie kratzte sich den rechten Unterarm, der leuchtend rot war. »Ich bin müde, ich habe Hunger, ich bin nass und mir ist kalt. Ich wüsste jetzt gern, wie wir weiter handeln.«

»Na ja«, sagte Nate. »Ich fürchte, du wirst enttäuscht sein – Handeln spielt in dem, was ich mir so denke, keine so große Rolle. Aber lasst uns darüber reden. Also, ich sehe das so: Wir haben festgestellt, dass es hier tatsächlich Überlebende gibt und dass sie feindselig sind. Ich würde sagen, wir haben getan, was wir können, und müssen jetzt Meldung machen. Das bedeutet, dass wir knapp achtundvierzig Stunden hier abwarten müssen, bis uns Gwynne an dem Treffpunkt aufliest, den wir ausgemacht haben, und uns mit nach Hause nimmt.«

Nach Hause, dachte Pan. *Eine merkwürdige Bezeichnung für die Akademie.* Sie empfand diesen Ort nicht als ihr Zuhause. Sie empfand ihn eher als Gefängnis. Sie versuchte, sich auf Nates Worte zu konzentrieren. »Die Gegner sind besser bewaffnet und besser ausgerüstet als wir. Unsere beste Option ist es, eine Konfrontation zu vermeiden. Wir brauchen auch Wasser und Nahrung. Außerdem wäre es gut, wenn wir ein Schutzdach hätten. Unter anderen Umständen würde ich vorschlagen, im Dorf zu bleiben, trotz der Toten. Da hätten wir ein Dach über dem Kopf und in der Nähe gibt es Trinkwasser. Aber es ist kein gutes Zeichen, dass die Männer hierher zurückgekommen sind, und ich glaube nicht, dass es das Risiko wert ist.«

»Könntest du jetzt bitte zum Plan kommen, Nate?«, sagte Jen. »Wir wissen ja schon, in welcher Situation wir uns befinden.«

»Ich schlage vor, dass wir uns bis an den Strand durchschlagen und dort die Umgebung erkunden. Möglicherweise finden wir eine Höhle. Dort, wo wir an Land gegangen sind, gibt es Felsen. Eine Höhle in einer Klippe wäre ideal. Wir könnten ein Feuer anzünden, uns aufwärmen und trocknen. Da wären noch zwei weitere Vorteile. Wir könnten versuchen, uns ein paar Fische zu fangen – es sieht ja so aus, als gäbe der Wald nicht viel an Jagdbeute her. Und wir wären vor Ort, wenn Gwynne zurückkommt. Wir müssen ihn Punkt sechs treffen. Das Schlimmste, was uns passieren kann, ist, ihn zu verpassen.

Zunächst schwiegen alle. Nach einer halben Minute brach Sam die Stille.

»Und die Nachteile?«

»Na ja«, sagte Nate. »Ja. Ein oder zwei Nachteile gibt es. Hauptsächlich machen wir uns verwundbar. Der Strand ist gut einzusehen und eins ist klar: Je länger wir uns da unten aufhalten, desto höher steigen die Chancen, dass wir entdeckt werden. Und angenommen, wir haben das Glück, eine Höhle zu finden. Sie hat nur einen Ausgang. Wir würden darin in der Falle sitzen, wenn die Männer dort nach uns suchen. Außerdem sind wir weit weg vom Trinkwasser – es sei denn, wir finden einen anderen Bach.«

Die Gruppe brütete eine Weile darüber. Als Erste meldete sich Wei-Lin zu Wort. »Ich finde die Idee gut. Jetzt geht es ja nur noch ums Überleben. Ich denke schon, wir haben am Strand höhere Chancen. Es ist garantiert besser, als im Wald herumzusitzen.«

Nacheinander nickten alle zustimmend.

»Also gut«, sagte Nate. »Wir gehen zuerst zu dem Bach, den Wei-Lin und Sam gefunden haben. Wir nehmen so viel Wasser mit wie möglich. Jeder von uns trinkt so viel, wie ihm gut tut, und dann rationieren wir das Wasser in der Flasche. Danach gehen wir zurück an den Strand. Sanjit? Meinst du, du findest den Weg?«

Sam reichte ihm den Kompass und Sanjit schüttelte ihn ein paarmal und sah auf die Anzeige. Er nickte. *Nate gibt ihm eine Aufgabe*, dachte Pan. *Um sein Selbstbewusstsein zu stärken.*

»Gut«, fuhr Nate fort. »Wir gehen langsam, einerseits, weil Sanjit nicht schnell gehen kann, aber hauptsächlich deswegen, weil ich Fehler vermeiden möchte. Wir haben es nicht eilig und wir dürfen nicht vergessen, dass da draußen Leute sind, die uns umbringen wollen. Wei-Lin, ich möchte, dass du dieselbe Position einnimmst wie gestern. Als Abschluss der Gruppe. Deck uns den Rücken.«

Es gab kaum weitere Diskussionen. Die Jugendlichen verspeisten das, was von den Beeren übrig war. Sie waren über Nacht weich und matschig geworden. Diesmal aß Pan ihren Anteil auf. Ihr Magen fühlte sich an wie ein tiefes Loch. Sie kämpfte gegen die aufsteigende Übelkeit und schluckte das bittere Mus wild entschlossen herunter.

Sam führte die Gruppe aus der Lichtung. Nate und Jen folgten ihr. Pan ging neben Sanjit. Karl und Wei-Lin bildeten die Nachhut. Sie kamen langsam vorwärts. Gelegentlich bremste Nate Sam und Jen aus, um zu verhindern, dass der Abstand zwischen den Jugendlichen zu groß wurde. Pan war versucht, Sanjit anzusprechen. Sie stand immer noch unter dem Eindruck ihres Traums und sie wollte den Jungen nach einem Tagebuch fragen. Es fühlte sich wichtig an. Aber sie bewegten sich mit großer Vorsicht, machten Umwege um Stellen, die sich nicht geräuschlos durchqueren ließen. Alle waren still und sie wollte nicht einmal ein Flüstern riskieren.

Nach zwanzig Minuten hörte Pan etwas Neues. Wasser. Fließendes Wasser. Sam bewegte sich jetzt sehr vorsichtig. Sie setzte einen Fuß genau vor den anderen und bog die Äste langsam zur Seite. Womöglich überdeckte das Rauschen des Bachs andere Geräusche, wurde Pan klar. Sie wollten schließlich nicht aus dem Wald heraus stürmen und direkt den Männern in Tarnanzügen mit tödlichen Waffen in die Arme laufen. Wäre sie in der Rolle, jemandem auflauern zu wollen, würde sie genau so vorgehen. Sich genau an dem Ort verbergen, den die anderen zwangsläufig aufsuchen mussten.

Die Trinkwasserquelle. Sam bog noch einen letzten Zweig zur Seite und der Bach lag vor ihnen. Sie streckte vorsichtig den Kopf heraus und sah sich um. Dann winkte sie und trat aus dem Wald heraus.

Der Bach war schmal, hatte aber eine starke Strömung. Die Gruppe nahm sich nicht mehr Zeit als unbedingt nötig. Pan wusste, dass sich wahrscheinlich alle genauso fühlten wie sie. Verwundbar. Nachdem sie sich so lange verborgen hatte, fühlte sich offenes Gelände bedrohlich an, auch wenn es nur eine kleine Lichtung war, als könnte die Gefahr jeden Moment aus dem Wald auftauchen, sie überrumpeln. Sie knieten an dem kleinen Bach und tranken gierig. Das Wasser war kalt und köstlich erfrischend. Nachdem sie genug getrunken hatte, tauchte Pan den Kopf in die Strömung. Es war so kalt, dass ihre Schläfen schmerzten, aber sie ließ den Kopf unter Wasser. Als sie wieder auftauchte und Luft holte, sah sie, dass Jen die Feldflasche füllte. Nate gab ihnen ein Zeichen und sie tauchten wieder im Wald unter. Pan warf einen Blick nach oben in den Himmel. Es war, als hätte sie ihn lange Zeit nicht gesehen. Er war dunkel, voller Wolken, bedrohlich. Sie zitterte.

Als sie wieder in Deckung waren, zog Sanjit den Kompass aus der Tasche und betrachtete ihn prüfend. Wenige Augenblicke später deutete er in den Wald hinein. Nate nickte und ging los. Pan stellte fest, dass er noch immer das Beil in der Hand trug. Er hielt es locker, aber entschlossen.

Sie marschierten eine Stunde, hielten von Zeit zu Zeit an, um die Richtung zu überprüfen. Ein- oder zweimal korrigierte Sanjit ein bisschen. Immer noch gab es keinen Hinweis darauf, dass sie verfolgt wurden. Pan zwang sich, konzentriert zu bleiben, immer wachsam auf Geräusche zu achten, die möglicherweise Gefahr bedeuteten. Aber da war nichts. Als die Stunde beinahe vergangen war, schoss Wei-Lin einen Vogel. Das Schwirren der Bogensaite ließ Pan erstarren, ihr Herz raste. Kurz und erschreckend laut raschelte es im Geäst, dann fiel der Vogel zu Boden. Wei-Lin ging an Pan vorbei ins Unterholz, und als sie zurückkehrte, hielt sie triumphierend einen Vogel in der ausgestreckten Hand. Der Pfeil hatte ihn genau in die Brust getroffen. Nate kam heran und musterte die Beute.

»Gute Arbeit«, sagte er. »Ich bin versucht, ihn gleich roh zu essen, aber wir sollten warten, bis wir ein Feuer machen können.«

Es war kein großer Vogel. Irgendeine Art Waldtaube. Sieben Leute würden damit nicht weit kommen, aber die Stimmung stieg sofort deutlich. Wei-Lin zog den Pfeil heraus, wischte ihn mit ihrem Hemd sauber und überprüfte ihn auf Schäden. Zufrieden steckte sie ihn zurück in den Köcher. Dann fischte sie ein kurzes Stück Schnur aus ihrer Tasche, wickelte es um die Beine des Vogels und befestigte es an ihrem Gürtel. Die Gruppe marschierte noch weitere zehn Minuten, dann hielt Nate an.

»Wir müssten in der Nähe sein, oder?«, fragte er Sanjit.

»Eigentlich schon«, antwortete der Junge. »Aber der Kompass verrät uns ja nur die Richtung. Keine Entfernungen. Nach meinen Berechnungen sind wir vom Strand aus direkt nach Norden zu unserem ersten Rastplatz gegangen, dann in südöstliche Richtung zum Dorf. Vom Dorf aus sind wir nach Nordosten zum Bach marschiert. Und jetzt bewegen wir uns in südwestliche Richtung. Einfache Geometrie. Wir müssen in der Nähe des Strandes sein, aber ich kann nicht garantieren, dass wir genau an der richtigen Stelle ankommen.«

Es war die längste Rede, die Sanjit bislang gehalten hatte. Pan fragte sich, ob das an seinem neu hinzugewonnenen Selbstbewusstsein lag oder ob er sich einfach wohler fühlte, wenn er über Dinge redete, von denen er etwas verstand.

Nate nickte. »So etwa auf der letzten Meile ist der Wald lichter geworden, meine ich«, sagte er. »Und ich glaube, es liegt ein bisschen Salzwassergeruch in der Luft.«

Er klang nicht überzeugt und Pan konnte nichts riechen.

»Gut«, fuhr Nate fort. »Ihr bleibt hier und ich gehe auf Erkundungstour. Wenn wir dicht dran sind, möchte ich sichergehen, dass der Strand sicher ist, bevor wir alle ins Freie laufen. Verhaltet euch leise. Ich bin höchstens eine halbe Stunde weg. Wenn ich nicht zurückkehre, kommt mich nicht suchen. Haltet euch versteckt und wartet auf Gwynne.«

Er machte sich davon. Die Jugendlichen sahen einander an und setzten sich. Karl und Sam drängten sich dicht aneinander. Wei-Lin ging in die Hocke und kontrollierte ihren Bogen, überprüfte die Sehne und sah sich dann die Pfeile genau an. Jen stand mit verschränkten Armen da, über ihrem Gesicht lagen Gewitterwolken. Sanjit humpelte ein paar Schritte und setzte sich dann unter einen Baum. Er legte die Krücke neben sich. Pan musterte sie. Ein Teil der Polsterung hatte sich gelöst, aber ansonsten hatte sie gut gehalten. Nate hatte gute Arbeit geleistet. Pan setzte sich vorsichtig neben Sanjit.

»Wie geht es deinem Knöchel?«, fragt sie.

»Besser«, antwortete er. »Ich schaffe es noch nicht ohne die Krücke, aber es wird eindeutig besser.«

»Gut.« Schweigen.

»Sanjit?«, fragte Pan dann. »Darf ich dir eine Frage stellen? Führst du zufällig ein Tagebuch?«

»Ein Tagebuch?«

»Ja. Ein Notizbuch, in dem du aufschreibst, was passiert.«

Sanjit betrachtete sie ratlos. »Nein«, sagte er. »Warum fragst du?«

Warum frage ich?, dachte Pan. Ihr fiel keine passende Antwort ein.

»Ich bin neugierig, woran sich die anderen erinnern, glaube ich«, sagte sie nach längerem Schweigen.

»Ich nicht«, erwiderte er.

»Warum nicht?«

»Ich weiß nicht. Zum Teil, weil die Erinnerungen viel zu sehr wehtun. Und zum Teil, weil es überhaupt nichts bringt, der Vergangenheit nachzutrauern. Wir müssen mit dem zurechtkommen, was hier und jetzt ist, und das erfordert meine gesamte Energie.«

Pan nickte. »Verstehe ich«, sagte sie. »Aber es würde mir helfen, wenn du mir etwas erzählen würdest, woran du dich erinnerst.« Und Pan spürte, dass das der Wahrheit entsprach, auch wenn sie keine Ahnung hatte, warum. Sanjit runzelte wieder die Stirn und zupfte am ausgefransten Rand seines Verbands. Er zog einen Faden heraus und wickelte ihn um den Finger.

»Ich rede nicht über meine Familie«, sagte er schließlich. »Oder darüber, wie sie … gestorben sind.«

»Das ist okay«, sagte Pan. »Vielleicht irgendeine Erinnerung aus der Zeit danach. Wie lange hat es gedauert, bis du gerettet und zur Akademie gebracht wurdest?«

»Ein paar Wochen.«

»Wie hast du überlebt?«

»Ich habe in Darwin gewohnt. Alle haben es als Großstadt bezeichnet, aber eigentlich war es mehr ein Kleinstädtchen. Hunderttausend Einwohner und ich war der einzige Überlebende. Das weiß ich, weil ich zwei Wochen lang überall nachgesehen habe. Überleben war nicht das Problem. An einem Ort, der für so viele Menschen ausgelegt war und nur noch einen Einwohner hatte, gab es genügend Essen und Orte, an denen ich unterkommen konnte. Ich habe besser gegessen als je zuvor. Oder seither. Körperlich war ich absolut gesund …«

»Aber geistig?«, hakte Pan nach.

Sanjit wickelte den Faden enger. Pan sah, dass seine Fingerspitze weiß war, weil er sich das Blut abschnürte. Sie streckte die Hand aus und zog den Faden sanft weg. Sanjit betrachtete gleichgültig seinen Finger, in dem sich das Blut wieder verteilte.

»Hunderttausend Tote. Nur ein lebendiger Junge.« Seine Stimme war leise, fast erstickt. »Viele Geister, mit denen man zurechtkommen muss. Mit so viel Angst. Mit so viel Einsamkeit.« Er schauderte. »Ich möchte nicht mehr darüber reden.«

»Hast du noch jemanden gesehen, der lebendig war?«

»Ein paar. Aber sie sind alle gestorben. Und das hat es noch schlimmer gemacht. Als würde man mir Hoffnung machen und sie dann gleich wieder vernichten. Wie alles andere auch.«

»Irgendeine spezielle Erinnerung?« Pan war bewusst, dass dieses Gespräch sich seinem Ende näherte, und obwohl es ihr unangenehm war, weiter Druck zu machen, konnte sie es sich nicht verkneifen. Sanjit schwieg so lange, dass Pan dachte, er würde gar nicht antworten. Vielleicht war sie zu weit gegangen und er hatte irgendeine innere Tür vor ihr verschlossen. Aber dann redete er, ohne den Kopf zu heben.

»Ich habe meine Cousine gefunden. Sie lebte noch. Sie saß neben ihrer Mutter, meiner Tante, und spielte mit ihrer Puppe. Meine Tante muss schon seit Tagen tot gewesen sein. Ihr Gesicht …« Sanjit schluckte. »Aber meine Cousine redete mit ihrer Puppe. Ganz liebevoll. Sie hat ihr die Haare aus dem Gesicht gestrichen. Sie hat sie gewiegt. Ihr Kleid war voller Blut und sie hustete. Und jedes Mal, wenn sie hustete, breitete sich der Fleck auf ihrem Kleid weiter aus.«

»Welche Farbe hatte das Kleid?«

»Es war rot. Es war fast ganz rot. Aber früher muss es einmal weiß gewesen sein.« Sanjit hob den Kopf und sah Pan in die Augen. »Das reicht«, sagte er sachlich. »Ich erzähle nichts mehr.«

Pan machte den Mund auf, obwohl sie keine Ahnung hatte, was sie sagen sollte. Aber dazu kam es auch gar nicht mehr. Nate tauchte auf der Lichtung auf und ging in die Hocke. Die Gruppe scharte sich um ihn.

»Gute Arbeit, Sanjit«, sagte Nate. »Der Strand ist ganz nah. Verlassen, soweit ich das sagen kann. Und die beste Nachricht: Es gibt eine Höhle. Sie ist nicht riesig, aber relativ unauffällig. Sie ist groß genug, um den Regen abzuhalten, und wir können darin Feuer machen. Wenn es dunkel ist. Wir können nicht riskieren, dass jemand den Rauch entdeckt. Los geht's, Leute.«

Es war eine Erleichterung, den Wald hinter sich zu lassen. Sobald sich das Meer vor ihr bis zum Horizont erstreckte, atmete Pan leichter und schöpfte Mut. Der Strand war vollkommen verlassen und keine Fußabdrücke zeugten davon, dass noch vor Kurzem Menschen hier unterwegs gewesen waren. Die Flut musste die Spuren ihrer Landung ausgelöscht haben. Der Himmel war grau, mit hohen Regenwolken verhangen, und ein paar Möwen kreisten ziellos darin. Regen zog auf. Schon wieder. Um in Deckung zu bleiben, führte Nate sie dicht vor der Waldgrenze den Strand entlang. Die Klippen waren nicht sehr hoch – nicht mehr als drei Meter.

Die Höhle war klein, aber Nate hatte recht. Sie passten alle hinein und der Eingang war relativ schlecht zu sehen. Die Gruppe drängte sich ins Innere und sah sich um. Der Sand war sauber und die Höhle bot Schlafplätze für alle, wenn sie ein bisschen zusammenrückten. Auf jeden Fall würde es sich hier viel besser aushalten lassen als auf dem unbequemen Waldboden.

»Hier drin liegt kein Treibholz«, stellte Nate fest. »Also gehe ich davon aus, dass die Flut nicht so hoch steigt. Wir haben ein Dach über dem Kopf und sind vor neugierigen Blicken einigermaßen geschützt. Hat jemand einen Vorschlag, was wir jetzt tun sollen?«

»Wir müssen darauf vorbereitet sein, dass sich jemand anschleicht«, sagte Jen. »Ich schlage vor, dass durchgehend, Tag und Nacht, jemand Wache hält. Dreistündige Schichten. Am besten wäre es, wenn derjenige oben auf der Klippe liegt. Von dort können wir sehr weit sehen, ohne entdeckt zu werden. Außerdem wäre es einfach, Alarm zu schlagen.«

»Gut«, sagte Nate. »Noch etwas?«

»Ich sammle Feuerholz«, sagte Karl. »Ich möchte so schnell wie möglich wieder trocknen und mich aufwärmen.«

»Wenn jemand Wache hält«, sagte Wei-Lin, »versuche ich mal mein Glück beim Angeln. Wir haben nur diese eine Waldtaube, das reicht nicht. Wenn du Holz holst, Karl, kannst du gleich noch nach etwas Essbarem Ausschau halten. Irgendwelche Knollen. Vielleicht Wildzwiebeln oder Pilze. Alles, was einen Taubeneintopf verlängern könnte.«

Karl nickte und Nate grinste.

»Klingt doch, als wären wir ein richtiges Team, Leute«, sagte er. »Ich verfolge unsere Spur zurück und verwische sie. Karl, du tust dasselbe, wenn du Feuerholz geholt hast. Sanjit, ich möchte, dass du den Vogel rupfst und ausnimmst. Weißt du, wie das geht?«

Sanjit schüttelte den Kopf. Jen stand über ihm, die Hände in die Hüften gestemmt.

»Mann, Sanjit, was muss man da schon wissen?«, fragte sie in gequältem Tonfall. Sie tat absichtlich so, als könne sie es gar nicht glauben. »Man muss einfach die Federn und die Eingeweide loswerden. Das ist doch keine Raketenphysik.«

Sanjit errötete. »Ich habe das noch nie gemacht, aber ich versuch's.«

»Gut«, sagte Nate. Er warf Jen einen Blick zu, der ihr zu sagen schien, sie solle locker lassen. Sie stapfte zum Eingang der Höhle und starrte mit verschränkten Armen aufs Meer hinaus. »Ich übernehme die erste Wache«, sagte sie, ohne sich umzudrehen. »Ich pfeife, wenn ich etwas sehe.« Und weg war sie. Einen kurzen Moment lang konnten die anderen noch hören, wie sie die Klippe hinaufkletterte, aber dann wurde es wieder still.

»Was ist ihr Problem?«, fragte Sam.

»Wir sind für ihren Geschmack zu passiv«, sagte Nate. »Sie fühlt sich nicht wohl, wenn sie nichts tut.« Er wandte sich an Pan. »Bei dir alles klar, Pan?«, fragte er. »Du bist sehr still.«

»Alles in Ordnung«, sagte Pan, obwohl das nicht stimmte. In ihrem Kopf setzten sich die Fragmente allmählich zusammen wie Puzzleteile, die plötzlich an die richtige Stelle rücken. Das Bild war noch verschwommen und durchlöchert und viele der Teile passten nicht einwandfrei. Was sie brauchte war Ruhe, um alles durchzudenken, aber ihr war klar, dass es an diesem Tag keine Gelegenheit für Betrachtungen geben würde. Die langen Nachtstunden waren da etwas anderes.

»Was soll ich tun? Ich könnte Wei-Lin beim Angeln helfen.«

»Du kannst Sanjit unter die Arme greifen«, sagte Nate. »Ich möchte nicht, dass zwei von uns zusammen die Höhle verlassen. Wir wären zu leicht zu sehen.«

In den nächsten Stunden waren sie beschäftigt. Karl kehrte mit einer Ladung Holz zurück und ging sofort noch einmal los, um eine weitere zu holen. Sanjit und Pan taten ihr Bestes, um die Waldtaube zu rupfen und auszunehmen. Sanjit rümpfte die Nase, als der Klumpen aus Eingeweiden zum Vorschein kamen, aber er machte weiter. Pan brachte die Eingeweide aus der Höhle und vergrub sie so tief im Sand wie nur möglich. Der Vogelkadaver sah etwas mitgenommen aus, aber sie hatten ihr Bestes getan und Sanjit legte ihn auf einen Felssims, als sie fertig waren. Praktisch im selben Moment tauchten Fliegen auf, deswegen schlich sich Pan aus der Höhle und holte einige große Blätter, in die sie den Vogel einwickelten.

Als Wei-Lin zurückkehrte, strahlte sie vor Stolz. Sie hielt ihre Angelschnur in die Höhe und da hingen drei Fische. Ihre Schuppen glitzerten fröhlich im Sonnenlicht.

»Keine Ahnung, was das für welche sind«, sagte sie. »Und es ist mir egal. So ein Abendessen ist auf einmal ein Abenteuer.«

Sanjit und Pan boten an, die Fische auszunehmen, aber Wei-Lin winkte ab. Sie säuberte die Klinge des Ausbeinmessers mit Sand und nahm dann gekonnt die Fische aus. Pan sah auf die Uhr und klopfte Nate auf die Schulter.

»Ich übernehme die zweite Wache.«

Er nickte.

Die Erosion hatte an der Klippe genagt, sodass ihre Hände und Füße leicht Halt fanden. In Sekundenschnelle war sie die wenigen Meter hinaufgeklettert. Jen lag auf dem Bauch, ihr Kopf ragte über die Kante. Sie beachtete Pan kaum, als diese hochkletterte und sich neben sie legte.

»Irgendwas zu sehen?«, fragte Pan.

»Nichts«, antwortete Jen. »Alles ruhig. Zu ruhig.«

»Ich übernehme.«

»Okay.« Aber Jen rührte sich nicht. Minutenlang lagen die Mädchen nebeneinander, ohne ein Wort zu reden. Dann wandte sich Jen Pan zu. Ihr Mund war nur Zentimeter von Pans Ohr entfernt.

»Ich muss immer noch an unseren Kampf denken«, sagte sie. »Du weißt schon. Als du mich fertiggemacht hast. Wenn ich es nicht besser wüsste, würde ich denken, du warst besser ausgebildet als ich. Dass du so eine Art Kampfkunst-Expertin bist. Du weißt schon, von früher. Du hast dich anders bewegt als alle, die ich bisher gesehen habe. Wie hast du das gemacht?«

Pan wandte ihren Blick dem Strand zu. Sie betrachtete die Küstenlinie und behielt dabei den Wald aus den Augenwinkeln unter Kontrolle. Nichts regte sich.

»Die Wahrheit?«, fragte sie.

Jen grunzte verächtlich. »Nein, lüg mich an. Natürlich die Wahrheit.«

»Ich weiß nicht. Es ist schwer zu erklären. Ich habe meinen Kopf leer gemacht, ich habe dir in die Augen gesehen. Ich habe irgendwie … zugelassen, dass mein Körper reagiert, als würde er unabhängig von mir funktionieren. Und instinktiv wusste ich, was du tun würdest und wie ich darauf reagieren muss. Ich weiß, das klingt dämlich. Aber ich weiß nicht, wie ich es sonst erklären soll.«

»Du hast recht. Es klingt dämlich.«

»Danke.«

»Woher wusstest du, dass Cara da oben auf dem Berg war, wenn du nichts mit ihrem Verschwinden zu tun hattest?«

Pan erstarrte. Sie kämpfte gegen ihren aufwallenden Zorn. Sie zwang ihre Muskeln, sich zu entspannen. Das war ein Thema, dem alle auswichen. Nur Jen hatte den Mut, es direkt anzusprechen.

»Ich habe sie nicht umgebracht«, sagte sie ruhig. »Falls du das denken solltest.«

»Aber du wusstest, wo ihre Leiche war.«

»Ja.«

»Auch wieder deine Intuition, oder?«

»Ja. Sieh mal, Jen, ich weiß, dass du mir nicht glaubst, aber um ehrlich zu sein, es ist mir inzwischen egal, ob du es tust oder nicht.«

»Okay. Dann nehmen wir einfach mal einen Moment lang an, du hast diesen sechsten Sinn. Was verrät er dir über diesen Ort hier? Ich meine, gestern im Wald bist du doch in einen deiner Trancezustände abgetaucht. Hat du irgendwas gespürt?«

»Einer von uns bleibt hier.« Sie bereute es, sobald sie es ausgesprochen hatte.

Als Jen redete, deutete nichts in ihrer Stimme darauf hin, dass sie geschockt oder überrascht war.

»Weißt du wer?«

»Nein. Ich vermute, dass ich es nicht selber bin, aber mehr weiß ich nicht. Nur so ein Gefühl. Eine Ahnung, dass nur sechs von uns die Insel verlassen werden.«

Und dann wurde es ihr plötzlich klar. Warum sich diese Eingebung gleich von Anfang an so merkwürdig angefühlt hatte. Das war Neuland. Bislang hatten ihre Ahnungen sich auf Ereignisse bezogen, die in der Vergangenheit lagen – als sie Wei-Lins Uhr gefunden oder Caras Leiche ausfindig gemacht hatte. Nie zuvor hatte sie in die Zukunft geblickt. Aber ihr Wissen, dass da Männer auf der Insel waren, das Gefühl, dass sie ihnen Böses wollten und vor allem die Vorahnung, dass einer aus ihrer Gruppe zurückbleiben würde… Pan schauderte. *Was passiert mit mir?*, fragte sie sich. *Ich verändere mich.* Der Gedanke war gleichzeitig erschreckend und mit einem merkwürdigen Gefühl der Macht verbunden. Pan schüttelte den Kopf. Das war eine Sache, über die sie später nachdenken musste. Jen hatte etwas gesagt, aber sie hatte nicht aufgepasst.

»Bitte?«, fragte sie.

»Ich sagte, wie kommst du auf die Idee, dass das hier eine Insel ist?«

»Ich weiß nicht.« Bis Jen es ausgesprochen hatte, war Pan noch nicht einmal aufgefallen, dass sie das gedacht hatte. Noch mehr Stoff zum Nachdenken. Aber es fühlte sich richtig an. Das hier war eine Insel.

»Du weißt nicht viel, oder? Vielleicht gehst du einfach nur davon aus, dass es eine Insel ist, weil wir mit einem Boot hergekommen sind?«

Pan rappelte sich auf. Ihr Kopf schwirrte von all den möglichen Erklärungen. Mit Jens Verachtung konnte sie sich jetzt nicht weiter befassen.

»Sieh mal, du hast gefragt. Ich habe dir geantwortet. Das hier ist meine Wache, also, warum gehst du nicht einfach runter?«

Aber Jen ging nicht. Nicht sofort. Sie zupfte einen dünnen Grashalm von der Spitze der Klippe, steckte ihn in den Mund und kaute langsam.

Plötzlich fühlte sich Pan sehr verwundbar, verwirrt und auch ziemlich albern. Sie legte sich wieder hin.

»Es wäre naheliegend, auf Sanjit zu tippen«, sagte Jen.

»Ja, vermutlich schon.«

Jen spuckte den Grashalm aus und stand auf.

»Halt die Augen offen«, sagte sie. »Und, Pandora? Ich hoffe, dass du dich irrst, aber wenn sich das bestätigen sollte ... na ja, dann muss ich wohl meine Meinung von dir überdenken.« Sie ging einen Schritt und ließ sich über die Kante der Klippe gleiten. Einen Augenblick später tauchte ihr Gesicht wieder auf. »Natürlich außer du tötest die betreffende Person. Daran muss man ja auch immer noch denken.«

Pan legte sich auf der Klippe bequemer hin und sah auf die Uhr. Zwei Stunden und fünfundvierzig Minuten. Ausreichend Zeit zum Nachdenken ohne jede Ablenkung. Sie spürte, dass sie kurz vor einem Durchbruch stand. Es war ein deutliches Gefühl und allmählich glaubte sie, dass deutliche Gefühle ihre größte Stärke waren.

~~~

Schnell brach die Nacht herein und Nate gab Anweisung, das Feuer zu entzünden. Jen zog einen kleinen Feuerstein aus der Tasche und benutzte das Messer, um Funken auf ein kleines Bündel Holzspäne zu schlagen. Sobald einer der Funken sich darin fing, beugte sie sich über die Späne und pustete vorsichtig. Das Bündel glomm auf und kleine Flammenzungen breiteten sich aus. Jen legte weitere Späne obenauf und ein
~~~

dünner Rauchfaden schlängelte sich nach oben. Nur zehn Minuten später loderte ein Feuer am Rand der Höhle. Der Rauch war ein Problem. Er sammelte sich unter der Decke und fiel nach unten, sodass ihnen allen die Augen brannten und tränten. Weiter hinten in der Höhle war es ein bisschen besser, aber immer noch unangenehm. Sam nahm das breite Blatt, das Nate benutzt hatte, um ihre Spuren auf dem Strand zu verwischen, und fächelte damit den Rauch nach draußen. Das half ein bisschen. Wenn es hell gewesen wäre, hätte der Rauch ihre Position sofort verraten, aber die Dunkelheit war auf ihrer Seite und das Feuer brannte hoffentlich so weit hinten in der Höhle, dass sein Schein nicht von Weitem zu sehen war.

Wei-Lin übernahm die Rolle der Köchin. Karl hatte ein paar Wurzeln gefunden, die vermutlich essbar waren, aber ihr Plan, einen Waldtauben-Eintopf zuzubereiten, ließ sich nicht umsetzen, weil sie kein Gefäß hatten, in dem sie kochen konnten. Also stopften sie die kartoffelähnlichen Knollen in den Leib des Vogels und verschlossen den Leib mit einem Spieß aus einem dünnen Ast. Nate hatte zwei hölzerne Gabeln über dem Feuer gebaut und Wei-Lin legte den Spieß in die Gabeln. Nach wenigen Augenblicken tropfte Fett aus dem Vogelkörper und machte zischende Geräusche im Feuer. Sanjit bot an, den Vogel auf dem Spieß zu drehen, während Wei-Lin die Fische vorbereitete. Die Gruppe, mit Ausnahme von Sam, die Wache hielt, drängte sich ums Feuer. Allmählich begann Pan sich warm und trocken zu fühlen.

Es war nicht die köstlichste Mahlzeit, die Pan je gegessen hatte, aber unter den gegebenen Umständen war es ein Festmahl. Teile des Vogels waren ein bisschen angebrannt, aber als sie fertig gegessen hatten, waren nur noch die Knochen übrig. Jen brach sogar diese auseinander, um den Rest Fleischsaft herauszusaugen. Pan hatte Sam ihren Anteil nach oben auf die Klippe gebracht. Das Feuer erstarb und das Problem mit dem Rauch gab sich allmählich. Die Höhle war zwar immer noch nicht wirklich warm, aber zu einer Nacht unter freiem Himmel war es eine große Verbesserung. Pan fühlte sich sogar noch besser, als gleichmäßiger Regen fiel, auch wenn es ihr für Sam ein bisschen leid tat. Sie streckten sich aus, so gut sie konnten, und schliefen ein. Nate hatte sich dicht neben Pan gelegt. Sie konnte das leise Murmeln seines Atems hören. Ein- oder zweimal fühlte sie seinen Atem auf ihrer Wange.

~~~

Pan erwachte um fünf Uhr. Vorsichtig stand sie auf und stapfte über die schlafenden Gestalten um sie herum. Es gab praktisch keinen Platz, auf den sie ihre Füße setzen konnte. Am Höhleneingang war es beinahe so dunkel wie im Inneren. Sie kletterte ein paar Meter die Klippe hinauf und stellte fest, dass Karl zusammengesunken auf dem Boden lag. Einen Moment lang raste ihr Herz, bis sie sah, dass sich sein Brustkorb gleichmäßig hob und senkte. *Er ist während seiner Wache eingeschlafen,* dachte sie. *Er hat uns alle in Gefahr gebracht.*

Es dauerte einen Moment, bis sie ihren Zorn unter Kontrolle hatte. *Sei nicht so streng mit ihm*, dachte sie. Sie hatten alle einen anstrengenden Tag hinter sich und Karl musste um drei Uhr morgens aufgestanden sein. Das waren mildernde Umstände. Sie überlegte, ob sie ihn wachrütteln sollte, entschied sich aber dagegen. Sollte er doch schlafen. Sie war ja
~~~

jetzt wach und es war nicht nötig, dass zwei von ihnen Wache hielten. Sie würde ihn wecken, sobald die anderen sich regten. Dann konnte es ihr Geheimnis bleiben, dass er seine Pflicht vernachlässigt hatte.

Pan kletterte hinunter an den Strand und beobachtete den Himmel. Niemand würde sie sehen, wenn sie dicht bei der Klippe blieb. Einige Sterne leuchteten klar und hell durch die Lücken zwischen den Wolken. Es war friedlich. Das sanfte Wispern des Meeres. Die saubere, frische Luft. Auf dem Gelände der Akademie lag über allem ständig ein unangenehmer Geruch – hauptsächlich Schweiß. Sie spazierte in Richtung Meer. Die Dunkelheit bot immer noch Deckung genug, aber am Horizont konnte sie jetzt den ersten hellen Streifen der Dämmerung sehen. In einer halben Stunde würde die Sonne aufgehen. Sie setzte sich auf den Sand, direkt ans Wasser, sodass die Wellen ihre Zehen überspülten. Sie dachte noch einmal über alles nach, all die Gedanken, die ihr während ihrer Wache gekommen waren und in den Momenten, in denen sie nachts aufgewacht war und nicht mehr hatte einschlafen können. Für die meisten ihrer Schlussfolgerungen hatte sie keine zwingenden Beweise. Wichtige Fragen blieben unbeantwortet. Aber sie war sich sicher: Im Großen und Ganzen stimmte ihre Theorie. Aber sie wusste auch, dass sie den anderen nichts sagen konnte. Noch nicht. Das Hauptproblem war: Wem konnte sie trauen? Wenn sie recht hatte, was die Akademie anging, dann durfte man eigentlich keinem trauen. Nicht einmal sich selbst. Sich selbst vielleicht am allerwenigsten.

Die Dämmerung verlieh der Luft ein kaltes, grießiges Leuchten. Sobald der Eingang zur Höhle sichtbar wurde, kletterte Pan wieder nach oben auf die Klippe und weckte

Karl. Er fuhr sofort hoch, als sie seinen Arm berührte. Als ihm klar wurde, was er getan hatte, errötete er.

»Ich habe nur meine Augen ausgeruht«, flüsterte er.

»Ich weiß«, erwiderte Pan. »Ich habe Wache gehalten.«

Karl rieb sich die Augen. »Tut mir leid.«

»Du hast Glück. Es ist alles ruhig. Warum gehst du nicht runter zur Höhle? Und wenn schon jemand wach ist, dann richte aus, dass ich auf dem Markt bin und fürs Frühstücksbuffet einkaufe.«

Karl lächelte. »Ich geb's weiter.«

Pan beobachtete das Meer. Der Rhythmus der Wellen, die hereinrollten und sich wieder zurückzogen, hatte etwas Beruhigendes, als atme die See selbst. Sie empfand es beinahe als hypnotisch. Pan versuchte, ihre Aufmerksamkeit so wachzuhalten, dass sie auf jede Bewegung am Rand ihres Sichtfelds reagieren konnte, aber immer wieder kehrte ihr Blick zu Meer zurück. Sie verließ sich darauf, dass sie alles, was sich vielleicht den Strand herunterbewegte, sofort entdecken würde. Wenn sich allerdings jemand von hinten näherte, aus dem Wald, dann hatten sie alle ein Problem. Als die Sonne aufgegangen war, kam Wei-Lin mit ihrer Angelschnur aus der Höhle und ging hinunter zum Wasser. Sie winkte Pan zu und Pan winkte zurück. Wei-Lin watete bis zur Hüfte ins Meer und warf die Angelschnur aus. Pan fragte sich, was sie wohl als Köder verwendete. Vielleicht hatte sie von der letzten Mahlzeit ein paar Fischeingeweide aufgehoben. Pan zwang sich, Wei-Lin nicht zu beobachten – sie fürchtete, es könnte Unglück bringen. Außerdem musste sie ja Ausschau nach Feinden halten. Und das Meer beobachten und ihre Gedanken durch den Kopf ziehen lassen.

Der Rest der Wache verging schnell. Wei-Lin kehrte mit

zwei kleinen Fischen an der Angelschnur zurück. Sie zuckte entschuldigend mit den Achseln, als sie sich dem Höhleneingang näherte. Pan hob den Daumen. Eine halbe Stunde später stieg ihr der Geruch von gebratenem Fisch in die Nase. Bestimmt hatten sie die Asche des Feuers benutzt, um ihn zu garen. Sam brachte ihr ihren Anteil. Er war lächerlich klein, aber Pans Magen knurrte voller Vorfreude.

»Ich soll dir ausrichten, das Frühstücksbuffet ist schon abgeräumt«, sagte Sam.

»Rührei mit Schinken?«

»Aus.«

»Pfannkuchen?«

»Aus.«

»Wie wäre es dann mit einem winzigen Streifchen fast garen und absolut nicht zu identifizierendem Fisch?«

»Eine kluge Wahl, Madame.«

Als sie gefrühstückt hatte, war Pan hungriger als vorher. Sie brauchten Fleisch. Vielleicht konnte Wei-Lin noch einmal ihr Glück im Wald versuchen. Da musste doch irgendwas sein. Ein Schwein vielleicht. Hätte sie Sam gegenüber doch nur keinen Schinken erwähnt! Allein der Gedanke daran bereitete ihr Qualen.

Schließlich kam Wei-Lin nach oben, um sie abzulösen. »Sie haben sich einen Plan für heute überlegt«, sagte sie. »Sieh mal, was du davon hältst.«

Als Pan nach unten kam, schärfte Jen das Messer an der Klippenwand. Sie tat das mit wilder Konzentration, zog erst die eine Schneide, dann die andere über den Stein. Jens Miene war entschlossen und Pan glaubte, in jeder von ihren Bewegungen Wut zu spüren. Die anderen wirkten eher müde und mutlos.

»Wir haben beschlossen, dass wir unseren Wasservorrat aufstocken müssen. Außerdem müssen wir zusehen, dass wir da draußen etwas zu essen finden«, sagte Nate zu Pan. Er nickte mit dem Kopf grob in die Richtung, in der der Wald lag.

»Klingt vernünftig«, erwiderte Pan. »Ich habe gerade gedacht, es wäre nicht schlecht, noch etwas anderes als Fisch auf die Speisekarte zu setzen. Wer geht?«

»Wei-Lin und Jen«, erklärte Nate. »Wir anderen bleiben hier im Versteck.«

Pan hob die Augenbrauen. Jen hörte auf, das Messer zu schleifen, und steckte es sich in den Hosenbund.

»Wenn ich nichts mache«, sagte sie, »werde ich vollkommen verrückt. Dieses Herumsitzen macht mich völlig bekloppt. Mensch, in der Akademie konnte ich wenigstens irgendwas tun. Rennen oder mit den Waffen trainieren. Sogar der Philosophie-Unterricht war noch besser, als hier gefangen zu sein und dem Sekundenzeiger auf meiner Uhr zuzusehen.«

»Sie braucht Action«, sagte Karl.

»Nein, wirklich?«, fragte Pan.

»Alles okay, solange du nicht mutwillig nach Action suchst, Jen, ja?«, sagte Nate. »Hast du verstanden? Ihr geht zum Fluss, markiert den Weg, indem ihr Bäume einschneidet, wie besprochen. Wenn ihr was Essbares findet, super. Holt es euch. Aber ihr geht kein Risiko ein, ist das klar? Das Wichtigste ist, dass ihr auf dem Hin- und Rückweg nicht entdeckt werdet.«

»Was? Glaubst du etwa, ich suche nach diesen Typen?«, fragte Jen.

»Das kam mir in den Kopf. Ja. Aber du bist für uns alle

verantwortlich, okay? Heimlich und schnell, Jen. Heimlich und schnell. Vermeide Konflikte.«

»Jaja«, sagte Jen. »Schon verstanden.« Sie ging in den hinteren Bereich der Höhle und hob Wei-Lins Bogen und Köcher auf. »Übernimmt jemand ihre Wache?«, fragte sie. »Ich will nämlich so schnell wie möglich los.«

»Ich mache das«, sagte Nate. Er seufzte. »Passt aufeinander auf. Und um Himmels willen, beschafft etwas zu essen. Und wenn es nur Insekten sind.«

Jen lächelte. »Ich finde schon etwas Besseres als Insekten.«

»Möchtest du den Kompass?«, fragte Sanjit. Er griff in seine Hosentasche und zog ihn hervor. »Wir brauchen ihn nicht.«

Jen musterte ihn von oben. »Ach was«, sagte sie. »Behalte ihn. Vielleicht musst du ja mal den Höhlenausgang finden.«

»Jen …«, sagte Nate.

»Ja. Ich weiß. Sei nett. Er hat sich verletzt. Armer Junge. Kann noch nicht mal seine Wache übernehmen.« Jen schüttelte den Kopf und ging. Seufzend folgte ihr Nate. Pan hörte, wie sie an der Klippe nach oben kletterten. Sie setzte sich neben Sanjit.

»Sie hat es nicht so gemeint«, sagte sie. »Sie ist nur … frustriert.«

»Ich weiß«, sagte Sanjit. »Und ich weiß noch etwas: Sie hat es so gemeint.«

Pan lachte. »Ja, wahrscheinlich. Aber glaube mir, wir anderen denken nicht so.«

»Solltet ihr vielleicht«, sagte Sanjit und Pan fiel keine passende Antwort ein.

Sie wandte sich an Sam und Karl, die am Höhleneingang saßen und auf das Meer hinausstarrten. Sie hielten sich an den Händen. Plötzlich empfand auch Pan etwas von der Wut, die Jen geäußert hatte. Es war sinnlos. Es war so frustrierend. Und je länger es dauerte, desto schlimmer würde es werden. Erst Ärger, dann Streit? Das Gefühl, ein Team zu sein, ging allmählich verloren. Langeweile war eine gefährliche Sache, sie nagte auf heimtückische Weise an ihren Kräften. Sie empfanden es alle, aber nur Jen war ehrlich genug, es so deutlich auszusprechen. Pan beneidete sie beinahe. Sie seufzte, drückte Sanjits Schulter und verließ die Höhle. Sie kletterte auf die Klippe. Hoffentlich hatte Nate nichts gegen eine zweite Person bei der Wache einzuwenden, aber unten gab es für sie überhaupt nichts zu tun. Sie legte sich neben ihn.

»Was war das mit den Markierungen an den Bäumen?«, fragte sie.

»Sam meinte, der Kompass sollte bei der größeren Gruppe bleiben, für den Fall, dass wir uns in den Wald zurückziehen müssen. Wir haben zusammen überlegt, wie man zurück zum Fluss kommt, auf der Grundlage dessen, was wir von gestern noch im Kopf haben. Wei-Lin hat gemeint, dass auf der anderen Flussseite – weiter weg vom Dorf – vielleicht Wild zu finden ist.« Er kratzte sich am Kopf. »Also, sobald sie den Fluss erreicht haben, begeben sie sich auf unbekanntes Terrain und mit den Markierungen an den Bäumen können sie den Rückweg finden.«

»Jen ist so wütend.«

»Ja«, sagte Nate. »Allerdings. Das macht mir Sorgen. Sie bringt uns alle in Schwierigkeiten, wenn sie es nicht schafft, ihr Temperament zu zügeln.«

»Wirst du mit ihr reden?«

Nate lächelte. »Ich doch nicht«, sagte er. »Ich hänge an meinem Leben.«

Danach redeten sie nicht mehr viel. Pan legte den Kopf auf die Arme und starrte aufs Meer hinaus. Sie konnte sich daran erinnern, dass sie das früher schon getan hatte, aber die Bilder waren wirr und unscharf. Vielleicht ein Familienausflug. Sie hatte mit ihrer Mutter und ihrem Bruder am Strand gesessen. Der Himmel war makellos blau gewesen und die Leute hatten in der Gischt geplanscht. Gesurft. Es gab Eis. Sie hatte den Rücken ihrer Mutter mit Sonnencreme eingerieben. Die Erinnerungen waren flüchtig und sie spürte, wie ihr die Augen zufielen. Erschöpfung übermannte sie. Meer, ein weiter Himmel und nichts zu tun. Irgendwo ganz hinten in ihrem Bewusstsein wusste sie, dass sie das schon immer müde gemacht hatte.

Nates Stimme riss sie aus ihrem Dösen, das sich gerade in einen Tiefschlaf entwickelte.

»Wir kriegen Besuch, Pan«, sagte er. »Hol die anderen. Los!«

22.

Sie war sich nicht sicher, ob sie es zuerst sah oder hörte. Ein Motorrad, das Motorengeräusch ein fernes Heulen, weit zu ihrer Linken, nur ein Punkt auf dem Strand. Es fuhr am Ufer entlang. Einen Moment lang war sie wie gelähmt. Der Grund war nicht Angst, obwohl diese sehr rasch folgte. Sondern das unerwartete Ereignis: Besuch. Das lag am Meer. Es hatte die Welt ganz leer erscheinen lassen. Das Motorrad kam auf sie zu, sein Hinterrad schleuderte und rutschte ein bisschen im Sand.

»Los!«, wiederholte Nate. Seine Stimme war nicht laut, aber die Dringlichkeit war nicht zu überhören.

Pan schob sich über den Rand der Klippe und rutschte hinunter. Etwa den letzten Meter ließ sie sich fallen und landete mit einem Ächzen. Sam und Karl waren dort, wo sie die beiden zurückgelassen hatten. Eng aneinandergeschmiegt, betrachteten sie das Meer.

»Sie kommen«, sagte Pan. »Klettert sofort hoch auf die Klippe.

Sie wartete die Antwort nicht ab, sondern rannte in die Höhle hinein. Sanjit hatte sich in einer Ecke zusammengerollt, er lag in tiefem Schlaf, soweit Pan das erkennen konnte. Sie schüttelte seinen Arm. Er erwachte, riss erschreckt die Augen auf und versuchte instinktiv, auf die Füße zu kommen.

»Beeil dich«, sagte Pan. »Ein Motorrad. Es kommt hierher.«

Sie half ihm auf die Beine. Er schnappte seine improvisierte Krücke und humpelte zum Höhleneingang. *Sein Knöchel ist nicht besser geworden*, dachte Pan. *Er ist immer noch das schwache Glied*. Draußen nahm sie ihm die Krücke ab und schleuderte sie nach oben auf die Klippe – es war keine Zeit, sich Gedanken zu machen, wen sie dort vielleicht treffen konnte. Dann packte sie Sanjit unter dem Arm und half ihm, an der Wand der Klippe Halt zu finden. Er kam besser hoch, als angesichts seiner Verletzung zu erwarten war. Adrenalin wahrscheinlich. Er schonte seinen verletzten Fuß, trotzdem war er rasch oben. Pan folgte ihm.

Die Jugendlichen lagen Seite an Seite neben Nate. Alle beobachteten, wie sich das Motorrad näherte. Es war jetzt viel dichter herangekommen.

»Verdammt«, murmelte Nate. »Ich wusste doch, ich hätte das Ding kaputt machen sollen. Es wäre so einfach gewesen. Beide Reifen platt stechen. Verdammt noch mal.«

»Zu spät«, sagte Sam. »Darüber brauchst du dir jetzt keine Gedanken mehr machen. Was tun wir?«

Nate schwieg einen Moment lang. Es war klar, dass er über das beste Vorgehen in dieser Situation nachdachte. Pan war froh, dass sie keine Anführerin war. Zu viel Verantwortung. Ein Fehler und alle leiden. Vielleicht sterben alle. Nate kniff konzentriert die Augen zusammen.

»Ist das das, was ich denke?«, fragte er.

Alle sahen in Richtung Motorrad. Dahinter, quälend langsam im Vergleich, stapfte eine Gruppe von Menschen den Strand entlang. Sieben oder acht, es war auf diese Entfernung schwer zu sagen. Das Motorrad hatte einen Vorsprung von etwa dreihundert Metern vor der Gruppe und näherte sich rasch der Höhle.

»Zu spät, um unsere Spuren zu verwischen«, murmelte Nate. Es war, als rede er mit sich selbst, als spreche er nur mit lauter Stimme, um sich seinen Denkprozess klarzumachen. »Fußabdrücke vom Meer her. Wei-Lins Angelausflug. Und wir haben vergessen, die Spuren wegzumachen. Die finden sie auf jeden Fall. Nein. Nur eine Möglichkeit.« Er wandte sich an die anderen. »In den Wald. Sanjit, wie geht es deinem Bein?«

»Okay. Nicht allzu schlimm. Wird besser.«

»Nein, ich meine, kannst du rennen?«

Sanjit zögerte einen Moment lang, offenbar hin und her gerissen zwischen einer spontan ehrlichen Antwort und dem Wunsch, Positives zu vermelden. Er entschied sich für die ehrliche Antwort.

»Ich glaube nicht.«

Nates Blick klärte sich. Als er redete, klang es sehr bestimmt.

»Gut. Wir kriechen zum Wald. Keiner steht auf, bevor wir nicht in Deckung sind. Wenn wir sie sehen können, können sie uns auch sehen. Sobald wir im Wald sind, suchen wir die Markierungen, die Jen und Wei-Lin hinterlassen haben, Es ist wichtig, dass wir sie finden. Wir teilen uns nicht auf, wir bleiben zusammen. Ich helfe Sanjit. Karl, du bleibst ganz hinten und nimmst das Beil. Gib uns Rückendeckung. Also, Leute, los geht's.«

Es waren wahrscheinlich nur zwanzig oder dreißig Meter bis zum Waldrand, aber das Robben schien ewig zu dauern. Am schlimmsten fand es Pan, den Blick von den Verfolgern abzuwenden. Je lauter das Dröhnen des Motorrads wurde, desto verwundbarer fühlte sie sich. Sobald sie den Wald erreicht hatten, sprangen sie auf die Füße und drangen tiefer ins Dickicht ein. Pan und Sam übernahmen die Führung. Der Drang, so schnell zu rennen, wie sie nur konnten, war beinahe überwältigend, aber ihnen war klar, dass Nate und Sanjit hinter ihnen nur langsam vorankamen. Sanjits Gesicht war schmerzverzerrt, aber er humpelte tapfer vorwärts. Nate war an seiner Seite, bot ihm stille Unterstützung. Karl ging ganz hinten. Er warf immer wieder einen Blick nach hinten und hielt das Beil in seiner Hand fest umklammert. Sie kamen gut vorwärts, aber es würde nicht ausreichen, um ihre Gegner im Falle einer richtigen Verfolgungsjagd abzuhängen. Und das war allen klar. Zehn bis fünfzehn Minuten, schätzte Pan. Das Motorrad würde die Höhle in weniger als drei, vier Minuten erreichen. Ob der Fahrer wohl auf den Rest der Gruppe warten würde? Wenn sie die Höhle durchsuchten, würden sie bemerken, dass diejenigen, die sich darin aufgehalten hatten, gerade erst geflohen waren. Und wenn das erst einmal klar war, würde es ein Leichtes sein, zu erraten, wohin sie verschwunden waren. Es gab nur einen Weg, den sie für ihre Flucht genutzt haben konnten – den Weg, auf dem sie sich jetzt befanden. Fünfzehn Minuten, wenn sie Glück hatten, dann mussten sie mit dem Lärm der Verfolger rechnen. Bei dem Gedanken wäre Pan beinahe schneller gerannt und sie musste ihr Tempo bewusst zügeln. Die Gruppe durfte sich nicht teilen. Sie mussten aufeinander aufpassen. Aber sie brauchten einen Plan und sie brauchten ihn schnell. *Oder ein Wunder,* dachte sie. Sie ging langsamer und wartete, bis Nate und Sanjit sie eingeholt hatten.

»Ich weiß«, sagte Nate. »Ich weiß. Wir müssen etwas tun.«

»Lasst mich zurück«, sagte Sanjit. »Wir können nicht abhauen. Es ergibt doch keinen Sinn, dass wir alle erwischt werden, nur wegen eines einzelnen schwachen Glieds.«

»Wir sind aber ein Team«, sagte Nate. »Und das heißt, dass wir niemanden zurücklassen.« Er deutete auf eine Markierung an einem Baum ein paar Meter weiter vorn. »Da lang.«

Wei-Lin und Jen. *Sie befinden sich auf diesem Pfad*, dachte Pan. *Wir führen unsere Verfolger direkt zu ihnen.* Sie warf Nate einen Blick zu, als sie tiefer in den Wald eindrangen. Der Gedanke musste auch ihm gekommen sein.

»Ich weiß, was du denkst, Pan«, sagte er. »Keine Sorge. Alles unter Kontrolle.«

Pan hatte keine Ahnung, wie das unter Kontrolle sein konnte. Egal, wie sie es betrachtete, von Kontrolle war weit und breit nichts zu erkennen. Aber sie folgte ihm.

Nach weiteren zwanzig Minuten drangen die Geräusche der Verfolger an ihre Ohren. Zunächst schwach, das ferne Rascheln von Ästen, aber es wurde lauter, kam näher. Nate wurde langsamer und winkte die Gruppe in einem engen Kreis zusammen.

»Hört zu«, flüsterte er. »Ich will jetzt keine Diskussion. Keine Debatte. So wird es jetzt laufen: Ihr geht alle in diese Richtung.« Er zeigte nach links. »Sucht euch ein Versteck. Vergrabt euch im Unterholz, deckt euch mit Blättern zu. Oder klettert auf einen Baum. Beeilt euch. Bleibt da, bis es sicher ist. Dann bleibt noch länger da. Ich rede von mindestens einer Stunde. Lauscht, ob ihr Wei-Lin und Jen hört. Wenn ihr sie nach einer Stunde noch nicht gehört habt, folgt den Markierungen an den Bäumen, bis ihr sie erreicht.«

»Aber …«

»Keine Zeit, Karl. Wenn ihr Jen und Wei-Lin gefunden habt, begebt ihr euch leise zum Strand. Aber verlasst den

Wald nicht. Wahrscheinlich haben sie jemanden zurückgelassen, der Wache hält. Ihr wartet bis halb sechs morgens und dann schwimmt ihr raus zum Treffpunkt, wartet auf Gwynne. Seine Ankunft wird Aufmerksamkeit erregen und ich möchte euch nicht am Strand wissen, wenn das passiert. Habt ihr das verstanden?«

»Und was ist mit dir?«, fragte Sam.

»Ich bin der Lockvogel. Ich renne durch den Wald, abseits von dem Pfad, den Wei-Lin und Jen hinterlassen haben. Wenn wir Glück haben, folgen sie mir.«

Pan wusste, was er nicht aussprach: Wenn sie kein Glück hatten, würden die Männer sich aufteilen und so lange suchen, bis sie sie alle gefunden hatten. Nate setzte darauf, dass sie undiszipliniert waren. Er verwettete das Leben von ihnen allen auf diese Möglichkeit.

»Ich dachte, das Team bleibt zusammen?«, fragte Karl.

»Ich komme morgen früh um sechs zum Treffpunkt«, fuhr Nate fort, als hätte Karl gar nichts gesagt. »Sie werden es nicht schaffen, mir den ganzen Tag und die ganze Nacht nachzulaufen. Ich werde sie schon abhängen. Aber ich komme erst im letztmöglichen Moment zu euch zurück. Jetzt los. Schnell. Versteckt euch. Und kein Geräusch.«

Sein Tonfall ließ kein Gegenargument zu. Und der Plan ergab Sinn. Das wussten sie. Wenn Sanjit vollständig fit gewesen wäre, hätten sie den Gegnern vielleicht als Gruppe davonlaufen können, aber unter den gegebenen Umständen war das keine Option. Nates Plan war ihre einzige Chance. Die Gruppe wandte sich zum Gehen und Nate packte Pans Arm, als sie sich umdrehte.

»Du übernimmst die Führung, Pan, bis ihr Jen findet. Dann übernimmt sie. Sag ihr das.«

Pan nickte. Nate beugte sich plötzlich vor und küsste sie auf die Lippen. Bevor ihr klar wurde, was gerade geschah, war es schon vorbei. Ihr Mund kribbelte und ein Schauer lief über ihren Rücken. Nate trat grinsend einen Schritt zurück.

»Ich bin nicht in Gefahr«, sagte er. »Das ist doch mein Ding, Pan. Rennen. Niemand kann so rennen wie ich. Niemand kann so lang so schnell rennen. Das weißt du.«

»Du solltest dich bewaffnen.«

»Nein. Ich brauche keine Waffe und sie würde mich nur behindern. Vertrau mir, ich laufe, bis ihnen die Zunge aus dem Hals hängt. Ich hetze sie über die ganze Insel. Jetzt los, versteckt euch.«

Und dann lief er los. Er bog nach rechts ab und stampfte durchs Unterholz. Der Lärm, den er erzeugte, schmerzte beinahe in den Ohren, aber das war wohl genau seine Absicht. Sie wandte sich um und folgte den anderen Mitgliedern der Gruppe. Sanjit humpelte immer noch. Tatsächlich war sein Knöchel von der ganzen Anstrengung offenbar wieder schlechter geworden. Es war klar, dass er bei jedem Schritt langsamer wurde, und es konnte nur noch wenige Minuten dauern, bis er gezwungen war, ganz stehen zu bleiben. Pan drängte ihn vorwärts, brachte ihn dazu, sich auf ihre Schulter zu stützen und dadurch einen Teil seines Gewichts auf sie zu verlagern. Sie hörte die Männer, viel näher jetzt, laut und gefährlich.

Sie erreichten eine Stelle, an der das Laub besonders hoch lag, eine braun-gelbe Schneewehe aus verrottender Vegetation. Pan hielt Wache, während sie sich unter der Moderschicht eingruben. Sie glättete das Laub über den Hügeln im Unterholz, bis sie vollkommen mit dem Waldboden verschmolzen. Als Pan zufrieden war, grub sie sich selbst ein und bedeckte sich, so gut es ging. Vielleicht hatten sie Spuren bis zum Versteck hinterlassen, aber Pan hoffte, Nate würde die Verfolger durch seinen auffälligen Lärm in die Gegenrichtung führen. Jemand musste direkt auf sie treten, um sie zu entdecken.

Der Waldboden roch feucht und modrig. Pan spürte, wie Insekten über ihren Hals und ihr Gesicht krochen, und musste gegen einen Niesreiz ankämpfen Sie schloss die Augen und hielt den Atem an. Der Lärm der stampfenden Füße war jetzt wesentlich lauter und sie konnte nur hoffen, dass Wei-Lin und Jen sie von Weitem hören würden. Da waren Stimmen, sie unterhielten sich in derselben kehligen Sprache, die Pan schon im Dorf gehört hatte. Es klang bereits so, als wären die Männer außer Atem, ein gutes Zeichen. Nate hatte recht. Sie konnten ihn auf keinen Fall einholen. Sie mochten ja Waffen und Nahrung haben, aber Nates Beine hatten sie nicht. Ihr Lärm übertönte jedes Geräusch, das Nate eventuell machte, aber Pan wusste: Er würde so laut wie möglich laufen, um die Männer fortzulocken. Schließlich verklangen die Schritte in der Ferne. Nach etwa fünfzehn Minuten konnte sie nur noch das Geräusch ihres eigenen Atems und ihr eigenes Herzklopfen hören. Pan wartete noch einmal zehn Minuten, dann erhob sie sich aus dem Laubhaufen.

Obwohl sie wusste, wo die anderen sich eingegraben hatten, war es schwierig, sie wiederzufinden. Sie ging von einem Hügel zum anderen und gab flüsternd Entwarnung. Eine Stunde, hatte Nate gesagt, aber ihr Überlebensinstinkt war stärker als der Wunsch, seinen Anordnungen zu folgen. Sie mussten Wache halten und auf die Rückkehr von Wei-Lin und Jen warten. Sie hatte jetzt die Verantwortung. Bis Jen zurückkam. Niemand redete. Sie wischten Laub und Erde aus ihren Gesichtern und saßen still da. Ein Baum, in dessen Stamm ein weißer Markierungsschnitt leuchtete, befand sich in Sichtweite. Sie hielten die Augen offen und lauschten.

~~~

Die Mädchen tauchten ohne jede Vorwarnung auf und Pan war wieder einmal beeindruckt davon, wie lautlos sie sich bewegten. Als Karl sich erhob, um sie zu begrüßen, nahm Jen automatisch ihre Kampfstellung ein. Das Messer blitzte in ihrer Hand und sie ging in die Hocke, mit gespreizten Knien und auf den Zehen balancierend. Selbst als sie die Gruppe erkannt hatte, entspannte sie sich nicht ganz. Pan erklärte, was geschehen war, und Jen übernahm die Führungsrolle kommentarlos. Auch sie war der Meinung, dass sie sich im Wald versteckt halten mussten, bis Gwynne auftauchte. Pan warf einen Blick auf ihre Uhr. Es war nach zehn Uhr morgens. Es blieben noch zwanzig Stunden, in denen sie nicht entdeckt werden durften.

Wei-Lin zeigte die beiden Vögel vor, die sie erlegt hatte, aber ihnen allen war klar, dass sie ihre Beute auf keinen Fall braten konnten. Wei-Lin legte sie ins Unterholz und verscharrte die Kadaver unter dem Laub. Die anderen sahen zu, ihre Mägen verkrampften sich.

Jen führte sie sehr vorsichtig zurück zum Strand und der Klippe. Sie schlugen in der Deckung der letzten Bäume ihr Lager auf. Die tiefen Schatten boten Sichtschutz, aber sie waren noch in der Lage, durch das Geäst hindurch den Strand zu beobachten. Nichts rührte sich. Pan konnte die Klippe sehen, auf der sie Wache gehalten hatten, aber sie lag
~~~

verlassen da. Wenn Nate recht hatte, befand sich im Umkreis von wenigen Metern ein Wachtposten. Vermutlich verbarg er sich selbst in der Höhle, für den Fall, dass sie zurückkehrten. Sie konnten nur da sitzen, die Augen offen halten und warten. Irgendwo im Wald lockte Nate die Männer von ihnen weg, aber es war kein Laut von der Verfolgungsjagd zu hören. Die Stille bedeutete Sicherheit. Vorläufig. Die Stunden krochen dahin und die Sonne verbarg sich hinter dicken Wolken.

Und dann regnete es.

In dieser Nacht fand keiner von ihnen Schlaf. Von Zeit zu Zeit, wenn ein Krampf drohte, dehnte Pan ganz vorsichtig ihre Muskeln. Sie nippte an der Wasserflasche, aber das konnte ihren nagenden Hunger kaum besänftigen. Erst als ihre Blase zum Platzen gefüllt war, stahl sie sich durchs Unterholz davon, um sich zu erleichtern. Die Versuchung, sich ein bequemeres Versteck zu suchen, war beinahe übermächtig. Die Höhle war trocken und relativ warm, aber sie mussten hier draußen den kalten Regen ertragen, nass bis auf die Haut. Sie durfte noch nicht einmal niesen und ein paarmal musste sie heftig gegen den Impuls ankämpfen.

Irgendwann, noch vor der Morgendämmerung, sah Pan, wie dünne Rauchfahnen über die Klippenwand krochen und sich auflösten. Sie tippte Jen an und zeigte mit dem Finger darauf. Alle starrten in Richtung der Höhle. Keiner sagte etwas. Sie verschränkten die Arme vor der Brust und drängten sich Wärme suchend aneinander.

Um fünf Uhr morgens führte Jen Pan ein Stück von der Gruppe weg. Sie brauchten zehn Minuten, nur um ein paar Meter zurückzulegen. Jen legte ihren Mund an Pans Ohr.

»Wir müssen uns um die Sache kümmern. Früher oder später. Und früher ist besser. Ich mache es jetzt.«

»Wenn es mehr als nur ein Wachtposten ist, brauchst du Hilfe«, flüsterte Pan.

Einen Moment lang sah es so aus, als würde Jen widersprechen, aber dann nickte sie.

»Ich kundschafte das erst mal aus. Aber wenn es nur einer ist, dann erledige ich die Sache gleich.«

Pan drückte Jens Arm. Es gab tatsächlich keine andere Möglichkeit, und Jen war für diese Aufgabe genau die Richtige. Sie sah zu, wie Jen sich langsam auf die Höhle zubewegte. Sie brauchte fünfzehn Minuten, um bis zur Klippe zu robben, und als sie sie erreicht hatte, schob sie sich über den Rand. Pan hielt die Luft an und wartete, lauschte angestrengt auf irgendein Geräusch. Aber sie hörte nichts.

Plötzlich bewegte sich eine dunkle Gestalt auf sie zu. Die ganze Gruppe erstarrte. Als Jen redete, klang ihre Stimme drängend.

»Nur ein Wachtposten«, sagte sie. »Jetzt ist die Bahn frei. Wir sollten aufbrechen.«

Sie wischte die Klinge des Messers an ihrem Bein sauber und steckte es dann wieder in ihren Hosenbund. Pan wandte den Blick von den dunklen Flecken auf Jens Hose ab.

Alle waren gleichzeitig auf den Beinen, verließen den Wald und näherten sich der Klippe. Am Horizont, an der Grenze zwischen Wasser und Meer, ließen sich schon erste Rosatöne erahnen. Die Öffnung der Höhle klaffte vor ihnen auf, aber niemand warf einen Blick hinein. Jen führte sie bis zum Wasser. Sie beugte den Kopf über ihre Armbanduhr.

»Okay«, sagte sie. »In zwanzig Minuten wird es hell und wenn es so weit ist, sollten wir uns nicht am Strand aufhalten. Wir schwimmen jetzt raus und warten im Wasser. Auf Gwynne. Hat jemand ein Problem damit?«

Pan hatte eins. Sie war sich nicht sicher, ob sie sich so lange über Wasser halten konnte, und die Kälte würde gewaltig sein. Auch um Sanjit machte sie sich Sorgen. Er war sowieso nicht besonders kräftig und seinem Bein ging es immer schlechter. Nachts war ihr aufgefallen, dass sein Knöchel dick angeschwollen war. Zumindest würde er den Fuß im Wasser nicht belasten müssen und vielleicht half die Kälte ja auch gegen die Schwellung. Wenn sie die Unterkühlung überlebten, dann war diese Vorgehensweise am sichersten. Also sagte sie nichts. Karl ging als Erster hinein. Er hielt das Beil in der Hand, bis ihm das Wasser bis zur Hüfte reichte, dann ließ er es fallen. Die Waffen würden ihnen nichts mehr nutzen, sondern nur das Schwimmen erschweren. Pan folgte und ließ das Seil etwa an derselben Stelle fallen. Sie war froh, als sie es los war. Es war eigentlich zu gar nichts gut gewesen und das zusätzliche Gewicht würde sie nicht vermissen. Als sie ins tiefere Wasser losschwamm, packte sie die Kälte wie ein Schraubstock. Sie raubte ihr den Atem und alle Muskeln in ihrem Körper wurden steif. *Entspann dich*, dachte sie. *Bleib locker.* Sie sah sich nicht um, aber sie wusste, dass die anderen ihr folgten. Sie konzentrierte sich auf die dunkle Gestalt von Karl, der vor ihr schwamm. Als Brustschwimmerin kam sie immer noch nur quälend langsam vorwärts und Karl entfernte sich mit jedem Zug weiter. Bald wurde sie von Jen überholt, dann von Wei-Lin und Sam. Sanjit war wohl der Einzige in der Gruppe, der noch langsamer schwamm als sie. Sie sorgte sich um ihn, aber sie konnte gar nichts für ihn tun. Pan bezweifelte, dass sie jemand anderen über Wasser halten konnte. Sie zweifelte daran, dass sie es schaffen würde, sich selbst über Wasser zu halten. Also schwamm sie einfach und versuchte, an nichts anderes zu denken, nur an einen Schwimmzug nach dem anderen.

Das Meer war ruhig, der Wellengang minimal. Als Pan zu den anderen aufschloss, schimmerten die Unterseiten der Wolken golden. Der Tag brach an. Sie wandte sich im Wasser um und war erleichtert, als sie zehn Meter weiter hinten Sanjit entdeckte. Sein Gesicht war schmerzverzerrt. Er kämpfte sich auf sie zu und strampelte, um nicht unterzugehen. Pan spürte plötzlich die Tiefe des Ozeans unter ihnen und eine vage Angst machte sich in ihr breit. Der Gedanke, dass sich in der Dunkelheit da unten etwas bewegte. Ihre Beine, die unter den Wellen baumelten und strampelten. Sie kämpfte gegen die aufkeimende Panik.

Niemand sagte etwas. Sie trieben in den sanften Wellen, einige blickten hinaus aufs Meer und warteten auf Gwynnes Erscheinen, die anderen sahen in Richtung Küste. Wo war Nate? Es waren nur noch ein paar Minuten bis zum ausgemachten Zeitpunkt und er hätte eigentlich schon da sein müssen. Es sei denn, ihm war etwas passiert. *Nur sechs werden diesen Ort verlassen,* dachte Pan. *Nur sechs.* Der Himmel wurde von einer Minute auf die andere heller.

»Er ist da«, sagte Jen. Sie waren so leise gewesen, dass der Klang ihrer Stimme sie erschreckte. Pan ließ ihren Blick über den Strand schweifen. Nichts. Sie drehte sich im Wasser um und hörte den Ton des Bootsmotors. Von Gwynnes Ankunft – sie ging davon aus, dass es Gwynne war – würde noch einige Zeit nichts zu sehen sein, aber der Ton wurde lauter und Jen fing an, mit den Armen zu wedeln. Pan wandte den Blick wieder ab und sah zur Küste. Am Strand herrschte hartnäckig Leere.

Als das Boot ankam, war es ein dramatischer Auftritt – plötzlich ragte es über ihnen aus dem Wasser. Der Motor erstarb und das Boot wendete im Wasser und tuckerte im

Leerlauf. Gwynne sah über den Bootsrand und streckte eine Hand aus, ohne etwas zu sagen. Jen schwamm zu Sanjit und umklammerte ihn mit den Armen. Er war erschöpft, sein Kopf kippte zur Seite, seine Augen waren fast geschlossen. Gwynne beugte sich weiter heraus und packte seinen Arm, zog Sanjit seitlich ans Boot und dann hinein. Sanjit klatschte aufs Deck wie ein gefangener Fisch. Die anderen folgten, die einen mit mehr, die anderen mit weniger Unterstützung. Jen blieb im Wasser, bis alle anderen im Boot waren. Dann legte sie beide Arme auf den Bootsrand und stemmte sich aus dem Wasser. Unten im Boot lag ein Stapel Rettungsdecken, die im blassen Sonnenlicht metallisch schimmerten. Einer nach dem anderen nahm sich eine Decke und wickelte sich ein. Sam und Karl legten Sanjit hin und deckten ihn zu. Seine Augen waren jetzt ganz geschlossen und er atmete mühsam.

»Wo ist Nate?«, fragte Gwynne.

»Der ist immer noch da draußen«, sagte Jen. »Wir warten auf ihn.«

Gwynne sah auf die Uhr. »Noch neun Minuten«, sagte er. »Wenn er dann nicht da ist, fahren wir los.«

Keiner antwortete. Alle betrachteten fröstelnd die Küstenlinie. Die Sekunden vergingen, wurden zu Minuten. Gwynne sah wieder auf seine Uhr und machte den Mund auf, um etwas zu sagen. Dann machte er ihn wieder zu. Eine Gestalt tauchte aus dem Wald auf. Sie rannte in Richtung Strand. Sie rannte schnell. Pan erkannte den leichtfüßigen Schritt, die Körperhaltung des Läufers.

Nate.

Jen stand im Boot auf, aber sie sagte nichts. Eine Gruppe von Menschen kam aus dem Wald gestürzt, etwa dreißig Meter hinter dem einzelnen Läufer. Sie waren schnell, aber Nate vergrößerte den Abstand zwischen sich und seinen Verfolgern immer mehr. Einer der Jäger hielt an. Ein lauter Knall ertönte. Ein Gewehr. Aber Nate blieb nicht stehen. Er rannte am Wasser entlang auf sie zu. Wieder ertönte ein Schuss. Wieder daneben. Jetzt konnten sie Nate vom Boot aus deutlich sehen. Nate hatte sie seinerseits entdeckt und schien abzuschätzen, wann der richtige Moment für den Sprung ins Wasser gekommen war. Er war ein ausdauernder Schwimmer. Einmal im Wasser würden sie ihn nicht erwischen, aber sie würden den Abstand verringern, solange sie noch über den Strand rannten. Er versuchte, möglichst viel Vorsprung zu gewinnen, bevor er zu einer sich langsamer bewegenden Zielscheibe im Wasser wurde. Jen knurrte leise vor sich hin. Alle beobachteten das Geschehen mit einem Gefühl der Machtlosigkeit.

Nate stapfte jetzt durchs Flachwasser und warf sich ins Meer. Sofort schwamm er auf sie zu. Seine Arme schnitten in kraftvollen Bewegungen durchs Wasser. Die Männer rannten weiter. Als sie den Punkt erreichten, von dem aus Nate ins Wasser gesprungen war, hielten sie an und ein Mann trat vor. Er hob das Gewehr an die Schulter und zielte sorgfältig. Die Sekunden zogen sich in die Länge. Nichts regte sich bis auf das rhythmische Auf- und Abtauchen von Nates Kopf und den Kraulbewegungen seiner Arme.

Er hatte etwa ein Drittel der Strecke zum Boot zurückgelegt, als der Schuss fiel. Einen Moment lang glaubten alle, der Schütze habe sein Ziel wieder verfehlt. Nates Arm ging hoch, knickte am Ellbogen ab, als würde er gleich wieder ins Wasser tauchen. Aber dann wurde sein Körper steif und der Arm fiel. Sein Körper zuckte im Wasser, dann lag er still.

»Nein!«, schrie Jen. Sie wandte sich an Gwynne. »Steuern Sie das Boot hin! Jetzt! Es ist immer noch Zeit.«

Gwynne wischte sich mit dem Handrücken über die Nase. Er starrte übers Wasser. Die Männer wateten bereits zu Nate hinaus.

»Zu gefährlich. Die Zeit ist abgelaufen«, sagte er. »Wir fahren.«

»Nein«, wiederholte Jen. »Wir lassen ihn nicht im Stich. Auf keinen Fall.« Aber Gwynne beachtete sie gar nicht. Er ging zum Heck und der Motor dröhnte auf. Er fuhr einen engen Bogen und ließ den Strand hinter sich. Jen machte Anstalten, ins Wasser zu springen, aber Karl und Sam packten sie an den Armen. Sie wand sich wütend, versuchte, sich loszureißen. Als sie sich endlich befreit hatte, war Nate fast nicht mehr zu sehen. Sie schien in sich zusammenzusinken. Entmutigt ließ sie sich neben Gwynne auf die Bank fallen und sah zu, wie das Land am Horizont verschwand.

Niemand redete ein Wort.

23.

Pan saß im Bug, so weit von den anderen entfernt, wie nur möglich, und betrachtete das Meer, in dem sich glitzernd das Sonnenlicht brach. Nur gedämpft nahm sie die Geräusche hinter ihr wahr – das Dröhnen des Bootsmotors und leises, stoßweises Schluchzen. Es war vielleicht Sam.

Pan richtete ihre Konzentration nach innen.

Etwas war geschehen, als der Schuss gefallen und Nates Körper im Wasser erschlafft war. Die letzten Puzzleteile hatten sich ineinandergefügt. Die vielen Bruchstücke waren in ihrem Kopf gekreist, hatten neue Formen angenommen und sich verbunden. Es gab Lücken. Einige Teile fehlten noch, aber das eigentlich Bild hatte sich in einem einzigen Moment ergeben. Es war wie eine Erleuchtung.

Sie raubte ihr den Atem.

Wie viel davon hatte Cara wohl schon durchschaut? In diesem Mädchen hatte so viel mehr gesteckt, als ihr jemand zugetraut hatte. Pan war überzeugt, dass ihre Gabe der Intuition bei Cara noch viel stärker ausgeprägt gewesen war. Sie hatte ihre Gabe einfach besser verborgen und, weil sie so schüchtern war, hatte sie niemand gedrängt, mehr zu verraten, als sie wollte. Sie hatte sich in ihrem eigenen Kopf verschanzt. Nicht einmal ihr Tagebuch lieferte einen Hinweis auf ihre innersten Gedanken. Hatte die Akademie Verdacht geschöpft? Hatte die Akademie sie aufgrund dieses Verdachts getötet? Das war eines der Puzzleteile, die noch fehlten, aber Pan war fest entschlossen, dieses Rätsel zu lösen.

Ein Zitat kam ihr in den Sinn: *Wenn man das Unmögliche ausgeschlossen hat, muss das, was übrig bleibt, die Wahrheit sein, so unwahrscheinlich sie auch klingen mag.* Soweit sie sich erinnerte, hatte Sherlock Holmes das gesagt, aber das spielte nicht wirklich eine Rolle.

Ihre Träume und ihre Erinnerungen. Sie waren der Schlüssel. Warum zweifelte sie an ihren eigenen Erinnerungen? Warum traute sie ihren Träumen mehr als ihren Erinnerungen? Es erforderte ungeheure Willenskraft, sich gegen die Überzeugung zu wehren, dass das, woran sie sich erinnerte, die Wahrheit sein musste, und das, was sie träumte, reine Fantasie. Drei Erinnerungen, die drei Menschen unabhängig voneinander teilten. Sanjit erinnerte sich an ein Mädchen in einem weißen Kleid, das mit einer Puppe spielte. Pan ebenfalls. Und laut ihrem Tagebuch auch Cara. Wie hoch standen die Chancen, dass sich drei Leute an genau das Gleiche erinnerten? Es war nicht unmöglich, aber hochgradig unwahrscheinlich. In ihrer Unterhaltung vor dem Sanitärtrakt hatte Cara gesagt, sie traue ihren Erinnerungen nicht. Sie hatte gesagt, einige ihrer Träume ergäben mehr Sinn. Der Traum, den sie in ihrem Tagebuch beschrieb, jener, in dem sie gejagt wurde? Derselbe Traum hatte Pan fast jede Nacht verfolgt: die Männer in Anzügen, die sie verfolgten, der Polizist mit dem Goldzahn, die Spritze auf der Rückbank des Streifenwagens. Was, wenn das stimmte und die Erinnerungen an die Vertretungslehrerin in Melbourne, die mit Leichen übersäten Straßen, der Polizist, der sich vor ihren Augen erschossen hatte … was, wenn das die eigentlichen Träume waren?

Andere Dinge, Kleinigkeiten. Wie konnte Dr. Morgan sich einen Kartenmischautomat besorgen, wenn die nötigsten Dinge fürs tägliche Überleben praktisch nicht vorhanden waren? Woher kam Gwynnes Schutzausrüstung für den Stockkampf? Die bewachte Mauer, das rätselhafte Dorf und die Geschichte, mit der man den Schülern gegenüber die Tatsache begründete, dass sie es auf keinen Fall besuchen durfte. *Das Böse lauert hinter der Mauer,* hatte Dr. Macredie gesagt. Woher hatten sie sofort gewusst, dass jemand die Mauer überwunden hatte, als sie und Nate gefangen genommen worden waren? Wieder Cara. *Die Uhren sind falsch.* Die Uhren, die jedem Schüler ausgehändigt worden waren. Was, wenn es in Wirklichkeit Überwachungsgeräte waren, eigentlich dazu gedacht, jeden Schritt der Schüler unter Kontrolle zu halten? Würde das erklären, warum Cara ihre Uhr in der Nacht, in der sie verschwunden war, zurückgelassen hatte? Nate hatte gesagt, sie befänden sich auf einer Insel. Woher hatte er das gewusst? Was, wenn er das Ziel schon gekannt hatte, bevor sie überhaupt losgefahren waren? Nate hatte mit ihr geflirtet. Was, wenn das sein Job gewesen war, seine Spezialaufgabe? Was, wenn er dort am Strand gar nicht gestorben war, sondern seinen Tod nur vorgetäuscht hatte, weil seine Mission beendet war?

Pan starrte ins Wasser und wirbelte alle Gedanken in ihrem Kopf umher. Die Schlussfolgerung war absurd, aber das bedeutete nicht, dass sie nicht stimmte. Die Jugendlichen waren keine Überlebenden. Sie waren entführt worden. Die Erinnerungen an die Entführung hatte man unterdrückt, hatte sie ersetzt durch die falschen Erinnerungen an ein Virus, das Milliarden ausgelöscht hatte. Ein Virus, das es nicht gab. Und wenn das der Fall war, dann drehte sich da draußen die Welt so weiter wie immer. Ihre Mutter und Danny lebten. Die Schüler glaubten das, woran sie sich erinnerten, und die Mauer hielt sie alle gefangen.

Ihre Erinnerungen waren ein ausgeklügeltes Kunstprodukt. Pan wusste das einfach.

Alles gründete auf einer gewaltigen Lüge.

Und die Akademie war die größte Lüge überhaupt.

Autor

Barry Jonsberg ist einer der renommiertesten australischen Kinder- und Jugendbuchautoren. Er studierte Englisch und Psychologie und arbeitete als Lehrer, bevor er Schriftsteller wurde. Seine Bücher wurden mit zahlreichen Preisen ausgezeichnet, u. a. mit dem Children's Peace Literature Award für »Das Blubbern von Glück«, und sind außer in Australien und Deutschland in den USA, England, Frankreich, Polen, China, Ungarn und Brasilien erschienen. Barry Jonsberg lebt mit seiner Frau, seinen Kindern und zwei Hunden in Darwin, Australien.

Übersetzerin

Bettina Obrecht wurde 1964 in Lörrach geboren und studierte Englisch und Spanisch. Sie arbeitet als Autorin, Übersetzerin und Rundfunkautorin und wurde für ihre Kurzprosa und Lyrik mehrfach ausgezeichnet. Seit 1994 schreibt sie Kinder- und Jugendbücher und hat sich seitdem in die »Garde wichtiger Kinderbuchautorinnen hineingeschrieben« (Eselsohr).

Mehr über cbj auf Instagram unter @hey_reader

Barry Jonsberg

Das ist kein Spiel

320 Seiten, ISBN 978-3-570-31326-8

Mathe-Genie Jamie (16) hat einen verblüffend logischen und ehrlichen Blick auf seine Familie. Und darauf, dass da etwas schief läuft. Etwa bei Summer, seiner rebellischen älteren Schwester. Als die an ihrem 18. Geburtstag mehrere Millionen im Lotto gewinnt, sagt sie sich endgültig von der Familie los – und provoziert großes Unheil: Jamies kleine Schwester Phoebe wird entführt. Der Kidnapper fordert zwei Millionen; verhandeln will er ausschließlich mit Jamie. Wieso weiß der Täter so viel über Jamie? Und weshalb fühlt sich das Ganze wie ein Duell an, das Jamies Kombinationsgabe auf eine tödliche Probe stellt?

30410

www.cbj-verlag.de

Barry Jonsberg

Was so in mir steckt

352 Seiten, ISBN 978-3-570-16553-9

Rob Fitzgerald (13) ist verliebt: Herzflattern, Schweißausbrüche, spontane Sprachlosigkeit – die Zeichen sind eindeutig. Doch wie die Angebetete beeindrucken, wenn man obendrein mit äußerster Schüchternheit und Panikattacken zu kämpfen hat? Die Tipps, die Rob von seinem geliebten Großvater und seinem besten Freund Andrew erhält, scheinen nur bedingt tauglich. Denn weder als Torwart der Schulmannschaft noch als Hundeflüsterer lässt sich bei der holden Destry punkten. Als plötzlich anonyme SMS mit Aufgaben auf Robs Handy eintrudeln, wird aus der Challenge, Destrys Herz zu erobern, etwas viel Größeres: die Herausforderung, Rob Fitzgerald zu sein – mit allem, was dazugehört.

20310

cbj

www.cbj-verlag.de